新潮文庫

栄花物語

山本周五郎著

新潮社版

2084

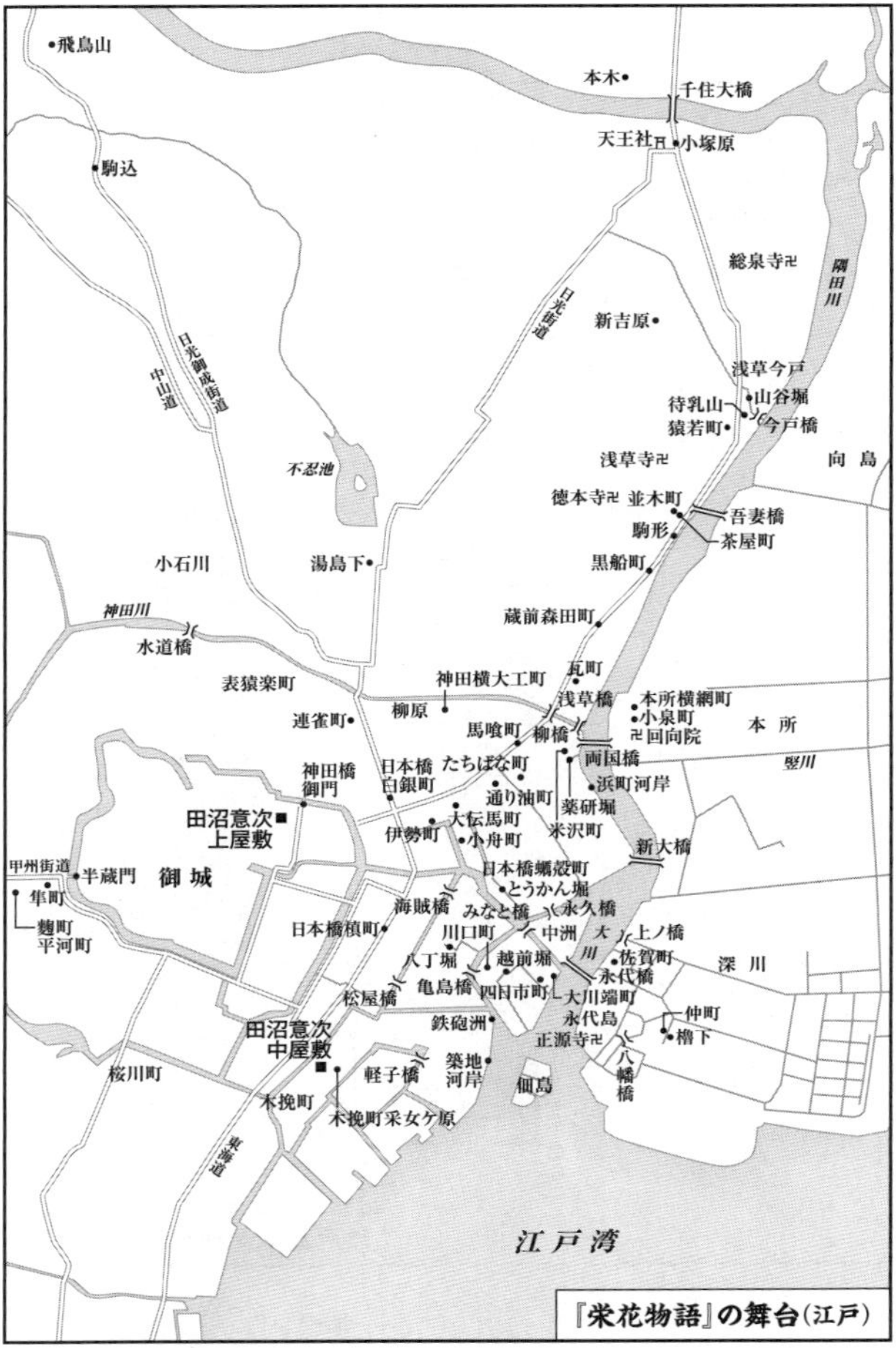
飛鳥山
本木
千住大橋
天王社
小塚原
駒込
総泉寺
隅田川
日光街道
新吉原
日光御成街道
中山道
浅草今戸
待乳山
山谷堀
猿若町
今戸橋
浅草寺
向島
不忍池
徳本寺
並木町
吾妻橋
駒形
茶屋町
小石川
湯島下
黒船町
神田川
蔵前森田町
水道橋
瓦町
表猿楽町
神田横大工町
浅草橋
本所横網町
柳原
小泉町
連雀町
馬喰町
本所
柳橋
回向院
両国橋
神田橋御門
日本橋白銀町
たちばな町
竪川
浜町河岸
通り油町
薬研堀
田沼意次上屋敷
大伝馬町
米沢町
伊勢町
小舟町
新大橋
甲州街道
半蔵門
御城
日本橋蠣殻町
隼町
とうかん堀
麹町
平河町
海賊橋
みなと橋
永久橋
日本橋槙町
川口町
中洲
上ノ橋
大川
八丁堀
越前堀
佐賀町
深川
永代橋
亀島橋
四日市町
大川端町
松屋橋
仲町
永代島
鉄砲洲
田沼意次中屋敷
正源寺
櫓下
築地河岸
八幡橋
桜川町
軽子橋
佃島
木挽町
木挽町采女ケ原
東海道
江戸湾

『栄花物語』の舞台（江戸）

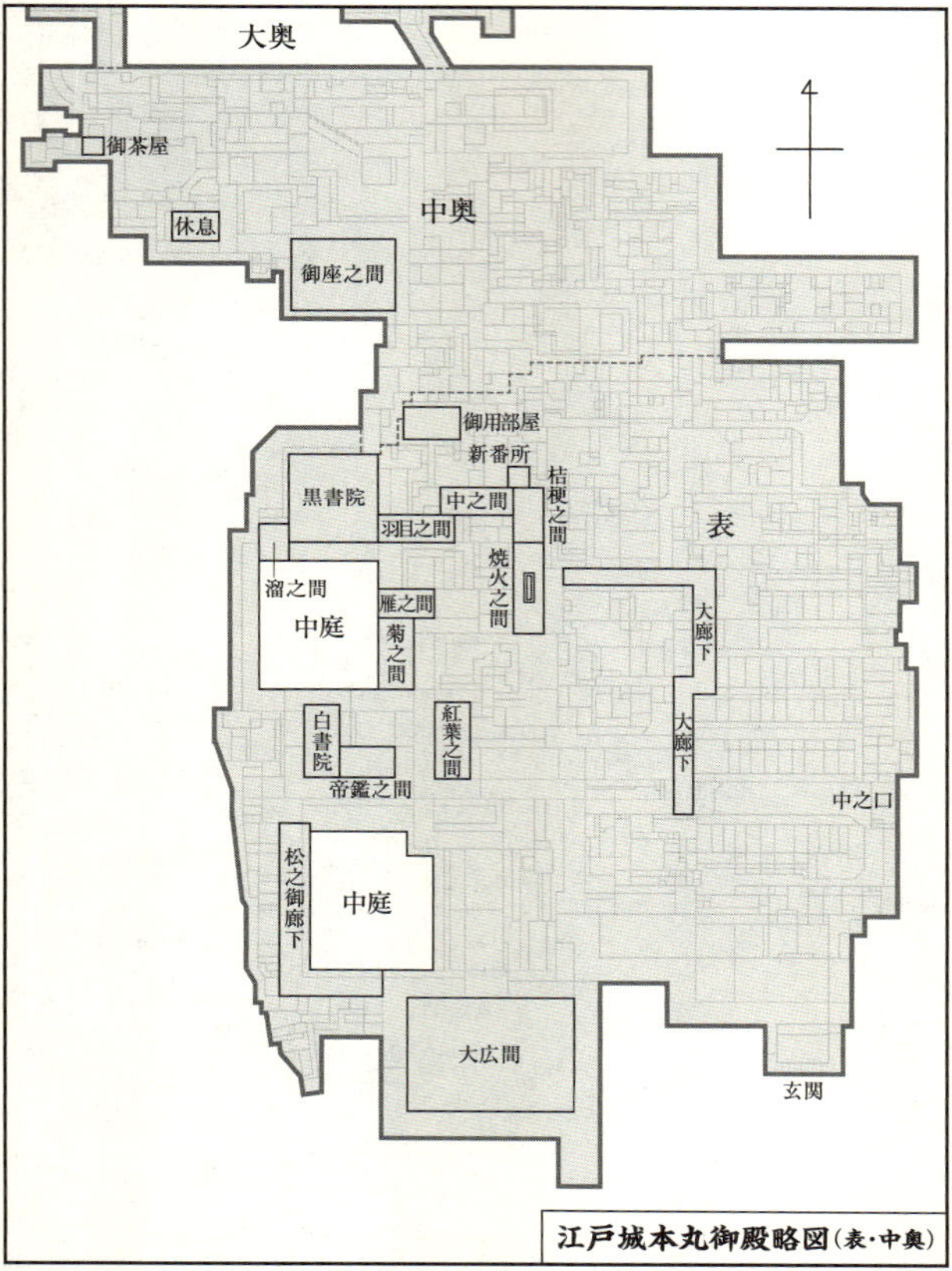

地図製作　アトリエ・プラン

主要登場人物一覧

青山信二郎………旗本。小普請組。田沼意次父子を誹謗する戯文を書いている。
河井保之助………旗本の三男。藤代家の婿養子となる。
その子……………旗本・藤代外記の娘。保之助の妻。信二郎の親戚。
田沼主殿頭意次…徳川幕府の筆頭老中。相良藩藩主。
田沼山城守意知…意次の長男。
滝…………………意次の側女。
松本十兵衛………勘定奉行。意次の腹心。
松平越中守定信…白河藩藩主。第八代将軍徳川吉宗の孫。
佐野善左衛門……旗本。新御番。
はま………………元芸妓。信二郎の女。
紫蘭………………新吉原の花魁。
藤扇(ふく)………新吉原の遊女。

千吉……………日雇い人足。盗賊・田舎小僧の新助。
さだ……………千吉の女房。のちに船頭・要吉の女房となる。
藤代外記………旗本。交代寄合。その子の父。
いく……………その子の母。
河井成兵衛……旗本。保之助の父。
いく……………保之助の母。
島田義平………旗本。成兵衛の弟。

栄花物語

月の盃《さかずき》

その一

外にはかなり強く風がふいていた。「やなぎ」というその料亭は、中洲《なかず》の大川に面したほうに建っているので、二階のこの座敷にいても、岸を打つ波の音はやかましく聞えた。

「ずいぶんひどい波だこと」その子は衿《えり》を拭《ふ》きながら云《い》った、「この家の人たちは怖くないのでしょうか」

ちょうどあげ汐《しお》どきであった。水嵩《みずかさ》も増していたのだろう、ときどきさっと、飛沫《しぶき》のかかる音も聞えた。この家の階下の羽目板を、うちあげる波の飛沫が叩《たた》くのであった。

青山信二郎は浴衣《ゆかた》に細帯をしめ、腹這《はらば》いになったまま、なにか書いたり消したりしていた。まわりには硯箱《すずりばこ》や、書きちらした反故《ほご》や、部厚く綴《と》じた幾冊かの草稿などが、とりちらしてあった。彼は朱筆を持って、舌打ちをしながら乱暴に消したり、また、細字《さいじ》でなにか書きこんだりしていた。

その子は右の腕をあげた。

彼女は鏡に向って化粧を直していた。鴇色《ときいろ》のぼかしの長襦袢《ながじゅばん》にしごき一つで、双《もろ》肌《はだ》をぬいでいた。ゆたかな胸のふくらみも、しなやかにひき緊《し》まった脇腹《わきばら》も、剝《む》いたように裸であった。

「あら、やっぱりそうだわ」

右の腕をあげ、右の乳房の脇を鏡に写してみながら、その子は信二郎のほうを(鏡の中から)睨《にら》んだ。

「やっぱり痕《あと》が付いてしまったわ、ほうら、みてごらんなさい、こんなよ」

信二郎はうんといった。しかし見ようともせずに筆を動かしていた。もう四時ごろであろう、この座敷は東に向いているので、障子を染める光りは、黄昏《たそがれ》のように白けていた。その白けた光りのために、彼の蒼白《あおじろ》い顔がいっそう蒼白くみえた。肉付の薄いほそおもてで、はっきりした眉《まゆ》と、下唇のやや厚い、への字なりに歪《ゆが》めたくちつきに、冷淡で皮肉な性格があらわに出ていた。

その子は中*だかのおもながな顔で、少し長い顎《あご》がふっくりと、二重にくびれている。躯《からだ》は小柄であるが、均整がとれているためか、ぜんたいがゆったりしてみえた。武家そだちの、十八歳という年に似あわず、*おんもりとした身ごなしや、鼻にかかるあまえた声や、舌たるいような話しぶりや、またながし眼に人を見る眼もとなどには、おどろくほど嬌《なまめ》かしい媚《こび》があった。それは恵まれた環境で、拘束されずにそだった者の、自由でしぜんな媚であった。

その子はくくと含み笑いをし、あげた手をおろして、両の乳房をそっと摑《つか》んだ。そのあまり大きい乳房ではないが、そうして摑むとたっぷりして重たげにみえた。その子はそれをやわらかく揺ったり、手の平にのせて重みを楽しんだりした。

「いつまでなにをしているんだ」信二郎がそちらを見ずに云った、「早くしないと風邪をひくぜ」

「ときどきは、やさしいことも仰《おっ》しゃるのね」彼女は横眼に信二郎を見た、「なんだか帰るのがいやになってきたわ」

「追い出されたいのか」

その子はやんわりと向き直って、からみつくように信二郎をみつめながら、あまく鼻にかかる声で云った。

「ねえ、信二郎さま」

「――いやだよ」

「――どうしても」

「もう時間だ、六時にみんなが集まるって、はじめに断わってあるじゃないか」

「だって、そうかしら」

その子は鏡のほうへ向き直った。気を悪くしたようすは少しもなかった。おっとりした手つきで、薄い乳色の化粧水を頰へなでつけながら、こんどは含み声で云った。

「月見の会をなさるって、仰しゃったでしょ、お十五夜に月見だなんて、あなたがそんな俗なことをなさるかしら」

「おれが俗なことをしないというのか」

「知っていらっしゃるくせに」

「こいつらの頭の悪さといったら」と信二郎は筆を投げた、「これで戯作《げさく》の一つも書こうというんだからすさまじい、呆《あき》れ返ったもんだ」

舌打ちをして、彼はだらしなくごろっと横になった。飽き飽きしたというように、肱枕《ひじまくら》をして、その子のほうへ眼をやった。

「今夜はただの十五夜じゃないんだよ」

「――ただじゃないって、どんな……」

「自分で見てごらん」彼は欠伸《あくび》をした、「亥《い》の刻《こく》になればわかる」

「あらそんな、無理なことを仰しゃらないでよ、その子がそんなにおそくまで起きていられないことは御存じでしょ」

信二郎はまじまじとその子を眺めた。彼女の裸の腕は美しかった。手先のほうはすんなりと細く、小さくなっているが、二の腕から肩の付け根のところはむっちりとまるく、柔軟な弾力に満ちていた。風が障子を揺りたて、波の音があらあらしく聞えた。

「その子はいつ婿《むこ》をとるんだ」

信二郎が怠《だら》けた声で云った。風の音でよく聞きとれなかったらしい。彼はもういちどそれを繰り返した。

「十月ですって、……なあぜ」

「どんな気持かと思ってさ」

その子は化粧の手を休めずに云った、「どんな気持だとお思いになって」

「それを聞きたいんだ」

「そうね、どんなかしら」その子はすなおな調子で答えた。

「――どんな気持でもないようね、そう、わたくしどんな気持でもありませんわ、それじゃあいけなくって」

「いいとも、もちろんいいよ」

信二郎は面白そうに自分で頷《うなず》いた。

「だからおれはその子が好きなんだ」

「あら、どうして」

「十月に婿をとるんだろう」と信二郎は云った、「もう一年ちかくもおれとこういうことになっていて、まもなく婿をとるというのに慌《あわ》てるふうもない、どんな感想もないというのはあっぱれだからさ」

「だってそれとこれとはべつですもの」

「それとこれとはね」信二郎は喉《のど》で笑った、「その子をみていると、いつも山の湖を連想する、どんなにごみや泥を投込んでも、ちっとも濁らない、投込んだ物はみんな底へ沈んで、水はいつもきれいに澄んでいる、なにものにも汚されたり濁されたりすることはないんだ」

「褒めて下すっているの」

その子は肌をいれて立ち、ゆっくりと隣りの部屋の襖《ふすま》をあけた。隣りの部屋は暗かった。そこには屏風《びょうぶ》がまわしてあり、その端から乱れた夜具の一部が見えた。彼女はしごきを解きながら、そっちへはいっていった。

その二

「もちろん褒めているのさ」信二郎は仰向きになりながら云った、「ほかの者だとそうはいかない、汚れたものに触れば汚れる、必ずなにか影響を受けずにはいない、しかも、自分が好んで汚れたのに、つまらない良心に咎《とが》めたり、めそめそ後悔したり、責任をひとに転嫁《てんか》して自分をごまかしたりする、たいていの者がそうなんだ」

「だって悪いことをすれば、誰だって良心が咎めるし、後悔もしますわ」

隣りの部屋からその子が云った。信二郎はちょっとのま黙った、それから声を高くした。

「その子は後悔しないじゃないか」

「だってべつに悪いことなんかしやしないんですもの」

「そうだろうな、慥《たし》かに、その子はおれのことを、お婿さんにだって話しかねないんだ」

「いくらわたくしだって、まさか」

「まさか話さないか」

「それは必要があればだけれど」きぬずれの音をさせながら、含み声でその子が云った、「でもそうね、もしかするとうっかり話すかもしれませんわね」

信二郎は唇を歪めた。それから、強くなにかを慥かめるような調子で云った。

「人間が自分から好んですることには罪はないんだ、自分がそうしたくてすることは、その人間にとってはすべて善なんだ。反対に望みもしないことを望むようにみせたり、自分で信じないことを信じているようによそおうことこそ、罪であり悪というんだ」

「でも、そうだとしたら、世の中はめちゃめちゃになってしまうでしょう」

「そんな勇気のある人間は僅《わず》かなものさ、みんな臆病《おくびょう》で胆《きも》が小さいから、世間の眼や人のおもわくばかり気にして、したいこともせず、肩腰をちぢめてもっぱらおとなしく生きているんだ、まちがった善とかありもしない道徳などというやつを守り本尊にしてさ、飼い馴《な》らされた犬という恰好《かっこう》でさ」

「あなたがそんな、理屈のようなことを仰しゃるのは似あいませんわ」

その子の声はまったく話題に興味のないことを示していた。信二郎は黙った。さらさらと、帯の音をさせながら、その子が云った。

「済みませんけれどこちらへおいでになって、帯を手伝って下さいましな」

信二郎はぶしょうな返辞をし、さもだるそうに起き直った。すると、階段をあがって来る人の足音がし、「よしわかった」と云う声が聞えた。そして、その足音は廊下をまっすぐこっちへ来て、この座敷の外で停った。

「失礼ですが入ります」

こう呼びかけたが、信二郎の答えを待たずに、襖をあけて、三人の侍が入って来た。それを聞きつけたのだろう、その子が覗《のぞ》いて見て、「あらお客さまですか」と云い、ゆっくりと襖を閉めた。三人はむろんそれを認めたらしいが、なにも云わなかった。

はじめ信二郎はかれらを*町方の役人だと思った。この大川中洲という処《ところ》は、*安永《あんえい》初年に新しく埋立てたもので、そこに料理茶屋が九十六軒も建ち並び、そのなかには建物の大きさと設備の豪華なことで評判の「四季庵《しきあん》」という料亭もあって、新吉原《しんよしわら》につぐ繁昌《はんじょう》な土地になっていた。少しまえから芸妓《げいぎ》という呼び名が一般的になり、川のこちらでは柳橋から米沢町《よねざわちょう》、たちばな町あたり、向う河岸《がし》には深川のやぐら下など、芸だけを売りものにする妓《おんな》たちがいて、この中洲へもしきりに出入りをした。

――こういう場所には（いつの時代でも）*警吏の眼がひかる。必要なばあいはもちろん、必要がなくとも、かれらはその職権で随時に*臨検をすることができた。*組合番所のある新吉原はべつとして、そのほかの土地ではかれらの臨検を拒むわけにはいかなかった。

——たぶん*町廻《まちまわ》りだろう。

信二郎はそう思ったのであるが、三人の服装や態度をみて、すぐにそうでないことがわかった。ようすからみて、少なくとも*与《よ》力《りき》や*同心でないということは慥かだと思えた。三人のうち二人は若く、一人は三十五六になるだろうか、髪の毛が赧《あか》く、角ばった顔で、薄い眉の下に眼がするどく切れていた。少なからずいかつい相貌《そうぼう》をしているが、ものごしは案外に柔らかく、言葉もかなり丁寧であった。

「私は*大目《おおめ》付《つけ》の関忠之進という者です」

その中年の侍は立ったままで云った。

「失礼ですが、役目の上で少し調べさせてもらいます」

「ああどうぞ」信二郎は頷いた、「しかし、大目付はどのお係りですか」

「*宗門改《しゅうもんあらた》めです」

「ほう、するとキリシタンの疑いでもあるんですか」

相手は答えなかった。若い二人に眼くばせをすると、黙って座敷の中へ進み入り、そこにちらばっている草稿の反故を取って、手早く、しかし入念に調べだした。信二郎は微笑した、皮肉な、面白がっているような微笑で、じろじろと若い二人の侍を見やり、また関忠之進のすることを眺めた。

「これはそこもとの書いたものですね」

忠之進はこう云ってこっちを見た。

「まあ、だいたいそうです」

「だいたいという意味は」

「つまりこうなんです」信二郎はうす笑いをうかべたまま云った、「原案を私から与えると、そこに署名して戯作者たちが文章にし、それをまた私が直すというわけなんです」

「ずいぶん念のいった仕事ですな」

「あの連中は頭が悪いですからね、そうでもしないとものにならないんです」

忠之進はなにか云おうとし、ちょっとためらったが、若い侍の一人を招いて、いま調べたものを一つに纏《まと》め、「これは預かってゆきます」と云ってその若侍に渡した。信二郎はさも訝《いぶか》しいといった表情で、「それが宗教となにか関係でもあるんですか」

「少し違うかもしれませんね」そう云って、忠之進は矢立《やたて》と懐紙を取出した、「どうか御姓名と身分を云って下さい」

「いやだ、……と云ったらどうしますか」

忠之進は黙っていた。信二郎は軽く笑った。

「*小普請組《こぶしんぐみ》の青山信二郎という者です」

「*支配はどなたですか」

「たしか宮城《みやぎ》さんでしょう、暫《しばら》く出ないから変っているかもしれないが」

「お住居は」

「日本橋きつね小路《こうじ》という処です、どうか気を悪くしないで下さい、本当にそういうんですから」

忠之進は聞いたことを書きとめると、隣りの部屋のほうへ眼をやった。

「あちらに婦人がいるようですが、どういう方ですか」

「逢曳《あいびき》の相手ですよ」信二郎の口ぶりはひどく露悪的だった、「むろん武家の者です、*四千石《ごく》の*交代寄合《よりあい》の娘でしてね、調べるのなら呼びましょうか」

「いや結構です」

忠之進はするどく顔を歪めた。信二郎の態度があまりに大胆で、自分からずけずけと聞かぬことまで云ってしまう。まるでからかってでもいるような感じなので、すっかり肚《はら》を立てたようであった。

「いずれ出頭してもらうことになるだろうと思います、どうかそのおつもりで」

彼はこう云って座を立った。信二郎は黙って頷いた。関忠之進は唾《つば》でも吐きたそうな顔つきで、二人の若侍を伴《つ》れてさっさと出ていった。

「――なあにあれは」

その子がそっと襖をあけた。

「*田沼《たぬま》さまのお手先さ」と云って信二郎は立ちあがった、「おれの金儲《かねもう》けのたねがお気に障《さわ》ったとみえる、尤《もっと》もいつかやられるだろうとは思っていたがね」

「だって、なにをお書きになったの」

「田沼さまの悪口雑言《あっこうぞうごん》さ、いま世間で評判になっているやつはたいていおれの知恵から出たものなんだ、が、まあそんなことはどっちでもいい」彼はその子のほうへいった、「帯をしめてやろう、もういそがないとおそくなるぞ」

ええといって、その子はこちらへ背を向けた。心配なようすは少しもなかった。彼が本当に大目付へ呼び出されるか、呼び出されてどうなるのか、そんなことはまるで気にならないというふうであった。――信二郎にはそれがいかにも好ましいらしい、うしろから肩を抱いて、そっと頰ずりをした。

「その子はいいやつだ、ほかの者にはわかるまい、決して理解できないだろうが、おれにはよくわかる、その子はまったくいいやつだよ」

その子は擽《くすぐ》ったそうに含み笑いをした。そして髪が乱れるのも構わず、頭を反らせて、男の頰ずりに応じた。あまい化粧の香に包まれながら、信二郎は低い声で囁《ささや》いた。

「この、きれいな、かわいい、けだものめ」

その三

*天明《てんめい》三年の八月十五日には月蝕《げっしょく》があった。当時の予報はまださして広範囲には行われなかったが、*明月の晩の月蝕は珍しいので、*亥の上刻に欠けはじめるということは、かなり広く江戸市中にひろまり、市民たちに大きな期待と興味をもたせていた。

その日の午後二時ごろ。河井《かわい》保之助《やすのすけ》は麴町平河町《こうじまちひらかわちょう》の家で母に小遣をねだっていた。

「青山信二郎の家へ月見に呼ばれたんです、五六人集まる筈《はず》なんですが、そのまえに、軽子橋《かるこばし》へ寄っていきたいんです」

「――軽子橋になにか御用なの」

「叔母さんの七回忌《しちかいき》があるんです」

母親のいくはちょっといやな顔をした。

「おそらく誰もゆきゃあしないでしょう」と保之助は云った、「私くらいのものだろうと思うんですが、手ぶらでゆくわけにもいきませんから……」

「お許しを受けたんですか」

「父上にですか、青山へゆくことだけ云いました、軽子橋のほうはだめにきまってますから」

いくは針箱の抽出《ひきだし》から財布をとり出した。端切《はぎれ》で作った小さな財布で、もう古くもあるしすっかりよごれていた。切地の色も縞柄《しまがら》もわからなくなっていたが、それは、かれら兄妹《きょうだい》たち四人にとって、昔から馴染《なじみ》の、有難く尊いものであった。幼いじぶんには、それを見るといつも胸がどきどきしたものであった。

「その財布もずいぶん古くなりましたね」保之助は懐《なつ》かしそうに云った、「ずいぶん昔からおねだりをするたびに見るんですが、いつごろお作りになったものなんですか」

「たぶん娘じぶんでしょう、もう忘れてしまいましたよ」

いくは財布の中から若干《なにがし》のものを出し、紙に包んで保之助に渡した。そして、その財布を手にのせて見ながら、ふと淋《さび》しげな微笑をうかべた。

「こんな物をいつまでも持っているなんて、母さんもいいことはなかったのねえ」

さりげない口ぶりであったが、保之助は胸を突かれたように思い、返す言葉もなく頭を垂れた。いくは保之助を見て、冗談のように云った。

「あなたはもうすぐ*藤代《ふじしろ》へゆくんだから、いったらお嫁さんをいたわっておあげなさいよ、なんといったって、女の幸不幸は良人《おっと》しだいですからね」

保之助は礼を云って立った。外へ出ると強い風で、道にはしきりに埃《ほこり》が巻いていた。気持は重かった、軽子橋の島田では、保之助にとって叔母に当る人の七年忌で、その法事の知らせは、十日もまえに平河町の家へ来ていたが、父の成兵衛《なりべえ》はまるで取合わなかった。

——誰もゆく必要はないぞ、と家族たちぜんぶに、渋い顔で云った。

父と島田の叔父とは仲が悪かった。成兵衛は島田家の長男であり、叔父の義平は二男であった。長男が河井へ婿養子にゆき、二男が家督を継いだわけで、もちろん理由があったのだろう。親族のあいだでは、兄弟の父の兵庫《ひょうご》が義平のほうを偏愛していたからだ、と信じられているが、仲の悪いのもそのへんに原因があるようにいわれていた。——しかしその家督の問題がなくとも、二人は性格のうえで合わなかったに違いない。義平のほうは浪費家であったし、成兵衛は殆《ほと》んど吝嗇《りんしょく》にちかかった。弟は千石の家を潰《つぶ》しかかっているが、兄は貧しかった養家を裕福にした。

——平河町は守銭奴《しゅせんど》だ、と義平は云い、——軽子橋は屑《くず》だ、と成兵衛は云った。

義平の貧乏はいまひどい状態だった。法事を家でするのも、寺でやる費用がないからであった。親類といっても、（平河町のほかは）みんな同じ貧乏旗本*のことで、ひとの法事に金を貸すようなゆとりはどこにもなかった。仮に多少のゆとりがあったにしろ、軽子橋に貸すような者はもういなかった。島田は一族の宗家で千石の知*行を取っている、本来ならわれわれの面倒をみる立場ではないか。

——あんまりだらしがなさ過ぎる。なにをしてやってもむだだよ。

親類の者はそう云うのであった。

——どうして平河町へゆかないんですか。

義平が平河町へゆく筈はなかった。河井のほうでも、軽子橋へゆくのは保之助だけで、兄たちも妹も義平のことは嫌っていた。

——あれが叔父だなんて、恥ずかしくって人に云えやしない。

こう云っているが、その兄や妹たちは、叔父の言葉をそのまま使って、父のことを「うちの守銭奴」と呼び、叔父を軽蔑《けいべつ》するよりも強く、父を憎んでいた。——河井家は二千石の*寄合であるが、他の多くの例にもれず、経済的にはずいぶん逼迫《ひっぱく》していた。それを「*内福《ないふく》」などといわれるまでにたて直すのは、尋常いちようのことではなかったに違いない。また生産のない、消費だけの生活では、出費を制限するほかに手段はないであろうが、これらの条件を考えても、なお成兵衛の吝嗇はひどいものであった。

　母親のいくは家つきの娘であるが、彼女でさえ*一文の銭も自由にならなかった。金はぜんぶ成兵衛が握っていて、日常の雑費から家族の小遣まで、定《きま》った日に定額ずつきちんと支給された。たまに臨時の必要があっても、よほどのことでないと出して貰《もら》えないし、出して貰えるばあいにはうんざりするほどの小言を覚悟しなければならなかった。信兵衛、高之助、保之助、しほの四人兄妹は、玩具《おもちゃ》も持たなかったし、菓子という物も知らずにそだった。ぎりぎりに切詰めた生活のなかで、兄妹の唯《ただ》一つのたのみは、「母の財布」だったのである。もちろんいつでもというわけにはいかなかったが、その古ぼけた小さな財布の中には、母親が爪《つめ》で削るようにして溜《た》めた幾らかの銭があって、僅かながらかれらの夢を満足させて呉《く》れた。

　保之助はいま婿養子の縁組がきまっていた。相手は藤代外記《げき》という四千石の交代寄合で、十月には祝言《しゅうげん》をする筈であった。

——保之助は果報者だよ。

兄たちは羨《うらや》ましげに云った。

——四千石の交代寄合で、娘は評判の美人だというじゃないか、おれなら五人扶*持《ぶち》のおたふくでも喜んでゆくぜ。

——この家から出られるならね。

長兄の信兵衛までがそう云うのであった。

平河町の家から軽子橋まで、かなりいそぎ足でいって半刻*《はんとき》ちかくかかった。島田の家は橋の手前を右に折れて、堀ぞいに一町*ばかりゆくのであるが、その橋のところまで来て、保之助はふと足を停めた。——橋の左がわの堀端に、三十人ばかりの（人足らしい）男女が集まって、ひどく昂奮《こうふん》した声でなにか騒いでいた。

「なんてひどいまねをするんだ、あたしたちのような、こんなしがない者の血を吸おうってのかい」

女の声であった。きんきんとつんざくような声だったし、その叫びにはぞっとするほどのつきつめたものが感じられた。

「鬼だってこんなひどいことをしやあしないよ、いいえ云ってやる、あたしゃ黙っちゃいられないよ」

「そうだ、おらだって云ってやる」四十ばかりになるべつの女が喚《わめ》いた、「おら病人の亭主と五人のがきを養ってるだ、おらの女のこの軀で、六人口を養ってるだ、おらが膏汗《あぶらあせ》を絞って稼《かせ》いでも、かつかつ粥《かゆ》が啜《すす》れるか啜れねえ始末だに、その銭から*運上《うんじょう》を取るなんて、いくらお上《かみ》でもあんまりじゃねえか」

「男衆はなぜ黙ってるだ」

ほかの女たちがいっせいに、殺気立って叫びだした。

「こんな非道なまねをされても、おめえたちは黙って首をすっこめてるだか」

「おめえらそれでも男か」

「こいつら黙らねえか」

女たちの叫び声を圧して、がさがさとしゃがれた男の喚き声が聞えた。それは五十あまりになる固肥《かたぶと》りの、背の低い、髭《ひげ》だらけの男で、半纏《はんてん》の下から毛だらけの太《ふと》腿《もも》をだし、よごれた手拭《てぬぐい》で向う鉢巻《はちまき》をしていた。集まっている人足たちに賃銀を払うところだろう、左右に二人、帳面と矢立を持ったのと、銭袋を持った若者がい、そのうしろに三人、ふところから*十手《じって》を覗かせた男たちがいた。その三人のなかの一人は半羽折《はんばおり》を着て、刀を差し、左手に扇子を持っていた。

「黙らねえとただあおかねえぞ」

髭だらけの男が腕をふりあげた。

「＊日傭賃《ひようちん》に二割の御運上のかかることは、お上からちゃんとお触れが出ているんだ、それが不服なやつはお上に対して不服をいだくやつだ、そんなやつには銭は、払わねえし、ひっ括《くく》って牢屋《ろうや》の飯を食わせてやる、さあ、もういちど音《ね》をあげてみろ、文句をぬかせ」

女たちは黙った。彼女たちの歯ぎしりをするのが、保之助にも見えるようであった。

「どうだ、なにか云わねえか」髭だらけの男がどなった、「もうどいつにも文句はねえのか」

「済みませんがひと言いわしておくんなさい」

こう云って、二十五六になる若者が前へ出た。するとその妻とみえる女が若者の男の腕にすがりついて、ずるずると引摺《ひきず》られながら悲鳴をあげた。

「よしておくれ、おまえさん、お願いだからよしておくれ」

彼女の背中で、けたたましく赤子が泣きだした。男は妻の手をふり放して、もうひと足、大股《おおまた》に前へ出た。

その四

ひときわ強く突風が来て、その人の群を砂塵《さじん》で包んだ。保之助はすばやく顔をそむけて、吹きつける砂ぼこりを避けた。

「運上を取るなら取れるやつから取れ」とその若者は絶叫した、「金のあるやつはいくらでもいるじゃねえか、あくどく儲けて、贅沢《ぜいたく》のしほうだいをしているやつがそこらにいくらでもいるじゃねえか、おれたちは日傭取りだぜ、一日いっぱい骨の*おっぴしょれるような荒仕事をして、それも毎日稼げるわけじゃねえ、あぶれる日のほうが多いんだ、三日もあぶれりゃあ粥も啜れなくなるんだぜ、こんな人間の、汗と血で稼いだ蚤《のみ》のくそほどの銭から運上を取るなんて、それでもおめえ恥ずかしくはねえのか」

「運上はお上で定《き》めたものだ」

こうどなりながら、十手を覗かせた男たちの中の一人が若者の前へ出て来た。

「お上があって天下を治めて下さるからこそ、世の中が泰平にゆくし人間というものが生きていられるんだ」

「お上がおれたちになにをしてくれた」

「きさまたちが食って寝て、嬶《かかあ》や子供を持って安穏に生きていられるのは、みんなお上の広大な、御政道の広大なおかげなんだ」

「お上がなにをしてくれた」と若者は声いっぱいに叫び返した、「五日も仕事にあぶれていて、乞食《こじき》小屋のような家の中で親子夫婦が飢えかつえているとき、病人が出て薬も買えねえとき、お上がなにかしてくれたか、してくれるっていうのか」

「御政道というものはもっと広大なもんだ、きさまたちのような、人間の屑のことなんぞ問題じゃあねえや」

「しかも運上だけは*はたるんだろう、おれたちを人間の屑とぬかして、飢えても死にかかっても知らん顔をしていやあがって、取るものだけははたり取ろうてんだ、おれたちの血まで絞りゃあがって、それでお上もくそもあるか」

「おまえさんごしょうだよ」

若者の腕へその妻が縋《すが》りついた。背中では赤子がひきつけるように泣いていた。

「ごしょうだからよしておくれ、あたしや芳坊《よしぼう》が可哀《かわい》そうだと思ってよしておくれ、お願いだよおまえさん」

「放せ、おらあがまんができねえ、せめて云うだけでも云ってやるんだ」

「よし、いくらでも云え」

三人のうち刀を差し扇子を持っている男が、その扇子を若者のほうへつき出しながら云った。

「出る所へ出て存分に云ってみろ、たかが日傭取りの分際《ぶんざい》で、お上の悪口を云うとは不届きなやつだ、そいつを縛れ」

「おれを縛るっていうのか」

「云いたいことを云わせてやるんだ、縛れ」

「やってみろ、縛ってみやがれ」

「あっ、おまえさん」

ひっという女の悲鳴と赤子の泣き声が、突風のためにひき千切れた。保之助は思わず前へ出た、人足の男女がわっと崩れたち、十手を持った二人の男が、若者にとびかかった。けれども若者のほうがすばやかった、彼は扇子を持っている男に躰当《たいあた》りをくれ、相手を突き倒すのといっしょに倒れたかとみえたが、立ち直ったときは右手に刀を持っていた。

相手を突き倒すとき奪い取ったらしい、抜身の刀が、彼の右手でぎらっと光った。

「ああ、誰か止めて」若者の妻が叫んだ、「誰か、うちの人を止めて下さい、誰か」

だが若者は刀をふりあげて、いま起きあがろうとする相手へ、力いっぱい斬《き》りつけた。刀が骨へ当るいやな音が、保之助のところまで聞えた。相手は右手でなにか払うようなしぐさをしながら、堀のほうへ這《は》って逃げようとした。そこを若者はもういちど斬った。肩から背中へかけて叩きつけるように、――法を知らないのと逆上しているために、それは棒で殴りつけるのに似ていた。

殆んどあっというまの出来事であった。

そこにいた者たちは、わっと四方へ崩れたち、十手を持った他の二人も逃げ腰になった。そのとき若者の妻が絶叫しながら、良人にとびかかり、突きとばされて地面に転げると、そのまま良人の足に両手でかじりついた。もうまにあわないのに、良人を止めようとするのであろう、足を取られて若者はよろめいた。それを見て、十手を持った二人と、髭だらけの男とが引返した。

「おさだ、放せ」

若者は叫びながら刀を振りまわした。

女は放さなかった。すっかり分別を失って、ただ死にものぐるいにかじりついていた。とびこんでいった髭だらけの男が、若者の振りまわす刀で顔を斬られ、わっといいながらつんのめった。すると他の一人が十手を投げた。それがうまく若者の額に当った。

そのとき保之助が走っていった。

そんなことをする筈はなかった、ほかの場合ならもちろんそんなことはしなかったろう、けれどもそのときは、見てはいられなかった。若者を助けてやりたいという衝動を、どうしても抑えることができなかった。

「危ない、待て」

保之助は叫びながら風の中を走った。

「けがをするぞ」と喉いっぱいに叫びながら、走っていって、かれらの間へ割りこんだ。助けるとみせて、十手を持った男の一人をはねとばし、一人の足を払った。風し、若者は妻の手から脱し、刀を振りまわしながら、つぶてのように逃げだした。風し、ものほうへ、軽子橋のほうへ向って、逃げながら、若者はいちどこちらへ振返った。

保之助はその顔を見た。

頬のこけた蒼い顔であった。驚愕《きょうがく》したように大きくみひらいた眼と、喘《あえ》いでいる口とが保之助の眼につよく残った。額が裂けて、血が鼻にそって流れていた。恐怖と、絶望と、するどい悲哀のいりまじった、忘れることのできない表情であった。

それはほんの一瞬のことで、若者は糸を引くように早く、軽子橋を渡って逃げた。すぐあとから二人の男が追っていった。自分たちが追いつめるより、人の助力を求めるつもりらしく、出るだけの声で叫びながら追っていった。

保之助は若者の妻を助け起こした。

人足たちはもう一人もいなかった。帳面と矢立を持っていた男たち二人は、傷ついた二人を介抱していた。保之助はすばやく若者の妻を立たせ、「早く逃げるんだ、走れるか」

そうせきたてながら、風かみのほうへ駆けだした。

「走ってくれ、家はどっちだ」

女はがたがたふるえていた。そして、口の中で狂人のように、同じことを繰り返し呟《つぶや》くばかりだった。

「どうしよう、ああどうしよう」

背中の赤子はもう泣いてはいなかった。ぐたりと仰向いて、母親が走ると、首がぐらぐらと落ちそうに揺れた。

「そいつを逃がすな」うしろでどなる声がした、「そいつらを捉《つか》まえてくれ、ひとごろしだ」

女の腕を抱えて、引摺るように、保之助は走った。左がわの武家屋敷から、足軽*が三人ほどとびだして来た。堀の向うの、鉄砲洲《てっぽうず》の家々にも、こっちを眺めている人の顔が見えた。――保之助は走りながら、自分が追われているような恐怖におそわれた。

その五

日が昏《く》れるとしだいに弱くなった風は、八時まえにすっかりやんだ。その風が吹き払ったかのように、空はきれいに晴れ、中秋の月はやがて、申し分のない明るさで輝きだした。

日本橋きつね小路は狭い一画である。浜町河岸《がし》のほうに*佐竹侯の*中屋敷があり、南がわに*牧野備前の下屋敷がある。佐竹のほうが大きい構えで、ぐるっと築地塀《ついじべい》をまわした中に、椎《しい》の木が森のように繁《しげ》っている。きつね小路はその二つの屋敷の間にあり、だいたい小旗本の家ばかりで占められていた。――青山の家は、佐竹邸に接した角地で、*五十坪ばかりの庭の、東がわに佐竹の築地塀があり、その邸内の樹《こ》立《だち》が、こちらの庭へずっと枝を伸ばしていた。

家はむろん古くて狭かった。柱には歪みがきているし、縁側は傾いていた。少しも手入れをしない庭には、瘦《や》せて勢いのない杉の若木が四五本と、雑草がむぐらをなしているばかりだった。

いま、その庭に面した八帖《じょう》と六帖をあけ放して、燭台《しょくだい》をずらっと並べ、十人ばかりの客が集まって、酒宴をしていた。

佐竹邸の黒い樹立の上に、明るく月が昇っているが、誰も月などを眺める者はなかった。各自が膳《ぜん》を前に置いて、さかんに飲み、無遠慮な声で笑ったり話したりしていた。給仕には五人の芸妓が来てい、おはまというのが主婦役で——彼女は半年ほどまえから、押掛け女房のかたちでこの家へ来て、信二郎といっしょに暮しているのだが、——妓《おんな》たちの指図をしたり、客の相手になったりしていた。

客の種類はいろいろだった。侍のほかに戯作者や芝居の者や、一中節《いっちゅうぶし》の太夫《たゆう》や、勘当された*札差《ふださし》の倅《せがれ》などがいた。侍は六人で、年ごろも同じくらいだし、みんなぐれたような仲間であった。少なくとも、*茶屋酒の味も知らないというのは、河井保之助ひとりであった。——保之助はもとからの仲間ではなく、信二郎と*昌平坂《しょうへいざか》の学問所でいっしょだった関係から、この家へ出入りをするうちに、かれらと知りあうようになったのである。

保之助はかれらを軽蔑していた。かれらの軽薄な堕落ぶりがやりきれなかった。またかれらのほうでも、保之助のまじめなことと、誘惑にのらない性質とを嘲笑《ちょうしょう》していた。

——あの倹約な箱入り息子かい。

など云《い》うのであった。

かれらのなかで、いちばん保之助が嫌っているのは佐野善左衛門《さのぜんざえもん》という男であった。彼は四百石の新御番《*しんごばん》で、軀も小柄だし、色が黒くて、骨ばった、貧相な顔をしていた。太くて濃い眉も、すばしこく動く細い眼も、つよく張った顎や大きな厚い唇も、すべてが下品で卑《いや》しくみえた。甲高い声でべらべらとなんにでも口を出し、やかましい乾いた声で笑う。自尊心が強いくせに、ひどく他人の顔色を気にして、なんでもないことにすぐ怒った。——彼は上州甘楽郡《かんらごおり》に知行所があり、その知行所をいつも自慢にするので、みんなは彼のことを「甘楽郡」と呼んでいた。

「あの人にはうんざりするわね」

おはまが眉をひそめて、信二郎に酌をしながら云った。

「あの甘楽郡のお饒舌《しゃべ》りを聞いていると酒がさめてしまう、あたしならとっくにお出入り差止めだわ」

信二郎は唇で笑った。

「おまえ惚《ほ》れているんだな」

「なんですって」

剃《そ》りあとの青い眉をあげて、おはまは信二郎を睨んだ。彼女は二十二になる、深川では名妓《めいぎ》（そんな呼び名の出はじめたときであったが）といわれ、侠気《きょうき》と美貌とで評判だった。いったいが痩せすぎているし、決して美人ではないが、いかにもすっきりと垢《あか》ぬけがしていた。少し険のある冴《さ》えた眼鼻だちで、色っぽさよりも賢いという感じのほうがつよかった。

「あたしがどうしたんですって」

「惚れているというのさ」と信二郎がからかうように云った、「女が或《あ》る人間をひどく悪く云うときは、自分では知らずに惚れている証拠だ」

「よして下さい、冗談じゃありませんよ」

「女というやつはそういうものさ」

「あなたの悪い癖だわ」おはまは空いている盃《さかずき》を取って、手酌で飲んだ、「人もあろうに甘楽郡なんて、どうしてそう選りに選って毒のあることばかり云うんでしょう」

「なにをそこでもめているんだね」

向うから当の善左衛門が呼びかけた。色の黒い顔が、酔いのために赤みを加え、濡《ぬ》れた唇がいやらしいほど精力的にみえた。

「そう*こちのひとのそばにばかりへばりついていないで、少しはこっちへもお姿を現わしてもらいたいですな」

「放さないんですよ、こちのひとが」

おはまが信二郎を見たままで答えた。

「あたしが誰かに惚れているって、やきもちをやいて放さないんです」

「聞きのがせないことを聞くもんだね」と善左衛門が云った、「そういうことはひとつ、はっきりさせてもらおうじゃないか、その幸運児はいったい誰なんだね」

「甘楽郡の城主、おまえだよ」信二郎が云った、「気がつかなかったかい」

善左衛門はくっと酒に噎《む》せて、激しく咳《せ》きこんだ。みんながわっと笑いだした。

そのとき、正太郎という札差の息子が、「*とうざいとうざい」と云って坐《すわ》り直し、*扇子の要《かなめ》を返して六帖の向うをさした。

「*いずれもさまお控え下さりませい、これより*北国到来、月の盃の御披露にござります」

その声につれて、芸妓が二人がかりで文台《ぶんだい》を運んで来た。古風な螺鈿《らでん》の文台で、その上に三つ組の盃を五つ並べ、その一つ一つに、新吉原の*青楼の名と遊女の名を書いた紙が付けてあった。中秋の月を祝って、遊女たちから馴染の客へ贈る盃である。

「*札がしらは中卍《なかまんじ》の紫蘭《しらん》さま」と正太郎が読みあげた、「*脇《わき》は大橋楼の舞鶴さま、三の位は吉田屋の玉藤さま、*四品《しほん》は山口楼の……」

読みあげるたびに、みんなが歓声をあげ、拍手をした。そして、それらの遊女の噂《うわさ》から、話はいっそうやかましく、また猥雑《わいざつ》になるばかりだった。

「相変らずむずかしい顔をしているな」

信二郎は立って、保之助のそばへいって坐った。そこは席の端で、坐ると月がよく見えた。

「こういう連中のために神経を疲れさせるのは徒労だぜ、まあ飲まないか」

「そんなことを気にしてはいないよ」

「それならいいさ」

信二郎は保之助に酌をして云った。

「軽子橋はどうだった」

「うんそれが、寄らなかったんだ」保之助は苦い顔をした、「寄るつもりでいたんだが、変なことで時間をとられたものだから」

「法事だとか云ってたじゃないか」

「叔母の七年忌なんだ」保之助は酌をされたまま飲まずに盃を置いた、「ほかにゆく者はないだろうから、おれだけでもいってやりたかったんだが」

「いったいなにごとがあったんだ」

保之助はぎゅっと唇をひきむすんだ。それから、低い悲しげな声で、人足たちの騒ぎのことを話した。排《は》けくちを求める激しい怒りが、その悲しげな声のなかに燃えているようであった。——聞いているうちに、信二郎の眼は冷やかな色を帯びてきた。人をからかうような、いつもの微笑が唇にうかんだ。相手が保之助なので、どうやらそれを抑えているようであった。

その六

「それで、その女を家まで送っていったのか」

「事情も聞きたかったしね」

保之助は盃を取って飲んだ。ひどく不味《まず》いものでも飲んだように眉《まゆ》をしかめた。

「ただ金や物を贈ったってだめさ」と向うで善左衛門が云っていた。

「相手はもう金や品物には食傷《しょくしょう》しているからな、贈るなら絶対に効果のある物で、——そうさ、おれにはそれがあったのさ、間違いなしにくいついてくる物がね」

「家は深川の永北町という処だった」

保之助はやはり低い声で続けた。

「ちょっと云いようのないひどい裏長屋で、*中気《ちゅうき》で寝たっきりの老人がいた、病人にきせる蒲団《ふとん》も、満足にはないというありさまなんだ、もちろんそんなことは珍しくはない、軽子橋の叔父だってそれに負けないし、われわれ旗本の大部分が同じようなものなんだから」

「ただがまんできないのは」と保之助は云った、「あんなみじめな日雇い人足から、運上を取るということなんだ、――青山も知りはしないだろう、日雇いというけれども、賃銀の支払いは五日め五日めだそうだ、その日ばらいにすると、仕事もその日契約で、明日は断わられるかもしれない、いや、じっさいに断わられる例が多いそうだ」

「かれらは五日間の利を稼ぐわけさ」

「――誰が、なにを稼ぐって」

保之助は訝《いぶか》しそうに眼をあげた。

「その雇い主がさ、だがまあいい、そんなことは河井なんぞ知らないほうがいいよ」

「五日ばらいではみんな困るんだ」保之助は続けて云った、「ただ仕事に取付いていたいばかりに、たいていの者が*借り食いをして働くんだ、五日めに賃銀を貰っても、借り食いの分を払えば無くなってしまう、本当にぎりぎりいっぱいなんだ、——そういうぎりぎりいっぱいの者から二割という運上を取る、などということが許されていいだろうか」
「二割というのは怪しいね」
「取ることのできる者から取れ、とあの男は叫んでいた、じっさいに飢えと当面している人間の声なんだ」保之助は自分で恥じるように眼を伏せた、「あの若者は千吉というそうだが、彼が逆上して役人を斬った気持はよくわかる、ほかに手段があろうなどとは私は思わない、彼はどうしても叫ばずにいられないことを叫んだ、そのために縛られようとしたんだ」
「その三人は役人じゃあないよ」
「かれらは十手を持っていた」
「役人だとしても買われているんだ」信二郎は冷笑して云った、「雇い主に買われて出張していたのさ、その千吉という男は縛られやしない、縛ったところで伴《つ》れてゆく処がないんだから」

「そんなことがわかる筈はないじゃないか」

「わかろうとしないからさ、二割の運上というのだって怪しいもんだ、運上は今ずいぶん広範囲に掛けられているが、そんな日傭賃に二割なんていうことはありゃあしない、そんなべらぼうな話があるわけはないし、またそんな処へ役人が出張して来るわけもないだろう、ちょっと考えたってわかる筈じゃないか」

保之助は怒りの眼で信二郎を見た。

「じゃあ、どうすればよかったというんだ」

「どうすればって、——さあね」と信二郎は冷やかに云った、「まあどうしようもないだろうな、人間を搾《しぼ》る手段にかけては、やつらは悪魔の知恵をもっているし、搾られる人間の種も尽きないからな」

「それで青山は平気でいられるのか」

「おれか、——おれはその話でひと儲《もう》けするよ、使える話だからね」

保之助は唇を嚙《か》んで憤怒《ふんぬ》の眼で信二郎を睨《にら》んだ。それから乱暴な動作で、相手に盃をつきつけた。

「おれは事実を云ってるんだ、事実そうなんだ」

向うで佐野善左衛門が話していた。彼はもうかなり酔って、むやみに手を振ったり、膝《ひざ》を叩《たた》いたりした。

「そのうちに見せてもいいが、系図にちゃんと書いてあるんだ、佐野家の七代めのところにはっきりとさ、うん、田沼氏*は佐野の家来分だったんだよ」

「見なければ信じられないな」と、そばにいる飯島和兵衛が云った、「家来のことまで書いてある系図なんて、おれはまだ聞いたこともない」

「それがちゃんと書いてあるんだよ」

「いったい家来分ってなんだ、あいまいじゃないか家来分だなんて、分というのはどういう意味なんだ」

「そのとおりの意味さ」

善左衛門はつるっと自分の顔を撫《な》でた。

「田沼氏はおれの家の家来分、それがちゃんと系図に書いてあるんだ」

「それでどうなすったんですか」

戯作者の後註門道理《ごちゅうもんどうり》があいそ笑いをした。

「その御系図をどうなさるおつもりですか」

「どうしたと思う」善左衛門は得意そうに鼻を反らせた、「おれは相良侯《さがらこう》（田沼意次《おきつぐ》）のところへ持っていった、持っていってから申上げたね、――この系図は佐野家*重代のものですが、どこかに記載の誤りがあるようです。どうかお調べのうえ宜《よろ》しく御訂正下さるように、ってさ」

「へえ、思いきったことをするもんだな」

「悪くはないね」田部吉三郎が云った、「もし本当に家来分ということが書いてあるとすれば、それは相良侯ひっかかるに相違ないよ」

「まず*二千両の金に相当するでしょうな」

「おれは*奏者番《そうしゃばん》が望みなんだ」

善左衛門は考え深そうに眉をひそめた。

「*松本伊豆守《いずのかみ》が*鷹匠《たかじょう》から*勘定奉行になったとすれば、おれが奏者番になれない道理はないだろう、いつまで*新番の*供弓《ともゆみ》では、知行所の者たちにも恥ずかしいからな」

「慥《たし》かに相良侯はくいつくよ」田部吉三郎が云った、「人間は出世をすると家系をよくしたいものだ、成上り者ほど、家系を飾りたがるからな、そいつは断じて悪くないよ」

「系図のほかにもう一つあるのさ」

善左衛門は手を振って、みんなの顔を眺めまわしながら昂然《こうぜん》と云った。

「おれの知行所、つまり甘楽郡に佐野大明神という氏の神がある、小さな社だが、氏の神として古くから知られているんだが、これをね、——田沼大明神と直したんだ」

「なんとまあ」

「田沼大明神とさ」善左衛門はくすくす笑った、「そしておれは相良侯にそう云ったよ、私はただ誤りを正しただけです、そうあるべきものをそうしただけです、ってな」

「御奏者番まちがいなしですな、ええ」後註門道理が云った、「金にすれば五千両、いや壱万両の贈り物ですよそれは、まちがいなし、田沼さまはもう貴方《あなた》のものですよ」

そのとき保之助が云った。

「なんという卑しい、見下げはてたやつだ」

高い声ではないが、刺すような鋭い調子で、かなりはっきりと聞えた。みんながはっとし、善左衛門がそっちへ振向いた。

「なんだって、河井、——なにがどうしたって」

「見下げはてたやつだというんだ」

「なにがさ、なにが見下げはてたんだ」

そう云いかけて、善左衛門はさっと顔色を変えた。*小鬢《こびん》のあたりが白くなり、眼がつりあがった。

「河井、それはおれのことか」

「おまえのことだ」保之助が云った、「出世したいために賄賂《わいろ》を使うさえ、侍なら恥ずかしいと思う筈だ、それを自分の家の系図を直させ、氏の神の名まで改称するとはなにごとだ、そこまで卑しく堕落しても恥じないのか」

「きさま、きさま、――」

善左衛門は吃《ども》って、吃りながら刀を摑《つか》み、いきなり立ってそれを抜いた。芸妓たちはきゃあと叫び声をあげ、一人は燭台を倒しながら逃げた。

「危ないじゃありませんか佐野さま」おはまがすばやく前へ立った、「およしなさいまし、酔っていらっしゃるんですよ、河井さまは酔ってらっしゃるんだから」

「いや勘弁ならん、赦《ゆる》さんぞ河井、庭へ出ろ」

彼はよろめきながら刀を振った。芸妓たちはまた悲鳴をあげ、慌《あわ》てて脇へ逃げた。

「いいかげんにしないか佐野、やめろ」

「止めるな、おれはあいつを斬ってくれる」

保之助は強く顔をしかめ、盃を取りながらそっぽを向いた。信二郎が云った。

「此処《ここ》ではよせよ佐野、やりたければ時と場所を定めて、侍らしく堂々と決闘するがいい」

「いいとも、心得た」善左衛門がすぐに喚いた、「決闘だ、みんなが証人だぞ河井保之助、はたし状を遣《や》るから逃げるなよ」

保之助は黙っていた。庭のほうへ向いた彼の（しかめられた）額に、月の光りが映っていた。

汚名の人

その一

月見の夜から三日めに、大目付から青山信二郎のところへ出頭の通告が来た。役所ではなく、*詰所のほうへの召喚で、係りは宗門改めの新庄能登守《しんじょうのとのかみ》ということであった。

通告の来たのは朝八時で、そのときさきつね小路の家には三人の客がいた。秋栖舎《あきのや》時雨《しぐれ》、後註門道理、松林坊切句《しょうりんぼうせっく》という戯作者《げさくしゃ》たちで、後註門と松林坊は月見の夜からいつづけだし、秋栖舎はゆうべ来て飲み倒れたまま泊り、みんなで迎え酒をやっていたところであった。——かれらは初め冗談だと思った、しかし、なぜ信二郎が召喚されるかという理由を聞いて、三人とも色を変えた。

「それは本当のことですか」

「嘘《うそ》をついてどうするんだ、中洲のやなぎで押えられたんだよ」

「いつのことです、それは」

「さきおとついの午後さ、ちょうど後註門の草稿に手をいれているところだったが、いきなり踏込んで来て、そこにあるやつをみんな押えて持っていったよ」

「私のは」切句が吃った。「私のもですか」

「ああ松林坊のも秋廼舎のもね、おれの下書も反故《ほご》も洗いざらいさ」

道理の盃《さかずき》を持った手が震えだした。彼はいちばん若く、その小説もよく売れていた。いまようやく得意の時期なので、他の二人よりも打撃が大きいようであった。

「しかしいったい、どうして貴方のことを嗅《か》ぎつけたんでしょう」

「それがわかればどうにかなるのか」

「だっていきなり中洲の料理屋へ踏込むなんて、よっぽど慥かなめぼしがついていなければできないこってしょう」

「慥かなめぼしがついていたのさ、だからやったに定《きま》ってるじゃないか」信二郎は盃の酒を呷《あお》っておはまを呼んだ、「——着物を出してくれ、麻裃《あさがみしも》だ」

三人の戯作者たちはお互いに顔を見あった。

かれらの顔には恐怖と疑いの色があらわれていた。かれらは信二郎の原案によって、老中《ろうじゅう》田沼主殿頭意次《とのものかみおきつぐ》とその子山城守意知《*やましろのかみおきとも》を誹謗《ひぼう》する多くの戯文や落首《らくしゅ》を作った。

板行《はんこう》するときはむろん偽名か無署名であるが、草稿にはおのおの雅号が書いてある。それが大目付の手に押収《おうしゅう》され、信二郎が取調べを受けるとすれば、おそらく三人も無事ではいられないだろう。ただ一つ、この仕事にはうしろ盾がある筈《はず》だった、田沼父子を誹謗するために、戯文や落首を作り、それを頒布《はんぷ》する仕事は、もう一年以上も続いているが、これは田沼氏を閣老の席から逐《お》おうとする人々、――すなわち反田沼派の人々によって支援されていた。少なくとも、極めて身分の高い〝或る人物〟がうしろ盾になっている、と信二郎がほのめかしていた。信二郎はほのめかしなどする男ではなかった、なんでも無遠慮にずばずば云ってのけるのだが、その〝人物〟についてだけは、ふしぎに言葉を濁した。けれども、その人物がうしろ盾だということ、また報酬の金もそこから出ているということは、事実と信じていいようであった。

「それにしても、むろん、大丈夫でしょうな」

道理がさぐるように訊《き》いた。

「いざとなれば例の高貴な人が援護してくれるでしょう」

「――高貴な人だって」

「貴方はそう仰《おっ》しゃいましたよ」と切句もそばから云った、「この仕事にはうしろ盾がある、金もそこから出るんだって、慥かにそう仰しゃっていましたよ」

「身分の高い或る人物かね」

信二郎はこう云って、皮肉な、嘲笑するような眼で三人を見やった。そうして、さも可笑《おか》しそうにくすくすと笑いながら、立ちあがって着替えを始めた。

「ばかだなおまえたちは、仮にも小説の一つも書こうという人間が、そんな甘いことを考えているのか、もっともおまえたちの書くものは版元と読者のお好みしだい、あなた任せで自主性がねえからな、銭にせえなりゃあなんでも書くんだから」

「だって貴方、今になってそんな」松林坊がつめ寄って云った、「そんな甘いのなんのって、貴方はそういううしろ盾があるって、ちゃんと仰しゃったじゃあございませんか」

「もちろんいるよ、いるからこそ金になるし、金になるからこそやっているんだ」

「じゃあなにが甘いというんですか」

「おめえたちはながいきをするぜ」

信二郎はおはまに振返った。おはまはうしろから袢を着せかけ、袴腰《はかまごし》を当てた。動作は手まめできびきびしているが、大目付の使いが来てから、彼女のようすも変っていた。頰のあたりが硬《こわ》ばり、眼がおどおどと絶えずおちつかなかった。

「多助に、出ると云ってくれ」

信二郎はおはまに云って、袴の紐《ひも》をしめながら、三人を見た。

「この仕事にうしろ盾のあるのは事実だ、しかし表沙汰《おもてざた》になればおしまいさ、その人間は金を払っているんだ、金でおれたちを利用しているだけだ、そのために自分が傷つくようなまねはしやあしない、間違ってもそんなばかなまねはしやあしないよ、それどころか、いよいよ危なくなれば、自分でおれたちに縄を掛けるかもしれないくらいだ」

「まさか貴方そんな、そんなべらぼうな、どうかおどかしっこなしにして下さいよ」

「そう願いたいな」信二郎は云った、「おどかしっこなしにさ、悪くするといちばん*埋まらねえのはおれだからな」

信二郎は唇を曲げた。

彼はおどかしているのではなかった。召喚されてどうなるか、まったく見当がつかなかった。こんなことで重罪にもなるまいが、重罪にならないともいえない。田沼父子を誹謗する戯文の類《たぐい》は、誇張とおひゃらかしと牽強付会《けんきょうふかい》から成っていたし、また将軍*家治《いえはる》やその*閨門《けいもん》にも及んでいた。もしもかれらにそうする意志があれば、どんな罪を科することもできるだろう、それだけの材料は充分にある筈だった。

——田沼はそれほどばかな人ではない。

信二郎はこれまでそう思っていた。そう思う根拠はないし、それで自分をごまかすわけでもなかったが、主殿頭意次という人には、どこかしら「ばかではない」という印象があったのである。けれども今、その想像はゆらぎ始めた。召喚という事実にぶっつかって、初めて、田沼意次という人物が〝権勢並びなき人〟として臨んできた。望むことを望むようにできる人。誰からも＊掣肘《せいちゅう》されない人。それが重おもしい現実としてのしかかってくるようであった。

——やられるかもしれない。

彼はそう思わざるを得なくなった。

「本当のところ」と秋廼舎が云った、「そのうしろ盾の人はなんにもしちゃあくれないいんですか」

「うろうろするな、みっともない」

信二郎は床の間から刀を取って、一つを腰に差し一つを右手に持った。

「まかり違っても死ぬだけのこったろう、天下の宰相《さいしょう》をさんざっぱら茶にしたんだ、縛り首になったところで心残りはない筈だ、今日じゅうにはどっちにしろ片がつくんだから、陽気に酒でも飲んで待っていろよ」

三人はしんと黙っていた。

玄関まで送って出たおはまは、すばやくうしろへ眼をやってから、信二郎の顔を見あげ、囁《ささや》くような声で云った。

「桜川町へ知らせましょうか」

信二郎は首を振った。おはまは縋《すが》りつくような表情をした。

「だって知らせるだけでも」

「おまえ寝不足だぞ」信二郎は云った、「あいつらは勝手に飲むだろうから、少し横になれ、おれのことは心配しなくてもいいよ」

そして彼は家を出た。

その二

千代田の城へあがることは、年にせいぜい一度か二度であった。小普請組《こぶしんぐみ》というのは無役で、登城する用がない。本来は定った日があり、各自の支配のところへ出なければならないのだが、近来はすたれて、そんな律義《りちぎ》なことをする者はなくなっていた。

青山信二郎は下乗橋《げじょうばし》から入った。もう一般の登城時刻は過ぎたので、あまり人の往来はなかったが、書院門の番所のところで、うしろから呼び止められた。振返ってみると、河井保之助であった。

「妙な処《ところ》で会うね」

二人が同時に同じことを云った。保之助も麻裃であった、彼は三男の部屋住《へやずみ》だし、彼の父の成兵衛は吝嗇《りんしょく》だから、その裃は父か兄のを借りたのであろう、それはもう古びてやまが摺れていた。しかし麻裃を着けた保之助は、立派であった。いかにも凛《りん》とひきたってみえた。顔つきも明るく、冴え冴えとして、若さと健康が溢《あふ》れるようであった。

「河井が城へあがるなんて、どうしたんだ」

「吟味を受けるんだ」と保之助が答えた、「勘定奉行のどの役所だかわからないが、急のことでまごついたよ」

「すると婿《むこ》にゆく話はどうなるんだ」

「どうなるかとは」

「役がつくんなら婿にゆく必要もなくなるんじゃないか」

「まさかそうもいかないでしょう」

「相手の娘がきれいなんだな」

「冗談じゃない」

「ばかだな、いい年をして赤くなるやつがあるか」信二郎は微笑した、「もうたびたび会ってるんだろう」

「よしてくれ、たくさんだ」

「いったい先はどんな家なんだ」

「もうその話はいいよ」保之助はそっぽを向いたが、「——いったい青山はなんの用であがるんだ」

「おれか、おれは大目付へ出頭だ」

保之助は振向いて見て、眉を寄せた。

「みつかったのか、あの仕事が」

「仕事なんてよせよみっともない、あんなものは子供だましの悪戯《いたずら》さ、まじめにとりあげるやつがあるものか、べつの事だよ」

「あれは仕事だよ、立派な仕事だよ」

保之助は立停り、通りかかった侍のゆき過ぎるのを待って、云った。

「いまひろがっている一般的な反田沼の空気は、殆《ほと》んど青山の仕事から起こったものじゃないか、ことに市民のあいだの悪評はそうだ、青山の書くものは辛辣《しんらつ》ではっきりしている、しかも俗耳に入りやすい戯作落首でやるんだからな」
「そんなにいきまくなよ」
「この状態は早く毀《こわ》さなくちゃならない」保之助は続けた、「この思いつきばかりで、絶えず変化ばかりする政治、庶民の生活を無視して、思いついた政策をむやみ押しつけ、強い反対にあうとひっこめるくせに、またすぐに思いつきの政策をやろうとする、それが庶民の生活をどんなに苦しめているかということには、まったく気がつかない、これは政治を私《わたくし》することだ、こんな、政治を遊んでいるような状態は早くうち毀さなくちゃだめだと思う」
「政治というやつは庶民のことなんか考えるもんじゃないぜ」
「現象的にはだろう」保之助が云った、「庶民からはなれては存在し得ない筈の政治が、庶民と無関係なところで行われているから」
「政治は庶民のことなんか考えやしない」と信二郎が遮った、「政治というやつは、征服者が権力を執行するために設けた機関さ、いかなる時代が来、いかなる人がやっても、政治がその原則から出ることはないんだよ」
「ではなぜ青山はあんな仕事をするんだ、青山のやっていることは、田沼氏が庶民の生活を苦しめながら、悪徳政治を行なっているという事実を指摘している、政治がもっと庶民生活を考えなければならない、ということを啓蒙《けいもう》しているんじゃないか」

　信二郎は冷やかに唇で笑った。

「私にもやりたいことがあるんだ」と保之助は云った、「婿にゆく気になったのもそのためだし、もしもこんどの吟味に合格して、勘定奉行の管轄《かんかつ》に席が得られたら、本気になってやってみたいことがあるんだ」

「悪徳政治の*剔抉《てっけつ》かね」

　保之助は信二郎を振返った。責めるような表情であった。まじめな話になると、信二郎は必ず嘲笑的になる。まじめであればあるほどそれがひどい。保之助にとって、彼はただ一人の親友といってもいいのだが、その点だけはどうしても承認することができなかった。

「佐野からなんとも云って来ないんだが」と保之助はまた立停って、話を変えた。そこはもう*中ノ口の番所の前で、二人はそこから別れなければならないのであった。

「佐野から、――ああ、決闘のことか」

「あれだけ大勢いる前で宣言したんだから、まさかうやむやにする筈はないと思うんだが」

「どうだかな」信二郎は無関心に云った、「あの晩あいつは酔っていたし、おれの言葉にひっかかって、ついあんな景気のいい啖呵《たんか》をきったんだろう、本当に果合《はたしあい》なんぞできる男じゃあないよ」

「どうしたらいいだろうか」

「どうしたらとは」

「やるのかよすのか、はっきりさせておいたほうがいいと思うんだが」

「それならおれから云っといてやるよ」

信二郎はそう云って、冗談のようにこう付け加えた、「しかしあいつは臆病《おくびょう》なくせに嫉妬《しっと》ぶかいからな、河井が吟味にとおって、なにかいい役にでも就くとすると、またぐずぐず云いだすかもしれないぜ」

二人は口番*のところで別れた。

信二郎が大目付の詰所へゆくと、若い与力の一人が待っていて、そのまま奥のほうへ案内した。中之廊下というのを通って、さらに幾たびか曲ってゆく。彼はそんな奥へあがったことがないので、どこがどこやら見当もつかなかったが、やがて御*用部屋と思われる大きな部屋へ着くと、そこで新庄能登守にひきつがれた。

能登守は三十二三になる瘦《や》せた男で、信二郎を見ると軽侮するように顔を歪《ゆが》めた。

「貴方は結婚の届けをしていませんね」

能登守は調書のようなものを見ながら、こう云ってじろっと眼を光らせた。

「ええ出していません」

「どうしてですか」

「べつに仔細《しさい》はありません」

彼は平然と答えた。能登守は唇をぎゅっと曲げた。

「しかし貴方には同棲《どうせい》している妻があるでしょう」

「同棲者はいますが、妻ではありません」

信二郎はそこで皮肉に笑った。

「われわれの生活では、とうてい妻子を養う余裕はないんですよ」

「たとえ妾《めかけ》にせよ」と能登守は云った、「同棲する以上は届け出なければならない、そのくらいのことを知らない筈はないでしょう」

「召喚されたのはその問題ですか」

能登守は黙った。信二郎は冷やかに云った。

「その問題ならお係りが違うでしょう、どうか呼び出した御用のほうを仰しゃって下さい。尤《もっと》も、——個人的な好奇心からのお訊《たず》ねならお答えしますが、私どものところへ来るような女は気まぐれで、お届けをするより早く逃げだしてしまうものなんです。今日来て明日とび出してゆくんですから、とうてい届け出る暇なんかないんですよ」

能登守はむっとして立った。ひどく怒っているようであった。

「こちらへ来て下さい」

そう云って、さらに奥へ案内した。

その三

その部屋へ入るまえに、廊下で*若年寄《わかどしより》とすれちがった。もちろんこっちで顔を知っているだけだし、松平なにがしとか、名もよくはわからなかったが、若年寄だということは覚えていた。また、その辺には*茶坊主《ちゃぼうず》のゆき交う姿なども見えたので、*老中部屋の近いことがわかった。

——こいつは大仰なことになったぞ。

信二郎は心の中でそう思った。

——いったいどうするつもりだろう。

その部屋は十帖ばかりの広さで、片方に小さな中庭があり、部屋の中には幾つも衝立《ついたて》が置いてあった。あとでわかったのだが、それは重職の用談部屋だったのである。

「此処で暫《しばら》く待っていて下さい」

能登守はこう云って出ていった。

信二郎に対する応待が尋常なのは、役目の管轄が違うのと、形式的な儀礼であるが、こういう部屋へ呼びつけるのは、〝問罪*〟という意味からは遠いように思え、さすがに彼もおちつかなくなった。

ながくは待たせず、やがて一人の老人が入って来た。

黒い継ぎ裃に、鉄色のくすんだ着物で、扇子は前に挟んでいるが、短刀もなく、まる腰であった。背丈は五尺二寸*ばかり、痩せてはいるが精悍《せいかん》そうな軀《からだ》つきで、おもながの品のいい顔だちをしている。はっきりした細い眉に、形のいい唇が若わかしく赤かった。

いうまでもなく主殿頭田沼意次である。

——ほほう、と信二郎は心のなかで微笑した。意次は持っている書冊*（〝やなぎ〟で押収された草稿類）をそこへ置いて坐った。

「おまえが青山信二郎か」

静かなさびのある声でこう云って、じっと眸子《ひとみ》をすえてこちらを見た。するどくはないが、肺腑《はいふ》をつらぬくような眼であった。

「私は主殿頭だ」

信二郎は低頭した。

「久しくまえから、こういうものがだいぶ世間に流布《るふ》しているそうだ」と意次は草稿を指さした、「まわりの者がうるさく云うので、先日ひととおり眼をとおしてみた、もともと戯《ざ》れ、落首などの類は、政治に対する一般市民の単純な不満から生れるもので、せいぜい当てつけかわる洒落《じゃれ》の程度を出ない、笑ってしまえば済むものだが、この一連のものはそうではない、それとはまったく違うものだ」

信二郎は黙って聞いていた。意次の声はやはり平静で、感情的なところは少しもなかった。まるで座談をするように淡々としていた。

「これには毒がある」と意次は続けた、「この一連のものは単純な不満から生れたのではなく、初めから悪意をもって作られたものだ、それも虚構ではなくて、事実を枉《ま》げ、極端に誇張してある。政治に対する非難ではない。田沼父子を傷つけ堕《おと》すことだけを目的にしている――おまえそうは思わないか」

「お言葉どおりだと思います」

「そして、これらのものは、おまえが戯作者どもを使ってやったという、自分でそう申したというが、事実か」

「はあ、そのとおりです」

　信二郎は微笑した。意次に対してふしぎな親近感がわきごくしぜんに、微笑がうかんだのであった。意次の表情は変らなかった。むしろけげんそうな眼で、信二郎を見まもった。

「おまえ私になにか私怨《しえん》でもあるのか」

「いいえ決して――」

「ではどういうわけでこんなことをするのだ」

「つまり、金になるからです」

　意次は眉をしかめた。

「――金になるとは」

「はあ、かなりいい報酬が貰《もら》えるんです」

「人に頼まれてやるというわけか」

「そうお思いにならなかったのですか」

意次の眼が光った。信二郎は平気でそれを見返しながら云った。

「私は生きたいのです、人間らしく、好きな物を着、好きな物を喰《た》べ、美味《うま》い酒を飲んで、充分に満足して生きたいのです」

「それなら、私が金を払えば私のためにもそういう仕事をするか」

信二郎は首を振った。

「貴方はそんな愚かな人ではありません」

「――どういう意味だ」

「こんな仕事が劣等だということぐらい、私も知っています、頼む人間が劣等で、この仕事に似合っているからやったまでで、もしも貴方がこんなことをお頼みになるとしたら、私にとってはこの上もない侮辱です。私は決闘を申し入れるかもしれません」

意次は苦笑した。よくわかった、というような、心と心のかよいあうような苦笑であった。それから、そこにある草稿を押しやって云《い》った。

「なにかやってみたい役があるか」

「私にですか」

「望むところがあったら聞いておこう」

「有難うございますが」と信二郎は首を振った、「こんなことがあってからお世話になるのは気が進みません、それに、私は怠け者ですからまじめな勤めはできないと思います」

「ではやはりその仕事を続けるつもりか」

「さあ、どう致しますか」

信二郎は微笑しながら口を濁した。意次はその顔をじっと見て、これで終ったというように、座を立った。信二郎は草稿を取りながら、「これは持ち帰ってよろしいのですか」

「中洲の茶屋で密会していたそうだが」と意次はこちらを見ずに云った。

「その相手の身許《みもと》が係りの者にわかったようだ、つまらぬことにならぬよう、気をつけるほうがいいな」

信二郎は低頭して、それからすぐに云った。

「私からも申上げたいのですが」

「――なんだ」

「新御番に佐野善左衛門という者がおります、ひじょうな小人《*しょうじん》で癖の悪い男でございますから御注意を願います」

そう云ってから、彼は「しまった」という表情をした。はたして、意次が云った。

「せっかくだが、私は人の判断は自分の眼でみてすることにしている——しかし、覚えておこう」

信二郎は低頭した。意次は去った。

——なんというばかなことを。

残った彼は自分に舌打ちをした。

決闘という言葉が出たので思いだしたのかもしれない。その子のことを注意され、てれた気持からつい口に出したのだろう。自分としては、善左衛門のような男にうっかり交渉をもつと、それこそつまらないことにもなりかねない、と思ったからであるが、言葉にすると中傷めくし、いかにも軽薄なのでうんざりした。

「——なんというばかなことを」

彼は声にだして自分を罵《ののし》った。

まもなく新庄能登守が来て、いっしょにそこから出た。能登守はまだ怒っているようだった。彼のほうには眼もくれず、むっと顎《あご》を反らしていた。御用部屋のところで、さっきの与力にひきつがれるとき、信二郎が挨拶《あいさつ》をしたけれども、返辞もせずに、睨《にら》みつけていった。

「とのものかみ意次」

信二郎はそっと呟《つぶや》いた。中ノ口から外へ出ると、感動したように溜息《ためいき》をつき、空を見あげながら云った。

「とのものかみ意次、——相当なものだ、どんな汚名をきせたところで、あの人を傷つけることはできないだろう、——想像したとおりだった、会えてよかった」

うしろから呼ぶ声がした。もうすぐ書院門というところで、振返ると佐野善左衛門であった。信二郎は眉をひそめながら舌打ちをした。善左衛門はにこにこしながら走って来た。

冬のちまた

その一

十月はじめの風のふく昏《く》れがたであった。

深川の、俗に「永代島《えいたいじま》」といわれる地はずれの、海に面した広い空地に、若い男が一人、寒そうにふところ手をして、蹲《しゃが》んでいた。

めくら縞《じま》の素袷《すあわせ》にひらぐけをしめ、麻裏草履をはいている。年は二十七か八であろう、骨太のがっちりした軀であるが、髭《ひげ》の剃《そ》りあとの青い顔には、疲れたようなするどさがあり、その眼はなにかを警戒するように、絶えず、すばやく動いていた。

風がわたるたびに、男のまわりで、枯草がかさかさと鳴りながら、揺れた。

海は波立っていた。もう空には残照もなかった。波は鋼色《はがねいろ》に片光りしながら、気ぜわしく寄せて来ては、汀《みぎわ》を洗った。向うに見える佃島《つくだじま》にも、右手に延びている築《つき》地河岸《じがし》にも、ちらちらと灯がつきはじめ、沖から帰って来る漁舟《いさりぶね》の帆も、鼠色《ねずみいろ》にぼかされて見わけにくくなっていた。

ふと、男はうしろへ振返った。

濃くなった黄昏《たそがれ》のなかを、永代橋のほうから女が一人、河岸づたいにこっちへ走って来るのが見えた。男は立ちあがって、着物の裾《すそ》をはたいた。蹲んでいるまに裾の裏へ枯れた草の実が付いたのである。はたいても落ちない実があるとみえ、それが脛《すね》に触ってちくちくした。

女は二間《けん》*ばかり近くへ来て立停った。

古びた継ぎだらけの布子《ぬのこ》に、帯とはいえないような物をしめ、素足に藁《わら》草履をはいていた。まだ若いのだろうが、うしろでひと束ねにした髪の毛にも艶《つや》がないし、頬のこけた顔は血の気がなく、唇は灰色に乾いていた。

女は立停ったまま、苦しそうに喘《あえ》ぎながら男を見た。みはれるだけ大きくみはった眼で、殆んど恐怖におそわれたかのように、口をあいたまま男の顔を見つめた。

「あのことづけがわかったんだな」と男が喉声《のどごえ》で云った、「どこの子供か知らねえが、飴《あめ》だまをやって頼んだんだ、ちびのことだからどうかと思っていたが、よく来てくれたな」

女はなにも云えなかった。声がそこまで出ているのに、どうにも舌が動かないようであった。それが男を強く打った。

「——おさだ」

男は低い声で云った。女はもっと口をあけたが、やはり声は出なかった。軀ぜんたいが見えるほど震えた。男はそっちへ駆け寄ろうとした、すると、女のほうから男へとびついて来た。

「おまえさん」

女は両手でかじりついた。男は女を抱き緊《し》めた、抱きつぶすかと思うほどの力で、乱暴に抱き緊め、そして頰ずりをした。烈《はげ》しい頰ずりのなかで、たちまち二人の頰が濡《ぬ》れた。

風がわたって来て、空地の枯草をそよがせ、二人のほつれた髪を吹きなぶった。

女が泣きだした。まるでなにかのけものでも咆《ほ》えるような、喉をふりしぼる絶望的な声であった。泣き声というよりは、苦悶《くもん》の絶叫のように聞えた。男は抱いたまま女の軀をゆすり、その背中をぶきように撫でた。

「泣かねえでくれ、おさだ、勘弁してくれ」

「生きていたのね、おまえさん」

「済まねえ、苦労をかけて済まねえ」

「生きていておくれだったのね、おまえさん」女は泣きながら叫んだ、「あたし嬉《うれ》しい、おまえさんが生きていてくれさえすれば、ほかになんにもいりゃあしない、どんな苦労だっていとやしない、あたし嬉しいよおまえさん」

女は男の軀に手をまわし、力いっぱい緊めつけながら、口をあげて、男の頸《くび》へ狂ったように吸いついた。男はさらに強く抱き緊めた、男の軀の匂《にお》いが、噎《む》せるほども熱く、女の顔を包んだ。

やがて女が口を放して云った。

「さあ帰ろう、家《うち》へゆこうよおまえさん」

男は黙っていた。

「あのとき十手《じって》を持っていた男たちは、本当の役人じゃなかったのよ、*八丁堀《はっちょうぼり》の同心じゃあったけれど、請負《うけおい》の親方に金で買われていたんだってよ」

「おめえ誰に聞いた」

「河井さまの旦那《だんな》からよ、あのときおまえさんを逃がしてくれたお侍があったろう」

「ああ覚えてる」男は頷《うなず》いた、「あのお侍がおれを逃がしてくれた、そうじゃねえかと思ってたんだが、やっぱりわざと邪魔をして、おれを逃がしてくれたんだな」

「そのうえあのあとで、あたしを家まで送ってくれたわ、家まで送って来たばかりじゃなく、＊一分《ぶ》というお金を下すったし、それから三度もようすをみに来てくれて、そのたびに芳坊になにかかにかお土産を下さるし、たとえ僅《わず》かずつでもお金を置いてって下さるのよ」

「なんていう旦那だって」

「河井保之助さまって仰しゃるの、お屋敷は麴町の平河町ですって」と女が云った、「あの方もお友達に聞いて、同心が買われていたということに気がついたんですって、——だから、もしおまえさんが捉《つか》まったにしても、お咎《とが》めを受けるようなことはないだろうってよ」

女を抱いていた手を力なく放し、なにか烈しい苦痛をこらえでもするように、男はその顔をするどく歪めた。

「おらあ帰れねえ」と彼は云った、「おらあもうおめえの亭主でもなし、芳坊の親でもなくなったんだ」

「なにを云うんだい」

「おれが父《とっ》つぁんや芳坊のことを聞かなかったのは、もう二度と会うつもりがねえからだ、おめえともこれっきりなんだ、今日限り、おれは死んだものだと思って、諦《あきら》めてくれ」

「本気なんだね、本気なんだね、おまえさん」

女は全身で震えだした。

「なにがあったの、いったいなにがあったのよ」

舌がもつれて、言葉は満足には出なかった。男はふところから財布を出し、それを女の手に握らせたが、女の指はすっかり硬《こわ》ばっていて、握らせると関節がぽきぽきと鳴った。

「そこに五十両ある」と男が云った、「田舎の田でも売ったことにして、それでなにか小商売でも始めてくれ」

「――おまえさん」

「平河町の旦那に相談すれば、なにかいい思案があるかもしれねえ、おめえとは短けえ縁だった、それも貧乏のさせどおしで、あげくのはてが親や伜《せがれ》を背負わせることになった、おらあ、こんなつもりじゃなかった、こんなことになろうとは、これっぽっちも思やあしなかったぜ、おさだ」

「――じゃあ、じゃあ、おまえさんは」

「そうだ、おらあよごれちまった、兇状《きょうじょう》持ち、もうだめな人間になっちまったんだ」

女の軀がふらふらと崩れた。濡れ手拭《てぬぐい》を落すかのように、ふらふらと力なく崩れ、そして、枯草の上へ仰向きに倒れた。

その二

男は汀まで走ってゆき、水で手拭を絞って戻ると、女を抱き起こして額へ当てた。

「おさだ、しっかりしろ、おさだ」

女はすぐに眼をあいた。そして起きようとしたが、そのまま男の膝《ひざ》に俯伏《うつぶ》し、静かな低い声で泣きだした。

さっきのような激しい泣きようではなかった。重い病人が呻吟《しんぎん》するような、力のぬけた、ひどく空虚な泣きかたであった。男の眼からも涙がこぼれ落ちた、俯伏した女の髪の上へ、ぽろぽろと涙をこぼしながら、二人は長いことじっとそうしていた。

風が枯草をわたり、波がしきりに汀を洗っていた。あたりはもう昏れきって、佃島の灯がきらきらと、明るく波に砕けていた。

「二人で死のうよ、おまえさん」虚脱したような声で、女が云った、「あたしもう草臥《くたび》れちゃったし、おまえさんなしには生きてたってしようがない、いっそ二人で死んでしまおうよ」

「芳坊さえいなければなあ」

男は抑えきれなくなって嗚咽《おえつ》した。自分の嗚咽の声で、彼は忿怒《ふんぬ》にとらえられた。

「おらあ死なねえ、千吉というおれはいちど死んだんだ、このおれは死ぬもんか」

彼は喉を詰らせながら叫んだ、「おらあまじめに働いた。親子四人が食うだけでいい、まじめに働いて来たし、まじめに働いてゆきたかった、それをこんなことにしやあがって、こんなことに、畜生、このまま死んで堪《たま》るもんか、おらあ仕返しをしてやるんだ」

千吉は拳《こぶし》をあげ、なにかを打つようなしぐさをした。

「生きている限り仕返しをしてやる、やつらがおれから取上げたものを、おらあ十倍にして取返すんだ、おれから取上げたものがどんなに高くつくかということを、いやっていうほどやつらに思い知らせてやるんだ」

「同じことだよ、おまえさん」女が呟くように云った、「あたしたちはこんなふうに生れついたんだもの、どうあがいたってかなやしない、自分ひとりが苦しむだけで、いずれは負けるに定《きま》ってるよ」

「おらあ負けやしねえ、いつかやつらがおれを捉めえて、おれのこの首を斬《き》ることはできるだろう、だがおれを負かすこたあできねえ、どんなにしたっておれを負かすこたあできねえんだ」

忿《いか》りが彼を駆りたてるようであった。

「じゃあ、いくぜ、おさだ」

女はまた泣きだした。

「人を待たせてあるんだ、立ってくれ、おめえだってもう帰らなくちゃあいけねえ、立ってくれおさだ」

男は女を立たせた。おさだは木偶《でく》のように立って、そうして泣きながら、力なくよろめいた。

「いっちまうんだね、おまえさん」

「父つぁんと芳坊を頼むぜ」千吉は女から離れた、「その金を落さねえようにな、平河町の旦那にお知恵を借りて、早くなにか小商売にとりついてくれ、おれのことは諦めて、――できるなら、そんな人があったら、芳坊の親になってもらってくれ」

「いっちまうんだね、もういっちまうんだね、おまえさん」うわ言のようにおさだが云った、「こんどはいつ来ておくれなの、まさかこれっきり会えなくなるんじゃないだろうね」

「おめえおれの云うことがわからねえのか」

「あたし待ってるよ」女は同じ調子で云った、「いつまでだって待ってるからね、おまえさん、きっとまた帰って来ておくれよ」

千吉は歯をくいしばった。

――わけがわからなくなったんだ。

彼はそう感づいた。

――その筈《はず》だ、それがあたりめえだ。

彼は女の手を取った。

「さあいこう、おさだ、家へ帰るんだ」

「来てくれるね、おまえさん、きっと来てくれるね、きっと、――」

女は放心したように、同じことをいつまでも繰り返した。二人は道へ出て、永代橋のほうへと河岸沿いに歩いていった。女は痺《しび》れるほど強く男の手に捉まって、軀をひどく震わせていた。口の中でなにかわからないことを呟くが、そのたびにがちがちと歯が鳴った。

「さあ此処《ここ》で別れよう、おめえ一人で帰れるだろうな」

女はうわのそらで頷いた。

「じゃあいきねえ、おれが此処で見ていてやるから」千吉はそっと妻を押しやった、

「ふところに財布が入ってるからな、落すんじゃあねえぜ、わかったな」

女は手を放して、すなおに歩きだした。歩き去りながら、口の中でこう呟くのが聞えた。

「いっちまった、とうとう、あのひとは、いっちまった」

灯の明るい佐賀町のほうへ、黒い影になりながら、女はふらふらと去っていった。

「あばよ、——おさだ」

千吉は小さな声で云った。

「——もう会わねえぜ」

彼は持っていた手拭で眼を拭《ふ》いた。それはつよく潮の匂いがした。彼はもう女のほうは見ずに、思いきった足どりで少し戻り、正源寺の横町へ曲った。するとその土塀の蔭《かげ》から、

「いなばのあにい、此処だ」と云って出て来た男があった。紺の長半纏《ながばんてん》を着て、頬《ほお》冠《かむ》りをしていた。痩せた小柄な軀つきで、声は女のように細くやさしかった。

「正公か、こんな処でどうした」
「＊づかれたらしいんだ、ま、そっちへ＊あゆぼう」相手は堀のほうへ歩きだした、「あにいが船文《ふなぶん》で待ってろというから、あがって一杯やってたんだ、すると帳場へおれのことを訊《き》きに来たやつがある、女中がそう云うもんだから、そっと二階から覗《のぞ》いてみた、すると八幡橋の袂《たもと》のところに二人、ぼて振《ふり》のような恰好《かっこう》をした野郎が立ってやがる」
「だってづかれる筈はねえぜ」
「こっちを見るんだ、そいつらが」と正公と呼ばれた男は云った、「こっちを見ちゃあなにか云ってるんだ、どうしたって＊岡《おか》っ引《ぴき》と睨んだから、おらあすぐに勘定をして、ほかに帰る客があったのといっしょに、とびだして来たんだ」
「よく此処で待つ気になったな」
「話を聞いてたからな、おらあいちど空地のところまでいって見ておいたんだ」
「おれたちの話しているのをか」
「あれが、おかみさんなんだな」正公と呼ばれる男が云った、「おらあ泣くのを聞いちまった、おかみさんのよ、――あにい、おめえさぞ」
「よしゃがれ」

千吉はかっとなって叫んだ。

「てめえの知ったこっちゃあねえ、二度と嬶《かかあ》のことなんか口にするな、間違っても云やあがると叩《たた》っ殺すぞ」

「済まねえ、わかったよ、あにい」

「いいか、忘*れても口にするんじゃあねえぞ」

千吉はそうきめつけてから、すぐに調子を変えた。

「そういうことなら仕事は延ばしだ、今夜は仲町へでももぐって骨休めとしよう」

正公という男はなにか云いかけて、慌《あわ》ててうっと口を塞《ふさ》いだ。千吉が振返った。

「——なんだ」

「なんでもねえ」と正公が首を振った、「なんにも云やあしねえ、口ん中へいま蚊が飛びこんだ」

「この十月にか、はっきりしろ」

千吉はふところ手をした。

その三

信二郎は浴衣《ゆかた》の上に、肩から丹前を掛けただけで、湯呑《ゆのみ》で酒を飲んでいた。

保之助の前にも膳《ぜん》が置いてあり、焼いた目刺の皿と、やはり湯呑に注いで酒があった。しかし彼はそれには手を出さなかった。それらのものを運んで来たのは仲間《＊ちゅうげん》の多助で、おはまの出て来るようすはなかった。

「ふうん、――それでどうした」

「まるでばかのようになってしまったんだ、まるでわけがわからないんだ」と保之助が云った、「しかし千吉という亭主が来たのは事実らしい、なにしろ五十両という金を持っているんだから」

「五十両とはたいい金じゃないか」

「問題はそれなんだ」

「病気の親というのは知らないのか」

「なんにも知らないんだ、どこかの子供が呼びに来て、出ていってから半刻《はんとき》ほども経《た》って帰ったが、そのときもう頭がおかしくなっていたというんだ」

「そして、うちのひとうちのひと、って云うわけなんだな」

「財布は肌につけたまま放さない、寝るときも放さないそうだ、中に五十両という金の入っていたことは、私がいって初めてわかったことなんだ」

「つまり河井だけを信用しているわけだな」

「どう思うかね、その金、――」

信二郎はうっといった。

信二郎にはおよそ推察することができた。千吉は軽子橋で人を斬って逃げた、その話を聞いたとき、彼には千吉とその家族の運命がわかるように思った。――男はやけになって、非常な罪を犯したのだ、女の頭がおかしくなったのは、良人《おっと》の罪を知った衝撃のためだ。

そのほかに想像のしようはなかった。保之助の考えも同じだった、保之助は云った。

「私の思うには、僅か五六十日のあいだにそんなたい金のできるわけがない、なにか罪を犯して作った金だと思うが、どうだろう」

「博奕《ばくち》だって金になるぜ」

「そのくらいのことなら家へ帰る筈だ、私はもっと悪い、ぬきさしならぬ罪のような気がするんだ」

信二郎は「おい」と多助を呼び、酒を持って来いと命じた。それから湯呑を高くあげて、底まで飲み干してから、保之助を見た。

「もしそうだとすれば、河井はどうする」

「むろん、その金を奉行所へ届けさせるさ」

「――だろうね」

信二郎は唇を歪めた。

「だってもしそれが不正な金なら、いつかは暴露するだろうし、そうすれば罪はいっそう重くなるわけじゃないか」

「理屈はそのとおりさ」

「青山ならそうはしないかね」

「むろんそうはしないね、第一おれなら軽子橋の出来事のときにちょっかいをださないよ、見物ぐらいはしない限りもないが、その男を逃がしてやったり、女房を家まで送ったり、あとから三度もいって金や物を持っていったりするようなことはね」

「私がよけいなことをしたというんだな」

「誰がそんなことを云うものか」

多助が燗徳利《かんどくり》を持って来て、あいているほうを持って去った。信二郎は酒を湯呑に注いで、燗が熱かったのだろう、右手をやけに振りながら舌打ちをした。

「おれならそんなことはしない、といってるんだ、但《ただ》し間違ってそんなおせっかいなことをしたとしたら、おれはその男の共犯者になって、その金で三人の家族が仕合せになるようなくふうをする、方法はいくらでもあるだろう、まず居どころを変えることから始めてね、――だって、その男がそんなふうになったのは、こっちのおせっかいのためだし、その夫婦はこっちをそんなにも信じているんだからな」

「しかし現実の問題として」と保之助が云った、「いつか千吉は捉まるだろうし、そのとき家族の罪が重くなることはわかりきっているんだから」

「罪がね、――ああ」

不遠慮に保之助を遮って、信二郎は酒を呷《あお》った。

「まあ好きなようにするさ、罪は人間と人間とのあいだにあるもので、法と人間とのあいだにあるものじゃない、――が、そんなことはどっちでもいい、人間ていうやつはみんな愚かなものだし、生きるということはそれだけで悲惨なものさ、ちえっ」彼は自分に舌打ちをした、「おれの云うことはもちろんでたらめだ、今日はどうかしているんだ、気にしないでくれ」

保之助はなにか思いあぐねているようすだった。信二郎はまた酒を飲んで云った。

「これから恋人と逢曳《あいびき》にゆくんだが、話というのはそれだけなのか」

「いや、そうじゃない」保之助はわれに返ったように眼をあげた、「じつは結婚の日取が定ったもんだから」

「ほう、いつやるんだ」

「この二十日なんだが、来てもらえるかどうかと思ってね」

「おれは歓迎される客じゃないぜ」

彼はからかうように笑った。

その四

信二郎は自分の評判を知っていた。他の場合ならむしろそのために出席するだろうが、保之助を当惑させる気にはなれないのであった。

「河井には察しもつかないだろうが」と信二郎は云った、「おはまはいま稼《かせ》ぎに出ているんだ、この家から稼ぎに出てこの家へ帰って来る、おれはなんのことはない芸妓《げいぎ》屋の亭主なんだ」

「どうしてまた、そんな、――」

「おれがあのやくざな稼ぎをやめたんでね」

「あれをやめたって」

「そしてこっちのやくざな稼ぎに乗替えたのさ、まさか勘定奉行所の官吏の結婚式に、芸妓屋の亭主が出るわけにもいくまいじゃないか、とにかくおれは遠慮をするよ」

「青山のすることはまるで見当がつかない」保之助は溜息《ためいき》をついた、「わざと自分で自分の身を亡《ほろ》ぼすようなことばかりするんだ、いったいそんなことをしていてどうなるのかね」

信二郎は聞きながして、云った。

「婿《むこ》にゆく先はどこなんだ」

「——すぐ話をそらすんだな」

「云いたくなければ聞かなくてもいいよ」

「——交代寄合の藤代という家だ」

信二郎はけげんそうに眼を絞った。

「交代寄合の、誰だって」

「藤代外記というんだ、家は小石川の水道橋にある、——どうしたんだ、知っているのか」

「ああ、知っている、ほんの僅かなひっかかりなんだ」

信二郎は湯呑の酒を呷った。

「おふくろのほうの親籍《しんせき》に当るんだ」

「初めて聞くじゃないか」

「そうさ、おまえが悪いからだ」信二郎は肚《はら》を立てたように云った、「婿入りの話になるときまったように躰《たい》をかわす、その話はよそうと逃げてばかりいたじゃないか、これまで一度だって、藤代の名の出たことはないぜ」

「なにをそんなに怒るんだ」

「なにを怒るかって、――」

信二郎はみじめに顔を歪めた。それから急に乾いた声で笑いだした。殆《ほと》んど瀆神《とくしん》的といってもいいような、毒のある笑いかたであった。保之助はわけがわからないなりに、むっとして顔をそむけた。

保之助が帰ってゆくとまもなく、信二郎も家を出た。かなり酔っていたので、中洲までほんのひと跨《また》ぎのところを、駕籠《かご》に乗っていった。そして乗ってゆく途中、なんどもせせら笑いをしたり、眉《まゆ》をしかめたり、ぶつぶつ独り言を云ったりした。――彼は動顚《どうてん》していた。動顚している自分をあざ笑いながら、しかもそこからぬけだすことができない。彼は自分が非常にばかげてはいるが、のっぴきならない悲劇の中に置かれたことを感じた。

中洲の「やなぎ」では、二階のいつもの座敷でその子が待っていて、信二郎を見るとすぐ抱かれに来た。彼はほんの一瞬ためらったが、こんどはひどく乱暴に抱きよせた。それは彼女が悲鳴をあげるほどあらあらしい動作だった。

「まあ吃驚《びっくり》させること、どうなすったの」その子は指で唇を触ってみた、「ほらごらんなさい、切れてしまったわ」

彼女の唇に血が滲《にじ》み出た。信二郎はそれを吸い取りながら云った、「手も切るんだよ」

「なにを仰《おっ》しゃるの、さあ、――」

その子は隣り座敷のほうへ眼をやった。顔が、にわかに上気し、眼がうるみを帯びてきらきら光った。信二郎は、帯を解こうとするその子の手を押えた。

「まあ坐《すわ》ってくれ、話があるんだ」

「いいえ、いや」その子は男の手を振り放した、「あとでなければうかがいません、あんなになすっておいて焦《じ》らすなんてひどい方だわ」

「本当に話があるんだ」

その子は耳を塞いで、隣り座敷へ入っていった。信二郎はそこへ坐った。銚子《ちょうし》と皿小鉢の並んだ膳の前に坐って、銚子に触ってみた。それはまだなま温たかく、酒も少し飲んであるだけだった。彼は椀《わん》の蓋《ふた》を取って酒を注ぎ、続けさまに二杯呷った。隣りでは着物をぬぐ衣《きぬ》ずれの音がし、あけてある襖《ふすま》の隙《すき》から、解きすてた帯の端が嬌《なまめ》かしく見えた。

「その子、聞いておくれ」

信二郎は感情を殺した声で云った。

「おまえの婿になる男は、おれの唯《ただ》一人の親友なんだ、今日、初めてそれを知ったんだ、おれたちはよく相談しあわなければならないんだよ」

衣ずれの音が止った。それからやや暫くしてその子の声が聞えた。

「――河井保之助という方がですの」

「そうなんだ」

「――あなたとは親友ですって」

信二郎は三杯めの酒を呷った。すると、ふいにその子の笑いだすのが聞えた。初めは含み笑いだった、泣きだしたのかと思われるくらいだったが、しだいに高くなり、どうにもがまんできないというような高笑いになった。

「その子、おまえ可笑《おか》しいのか」

信二郎はかっとなった。動顛した気持からさめていないし、酔っているためもあったろう、立ちあがって隣り座敷へいった。

「おまえにはこれが可笑しいのか」

その子はまだ笑いながら、いきなり彼にとびついて来た。鴇色《ときいろ》の長襦袢《ながじゅばん》の下にはなにも纏《まと》うものがなく、つよい躰臭といっしょに、弾力のある熱いなめらかな素肌が、ぴったりと信二郎を包んだ。

夕顔の少将

その一

女中が新しい膳を持って来て置くと、そっと声だけかけて、すぐに去った。

信二郎は起きて来て、着物をきちんと着直し、鏡に向って髪を撫《な》でつけた。蒼《あお》ざめて肉のこけた顔に、血ばしって濁ったような眼の、いやな顔であった。われながら汚ならしく、いやな顔であった。しかし彼は眼をそむけはしなかった、すすんで罪を認めるかのように、その自分の顔をするどく見まもり、そうして犯罪者のように冷笑した。

隣り座敷ではかすかに寝息が聞えていた。

信二郎は鏡に蓋をして立ち、こっちへ来て、膳の前にあぐらをかいた。火鉢に火がついであり、その上に湯沸《ゆわかし》がたぎっていた。そこに燗鍋《かんなべ》もあったが、彼は徳利の酒を椀の蓋に注いで、眉をしかめながらぐいぐいと飲んだ。

彼は眼をつぶって、低く自分に呟《つぶや》いた。

「――どうするんだ」

彼は罪の自覚をはっきりと感じた。昨日までならいい、保之助の口から聞かないまえならまだいい。けれども彼はもう知っているのであった。その子は保之助の妻になる女であり、二人の結婚はまぢかに迫っている。そのことを知っていて、しかも彼はあやまちを重ねてしまった。

「――弁解の余地はないな」

弁解の余地はないと思った。これは紛れもなく、唯一人の友を裏切ることであった。

信二郎は自分が負けたことを認めた。

その子には単純でない魅力がある。性質にも肉躰にも、一般の女たちとはまるで違った甘美な毒ともいうべき特異なものがあった。常識的にみれば、放埓《ほうらつ》で不道徳なことを、少しも良心の咎めなしにやることができる。信二郎とそういう関係になったことはもちろん、婿の話が定ってからも、その関係を続けることに平気であった。

――それとこれはべつだ。

そう割りきっていた。自分をごまかすのではなく、心からそう割りきっていたのである。しかもそれは、彼女のばあいにはいかにも自然であった。いってみれば、いかなる放埒無恥な行為も、彼女のばあいにはそのまま自然であって、少しも彼女を汚したり傷つけたりすることができない。――精神的にばかりでなく、肉躰的にも、彼女はいつも新鮮であり、自分の意志にしたがって開放されていた。彼女に良心を求めたり、道徳を押付けたりしても徒労である。彼女には彼女の良心があり道徳があるのであった。

彼はそういうその子を愛していた。愛しているだけではなく、そういうその子を理解し、そのぜんたいの珍重さを、本当に活《い》かして愛することのできる者は、自分のほかにはないだろうと思った。保之助をも含めて、他のいかなる男も、その子の良人になることはできるが、その子の全絃《ぜんげん》を鳴らすことはできないだろうと思うのであった。

しかし彼が負けたのは、そのためではなかった。その子が笑ったとき、笑って彼にとびついたときに、彼は負けたのであった。

信二郎にとって、むきになる人間ほど滑稽《こっけい》なものはなかった。その子が笑ったとき、彼はむきになっている自分に気がついた。自分とその子の関係を断つこと、保之助とその子とが結婚してからのことについて、彼はしんけんに思い悩んでいた。それが彼女の高笑いにあってみじめに崩れた、いかなる意味にせよ、人に笑われることに耐える力は彼にはなかった。そのあけすけな、煽情《せんじょう》的でさえある笑いには、とうてい抵抗できなかったのである。

　だがその子は汗を拭いたあと、夜具の中で肌に風を入れながら告白した。保之助が信二郎の唯一人の友だと聞いたとき、とつぜん全身に火がついたようになった。

「わたくしおなかの中まで急にかっと熱くなりましたわ」

　その子は云《い》った。彼女は烈しい情熱の衝動に圧倒された。それはかつて経験したことのない、灼《や》けるような、あらゆる筋肉の斂縮《れんしゅく》を伴う発作であった。その子が笑ったのは可笑しさのためではなく、そんなにも親しい二人の友を、同時に自分のものにできるという、強烈な刺戟《しげき》の反射作用であった。

　その子はいま寝息をたて、あまやかな快楽に包まれて眠っている。いっときまえ、彼女は狂ったけもののように、信二郎の腕に歯を立て、汗まみれの全身で絡《から》みつきながら云った。

「別れるなんていや、良人は良人、あなたはあなたよ、もしもこれから逢って下さらないなら、良人と別れてしまいます」

その子は思うままのことを云う。それが威《おど》しでもなく、その場かぎりの言葉でもないということは、信二郎にはよくわかった。

——きっとそうするに違いない。

信二郎は頭を垂れた。

——本当に保之助と別れてしまうだろう。

彼は暫《しばら》くそのままの姿勢でいた。それから静かに顔をあげた。口の中でなにか呟き、続けさまに酒を呷った。彼は自分をけしかけるようであった、とつぜん眼が険しい光りを帯び、唇が片方へ醜く歪《ゆが》んだ。

信二郎は立って刀を取った。そうして、そっと隣り座敷へ入っていった。

屏風《びょうぶ》を半ばひきまわした夜具の中に、その子が仰臥《ぎょうが》していた。なめらかにきめのこまかい、ふっくりとした顔が、ぽっと上気して汗ばんでいた。乱れた髪の毛が幾筋か、額から頬へ汗で貼《は》りついていた。——やすらかな、懈怠《けたい》に身を任せた眠りであった。ふしぎなくらい汚れもない、浄《きよ》らかな、幼女のような寝顔であった。

彼は刀の柄《つか》に手をかけた。

そうするほうがいいと思った。そうしなければならない、やがていつかは、三人のうち誰か一人が、この傷に耐えられなくなって亡びるだろう。いつかはそうなるのだ、それは避けることのできない事実だ。それなら今そうすべきである。少なくとも一人だけは傷つかずに済む、そう思ったのであった。

信二郎はそっと刀を抜いた。

その二

「やなぎ」を出ると昏《く》れかかっていた。

橋を渡ってすぐ右へ折れ、河岸《かし》に沿って帰ってゆくと、*安藤対馬《あんどうつしま》邸の塀はずれで、うしろから来た三人の侍にとり巻かれた。永久橋あたりから跟《つ》けていたらしい、さりげなく追って来て、いきなり一人が前を塞いだ。

「青山信二郎さんですね」

信二郎はうしろに二人いるのを認めた。

「――なんです」

「桜川町の使いの者ですが、ちょっといっしょに来てくれませんか」

「桜川町には用はない筈《はず》だが」

「あるんでしょうね、たぶん」と相手は左手で刀の鍔元《つばもと》を握った、「来てくれますか」

信二郎は黙って頷いた。

かれらは新大橋のところで、信二郎を辻駕籠《つじかご》に乗せた。逃げられない用心のためであろう、信二郎は苦笑した。桜川町というのは、そこに家のある小宮山伊織《こみやまいおり》のことである。小宮山は小十人組*の組頭《くみがしら》で、信二郎の田沼氏を誹謗《ひぼう》する戯作《げさく》に対して報酬を払って呉《く》れる人間だった。――いつか彼が大目付へ召喚されたとき、おはまが「桜川町へ知らせたら」と云ったのはそのためで、小宮山はその報酬がさる要人から出るものであり、しぜんなにか事の起こった場合には、その人の手で保護されるということを約束していた。

もちろん彼はそんな約束を信じはしなかった。仮にその約束が真実だとしても、かれらの袖《そで》の下で保護されようとは思わなかった。彼は黙って大目付に出頭したし、それ以来もう六十日あまりになるが、戯作戯文の仕事もしていない。小宮山とはもう縁が切れている筈であった。

――あの仕事を続けさせようというのか。

駕籠の中で信二郎はそう思った。

――それにしては少しものものし過ぎる。

三人の侍は暴力でも伴《つ》れてゆくという態度であった。現に刀を抜くぞという姿勢さえ示した。これは戯作を続けさせるためではない、なにかほかに理由がある。ぜひ自分を呼びつけなければならないなに事かが起こったのだ。信二郎はそういうふうに考えた。

　*四半刻《しはんとき》ほどいって、駕籠は停った。

桜川町ではなく、もっとずっと近かった。大きな武家屋敷の脇門《わき》から、駕籠のまま中へ入れられたが、そのとき垂《たれ》の隙から、灯の映っている堀の水が見えた。およその見当にして八丁堀あたりかと思い、そう思ったとたんに彼はうっといった。

「――そうか、越中守《えっちゅうのかみ》か」

　八丁堀で大きな屋敷といえば、まず*松平越中守である。信二郎の顔は、にわかに、期待の色で明るくなった。

　駕籠から出ると、玄関のある建物を右に見てまわり、別棟《べつむね》になっている侍長屋のような所へ伴れてゆかれた。そこで中年の侍にひきつがれ、持物をしらべられたり、着物をきちんと直させられたりした。

「脇差も差さずに、着ながしのままか」

　その侍は*侮蔑《ぶべつ》したように呟いた。信二郎は、つい皮肉なことを云ってしまった。

「まさか夕顔の少将からお招きを受けようとは思いませんでしたからね」

その侍は赤くなった。いまにもどなりそうであったが、もっとあからさまな侮辱の一瞥《いちべつ》でそれに代え、こっちへ来いという手まねをした。廊下を曲ってゆき、渡り廊下を渡って、さらに奥へいった。そこでまた次の侍にひきつがれたが、その侍には見おぼえがあった。桜川町の小宮山の家で、三度ばかり顔を合わせたことがある、五十歳ばかりの、気むずかしそうな老人で、これが例の「報酬」を持って来る人間だな、と思っていたが、やっぱりそうだったのかと合点《がてん》がいった。

老人はまったく未知のもののように、刀を置かせて、次の座敷へ彼を案内した。それは書院づくりの十帖《じょう》ばかりの部屋で、三人の男が待っていた。その一人は桜川町の小宮山伊織であり、他の二人は松平家の用人で、＊吉村隼人《よしむらはやと》、久松十郎兵衛という者であった。吉村は四十二、三になる色の蒼白い、痩《や》せた男で、学問所の古参教官といったような顔つきをしていた。久松はもう少し若く、軀《からだ》も固く肥えているし顔もまるく、多血質とみえて瞼《まぶた》が厚くふくれていた。

小宮山は二人の用人を紹介したのち、ひどくよそよそしい態度で云った。

「この八月に大目付へ呼び出されたということを聞いたが、事実か」

信二郎は事実だと答えた。

「こちらへはなにも云って来なかったではないか」

「それはどういう意味ですか」

「もし咎めなどの事があったときは、こちらで然《しか》るべく保護をするという約束があった筈だ」

「慥《たし》かにあったようです」

「それなら当然そのことを知らせるべきではないか」

信二郎は小宮山の眼をじっと見て、それからなにげないふうに答えた。

「私はその必要を認めなかったのです」

「なぜ認めなかったのだ」

「べつに理由はありません」

小宮山がなにか云おうとしたが、吉村隼人が咳《せき》をした。小宮山はそっちを見た。するると久松十郎兵衛がふくらんだ瞼の下のするどい眼で、じっと信二郎をみつめながら云った。

「大目付ではどのような訊問《じんもん》をされたか」

「ごく簡単なものです」彼はあっさり云った、「私があの戯作戯文の作者であるかどうかということで、私はそのとおりだと答えました」

「自分の意志でやったか、他人の依頼でやったかという点を訊《き》かれたであろう」

信二郎はいやと云って首を振った。久松が続けて云った。

「田沼殿にも訊問されたそうではないか」

「いまのが相良《さがら》侯との問答です」

「それが全部か」

「いやもう一つありました」信二郎は微笑しながら云った、「なぜこんな事をするかといわれましたから、金が欲しいためだと答えました」

三人はぎくっとしたようであった。吉村隼人が刺すような調子で云った。

「それは金で依頼されたということになるわけか」

「そうなるでしょうな、相良侯もそれなら自分が金を出せば自分のためにもそういう仕事をするか、と云われましたから」

「依頼者の名は訊かなかったのか」

「訊きませんでしたね、訊かれても私は知らないから答えられなかったでしょうが」彼は小宮山のほうをからかうように見た、「――まさか小宮山さんだとも云えないでしょうしね」

小宮山伊織は怒りのために赤くなった。

その三

かれらの意図がしだいにはっきりしてきた。

信二郎が召喚され、田沼意次に会ったことを知って、かれらは信二郎が罰せられるものと思っていた。ずっとようすをみていたが、罰せられもしないし、それ以来戯作もしなくなった。そこでかれらは、信二郎が田沼側に寝返ったか、あるいは初めから田沼側に付いていたのではないか、という疑いをもちはじめたらしい。というのは、――やがてかれらの質問は一転して、信二郎がこれまでに作った戯文を取出し、それが田沼の悪徳を諷《ふう》するようにみせながら同時に、じつは「無根の誹謗」であることを証明するものだ、と云いだしたからである。

「――ははあ、それは意外ですな」

信二郎はつい笑いそうになった。

「これを一貫して読めばそう思わざるを得ない」

隼人がそう云った。そうして、そこへ取出した十数種の戯作戯文を指摘しながら、独特の刺すような調子でたたみかけた。

「まず賄賂《わいろ》のことだが、*堀田相模守《さがみのかみ》が金三千両、*井伊掃部頭《かもんのかみ》が金四千両、*戸田因幡《いなばの》守《かみ》が金二千八百両、某《なにがし》が二千両、某が二千五百両など、みな*千金以上を田沼殿へ贈賄したことになっている、——また進物のところでは*永井大学が、方九尺の石台の上に、金銀宝珠《ほうしゅ》で*田家《でんか》秋景を作って贈ったとか、*前田隠岐守《おきのかみ》が黄金で百*匁《もんめ》掛の馬の彫刻、*石川近江守《おうみのかみ》が実物大の黄金の鷹《たか》七個など、そのほかすべてがそらぞらしいほど誇張されている、——いずれも経済のゆき詰っている諸侯に、こんなばかげた、桁外《けたはず》れな贈賄のできるわけがない、少し考えれば、幼児でも、これが虚妄《きょもう》だということはわかるだろう」

「そうでしょうか」信二郎は云った、「世間というやつは真実よりも、誇張されたもののほうを信ずるようですがね」

「誇張にも限度がある、これは限度を越えたものだ」

　隼人は極《き》めつけて、次へ移った。

「それから*典薬池辺雲石をして、人々を毒殺したという*この戯作だ、お世継ぎ*家基《いえもと》君《ぎみ》をはじめ、*久世大和《くぜやまと》、*依田豊前《ぶぜん》、さらに*尾張大納言《おわりだいなごん》家にも毒を盛って死に致らしめたため、雲石が尾張家の者に斬《き》られたと書いてあるが、かように高貴な人々を次つぎに毒殺し、しかも露顕せずにいるなどということを誰が信ずるか、——多少なりとも眼のある者がみれば、これが田沼殿を誹謗するために作られた、まったく根のない話だということは一目瞭然《りょうぜん》ではないか」

「そのほうそれを承知のうえであろう」と久松十郎兵衛が云った、「これらがまったく虚妄であり、田沼殿に悪意をいだく者の仕事だということを、わざと世人に知らせようとしたのであろう」

信二郎は三人の顔を見まわした。

――こいつらはまじめだ。

彼はそう思った。さっきは笑いたかったが、もう笑うどころではなくうんざりした。かれらの云うことは事実である、眼のある人間が読めば、それらの戯文が虚構だということはすぐにわかるだろう。しかし世間に眼のある人間がどれほどいるか、千人が千人愚かで、めくらで、蒙昧《もうまい》だ。現に、田沼父子に対する汚名は一般的で、それが虚構だなどと云っても信ずる者はいない。世間というものは不合理な噂《うわさ》を好む、ありそうもない事であればあるほど、それを喜んで信じようとするものである。

――こいつらはあんまり効果があらたかなので、却《かえ》っておじけづいたに違いない。おじけづいて、逆にこっちを疑いだしたのだ。そう思うとすっかりやりきれなくなり、相手になるのがばかげてきた。

「貴方《あなた》がたがそう思うものを弁解してもしようがないでしょう」と信二郎は云った、

「それでいったいどうしろというのですか」

「では自分の罪を認めるのだな」

「罪ですって、――」

「われわれを瞞着《まんちゃく》し、不当の報酬を取ったことが罪でないのか」

信二郎は口をあけた。そしてふと、これが保之助だったらさぞむきになって怒るだろうと思い、そのありさまを想像してわれ知らず微笑をうかべた。

――ひとつおどかしてくれようか。

こう思って坐り直したとき、次の間のほうに、とつぜん*警蹕《けいひつ》の声が聞え、そこの襖がさっと左右に開かれた。隼人も十郎兵衛も吃驚《びっくり》して、*お成りだと云いさま、*座を辷《すべ》って平伏した。小宮山伊織も二人よりずっと下って平伏したが、信二郎は正座したまま動かなかった。

――しめたぞ。

と思ったのである。期待が当ったわけで、越中守なら相手に不足はないと思った。

越中守定信《さだのぶ》は八代将軍吉宗《*よしむね》の孫であった。*徳川三家のほかに三卿《*さんきょう》の設けられたのは吉宗の代であるが、彼はその三卿のひとり田安宗武《*たやすむねたけ》の七男に生れ、十六の年に白《*しら》河侯《かわ》松平定邦《さだくに》の養子になった。少年時代から俊才の名が高く、ことに文学を好んで、＊賀茂真淵《かものまぶち》などの教えを受け、早くからしきりに詩や歌を作った。

＊心あてに見し夕顔の花ちりて
　尋ねぞわぶるたそがれの宿

というのが秀作として伝えられ、彼が少将に叙されると、誰いうとなく「夕顔の少将」または「たそがれの少将」などと呼ぶようになった。それは彼の生れと、いかにも貴公子らしいその風貌《ふうぼう》とによく似あっていたし、彼自身も気にいっているようであった。——その彼が、周囲から推されて、反田沼派の中心にすわったのである。信二郎は自分で云うとおり政治には関心がなかった。けれども田沼氏の政治が極めて現実的で、失敗を重ねながらも絶えず進歩性を保っているのに、反田沼派のめざすものが、明らかに貴族政治への逆戻りを示しているぐらいのことはわかった。

「これ、お上《かみ》のお成りだ、頭《ず》が高いぞ」

隼人が声をひそめて云った。しかし信二郎は身動きもしなかった。

越中守が出て来た。

その四

そのとき定信は二十六歳であった。おもながで色が白く、高くてひろい額や、よく澄んだ眼や、ひき緊《し》まった小さな口もとなど、さすがに気品があるし、またいかにも博学で聡明《そうめい》そうにみえた。彼は白い綸子《りんず》の小袖に同じ羽折《はおり》をかさね、琥珀織《こはくおり》の渋い袴《はかま》をはいていた。

襖をあけた次の間は上段になっている。定信は敷物の上に坐ると、扈従《こじゅう》して来た二人の小姓をさがらせ、懐紙を出して唾《つば》を吐きながら、こちらを見た。

隼人と十郎兵衛とが、左右から信二郎を平伏させようとした。それでもなお、彼は定信を見あげたまま動かなかった。定信もまっすぐにこちらを見おろしながら、

「ゆるす、咎《とが》めるには及ばない」と二人をとめた。よくとおる優雅な声であった。そうして、懐紙をまるめて袂《たもと》へ入れながら、非人情な穏やかさで云った。

「そのほうが青山信二郎という者か」

「ああ、おれが信二郎だ」と彼は云った、「おれは青山信二郎だがおまえさんは誰だい」

無礼者と叫んで、十郎兵衛がとびかかろうとした。信二郎はなんだという顔で振返った。定信は手をあげて、構うなと制止し、それから信二郎に云った。

「余は越中守だ」

「ああそうですか、それならこっちから訊きたいことがあります」と信二郎は云っ

た、「私は今日このお屋敷の家来たちに、かどわかし同様の手段で伴れて来られました、それから持物を調べられ、刀を取上げられ、いままでこの二人に訊問されていたんですが、これはみな貴方が承知のうえでさせたことですか」

「そんなことをするとは思われないが」

「ではかれらに云って下さい、貴方が十一万石の越中守なら、私は二百五十石の小《こ》普《ぶ》請組《しんぐみ》ですよ、貴方が白河侯なら私だって将軍家の旗本、天下の直参《*じきさん》です、どんな理由でこういう扱いをするんですか」

「隼人、十郎兵衛、――」

定信は二人を見た。そうして悠《ゆっ》くりと片方の手を振った、二人は承服できない顔をしたが、定信はやはり無関心な調子で云った。

「青山の刀を持ってまいれ、それからみな遠慮をするように」

三人は立った。十郎兵衛が信二郎の刀を持って来て、彼に渡してすぐに去った。すると、定信は上段の間からおり、信二郎と向きあって坐った。――信二郎は平然と眼をあげていた。正直のところ、気障《きざ》な啖呵《たんか》を切ったことを後悔したが、そんな感情は色にもみせなかった。

「私はおまえに頼みがあったのだ」

定信は云った。言葉づかいも砕けてきたし、表情もずっと親しげになった。けれどもそれは依然として冷たい穏やかさであり、狎《な》れることをゆるさない威儼《いげん》をもっていた。

「こんどおまえは*御進物番《ごしんもつばん》にあげられる、御役料*も特に多いと思う、――私はおまえの書いたものを読んだし、おまえにはものを頼むことができると思うからだ」

「私はあの戯作《げさく》のために、いま罪を問われていたんですがね」

「それはおそらく隼人らの思い違いからだろう」定信はあきらかにしらを切った、「ほかにもいろいろ評をする者はあるが、私はあの戯作の効果を認めている、あれは田沼一派に対する世評を慥かに決定した、そこで、――こんどはべつの役を担当してもらいたいのだ」

信二郎は黙っていた。定信は続けた。

「田沼一派は退陣しなければいけない、私はずっとまえからそう信じていた、彼は幕府の威光を堕《おと》し、政治を混乱させ、綱紀を紊《みだ》し、秩序を破壊してしまう、見るに耐えない」定信は按配《あんばい》された怒りの調子で云った、「――私は彼を刺そうとしたことがある、つい二年ばかりまえのことだが、殿中の廊下で、殆《ほと》んど刀を抜きかけたことがあった、思い止《とどま》ったのは、彼が将軍家によって任命された老中職だということに気がついたからだ、私はそのことを将軍家に申上げたし、彼自身も気がついた筈だ、にも拘《かかわ》らず彼は責《せめ》をひこうとはしない、これはやはり尋常の手段ではだめなのだ、御威光と政治を守るために、綱紀と秩序を正すために、誰かがなにかをしなければならない、青山はそうは思わないか」

信二郎が無感動に黙っているので、定信は苛立《いらだ》ってきたようであった。けれどもそれを表にはあらわさず、暗示的にさりげなく云った。

「来月中旬に御鷹野《*おたかの》がある、場所はまだ定《きま》らないが、たぶん小金ケ原だろうと思う、青山も御進物番にあがれば御供に加わるのだが」

「いや御免を蒙《こうむ》ります」

信二郎はにやにやしながら云った、「せっかくですが御進物番にはあがりません、したがって鷹野の御供にも出られないでしょう、どうか私がそういう役に立つ人間だとは思わないで下さい」

「――おまえには私の云う意味がわかるのか」

「わかりすぎるくらいです」

「――それで、断わって済むと思うのだな」

信二郎は微笑しながら、黙ってまともに相手の眼を見た。定信の頰に血がのぼった、誇りを傷つけられた公子の怒りが、いまにも口を衝《つ》いて出るかと思えた。しかしそうではなく、定信はただしらけた表情で頷《うなず》いた。

「わかった、――さがってよい」

そして立って、静かに上段の間へ入った。

信二郎も立って次の間へさがった。そこに隼人と十郎兵衛が（蒼白くひきつったような顔をして）いたが、どちらもなにも云わず、十郎兵衛が廊下のほうへ案内に立った。

――さっきの老人にひきつがれ、元の建物のほうへまわって、外へ出ると、すっかり日が昏れて、かなり強く北風が吹いていた。

――夕顔の少将か。

信二郎は唇を歪めた。それは堀端の道へ出て、五六間も歩いたときであったが、彼はうしろに異様な人のけはいを感じて振返った。松平家の門はひっそりとしていた、二、三の通行人のほか、変ったようすはみえなかったが、彼は説明しようのない危険の予感を感じた。

「――慥かだ、きっと来るぞ」

信二郎は足を早めた。

その五

予感は誤りではなかった。*ものの一丁とゆかないうちに、うしろから五人の者が追って来るのを、信二郎は認めた。

堀に沿ったその*片側町は、殆んど武家屋敷で占められていた。松平邸から東へ*細川越中守の中屋敷があり、次に*九鬼大和守、続いて*牧野河内《かわち》邸があった。これらのあいだに町家も挟まってはいるが、ごく僅《わず》かな家数で、身を隠すような余地もなし、ぬけ路次というようなものもなかった。

「——逃げられない」

信二郎はそう呟《つぶや》いて振返った。

五人はもうそこへ来ていた。松屋橋の脇《わき》に*辻番所があるが、かれらが松平家の者だとわかれば、むしろかれらの助勢をするだろう。信二郎は振返って足を停めた。追って来た五人も立停り、一人が刀を抜くと、他の四人もきらりきらりと抜いた。

「白河侯の申しつけか」

信二郎が云った。五人のうち三人が、すばやく東側へまわって、退路を塞《ふさ》ぎ、西側にいる二人の内の、背の低いほうが前へ出た。

「殿の知ったことではない」とその男が絞るような声で叫んだ、「生かしておいてはためにならぬから成敗《せいばい》する、じたばたするな」

「まじめなんだな」

信二郎は堀のほうに背を向けながら、こう云って刀の柄《つか》に手をかけた。恐怖はなかった。左の三人と右の二人が、じりじり間を詰めて来る。その殺気立ったむきなようすを見て、ふとからかいたくなったくらいであった。

——うしろは堀だぞ。

自分にそう注意したとき、その堀で櫓《ろ》の音がした。満潮なのだろう、ぎっ、ぎっという音は、かなり高いところで聞えた。その音を聞くなり、彼の頭に逃げみちが閃《ひらめ》いた。

——逃げられる。

こう思うと初めて、恐怖が彼を摑《つか》んだ。

——おちつけ、おちつけ、あせるな。

彼は自分に云った。いま叫んだ背の低い男が、さっと一間ばかり前へ出た。信二郎はうしろへさがった。そのとき、向うの町家の暗い軒下で、鈍い弦音《つるおと》がし、空を截《き》って飛んで来た矢が、信二郎の右の袖を射抜いた。

——弓だ。

もう一人いたのである。彼はぞっとした。そして同時に、身をひるがえして、大きく跳躍しながら堀の中へとび込んだ。

水は高かったが、信二郎には落ち込むまでの空間がひどく長いように感じられた。かなり塩辛い水を二度ばかり飲み、水面へ出ると、まるで計ったように、すぐそこへ舟が来ていた。信二郎は手をあげて呼んだ。

「——頼む、追われているんだ」

濡れた袖が重かった。口の中が水で、言葉がはっきりしなかった。舟はちょっとためらった。そのとき上から叫ぶのが聞えた。

「そいつは賊だ、逃がすな」

舟の男は返辞をしたが、同時に、信二郎のほうへ棹《さお》をさし出した。

「心配するな、仲間だ」とその男が低い声で云った、「あがって来い、ひきうけたよ」

信二郎は棹に捉《つか》まった。

「おい吉公も櫓をかけろ、二挺《ちょう》でやるんだ」その男は信二郎を援《たす》けあげながら云った、「やつらに気どられるな、おれが海賊橋*をぬけるまでもたすからな」

「大丈夫か、逃がすなよ」

岸の上からまた叫んだ。

「こっちへ着けろ、向うに揚げ場がある」

「海賊橋の脇にしておくんなさい」と男が答えた、「そこは浅くってこの舟は着けられねえんです、こいつは逃がしゃしませんから」

舟はもう動きだしていた。

四人乗りの屋根舟であったが、櫓を二挺かけるとぐんぐん速度があがった。男は信二郎の着物をぬがせ、手拭《てぬぐい》を与えて軀を拭《ふ》かせながら、隅にあった包を解いて、なにやら着る物を差出した。

「しょうばい着だが垢《あか》は付いちゃあいねえ、まあこれをひっかけて凌《しの》いでくれ」

「迷惑をかけて済まない」

「おたげえさまさ、ほい、これが帯」

舟の中は暗かった。よくわからないが、職人の着るような股引《ももひき》やずんどを、不馴《ふな》れな手つきで着てゆきながら、信二郎はふと、この舟に灯のないことに気がついた。夜、舟を漕《こ》ぐときには、舳先《へさき》に舟あかりをつけるのが定法《じょうほう》であった。それがこの舟にはなかった。信二郎はにっと微笑した。

「心配するな、仲間だ」

そう云った男の言葉が、およそわかるようであった。

「神妙にしているか、大丈夫か」

岸の上からまたどなった。

「大丈夫です」と男が答えた、「水を飲んだとみえてへたばってまさあ、――だが、こいつはいってえなにをしたんですか」

「賊だ、のがすことのできぬ大賊だ」

声は舟といっしょに動いていた。

「のがせねえ賊ってえと、なんですか」と男は云った、「つまり田沼との、、、もみてえな悪人ですか」

「きさまの知ったことではない、黙ってやれ」

「あいつらはどこの者だ」

男が信二郎に呟いた。信二郎が答えた。

「松平越中の家来だ」

「白河さまだって、――おめえ独りでへえったのか」

「まあそんなものだ」

男はひどく感じいったふうに、へええと云いながら信二郎のほうをすかし見に覗《のぞ》いた。二挺の櫓はすっかり調子が出ていた。舟は軽く揺れながら、ぐいぐいと水面を辷《すべ》ってゆき、たちまち海賊橋へ近づいた。——橋の手前のところに揚げ場がある、岸の石垣に沿って、石段が水際《みずぎわ》まで下りているのだが、舟が近づくのと同時に、その石段を二人ばかり下りて来るのが見えた。

「吉公、梅、ふんばれ」

男が云った。櫓の音が急になり、舟はのめるように早くなった。

「こっちだ」揚げ場で喚《わめ》くのが聞えた、「此処《ここ》へ着けろ、逃がすなよ」

「そっちから着けますぜ」

男が云った。舟は左岸のほうへ寄りながら、さらに速度を増して、まっすぐにはしった。

「こっちだ、その舟、どうする」

「停めろ、おのれゆるさんぞ」

叫び声と共に、橋を駆け渡るけたたましい足音が聞えた。

「気をつけてくれ」と信二郎が云った、「やつらは弓を持っているぞ」

「こう暗くっちゃあ弓も矢も」

男はそう云いかけて、あっと首をちぢめた。飛んで来た矢が、危うく彼の頭をかすめたのである。舟はぐっと右へ向いた。右岸の角地は牧野河内邸である、屋敷は角地いっぱいを占めているから、そっちへは追って来られない。――松平家の侍たちは左岸を走っていた、走りながら罵《ののし》り、威《おど》し文句を喚きたてた。矢はもう来なかった。舟は大きく右へ、*鎧《よろい》の渡しのほうへと曲っていった。

「このまま大川へ出てくれ」

男はそう云って、信二郎のほうへ入って来た。信二郎は脇へ寄った。男はそこへ坐《すわ》りながら云った。

「名を聞かせてもらおうか、おらあ田舎小僧*の新助てえ者だ」

その六

もう夜半をずっと過ぎていた。――柳橋の河岸にある「川安」という小さな待合茶屋の二階のひと間で、田舎小僧の新助という男と、信二郎は飲みながら話していた。

このまわりには同じような家が多く、つい半刻《はんとき》ほどまえまでは絃歌《げんか》の声で賑《にぎ》わっていた。この座敷でも芸妓《げいぎ》を三人あげ、吉造、梅次という二人の若者もいっしょだったが、みんな十二時まえに去ってしまい、それから二人だけで話し更《ふ》かしていた。

新助は二十五、六になる骨組みの逞《たくま》しい男で、顔に傷痕《きずあと》があった。こまかい唐桟《とうざん》縞《じま》の、身幅の詰った袷《あわせ》に、ひらぐけをしめ、双子織の羽折をひっかけている。ちょっと職人のように見えるが、ゆっくりと動く眼のするどい光りや、敏捷《びんしょう》さを証明するような鋭い動作などに、堅気でない人間に特有の、一種ぎらりとするものが感じられた。新助を「あにい」と呼んでいた吉造や梅次にもそれがあった。かれらが尋常な職業者でないことはおよそ察していたのであるが、二人で話してみて、彼の身の上を聞くと、信二郎は偶然のめぐりあわせに驚いてしまった。

「この額の傷を見て下さい、これが、そのとき十手《じって》をぶっつけられた傷痕ですよ」

新助はそう云って自分の額を指さした。

彼は本名を千吉といい、深川の永北町に妻子がある、中風《ちゅうぶう》で寝たっきりの、要蔵という父親もいた。彼は河井保之助が軽子橋で会ったあの男であった。日傭賃《ひようちん》の運《うん》上《じょう》のことから騒ぎになり、人を斬って逃げたあの若い人足だったのである。

——こんな偶然もあるものか。

と信二郎はかさねて思った。保之助が助けた彼に、こんどは自分が助けられたのだ。

彼が六十日ほど行方不明になったあと、その妻に五十両という金を与えたと聞いたとき、おそらく賊にでもなったのだろうと思ったが、まさしくそのとおりであった。彼は自分から田舎小僧の新助と名乗り、五人の子分と共に盗賊をはたらいていた。

「田舎小僧ってのは、江戸の人間ではないと思わせるためで、妻子に迷惑のかからねえようにと考げえたからですがね」新助はこう云って唇だけで笑った、「そいつが訛《なま》っちまって、ちかごろは＊稲葉《いなば》小僧なんていう者もありますよ」

「かみさんや子供はどうしてる」

「知りません、もう嬶《かかあ》もがきもねえものと思い切ったんで、ええすっかり思い切っちまったんで」彼は眼をそらした、「――ずっと近よりもしねえし、ようすをみにやりもしません、たぶんどうにかやってるとは思うが、たとえそうでなくったって、まちがって三人がのたれ死をしたってそれはもう、それだけのことだと思ってますよ」

新助は思いだしたように、冷えた酒を呷《あお》り、それから天床《てんじょう》を見あげながら云った。

「まったくそれだけのこった、そのうちにあっしも捉まってお仕置になるだろうし、そのくらいの覚悟はついてまさ、ただその代りに、これがどんなに高価《たか》くつくかということだけは、いやっというほど、世間のやつらに思い知らせてやりますよ」

それは不可能だ。と信二郎は心のなかで思った。人間ひとりに出来る事は限度があるし、どれだけの事をしたところで、決して復讐欲《ふくしゅうよく》は満たされはしないだろう。彼はますます痛めつけられ、傷つくだけである。信二郎にはそれが見えるようであった、しかしなにも云わなかった。

「あっしにとって、いまなにがいちばん辛《つら》いかわかりますか、旦那《だんな》」

女中の延べていった寝床の中へはいってから、新助がふと、こっちを見て云った。

「それはね、裏長屋なんぞで夫婦親子が、いっしょに飯を喰《た》べてるのを見ることですよ、――こいつだけは誰にもわからねえでしょうね、そんなときのあっしの気持だけは、――辛いもんですぜ、旦那」

そしてくるっと向うへ寝返った。

信二郎は唇を歪《ゆが》めた。新助の言葉はとつぜんであるが、それは彼がいつもなにを考えているかということを示すものだ。ないものと思いきった、のたれ死をしてもやむを得ない、覚悟はできていると云いながら、彼の頭からはやはり病気の父や妻子のことが離れない。粥《かゆ》を啜《すす》るような生活であっても、かれらといっしょに暮していたときのことが忘れられず、もういちどそういう生活がしたいという、激しい欲望におそわれては絶望するにちがいない。

信二郎は枕《まくら》の上でそっと頭を振った。

――眠れよ新助。

彼は心のなかでそう呼びかけた。

――人間はみんなおまえと似たりよったりだ、誰もがそれぞれの意味で、怒りや悩みや悲嘆や絶望をもっている、人間とは元来がそういうものらしい、人間であって生きている限り、そういうものから遁《のが》れることはできないらしい、――眠っているときだけが安息だ、ゆっくり眠れよ新助。

信二郎は眼をつむった。

行燈《あんどん》は暗くしてあるが、灯は上へもれるので、天床は明るかった。その明るさが瞼の裏にはっきり感じられた。すぐ表の道で犬がけたたましく吠《ほ》えだし、それを叱《しか》る男の声が聞えた。犬はしつこく吠え、男は石を投げつけたらしい。どこかの板塀へ二度ばかり石の当る音がした。信二郎はふと、くすくす笑った、いま犬に吠えられているのが、自分のように思えたのである。

――おれもあんなことになるんだろうな。

彼はそう思った。きつね小路の家へは帰れない、そればかりでなく、（松平家の手が廻るだろうから）今後はうっかり外も歩けないだろう。少なくとも当分のあいだは、世を忍ばなくてはなるまいと思った。

「それもいっそ、酒落《しゃれ》てるかもしれない」

信二郎はわれ知らず呟いた。

「なにか云いましたか」と新助がこっちを見た。

「いや、――」と信二郎は口ごもって、それから云った、「おまえの家が永北町のどの辺かと思ったのさ」

「旦那がいって下さるんですか」

「おまえさえ承知なら、ちょっと思いついたことがあるんだ」と信二郎は云った、「しかしもう二時過ぎだろう、話は明日のことにしよう」

香汗

その一

保之助は溜息《ためいき》をついて、凍《こご》えた両手を火桶《ひおけ》の上に伸ばした。だがそうしながらも、眼は机の上の書類からはなさなかった。

「わからない、どうしてこれがいけないのだ」彼は口の中で呟《つぶや》いた、「この計画はもっとも現実に即したものだし、どこに一つ不正のはいりこむ余地はないじゃないか」

面ながでひき緊まっている彼の顔は、以前よりずっと明るくなり、健康な緊張と充実感があらわれていた。髭《ひげ》の剃《そ》りあとの青い頰も血色がよく、艶《つや》つやとして、いくらか肉付いたようでもあった。事実、二つの問題を除けば、彼の生活は好ましいものであった。極めて好ましい、といってもいいほどであった。

結婚して四十日足らずであるが、もう何年も経《た》っているように、妻のその子とも義理の父母ともうまくいっていた。

義父の外記《げき》は六十二歳であった。軀も顔もまるまると肥えているが、酒は少しも飲まなかった。まえにはつきあい程度には飲んだらしいが、医者に中風のけがあるといわれたそうで、いまでは一滴も口にしなかった。柔和な顔つきが示すとおり、温順一方の性質で、いつもにこにこしているし、言葉つきも女のようにやさしく、のんびりしていた。

——今日は非番だから、あたしは鯉《こい》でも釣りにいって来ましょうかねえ。

などという調子である。道楽といえば釣りぐらいのもので、しかも鯉釣りにかけてはなかなかの腕をもっていた。

義母のいくは後添《のちぞ》いであった。外記のまえの妻は十五年もいっしょにいて、一人も子を産まずに死んだ。いくは十七の年にそのあとへ来て、すぐにその子を産んだが、あとはできなかった。そのためでもあろう、三十五歳になるのに七つ八つは若くみえたし、自分でも若づくりにしていた。外記に対しては、表面は妻らしく仕えているが、二十七という年の差からくる（いろいろな意味での）不満は抑えようがないとみえ、綿に包んだ辛辣《しんらつ》さで、しばしば良人《おっと》に当りちらした。

——女というものはたまには嫉妬《やきもち》もやいてみたいものよ、でもあなたではそれも望めないわね。

そんなことをつけつけ云《い》うのであった。

元来が賑やかで明るくはきはきした性分らしい。派手好みで、芸ごとや人づきあいが好きで、同じような友達と絶えずなにかの会を催したり、よく芝居見物や遊山《ゆさん》などにでかけた。芝居は木挽町《こびきちょう》の河原崎《かわらさき》座がひいきで、興行ごとに欠かしたことがなく、狂言替りには必ず茶屋から番付を届けて来た。

その子は多分に母の血を享《う》けていた。すべての好みが母とよく似ていたが、ただ自分ではなんにもしなかった。芸ごとはもちろん、針も持てないし、煮炊《にた》きも、洗濯さえもしなかった。肌へつけるような物まで、平気で下女に洗わせていた。それはあまやかされて育ったというばかりでなく、生れついた性質のようであった。寝るときも着物は脱ぎっ放しだし、うっかりすると着たままで寝た。寝衣《ねまき》は派手な柄の長襦袢《ながじゅばん》で、構わずにおけばいつまでも同じものを着ていた。——遊びに出るのは好きで、母にもついてゆくし、自分の友達などともよく芝居へでかけた。なにかの会とか集まりとか、人を招くとか招かれるとかいうことが三日にあげずあった。そんなときでも、ふとすると髪化粧や着てゆく物に凝って、小半日もまわりの者をまごつかせるが、たいていは人まかせで、母とか小間使の云うままになった。

風呂《ふろ》は毎日はいった。風邪をひいて熱のあるようなときでも、一度は必ずはいるのであった。日に幾たびとなく鏡に向い、化粧を直したり髪をいじったりする。そうして自分のからだを眺めたり触ったりするのが、なにより楽しいらしい。また、自分のからだで慥《たし》かめるもの以外は、なにも信じないし愛しもしないようであった。

——あなたはその子のものよ、その子のものね、もっとこうして。

寝屋ではいつもこう叫んで、お互いの素肌をもっと膠着《こうちゃく》させ、ひき緊め、押しつける。それはその動作からうまれる快楽というより、自分のからだで良人のからだを慥かめている、という実感のよろこびのようであった。

保之助は初め、そういう妻に当惑した。妻のすべてが、彼にとっては意想外であり放埒《ほうらつ》にみえた。

——こういうのを娼婦《しょうふ》というのではないか。

初めはそう思いさえした。ことに寝屋ではそうであった。寝屋のその子には慎みとか羞《は》じらいというものがなかった。全身を快楽に浸しきり、満足の叫びを遠慮もなく叫んだ。また、満足はしばしば次の満足を求めて飽くことを知らない、というようすをみせることも少なくなかった。

その二

けれども、いま保之助は妻を愛していた。その子のすべて、欠点であり放埒と思われるものまでも、溺《おぼ》れるほど深く愛するようになった。

どうしてそうなったか。理由は自分でもよくわからない、いってみれば、初めに彼を当惑させたものが、逆に彼を惹《ひ》きつけたようである。その子のばあい、じだらくや放埒にみえることが、じつにのびのびと自然であった。馴《な》れてくると、その放埒やじだらくのなかに、(他のどんな人間にもない) 自然の美しさと慰藉《いしゃ》が感じられた。

保之助がなによりおどろいたのは、その子の汗の匂《にお》いであった。昔どこかの国に、花のような香りの汗をかく王妃がいたそうであるが、その子の汗はその伝説を連想させるほど、ほのかにあまくかぐわしい匂いがした。もちろん香料ではないし躰《たい》臭《しゅう》というのでもない、その子には躰臭は殆んどなかった、汗をかいたときにだけ、その汗が匂うのであった。

彼はひそかに思ったことがあった。

——この匂いには、なにか貴重なものがある、これは男をよみがえらせ、男を、より男にし、男に精気を与えるものだ。

保之助はそれを現実に感じた。ふしぎなことであるが、妻に求められて妻の寝屋へゆくときには、かなりな負担と鬱陶《うっとう》しさを感じるが、寝屋から妻の汗の匂いに包まれて出るときには、（話に聞く一般の例とは反対に）爽快《そうかい》な力の充実と、生きることの自信に満たされるのであった。

――よし、やってやるぞ。

いかに困難な事でもやってのけられそうな、闘志、征服欲といったものが感じられた。

兄たちや妹までが羨《うらや》んだように、藤代との縁組は成功であった。経済的にも、彼は役料を百二十石もらっているが、それを夫婦だけで遣っていいし、それで足りないときには、妻が母からいくらでもせびった。外記はおとなしい一方で、なにも云わず、いい、いくも若い夫婦のことには口を出さなかった。夕餉《ゆうげ》だけはみんなといっしょにするが、あとはまったく二人だけの、解放された、自由な生活をすることができた。

このあいだに保之助を悩ませた問題が二つだけあった。

一つは青山信二郎の失踪《しっそう》である。保之助が祝言《しゅうげん》の日取を知らせにいった日から、信二郎は行方知れずになった。そして、ほかにも不謹慎の咎《とが》があるということで、きつね小路の家は没収、家名断絶の処分を受けた。――その厳しすぎる処分も意外であったが、青山の失踪した理由がまるでわからなく、生死さえもわからないのが、絶えず気がかりであった。

他の一つはもっと重大であった。

保之助が役についたのは、田沼一派の*秕政《ひせい》と悪徳を摘発するためであった。彼は少しまえに復活された「*勘定吟味役」の所管にはいったのであるが、会計検査官ともいうべきその役目は、同時に反田沼派の密偵《みってい》というに近い意味をも含んでいた。なぜなら、現在では、彼は定《きま》った日に、松平越中守の屋敷へいって報告をする義務があったからだ。――そこには明らかに、密偵としての役割があった。彼がそれを不愉快に思わなかったのは、田沼氏一派の退場を望ましいと思ったからである。田沼父子はあらゆる醜聞のなかで、平然と、栄耀栄華《えようえいが》に耽《ふけ》っている、官職の要席は賄賂と情実で占められ、政治は軽薄な思いつきと、意次その人の好みによって左右され、特に次つぎと発せられる広汎《こうはん》な課税政策は苛斂誅求《かれんちゅうきゅう》にさえ傾きつつあった。

――主殿頭をあの席から放逐すべきだ。

保之助はそう思っていた。それでむしろすすんで密偵に近い役目をもはたして来た。

しかし実際に当ってみると、期待していたような事実がなかなか把《つか》めなかった。要職が賄賂と情実で買われているというのも、田沼父子が栄耀栄華に耽っているというのも虚評のようである。秕政といわれているものも、これまで調べた二、三の例では極めて妥当であるか、現実に則したものであった。いま、机の上にひろげているのは「手賀沼《てがぬま》印旛沼《いんばぬま》干拓の趣意書」というのであるが、それは失業者の救済を兼ねた田地の開発で、反田沼派の非難するような無意味な事業でもなければ、不正な取引などの存在する余地のないものであった。

「なぜこれがいけないのだ、これはむしろ緊急を要する事業だし、実際問題として大きな価値があるじゃないか」

保之助はそう呟いた。

「それともおれにはまだ、この計画の裏にある不正を、つきとめる眼がないのだろうか」

彼のうしろで襖《ふすま》があいた。

派手な長襦袢にしごきをしめただけの、いま夜具の中からぬけ出て来たらしい寝乱れた姿で、その子がこっちへ入って来た。着崩れてひきずるような裾《すそ》から、爪先《つまさき》の桃色になった小さな素足や、白くすんなりと伸びた脛《すね》のあたりまでが、歩くたびに、嬌《なまめ》かしくあらわに見えた。

「いつまで起きていらっしゃるの」

その子は良人のうしろに寄って、猫の仔《こ》のようにあまえた鼻声をだしながら、両手を良人の首へ巻きつけ、両方の膝《ひざ》で良人の軀《からだ》を挟んだ。袖がこ*かれて肱《ひじ》のところまで剝《む》きだしになっているし、まるく張った膝頭も、襦袢がはだけて裸になっていた。

「お狩の供をするので地理を調べているんだ」

「眠れないわよ、うウん」その子は腕と膝とで良人を緊めつけた、「お役所の仕事はお役所でなさるものだわ、家へ帰ったあなたはその子の良人じゃないの、ねええ」

舌っ足らずな、粘るような調子である。彼女は首を伸ばして、うしろから良人にやわらかく頰ずりをし、衝動的に強く頸《くび》を吸った。

「痕《あと》がつくからよせ」

「いらっしゃればいいのよ、さもなければ本当に痣《あざ》にしてあげるから」

「今日は非番の約束だったろう」

「それがだめなのよう」その子は唆《そそ》るように軀を揺らした、「ひとりじゃ頼りなくって、夜着の外へ転げ出ちゃいそうな気がするの、抱かれてじゃなければだめなの、あなたに抱かれてでなければ眠れないのよう」

保之助は気の重そうな顔をした。近く小金ケ原で将軍の狩がある、小金ケ原は印旛沼や手賀沼に近いので、供をしていったら現地を調べたいし、そのまえに、趣意書をもよく検討しておきたいのであった。しかし彼は諦《あきら》めて、書類を閉じた。

「まあ、うれしい」

その子は暴《あら》あらしく良人にとびついた。

「抱いていってちょうだい」

その三

保之助は汗の香に包まれていた。

けれども、それはいつものようにではなかった。熱いほど躰温の昂《たか》まった妻の、しっとりと湿った柔軟な軀は、いま彼の腕のなかで、懈《け》怠《たい》と陶酔のために溶けている。なめらかに弾力のあるその膚《はだ》からは、ほのかに、けれどもはっきりと汗の匂いが発散していた。

それはいつも彼に精気を与え、彼のなかに力をよび起こす匂いであった。彼は慥かにその匂いを感じていた、その子の汗の、譬《たと》えようもなくかぐわしい匂いに包まれていたが、それに浸ることはできなかった。抱擁からくる満足もなかった。抱擁はその半ばで彼を疑惑につきのめし、昂まった感覚は昂まったまま、彼の内部で氷のように結晶していた。

――おれの耳の誤りだろうか。

もう四半刻《しはんとき》ものあいだ、保之助は同じことを自問自答していた。

――いやこんどこそ、聞き違いではない。

保之助は女に触れたのは妻が初めてである。寝屋ごとなどもまるで知らなかった。けれども、青山信二郎の家で集まるようなとき、そこで交わされる会話から、断片的な知識はしぜんと得ていた。それはごく断片的だったし、誇張と嘘《うそ》の多かったことは結婚してからわかったが、なかには思い当ることもかなりあった。その子の感覚が話に聞いたのとは違って、初めから少しも困難はなかったし、むしろおどろくほど敏感で、求めることがつよく動作の巧緻《こうち》であることも。ときにそういう躰質がある、という話を思いださせた。――しかしこのあいだに前後三回、その子は無我の状態のなかで納得のいかない*表白をした。抱擁の経過がある点に達すると、女性はしばしば相手の名をつづけさまに呼ぶ。それは極めて普遍的なことらしいが、妻はそのなかで他の人の名を呼んだのである。逼迫《ひっぱく》した激しい呼吸と、舌のもつれた不明確な発音だから、二度までは聞き違いかと思ったが、その夜はもう自分の耳の誤りとは考えられなかった。

——このまま聞きのがすことはできないか。

保之助は辛抱づよく自分に慥かめた。

——いやだめだ、はっきりさせなければいけない。

彼にはそういう疑惑に耐えることはできなかった。そんな疑いをもったままでいることは、自分ばかりでなく、相手をも侮辱するように思えた。彼はそっと妻をゆり起こした。その子は良人が離れるものと感じたらしく、あまえた声をあげながら、手と足とで絡《から》みついた。

「起きないかその子、きくことがあるんだ」

その子は良人の胸へ手を伸ばした。保之助はその手を捉まえ、それからやや強く妻の肩をゆり動かした。その子は眼をさました。

「しんさんというのは誰だ」

「なにを仰《おっ》しゃるの」

「おまえがその名を呼んだんだ」と彼は妻の耳のところで云った、「しんさんって、――どういう人なんだ」

「あたしが、呼んだんですって」

その子はねぼけたような声で呟いた。保之助ははっきり云った。

「今夜で三度めだ」

「――しんさん」その子は動かなくなった。そしてまもなく、やっと思いだしたというように、あまえた声で云った、「それなら信二郎さまだわ、青山信二郎という人よ、そんなら」

「――青山信二郎だって」

「ええ、お母さまのほうの親類の人よ」

保之助の手から力がぬけた。

「その子は小さいじぶんからその人が大好きでしたわ」まだ寝ぼけているような声で云った、「信二郎のおにいさまといって、あまえ放題にあまえたの、どんな我儘《わがまま》をいっても笑って相手をして下すったわ」

その子の話すのを聞きながら、保之助はそうかと思った。いつか祝言の招きにいったとき、彼も藤代は親族に当ると云っていた。なぜ早く云わなかったのかと、怒っていたのを思いだしたのであった。

「御両親が亡《な》くなってから、お道楽が始まりましたの」とその子は話し続けた、「気性もお変りになったし、あんまりお道楽が激しいので、ずっと家《うち》へも来られないようになりましたわ、それはいいんだけれど、どういうわけだかわからないけれど、四十日くらいまえからどこへいったか、行方が知れなくなったんですって」

知っているよと云いたかったが、保之助は黙っていた。その子は続けた。

「そのうえお道楽が崇《たた》って、青山の家名も断絶されたとかっていうんですのよ」

「それが気にかかっていたんだな」

「ええ、心配で心配で堪《たま》らないわ」その子は良人の腕の中へ身をすり寄せた、「だってその子の大好きな人だったんですもの、今どんなにしていらっしゃるかと思うと、夢にまでみるくらいですわ」

「私がそのうちにしらべてみるよ」

保之助は妻の背中を撫《な》でた。その子はもっと軀をすり寄せた。

「本当に捜して下すって」

「いずれ江戸の内にいるんだろう、きっと江戸にいるだろうと思う、すぐにはわからないかもしれないが、――いつかきっとみつけて、その子のところへ伴《つ》れて来てあげるよ」

「ねええ、あなた」その子は良人の胸へ頰をのせた、「ねえ、もっときつくよ」

温たかく良人に抱かれながら、その子の頭のなかで「けだもの」という言葉が聞えた。信二郎の声である。信二郎はよく彼女をそう呼んだ。——このきれいな可愛《かわい》いけだものめ。そしてひどく乱暴に愛撫《あいぶ》するのだが、その子はそれが好きであった。やさしくされるよりは、そういうふうに扱われるときのほうがよかった。そうされると、軀じゅうが痙攣《けいれん》するような刺戟《しげき》を感じた。

——けだもの、この可愛いけだもの。

心のなかで口まねをしながら、その子は昂ぶった動作で良人の軀へ手をまわした。

狩の行事

その一

年が明けて天明四年になった。

将軍家治がまえの年の秋から病気がちで、もともと躰質の弱い人だったが、風邪をこじらせたのがなかなか治らずそのため城中における年末年始の儀式は、多く略して行われた。

たとえば正月元旦《がんたん》の式など、初め*御座間《ござのま》で清水、田安、一橋の三卿の祝いを受ける。次は*白書院で尾張、水戸、紀伊の三家に、*在府ならば前田加賀守《かがのかみ》が給仕で*三献《さんこん》の式があり、続いて*親藩や三家の*庶流、*溜間詰《たまりのまづめ》、*外様《とざま》の前田、藤堂《とうどう》、池田の三家、また*従四位《じゅしい》以上の*譜代諸侯など。これら一人ずつの祝儀《しゅうぎ》をうけ、*高家《こうけ》の給仕で盃《さかずき》をやらなければならない。それから大広間へ出て、こんどは立ったままで従五位の譜代諸侯の祝賀をうけ、さらに西丸大広間へ移るのだが、このあいだに、献上や下賜《かし》の式などがあって、時間のかかるのとその煩雑《はんざつ》なことはひじょうなものであった。

二日は*箒初《ほうき》めというのがあり、やはり座間、白書院、大広間などで、三家の世子《せいし》、国持の外様諸豪（十万石以上）の、一人ずつの祝賀をうける。これには将軍からの賜盃《しはい》はないが、続いて従四位以上の外様諸侯、同じ従五位、万石以下の従五位、*布衣《ほい》、御目見《おめみえ》以上諸士、などという順で、なかには将軍の臨席しないものもあるが、これまた長時間にわたることは前日に劣らなかった。

三日は*謡初《うたいぞめ》で、諸家から*蓬莱島台《ほうらいしまだい》など、盃台を献上する式がある。そのまえに城《しろ》揃《ぞろえ》といって、*帝鑑間《ていかんのま》で無位無官の大名たち、次に大廊下で、三千石以上の無位無官、同じく五百石以上（五百石以下は三年に一度）などという順で、いずれも将軍は立ったままで礼を受ける。――謡初は午後五時から。勤めるのは観世《かんぜ》、金春《こんぱる》、宝生《ほうしょう》、喜多、金剛の五家であって、*素袍《すおう》と侍*烏帽子《えぼし》で出る。このときは大手と内桜田門の内外で、さかんに篝火《かがりび》を焚《た》くのが壮観であった。

その年は将軍家治が病後なので、出座したのは謡初のときだけであった。

五日には神社や寺院からの祝賀の礼があり、七日は*若菜の祝いであるが、――その日、保之助はあまり愉快でない出来事にぶっつかった。彼は三日から役所で仕事を始めていたのであるが、若菜の祝いの終ったあと、菊の間で三奉行評議があった。

寺社奉行、勘定奉行、町奉行の会談で、中旬に行われる将軍の狩の行事についての打合せであるが、勘定吟味役も加わることになり、保之助がその席へ出た。

詰所から菊の間へ行く途中、細廊下で彼は佐野善左衛門に会った。おそらく羽目の間の礼に出た帰りだろう、熨斗目麻裃《のしめあさがみしも》で、三人ばかりの伴れといっしょだったが、保之助を見るとにこにこ笑いながら寄って来た。

「やあ、どうです新婚の味は」

善左衛門はひどくうきうきと云った。

「ずいぶん健康そうになったし、太りましたね、きっとうまくいってるんでしょう、奥方はまたたいそうな美人だというじゃありませんか」

保之助は相手にならなかった。いつかの決闘のことは、信二郎が中に立って取消しになったが、二人はついに顔を合わせなかった。したがってそのときは月見の宴以来、初めて会ったのである。もともとこちらは軽蔑《けいべつ》していたし、そんな気まずいこともあったりしたので、言葉の合槌《あいづち》を打つのもやっとの思いであった。――善左衛門はなにも感じないらしく、こんどは信二郎の失踪したことを話しだしたが、それもすぐにやめて、（たぶん初めからそれが云いたかったのだろう）こんどの小金ケ原の狩に供弓《ともゆみ》を勤めることになった、といかにも嬉《うれ》しそうに云った。

「つまり一年の任期が延長されたわけでね、おそらく相良《さがら》侯のお口添えだろうと思うが」と善左衛門は仔細《しさい》らしく声をひそめた、「——こいつ千載一遇というところです、ここでひとつね、あっという手柄をみせてやります、やらなくってどうしますか、まあみていらっしゃい、きっとやってみせますからね、失敬だがまあみていて下さい」

菊の間へいってからも、保之助は気が重かった。佐野の口ぶりのいやらしい軽薄さ、権力にとりいろうとする不潔な悪あがき。そんなようなものがこちらの軀じゅうにべたべたくっついているような感じだった。

——なんというやつだ。

心のなかで幾たびもそう呟いた。

会議は将軍の旅舎をどこにするかという点でゆき悩んだ。小金ケ原というのは、葛飾《かつしか》、相馬《そうま》、印旛《いんば》、千葉の四郡にわたる荒野で、上、中、下と呼ぶ三つの牧場があり、官の馬を放牧していた。二代*秀忠《ひでただ》からこのかた、しばしば将軍の狩り野に使われて来たが、それは江戸川、中川、利根川の流れがあり、また印旛、手賀などの沼《しょう》沢《たく》や、到《いた》るところに丘陵《きゅうりょう》林野がひろがっているので、狩猟にはもっとも適していたからであろう。——いま旅舎の予定地は三カ所あった。国府台《こうのだい》の祇園《ぎおん》寺、手賀沼南岸の占部《うらべ》、そして佐倉城である。

「相良侯は占部がよかろうと云っておられますが」

勘定奉行の松本十兵衛が云った。

*寺社奉行はしきりに国府台を主張した。おそらく祇園寺から懇請の運動があったのだろう、町奉行は同じ理由からだろうが、ぜひ佐倉城をと云う。もちろん三奉行の評議に決定権はないが、現実的にはつよい発言力があるので、それぞれ極めてしんけんであった。――そこへ田沼意次《おきつぐ》がはいって来た。

筆頭老中だから、必要があれば呼びつけていいのに、彼はよく自分のほうから出ていった。事務のはこびが第一、時間が大切というのである。格式とか順序などはたいてい二の次にされた。その日の式服は熨斗目長袴《ながばかま》であるが、彼はもう椋色《むくいろ》の肩《かた》衣《ぎぬ》半袴になっていたし、例によって無腰であった。

「そのままそのまま」

三人が座を下ろうとするのを制しながら、意次はむぞうさにかれらの脇《わき》へ坐って、評議のもようを訊《き》いた。

保之助は気持の動揺をもて余した。彼はもう五たびくらい意次に接しているが、そのたびに好意のほうが強くなるばかりだった。大奥の女官たちにも好かれているという、六十六歳という年と、長いあいだ重職を勤めて、肉躰的にはかなり疲れがみえるけれども、おもながな、よくひき緊《し》まった顔にも、やや痩《や》せた小柄な軀つきにも、清潔に枯れた渋さと、温かい静かなおちつきがあった。声はまるく穏やかで、喜怒の調子をあらわすことがめったにない。困難な立場に立っても決してめげないが、自分の主張をとおすばあいにも固執するふうがなかった。

——そうでもあろうが、ともかくやるだけやってみてはどうだろうか。

そういうぐあいに纏《まと》めるのであった。

保之助の意次に対する感情は大きく変っていた。もう悪徳政治家とか、汚名の人として考えることはできなかった。そう考えることのできないほうへと、しだいに気持が傾いてゆくのであった。

「占部ということにしよう」

三人の話を聞いてから意次が云った。

「佐倉は少し遠すぎる、国府台はまた近すぎる、検分したところによると占部はなにもない寒村で、印旛沼へもひと跨《また》ぎのようだ、お狩よりも御保養のほうが主だから、私は占部にするがよいと思うが、どうだろうか」

三人は承服した。保之助は聞いていて、これは干拓計画に関係があるなと思った。

そこが手賀沼の南岸であり、印旛沼にも近いとすれば、実地に現状をみせて反対論を沈黙させせよう、というつもりにちがいない、——やっぱりこの人らしいやり方だな、と思った。

それで評議は終り、意次を送ってから三奉行が立つのと共に、保之助も詰所へ戻ろうとした。

その二

菊の間から詰所へ戻るのに、紅葉の間の外の縁側をゆこうとすると、東の縁側のところで、意次が松平越中守につかまっているのとゆき合せた。

越中守が呼びとめたらしい、越中守定信は熨斗目長袴で、いつもよりは男ぶりも水際《みずぎわ》立ってみえた。意次は肩衣半袴で、背丈も低いし、老い枯れているから、定信の前ではいかにもみすぼらしい感じだった。

「いま溜間へ寄って来たところ、絹物改所《あらためどころ》の件案に加判*するところであったが」

定信は相手を見おろすようにしながら云った。意次は頷《うなず》いた。

「さよう、祝儀の日ではあるが、ずっと延引しているので、加判をいそぐように申入れました」

「しかしあれはお*沙汰《さた》やみになったのではないのですか」

「いやそんなことはありません」

「ふしぎですね」定信はとぼけたように云った、「私はお沙汰やみになったか、少なくともお沙汰やみになるものと思っていましたがね」

棘《とげ》のある言葉つきだし、その優雅な顔にも神経の尖《とが》った表情があらわれていた。

意次は静かに、さりげなく答えた。

「そんなことはありません。お*詰衆の加判があればすぐ御裁可になる筈《はず》です」

「ずいぶん強い反対があるのを御承知でしょうね」

　意次は黙っていた。定信は続けた。

「こんどの運上《うんじょう》は買い主にかかるもので、織元には関係がない、つまり商人側だけの負担になる、というのが眼目らしいが、これについては商人側よりも、逆に織元のほうに反対が起こっているということをどう思われますか」

　絹物改所というのは絹織物に対する課税役所のことである。武蔵《むさし》、上野《こうずけ》の絹産物を市場へ出すに当って改所で検査をし、絹糸百匁《もんめ》につき*銀五分、絹織物一*疋《ひき》につき*銀二分五厘《りん》を、買いつける商人側に支払わせるもので、その年度から実施する予定のものであった。――これには定信の云うように反対があり、そのため決定が延びていたのであるが、その「反対」がどこから出ているかということは明白だった。

表面にあらわれているのは、これも定信の云うとおり、織元である。だがそのうしろにあるのは商人たちの力だった。この新しい税制によると、買い主である越後屋《えちごや》、白木屋、大丸、夷屋《えびすや》などは、最高千五百両から最低四五百両くらいまで、運上として余分に出費しなければならない。それでかれらは、裏から織元をつついて、反対の気勢をあげさせたのであった。

「その答えは簡単だが」と意次は穏やかに云った、「私には白河侯*がどういう資格でそんな質問をなさるかわかりませんね」

「資格の問題ではない」定信は殆《ほと》んど叫んだ、「御政治のうえの重要な件案であり、幕府の威信にもかかわることだから親藩の一人として訊くのだ」

「なにが幕府の威信に関するのです」

「それをここで云ってもよろしいか」

定信は扇子を逆に持った。そこは人の往来の絶えない場所で、定信の声が高いから、もうすでにあちらこちらに人が立ち、それとなく二人の対話を聞いているようであった。

定信はかさにかかった調子で、これまでに発令された各種の新税法、座制*の拡張、専売制などをあげ、その極めて悪評なものや、悪評のため発令後に停止された例などを指摘して、これらがどんなに幕府の威信を傷つけたか、また傷つけつつあるかということを、激しい表現でたたみかけた。

「絹物改所も同じことだ、一年の運上総額はせいぜい五千両前後という、そんな僅《わず》かな金額のために、織元の民たちの反対を押しきってやる必要がどこにあるのですか」

「ひと言だけお答えしましょう」意次はやはり穏やかに云った、「反対は織元から出たのではなく、商人たちに操られたものです」

「商人たちが操るとはどういう意味です」

「また五千両という金額は、そのままではとるに足らないかもしれない」と意次は構わず続けた、「けれども、それはいつまで同じ額ではない、年々に殖《ふ》えてゆくであろうし、もっと重要なことは、それが増大する商人たちの利潤を幾らかでも削減する役に立つという点にあるのです」

「幕府が商人どもの利潤を削る」

定信は辱《はずか》しめられたように、その端正な顔をつよく歪《ゆが》めた。

「かれらには機会あるごとに、いろいろな名目で御用金を課したり*冥加金《みょうがきん》を献上させたりしている、かれら商人どもはつねに課されただけのお役に立って来た、そうではありませんか」

「そのとおりです」

「しかもかれらの利潤まで削ろうというのですか」

「そのとおりです」意次は辛抱づよい口ぶりで云った、「御用金や冥加金はそのときだけのもので、右から左へ消えてしまいます、かれらの利潤から削る額は少ないが、年々継続するものであり、膨張する商人どもの資本力を制することにもなる、幕府経済の将来のためには、かれらの利潤の中に楔《くさび》を打つ、ということがなにより必要な方法なのです」

「資本、利潤、経済」と定信は吐きだすように云った、「筆頭老中ともある人の口から、そのような言葉を聞こうとは思わなかった、まるで、——まるで商家の手代*のようだ」

そして嘲笑《ちょうしょう》の眼で相手を見、長袴をきれいにさばきながら、定信は去っていった。

その三

若菜の祝いは、正月の城中行事の最後のものなので、その日は下城が一般に早かった。保之助は事務があって遅れたが、それでも午後三時には退出した。神田橋御門を出るとき、同僚たちから酒に誘われたが、調べ物があるといって断わり、(それも事実だったが) まっすぐ水道橋の自宅へ帰ろうとした。すると表猿《おもてさる》楽町《がくちょう》にかかる手前の処《ところ》で、彼は向うから来る男を見て、ふと足を停めた。細縞《ほそじま》の着物に羽折を重ね、足には雪駄《せった》をはいて、ふところ手をしている。髪も町人髷《まげ》であるが、ひと眼で青山信二郎だということがわかった。向うでもこちらに気づいているのだろう、そっぽを向いてすれ違いながら、なにか合図でもするように頷いた。

「私は椙原《すぎわら》の店へ寄るから」と保之助は供の者に云った、「おまえここから先に帰ってそう云っておいてくれ、そう暇はとらない筈だから」

供の者に別れて引返すと、信二郎は稲葉丹後邸の角を柳原のほうへ、ゆっくりと曲るところだった。――椙原というのは目貫師《めぬきし》で、湯島下に店があり、彼はそこへ脇差《わきざし》の目貫を取替えに出してあった。それを思いだして口実にしたのだが、暇があれば取りに寄ってもいいと思った。

「黙ってついて来てくれ」

追いついてゆくと、信二郎は低い声でそう云った。

連雀町《れんじゃくちょう》へかかると町家になるので、*回礼の人たちの往来や、道で追い羽根を突く男女などで賑《にぎ》わっていた。うっかりするとはぐれそうなので、二、三間あとから注意しながらついてゆくと、柳原堤に近い籾倉《もみくら》の脇の、「万清」というかなりな料理茶屋へ信二郎は入っていった。保之助はその店の前をいちど通り過ぎ、ちょっとまをおいてから、引返して来て入った。

「お伴《つ》れさまでございますか」

若い女中がそう云って、すぐに彼を奥座敷へ案内した。信二郎は莨《たばこ》を吸っていた。

「ほう、いい血色だね」信二郎は眩《まぶ》しそうな表情で云った、「少し太ったようじゃないか」

保之助は苦笑した。*甘楽郡《かんらごおり》にも云われたよ、と云おうとしたが、云わずに坐《すわ》った。

「いったいどうしたんだ」

二人にそれぞれ、酒肴《しゅこう》の膳《ぜん》が運ばれてから、保之助が待ちかねたように訊いた。

「うん、話すほどのことじゃあないが」信二郎は興もなげに云った、「ちょっと河井にも、じゃあないもう藤代だったな、――ひっかかりのある点があるんで」

「私にも関係があるって」

信二郎は松平邸へ呼ばれたことから話し始めた。

それは保之助に強い衝動を与えた。特に越中守その人の口から、自分が意次を刺そうとしたと云い、こんどの御狩のとき信二郎にそうしろと（言葉は違うが）仄《ほの》めかしたこと。それを拒絶すると、越中守の意志であるかないかは不明だが、信二郎を斬《き》らせようとしたことなど、――つい数刻まえに、城中で意次を面罵《めんば》する姿を見ていた保之助には、越中守のぬきんでた風貌《ふうぼう》の裏にあるものを、二重にあばいてみせられたようで、ちょっと背筋が寒くなるように感じた。

軽子橋の騒ぎのときの若者に助けられた、ということも意外であったし、それからのち、その若者の家族の世話をしている、という話にはもっと驚かされた。

「ことのついでだからね」信二郎はいくらかてれたように云った、「こっちもひと眼を忍ぶような身の上になったし、いわば同病相憐《あいあわれ》むといったところさ、おまけに藤代が五十両の金にこだわっていたから、もしも届け出たりすると可哀《かわい》そうだと思ってね」

彼は田舎小僧の新助に別れたあと、すぐに永北町の家へ訪ねていった。そして三日めには、本所横網町に家をみつけて、三人の家族を移転させた。病父の要蔵は寝たっきりで動けず、妻のおさだはぼけたようになっているし、お芳という赤児子《あかご》はようやく誕生を迎えたばかりであった。

「ちかごろはあの女房も正気になった、子供相手の絵草紙や駄菓子の店をやらせているが、どうやら一人でやってゆけそうだよ」

「まさかいっしょにいるわけじゃないだろうな」

「まさかね」と信二郎は箸《はし》を取った、「おれは小泉町に閑居して、もっぱら風流に暮しているよ」

「するとおはまさんか」

「どう致しまして、これでも売りだしの戯《げ》作者《さくしゃ》ですよ」

信二郎は自嘲するように笑った。そうして、もう自分の話は終ったというように、保之助のその後のようすを訊いた。保之助も自分のことではかくべつ話はなかった。むしろいま悩んでいること、つまり田沼氏について自分が想像していたことと実際に知った事情との大きなくいちがいについて、彼の意見を聞きたかった。——だが信二郎は首を振った、保之助の云うことを半分も聞かずに首を振って、そんなつまらない話はよそうと遮った。

「それより本当にうまくいっているんだね、藤代では、——不満なことなんかもないようか」

「みんなに太ったと云われるくらいだからね」

保之助はてれたように笑った。信二郎の眉《まゆ》が苦痛を感じたように歪んだ。そのとき、襖のすぐ外で、女中の不審そうな声が聞えた。

「――どなたでございますか」

信二郎はどきっとして顔をあげた。

その四

――どなたですか。

という女中の声は咎めるようにも聞えた。保之助も顔をあげたが、そっちではなにか二た言ばかり、低いうけ答えがあって、誰かが向うへ去り、襖をあけて女中がこの座敷へ入って来た。

「立聞きでもしていたのか」

信二郎が訊いた。女中は持って来た酒を二人の膳の上へ置きながら、若いきれいな女がそこにいたのだと答えた。

「お武家ふうに扮《つく》ったきれいなひとでしたよ、どちらかのお馴染《なじみ》じゃあないんですか」

「武家ふうに扮ったって――」

「いま流行《はや》るんです」いやらしいといいたげに女中は顔をしかめた、「しょうばい人だか素人《しろうと》だかわかりませんけれどね、武家の若夫人か大店《おおだな》の箱入り娘といったような拵《こしら》えで、よくこういうところへ客を伴れこむ者があるんですよ」

「だいぶ岡場所が潰《つぶ》れるようだからな」

信二郎はこう云いながら、ふとおはまのことを思った。

これまでの私娼《ししょう》に対する取締りは、黙許と弾圧との繰り返しであった。あるとき厳重に禁じたかと思うと、あとはまたなりゆきに任せるというふうである。それがこんどは方針が変って、かれらに高律*な税を掛けることになった。これには一般からも幕府の内部からも、反対や非難の声がつよくあがった。

――隠し売女《ばいた》から運上金を取るなどとは、幕府の威厳を汚《けが》すものだ。

というのである。例によって、その非難は田沼氏に集まっているが、私娼街のほうは課税されることを嫌って、しぜんに減少する傾向をみせてきた。そうだからといって、むろん私娼そのものが減るわけではない。場所や方法を変えるだけで、なかには、いま女中の云ったような手段をとる者もあるに違いない。――信二郎はあの日以来おはまに会っていなかった。彼との関係で、櫓下《やぐらした》のしょうばいもまえから思わしくなかったが、特に彼が失踪してからは、役人の眼がはなれないので、客は減るばかりだということであった。

——おはまの気性でまさかそんなことが。

そうも思うが、まったく有り得ないことでもないので、信二郎は重くふさがれたような気分になった。

「その子が心配しているんだがね」

保之助がそう云《い》った。彼は彼で、武家の若夫人のような、という言葉から妻のことを思いだしたようである。信二郎はおどかされた人のような眼をした。

「きっと捜しだしてみせると約束してあるんだが、いちど会ってやってくれないか」

「いやだね」信二郎は盃を取った、「以前ならともかく、こんな恰好《かっこう》を見られるのはまっぴらだ」

「だって寝言に名を呼ぶくらい案じているんだぜ」

そう云われたとたんに、信二郎は酒を飲みそこねて激しく咽《む》せた。

「いちど会って無事な顔を見れば安心するだろうと思う、家でなくこういうところでもいい、青山が恰好にこだわるなんておかしいじゃないか」

「もう青山信二郎なんて人間はいやあしない」彼は顔をそむけた、「此処《ここ》にいるのは長屋住人《ながやのすみひと》というかけだしの戯作者だ、信二郎はもう死んでしまったも同様さ、もしあのひとが訊いたらはっきりそう云ってくれ」

保之助は一種の眼で友を見た。

「つまり、藤代に迷惑をかけたくないということか」

「相変らず善良だな」信二郎はふとからかうような冷たい調子になった、「保さんは昔から善良だった、世の中へも出たし妻も持ったんだから、もう少し賢くなったかと思っていたが、やっぱり元の杢阿弥《もくあみ》だな」

「それとこれとなにか関係でもあるのか」

「あるかもしれないと思わないか、たとえばおれがその子に会えないのは、まえにおれがその子を情人にしていたからだ、というようなふうにさ」

「青山の毒舌も久しいものだ」

なんだつまらないというように、保之助は唇を曲げた。信二郎の顔に、さっと悪意の表情があらわれた。ほんの一瞬のことであり、保之助も気づかなかったが、それは相手を刺そうとでもするかのような、するどい悪意と毒のある表情であった。しかし彼はすぐに盃を取り、手酌で酒を二杯ほど呷《あお》ってから云った。

「いっておくが、人間が善良であることは決して美徳じゃあないぜ、そいつは毀《こわ》れ易《やす》い装飾品のようなもので、自分の良心を満足させることはできるが、現実にはなんの役にも立たない、そのうえ周囲の者にいつも負担を負わせるんだ」

「まわりの者に負担を負わせるって」

「しかも自分ではまったく知らずにさ、――もっともそれで終ることができれば幸福かもしれないがね」

保之助はなにか云い返そうとしたが、そのとき女中が声をかけて、この座敷へ入って来た。

「青山さまと仰しゃるのはどちらでしょうか」

「青山というのはなんだが」と信二郎は口を濁した、「――なにか用なのか」

「お文をことづかって来たんですよ」

「手紙だって、おれにか、――」

「さっきの御婦人からですの、はい」

差出した手盆の上には、一輪だけ咲いている梅の枝と、結び文とが載っていた。信二郎は盆のまま受取って、結び文を披《ひら》いてみた。懐紙にあまり上手でない仮名文字で、左のような意味のことが走り書きにしてあった。

――どうか逢《あ》って下さい、逢う場所を教えて下さい、さもなければ、いつか申上げたとおり、わたくしなにをするかわかりません、どうか一日も早く逢えるようにして下さい……、いつか中洲《なかず》のやなぎで、あなたはわたくしを斬ろうとなさいましたね、眠ったふりをしていたけれど、わたくしちゃんと知っていましたのよ。

署名はないが、誰であるかは考えるまでもなかった。酒を飲んでいなかったら、おそらく信二郎は蒼《あお》くなったに違いない。

「わかった」と彼は待っている女中に云った、「あとで返事をあげるから、少し待っているようにと云ってくれ、――それからすぐに勘定をたのむ、向うには気づかれないようにな」

「あら、お帰りになるんですか」

「捉《つか》まると命がないんだ、頼むよ」

信二郎は女中になにがしか握らせた。

「まあひどい」女中は笑いながら立った、「ずいぶんお聞かせなさること」

保之助は盆の上の梅を見ていた。

「もう梅が咲きはじめたんだな」呟《つぶや》くように云って、それから顔をあげた、「――誰の手紙だ」

信二郎は歪んだ微笑をもらしながら首を振った。

「むかしの女さ」

そして不味《まず》そうに酒を呷った。まもなく、二人はそこを出て別れた。

その五

保之助が水道橋の家に帰ったとき、妻は留守であった。義母のいくが、着替えを手伝いに来て云った。

「小室《こむろ》の八重さんから使いが来ましてね、友達が四五人集まるからって、ことによるとおそくなるかもしれないと云っていましたよ」

小室というのは神田横大工町の細川家*の留守役*で、相当に派手な暮しをしているらしい。八重という娘はこの藤代へもよく来るし、その子が誘ったりして、芝居見物やもの詣《もう》で*などにでかけるときには、彼女の加わらないことはないようであった。

――それは危ないところだった。

保之助はちょっとどきっとした。細川家のある横大工町は柳原堤に面している、信二郎とあがった料理茶屋から、ほんのひと跨ぎのところで、悪くするとゆき会ったかもしれないのである。

「結構です、自分でしますから」

彼は着替えを手伝われるのに慣れていなかった。実家の河井では父の成兵衛も独りでした。まして三男の彼などはいうまでもない、その子は笑って好きにさせるが、その子がいないときには、義母は手伝わないと承知しなかった。

「あら、お酒をあがっていらっしゃるのね」

「友人に会ったものですから」

「あなたお好きじゃあないの」いくは衿《えり》を直してやりながら云った、「よかったら家でも召上れ、その子も嫌いじゃないんですから」

「いや私は不調法で、自分から飲みたいと思うようなことはないんです」

保之助はなるべく義母を見ないように、着替えをした。

いくはときに驚くほど嬌《なまめ》いてみえた。軀《からだ》が小柄なせいか、ぜんたいが若わかしい。色は少し黒いけれども、きめのこまかな膚はよくひき緊まって艶《つや》があった。着物はじみな柄を好むが、化粧はいつも濃く、絶えず香料を使っているので、近寄るとそれがつよく匂《にお》った。

「はい、ようございます」

いくはこう云って、離れながら保之助の恰好を眺めた。

「あなたにお話があるといってましたから、お茶はあちらでいっしょに召上れ」

「父上がですか」

「なにかお役所のことのようですよ」

義母は良人《おっと》のことを直接に呼ぶことはなかった。やむを得ないときには「お居間」という表現を使った。お居間で呼んでいるとか、お居間へ申上げて来い、などというぐあいである。おそらく無意識なのだろうが、他人には隠している良人への不満が、しぜんとそんなところにあらわれるようであった。

外記《げき》は居間で釣道具をひろげていた。

「この竿《さお》は十二年も使い馴れていたのだが、とうとうだめにしてしまいましてねえ」

古びた一本の釣竿を振りながら、舌ったるい口ぶりで悠《ゆっ》くりと云った。なるほど、竿のどこかでかすかにキキキという音が聞えた。外記は子供のような熱心さとみれんらしさで、そのいたんだところを直そうとしているのであった。

――幸福かどうかわからないが、人間にはこういう一生もあるのだ。

保之助は心のなかでそう呟いた。親ゆずりの交代寄合《よりあい》という役を継いで、失敗もしないがこれという仕事もせず、非番のときの鯉釣りをただ一つの楽しみに生きて来た。亡くなったまえの妻女とは、どんなふうであったかわからないけれども、いまでは妻も娘も（役所でも同様であるが）殆んど彼の存在を認めていない、蔭《かげ》では

「うちのもうろくさん」とか「うちのほとけさま」などと呼ばれているくらいだった。ときにいくから面と向ってつけつけ云われることがあっても、

——そんなに云われてもねえ、こればかりはおまえ、しようがないよ。

などと云ってにこにこするばかりであった。

「なにかお話があるそうですが」

義母が茶菓を持って来て去ると、こう云って保之助は義父を見た。外記は釣道具を押しやり、茶を啜《すす》りながら緩慢に頷いた。

「そのことなんだが、今日ちょっと殿中で白河侯に呼ばれましてねえ」

こう云いながら、眼ではみれんらしく釣竿のほうを見ていた。だがそれは、保之助の顔を見ることができなかったためかもしれなかった。保之助はあとを促した。

「白河侯がなにか云われたのですか」

「それなんですが、あたしにはなんにもわからないんだが、——ようすをみるのに、どうもだんだんと役に立たなくなるように思われる、っていうふうに云われたんですよ」

「それは私のことをさすのですね」

「好き嫌いの強い人だから」と外記は窘《たしな》めるように云った、「それに御連枝《れんし》でもあ

りますしねえ、べつにわけはないんでしょう、わがままな気分でつい云われたんでしょうが、ともかく、そういうことですから、ひとつ」

話というのはそれだけであった。

保之助は重くるしいようないやな気持になった。彼は自分に課された役目は、かなり忠実にはたしているつもりであった。もしもそれが、白河侯の気にいらなかったとすれば、白河侯の望むような（田沼氏剔抉《てっけつ》の）材料がみつからなかったからである。反田沼派の指摘するものを実際に調べてみると、いずれも現在の幕府にとって必要な手段であるか、多少無理ではあるがやむを得ないものであった。私利私欲をもっぱらにする、賄賂《わいろ》によって官職を授奪する、そんな事実は、少なくとも保之助の調べた範囲では存在しなかった。

——相良侯の汚名は作られたものだ。

そういう疑いさえもちはじめていた。

「そうだ、それがわかったのだな」

自分の居間へはいってから、保之助は思わず独り言を云った。神経質で頭のよい越中守は、保之助の気持の動きを敏感に察したのであろう。——だんだん役に立たなくなるようだ、という意味はそれではっきりする。保之助はうんざりしたような気分で溜息《ためいき》をついた。

その子の帰ったのは、夜の八時ごろであった。友達とみんなで小酒宴をしたのだと云い、まだ赤い顔をしていた。入って来るとすぐに、ついて来た母親と侍女を追いやり、着替えもせず、崩れるように坐って、保之助に水をねだった。いさましく、湯呑《ゆのみ》で二杯ごくごく飲むと、酔っているときの癖で、

「着替えさせてちょうだい」と鼻声をだした。そして、ふと良人のほうを横眼で見ながら、云った、「あなたその子になにか仰《おっ》しゃることはなくって」

「――なにかって」

保之助はちょっとどきっとした。その子は精のない手つきで帯留を解きながら、

「その子にはわからないけれど」と舌たるい口ぶりで云った、「今日ふっとそんな勘があったの、なにかあなたから嬉しいことが聞けるような、――ほんとよ、あたしの勘ってふしぎに当るの、きっとなにかいいことが聞けるという勘があったのよ」

「いや、そんなことは、なにもないね」

保之助は顔をそむけながら立ってゆき、妻の寝衣《ねまき》をそこへ出して来た。

「さあ着替えをしよう」

「あなた隠してらっしゃるのよ、ねえそうでしょう、本当はなにか仰しゃることが

あるんでしょ」

「諄《くど》いね、そんなことはなにもないよ」

気が咎めるのでつい調子が強くなった。その子は良人の顔をじっと見まもった。

珍しい物をでも見るような表情であったが、やがて悠くりと立ちながら云った。

「わたくしあちらで着替えますわ」

「――どうしたんだ」

「酔っているから恥ずかしいの」とあまえた調子でその子が云った、「だからお寝間もかんにんして差上げますわ」

そして、自分の寝間のほうへ去る妻の姿を保之助はなかば茫然《ぼうぜん》と見送っていた。

その六

本所小泉町の信二郎の家は、庄兵衛店《しょうべえだな》という長屋であった。牧野駿河守《するがのかみ》の下屋敷の裏で、その塀に沿った路次の、奥から二軒めに当っていた。部屋は六帖《じょう》に二帖、それに狭い勝手という間取である。この辺には井戸がないし、あっても水が悪いので、みんな日に二度ずつ、大川端へ来る水売り船まで買いにゆくのであった。――信二郎は外で喰《た》べるので、勝手はいつも乾いていたし、酔いざめの水は隣りの通《つう》笑《しょう》の女房から貰《もら》っていた。

通笑というのは流行らない戯作者で、年は五十ばかりだろう、妻と二人の子があった。妻のおいとは狂信的な法華宗《ほっけしゅう》の信者で、良人の書く物などは読んだこともなく、

——あんたが小説を書くなんてちゃんちゃら可笑《おか》しいよ。

などと鼻で笑っていた。娘はみよいという名で、そのとき十九歳であったが、もう二度も嫁にいってどちらも不縁になり、いまはうちで母親と内職などしているが、気はしもきかず、のろまで、一日じゅう親たちに叱《しか》られてばかりいた。岩吉という男の子は十七になる。母親に似て軀はずんぐりと逞《たくま》しく、無口で、魚の行商をやっていた。どんなに雨や雪が降っても、また風邪をひいてぐあいの悪いときなどでも、黙々と稼《かせ》ぎにでかけるようであった。

通笑は後註門道理の師匠格に当っていた。その関係で、信二郎はこの長屋を借りたのであるが、信二郎に対しても先輩ぶったようすで、しきりに戯作の作法などを話して聞かせた。

——新しい趣向が立ったんだが、どこかおちついた処《ところ》でひとつ、聞いてもらえませんかな。

自分の新作の筋を聞かせようというのである。けれども、彼にはもう戯作をする情熱はなかった。ときに書いたとしても下等なわらい本くらいなもので、信二郎を誘うのは、酒を飲ませて貰いたいからであった。

神田で保之助と会ってから、つい四五日のちのことであるが、通笑とは反対側にある隣りの家で、とつぜんもめ事が起こった。

そちらには屋根職の市造という者が住んでいた。四十前後の、温和な腰の低い男で、妻はお初といい、親も子供もなく二人きりで、静かに暮していた。夫婦とも近所づきあいが嫌らしく、親しく往《ゆ》き来する者は殆んどなかった。——それがちょうど二日まえに、十八ばかりの女中ふうの娘が来て、なにか夫婦とひそひそ話していた。信二郎は気にもとめなかったが、その日またべつに若い男が来て、四人でなにか相談をはじめたようであった。

若者は田舎《いなか》訛《なま》りで、しだいに声が高くなるし、壁ひとえ隣りなので、暫《しばら》くすると、話の内容がはっきり聞えて来た。

「おまえも辛《つら》かろう、だが親きょうだいはもっと辛いんだ」若者は上州訛りで云った、「お父《と》っさんも御先祖にあわせる顔がないと云って泣いていた、おふくろも泣きどおしだった、おれだってはらわたの千切れるようなおもいだ、けれどもほかにしようがない、おまえに諦《あきら》めてもらうほかにどうしようもないんだ」

身売りの相談だな、と初めて、信二郎は気づいた。

「ひどい、あんまりひどい」

二日まえから来ていた娘の声らしい、疲れきったような力のない声で泣きながら云うのが聞えた。

「この出替り*には帰って、留さんといっしょになる筈だったじゃないの、十二から江戸へ来させられて、まる五年も女中奉公をして、着物一枚も買わずに、お給銀はみんな家《うち》へ送ってたのよ、――こんどこそ村へも帰れるし、留さんとも世帯が持てると思ったのに」

「恨むならお上《かみ》を恨んでくれ」と若者が云っていた、「絹物改所なんてものを拵えて、糸にも絹にも運上が掛る、お上では買い手に掛けるんだからいいと思うだろうが、そんなものが掛るんなら買えないと云って、越後屋でも大丸でも夷屋《えびすや》でも、今年はみんな買いつけをやめてしまった。糸百匁反物一疋も売れない、今年の市は、立たないんだ、上州五十七カ村の者は飢に迫られている、誰の罪でもないお上のためだ、恨むならお上を恨め、田沼さまを恨んでくれ、おふく」

「あたしいっそ、死んでしまいたいわ」

娘の声は五躰《ごたい》をしぼるようであった。

信二郎は机の前を立ち、傘を取って外へでかけた。昨日の午後から寒さがゆるんで、その日は夜明けごろから小雨が降りだしていた。まるですっかり春にでもなったような、暖かい静かなこぬか雨で、すぐ前にある牧野邸の塀の中では、しきりに鶯《うぐいす》の鳴く声がしていた。――表通りを大川端のほうへ二十間ばかりゆくと、縄のれんの飯屋がある。みんな葛西屋《かさいや》と呼んでいるが、軒提灯《のきぢょうちん》にも油障子にも、桝《ます》に九の字の印が書いてあるだけだった。

越して来てからずっと、日に二度ずつそこで食事をしていたから、信二郎はもうその店の馴染であったし、客のなかにも顔見知りが四五人できていた。

「あらいらっしゃい」

お吉という小女《こおんな》がとんで来た。彼女はまだ十五歳で、色の黒い団子のようなぶきりょうな顔の、ずばぬけたのっぽであるが、よく働くのと気が好《よ》いので、店の主人にも客たちにも好かれていた。――信二郎が腰をおろすのも待てないというふうに、お吉はとんで来るなり云った。

「先生のとこへお客さんがいったでしょ、あたしが家を教えてあげたのよ、きっと先生に違いないと思って、ね、やっぱりそうだったでしょ」

「客なんか来ないよ」

「あら恥ずかしいもんだから白ばっくれてるわ、ちゃんとわかりますよ、あたしには」お吉はのっぽの胸をつんと反らせた、「あたし奢《おご》ってもらいますからね、あれは先生のいいひとに定《きま》ってるんだから、ごまかしたってだめよ」

信二郎ははっとしてお吉を見た。

「客というのは女か」

「えへん、——」

「どんなふうをしていた」

もしやその子ではないかと思ったのである。お吉は本当にまだ信二郎が知らないのだとわかると、拍子ぬけのした顔でわけを話した。芸妓《げいぎ》ふうの粋《いき》な年増《としま》が、庄兵衛店にこれこれの人がいる筈だが、——といって訊きに寄ったというのである。それではその子ではないと思い、ようやく彼は安心した。

「ああその女なら先生のいいひとだ」と信二郎は云った、「なんでも好きな物を奢ってやる、広小路《ひろこうじ》の祭文《さいもん》でも聞きにいくか」

「なんですか手放しで、承知しないわよ」

お吉はしもやけで脹《は》れた手をあげて打つまねをした。

朝と午《ひる》を兼ねた食事を、悠くりと済ませて帰ると、路次ぐちに人が集まっていた。辻駕籠《つじかご》がおろしてあり、男が二人、娘を伴《つ》れて出て来たところだった。——男の一人は上州から来たという若者、おそらく娘の兄だろう。片方の中年者は女衒《ぜげん》とみえた。娘はもう泣いてはいなかった。

信二郎は胸をうたれる思いで立停った。

娘は小柄であるが、縹緻《きりょう》のいい、きりりとした顔だちで、左の眼の下にかなり大きな黒子《ほくろ》があった。俗に泣き黒子といわれるその黒子が、信二郎の眼に鮮やかな印象として残った。あとから来て、傘をさしかけている屋根職の市造に向って、娘はそっと笑いながら云った。

「叔父さん済みません、どうぞ叔母さんに宜《よろ》しく」

そして駕籠へ乗った。

信二郎は顔をそむけたが、そのとき、うしろからそっと、彼の肩へ手を掛けた者があった。

その七

ふり返ってみるとおはまであった。

「どうしたんだ、――」

素人のようにやぼったい恰好をしていた。鼠色《ねずみいろ》のこまかい霰小紋《あられこもん》の小《こ》袖《そで》に、厚板の帯、濃い納戸《なんど》色《いろ》の羽《は》折《おり》をひっかけ、紫縮緬《ちりめん》の頭巾《ずきん》をしていた。蛇《じゃ》の目《め》傘《がさ》の下で、頭巾に包まれた顔が、蒼白くやつれてみえた。

「どうしたとはこっちで云うことだわ、――家へお帰りになるんでしょ」

「おはまなんぞの来る処じゃあないぜ」

「まったくね、もう拝見しましたよ」

娘を乗せた駕籠があがり、男二人がついて去ってゆくのを、おはまはじっと見送りながら、口の中で独り言のように云った。

「女に生れてくるというのは因果なものだわね」

信二郎も同じように呟いた。

「男はもっと因果だ」

そして路次へ入っていった。

部屋のもようが変っていた。六帖には新しい茶箪笥《ちゃだんす》と長火鉢が置いてあり、長火鉢には鉄瓶が湯気を立てているし、猫板《ねこいた》の上には茶道具が揃《そろ》っていた。小机の上もきちんと整頓《せいとん》され、本はひとところへ重ねてあるし、ちらかし放題の書き反故《ほご》もきれいに片づいていた。――長火鉢の前にある派手な柄の、綿の厚い座蒲団《ざぶとん》に坐りながら、信二郎は「やれやれ」といいたげに溜息をついた。おそらく、彼がでかけるのを見て運び込んだものだろう。おはまらしいいやり方だと思うと、いじらしくもあるが、負担な気分でもあった。

「ごめんなさい、勝手なことをして」

おはまはそう云いながら、莨盆《たばこぼん》を持って彼の側へ来て、より添うように坐った。

「いやだわ煙草《たばこ》なんて、お嫌いだったじゃありませんか」

「退屈でまがもたないんだ」信二郎はきせるを取りながら云った、「どうして此処がわかった、後註門でも饒舌《しゃべ》ったのか」

おはまは頷いて、煙草を詰めたきせるを信二郎の手から取り、長火鉢で吸いつけて渡したが、その手がみじめに震えたかとみると、もうがまんが切れたというように、袂《たもと》で顔を掩《おお》って泣きだした。

信二郎はきせるを持ったまま、吸おうともせずに黙っていた。

「あんまりだわ、あんまりひどいわ」

坐っていられなくなったように、おはまは泣きながら、信二郎の膝《ひざ》へ俯伏《うつぶ》した。するとぬけた衿《えり》あしの、げっそりと肉がおちて、艶もなく乾いた膚《はだ》があらわになり、信二郎は寒気立つおもいで眼をそらした。それはそのまま、彼が失踪《しっそう》してからの嘆きと苦労の深さを、訴えるかのようであった。

「あなたが身を隠さなければならなかった事情は、話に聞いておよそわかりました」おはまは声をころして云った、「――でも、あたしにだけは居どころぐらい知らして下すってもいいじゃありませんか、居どころが知らせられないなら、せめて生きているぐらいのことは、云ってよこしてもいいはずだわ」

「云うだけ云うがいい、おれもまさか褒めてもらおうと思ってはいないから」

「あなたがどんな考えでいるか、わからないとでも思うの」おはまは云った、「あなたはあたしに迷惑をかけまい、ちょうどいい折だから身をひいて、あたしの肩の荷を軽くしてやろうと思ったんでしょ、――あたしにはそれがくやしい、くやしいわよ信さん」

おはまは信二郎の膝を揺りたて、痩《や》せた肩を波うたせながら泣いた。

「あなたのためならどんな苦労だって厭《いと》やしない、苦労だなんて思ったことは一遍だってありゃしないわ、あなたといっしょなら死んでも本望だと思っているのに、こんな水臭いことをなさるなんてあんまりひどいわ」

信二郎は黙って眉をしかめた。

これが絆《きずな》というやつか。

いっときまえ、壁ひとえ隣りで、おふくという娘が泣いていた。まもなく田舎へ帰って結婚しようというときに、身を売らなければならなくなったからである。そして、泣くだけ泣いたあと、娘は売られていった。

——女に生れてくるというのは因果なものだ。

おはまはそう云った。身につまされたのであろうが、そのおはま自身が、求めて苦労をしようとして泣いている。苦労させたくないという男の気持を、逆に悲しがり怨《うら》んでいるのである。……泣くことを楽しむほど、おはまはもう若くはない。云っていることは本気なのだ。決してみえや意地ではない、本気で泣いているのだということは信二郎にはよくわかった。

——人はこの絆のために、愛したり憎んだり、殺しあいさえするんだ、この絆のために、……ばかなものだ。

信二郎はそっとおはまの肩を押しやった。

「もういいだろう、茶でも淹《い》れてくれ」

おはまはすなおに起き直った。眼は泣き腫らせているが、気は晴れたのだろう、髪を掻《か》きあげながら、元気に立ってゆき、長火鉢の向うへ坐った。

「もっと云いたいことがあるんだけれど、泣かせてくれたお礼に堪忍《かんにん》してあげるわ、おかげで少しさっぱりしました」

「こんどのことを誰に聞いたんだ」

「桜川町にうかがいました」

「小宮山《こみやま》が、――おまえのほうでいったのか」

「いいえ呼ばれたんです」

きつね小路から使いがあり、いってみると小宮山伊織がいた。そして、彼がさる方の意にそむいて行方をくらましたこと、そのため日頃の不行跡があらわれて、家名断絶、屋敷は没収されることになったと告げた。

「もしおまえのとこへ来たら、おとなしく名乗って出るように云ってくれ、必ず穏便に計らってやるからって云ってました」

「そのとおり信用したのか」

「まさか、いくらあたしだってそれほど抜けちゃあいませんよ」

おはまはすぐに思いだしたという。いつか信二郎が大目付へ呼ばれてゆくとき、おれたちのうしろ盾になっている人間は、事情が変れば逆におれたちを縛るかもしれない。と後註門や松林坊たちに云っていた。それが事実になったのだ、とおはまは気づいたそうであった。

「だからあたし、あなたが捉《つか》まってどうにかされやしないかと思って、心配で心配ですっかり瘦せてしまいましたよ」おはまは湯吞を信二郎に渡した、「それでいったい、これからどうなるんですか」

「そんなことが誰にわかるものか」

「わからないで済ましていていいんですか」

「——あら定めなの身命《しんみょう》やな」

信二郎は返辞の代りのように、低い声で「箙《*えびら》」の一節をくちずさんだ。

「人間有為《うい》の転変は、眼子《げんし》のうちにあらわれて、閻浮《えんぶ》に帰る妄執《もうしゅう》の、その生き死にの海なれや、生田《いくた》の川の幾世まで、夢の巷《ちまた》に迷うらん、よしとても身のゆくすえ、……」

おはまは眼を伏せて聞いていた。

その八

暗くなる頃までいて、どうやら帰るのがいやになったらしく、おはまは泊ってゆきたいと云いだした。それもかなり云いそびれたあとで、思いきって云ったようだが、生娘《きむすめ》のように赤くなった。

「いいけれども蒲団がないぜ」

信二郎がそう云うと、ますます赤くなり、しかし嬉しそうに横眼で睨《にら》んだ。

「きざだわ、そんなこと云って、――あたしひと晩じゅう起きていてもいいんですよ、まだ話したいことがたくさんあるんだから」

「お静かに頼むぜ、きつね小路とは違うんだ、壁ひとえ隣りは他人だからね」

おはまは慌《あわ》てて口を押え、てれたように片手で打つまねをした。

信二郎は通笑の女房に使いを頼んだ。やがて仕出し料理と酒が届くと、おはまは、広蓋《ひろぶた》を巧みに使って膳立《ぜんだ》てをし、酒の燗《かん》をつけた。ひどく嬉しそうで、絶えずなにか云ったり、つまらないことを笑ったりした。化粧を直せないのが気になるとみえ、坐ってからもしきりに、髪へ手をやったり頬を撫《な》でたりしたが、信二郎に酌をされて盃を持つと、暫くその盃をみつめながら、しみじみとした口ぶりで云った。

「――ずいぶん久しぶりだわねえ」

信二郎は黙って頷《うなず》いた。

「――こうしてお側で暮せたらどんなにいいでしょう、いつかそんなふうになってみたいわねえ」

「――いつかはね」

信二郎も低い声で云った。おはまは眼をあげた。彼の声にはこれまでに聞いたことのない、心のこもった調子があったので、われ知らずおはまは眼で絡《から》みついた。

「そう思っていていいかしら」

「こんな川柳《せんりゅう》を知っているか」と信二郎はひと口飲んで云った、「ふるさとへまわる六部の気の弱り――」

そして自嘲《じちょう》するように笑った。

ほんの三杯ばかり飲んだとき、人の訪れる声がした。聞き馴れない声で、ちょっと顔をかしてくれと云う。出てみると、どこかに見覚えのある若者が立っていて、にっと笑いながらおじぎをした。

「暗がりの梅次です」と若者は囁《ささや》くように云った、「どうもお久しぶりで、――」

信二郎はああと云った。いつか八丁堀で田舎小僧の新助に助けられたとき、舟を漕《こ》いだ若者の一人であった。

「お客さまのようですが」梅次は云った、「じつは親分が柳橋で待っていて、ぜひ旦那《だんな》に来ていただきたいと云ってるんですが」

「これからか」

「少しなが旅に出るんで、お眼にかかってお願い申したいことがあるっていうんです」

信二郎はちょっと考えたが、すぐに頷いた。

「茶屋はこのまえの家か」

「ええ、川安です、――御案内するんですが、眼につくといけませんから」

私はひと足さきにと云って、梅次は去った。

おはまは不満らしかったが、早く帰って来るという約束で納得した。信二郎は隣りの通笑の家に寄り、女房のおいとにあとを頼んでからでかけた。

雨はまだ降っていたが、風もなくけぶるような降りかたで、両国橋を渡るときに見ると、雲のひとところがぼかしたように、月の光りでぼうとまるく明るんでいた。

――新助は二人の芸妓と飲んでいたが、信二郎を見るとすぐに妓《おんな》たちを去らせた。もうかなり飲んだらしい、酒臭い息をしていながら、顔は蒼白く、血ばしったような眼つきで、態度にもおちつきがなかった。

「旅へ出るんだって」

「ええまあ、旅といえば旅なんですが」

「――どうかしたのか」

客を待たせてあるからといって、信二郎は盃《さかずき》を取らなかった。新助は立って、次の間から細長い風呂《ふろ》敷《しき》包を持って来た。包を解くのを見ていると、中から出たのは鉄炮《てっぽう》であった。新助はそれを畳の上に置いて云った。

「これで人をやりにゆくんです」

信二郎は黙っていた。

「くら闇《やみ》の仕事もいやになりました」と新助は続けた、「あっしは世間に仇討《あだうち》をするつもりでいましたが、こんな事をいくらやったって、世間はびくともしやあしねえ、本当のことを云うとやればやるほど、こっちが逆にやっつけられてるような気持になる、——旦那にゃあわからねえかもしれねえが、本当にそんな気持になるばかりなんです」

新助はそこで言葉を切った。そして右の手を出して、その甲と掌《てのひら》をゆっくりとうち返しながら、放心したように眺めていた。信二郎は黙って待っていたが、ふと気がつくと、新助の眼から涙がこぼれだし、くいしばった唇から低く、うう、という呻《うめ》き声がもれはじめた。——それはごく僅《わず》かな間のことで、彼はすぐに涙を拭《ふ》き、頭をあげて、なにごともなかったかのように、言葉を継いだ。

「こんな仕事もいやになったし、生きているのも飽きてきました、仇討のしおさめに、二つやることがある、一つは今夜のうちに片をつけるが、もう一つのほうは、——これです、こいつでどかんと一人やっつければ、……たぶんこっちも生きちゃあいられねえでしょう、うまくゆけば捉まるまえに自分で死ぬが、まずくすると縛られて首*ということになる、どっちにしろそれでさっぱりしようと思うんです」

「——誰をやろうというんだ」

「老中の田沼とのも、あの野郎ですよ」

信二郎は思わず息をひいた。

新助は続けて、田沼意次の悪徳を数えあげた。それはいま世間一般にひろまって、殆《ほと》んど常識のようになっているものだった。新助はそれをそのまま信じ、自分のためにも世間のためにも、生かしてはおけないと思ったのである。彼は近く行われる小金ケ原の狩り場で、意次を暗殺しようというのであった。

——反田沼派からも刺客《しかく》が出るだろう。

いつか越中守が信二郎に向って、それとなくそのことを求めた。自分も殿中で刺そうとしたことがある、誰かが、いつかやらなければならないものだ。そういう表現で信二郎にそのことを求めた。

——この男はとめたら思い直すだろうか。

いや、どんなに言葉をつくしても、新助を思いとまらせることはできないに違いない。単純な人間は単純であるだけ、いちど信じこんだことからはぬけだせないものだ。こう思って、信二郎はなにを云うこともやめた。

「それで旦那にお願いがあるんです」

新助は財布に包んだ金を出して、そこへ置きながら云った。

「どうかこれを横綱のやつにやっておくんなさい、こんな金で末始終《すえしじゅう》のいいこともあるめえが、罪はあっしがこの首にかけて背負ってゆきます、あっしの命で清めたつもりですから、どうか旦那は眼をつぶって、あいつにやっておくんなさい」

「そんな遠慮には及ばない、持っていってやるよ」

信二郎は財布を受取って、その重みを計るようにしながら、ふとなにげなしに云った。

「金というやつは、持っている人間によって汚れもすれば清くもなる、――おさださんの手に渡れば、それでこの金も清くなるよ」

「旦那、そう思って下さいますか」

「おれが思うんじゃない、金というやつはそういうものだというだけだ」

そして信二郎はそれをふところへ入れた。

た。

「どうかお願い申します」

すべてをそのひと言に託すように云って、新助は両手を膝につき、低く頭をさげた。

信二郎を送り出すとすぐ、新助は手を叩《たた》いて芸妓たちを呼んだ。子分の梅次と、吉造の二人もあがって来た。吉造は百本杭《ぐい》という呼び名をもっている、——彼はいま来たところとみえて、坐《すわ》るとすぐ新助に云った。

「しょっ曳《ぴ》いておきました」

「御苦労だった、雨はまだ降ってるか」

「もうあがって月が出てます」

新助は頷いて盃をやった。

「それじゃあ片をつけて来るから、おめえたちは此処でやっていてくれ、帰って来たら夜明かしで騒ごうぜ」

そして彼は立ちあがった。

その九

柳橋から舟で大川を下った新助は、永代橋《えいたいばし》の脇《わき》で舟をおり、河岸《かし》づたいに、永代島と呼ばれる空地のほうへ歩いていった。

空にはかなりまるくなった月が出ていたが、薄雲がかかっているので朧《おぼろ》だった。そのためだろうか、佃島の灯はわからないが、川口から海へかけて白魚《しらうお》網の舟らしい篝火《かがりび》が、点々と赤く揺れているのが見えた。

海に面した広い空地へかかると、新助はふと立停って眼をつむった。

去年の十月、彼はそこで妻と会い、妻と別れた。つむった眼のうらに、そのときの妻の姿がありありとみえる。おさだはけもののような声で泣き、気をうしなって倒れた。風が吹いていた。その風に吹かれて、枯草がさわさわと揺れていた。その枯草の上へ仰向きに倒れたおさだの、哀れに痩《や》せた灰色の顔が、いま新助の眼にありありとみえる。

――二人で死のうよ。

とおさだは云《い》った。その乾いたうつろな声が、いまでも彼の耳に残っていた。

「ちくしょう、――」

新助は口のなかで呟き、ぎりぎりと奥歯を嚙《か》んだ。

「こっちですぜ、いなばのあにい」

向うから呼ぶ声がした。うんといって、新助はそっちへいった。

いま呼んだのは正公という弟分で、ほかに三人のなかまがいた。そして、かれらに挟《はさ》まれて、うしろ手に縛られた男が一人、がくりと折れたように首を垂れて、立っていた。

「みんな御苦労だった」と新助が近よっていって声をかけた、「そいつをこっちへ出してくれ」

かれらは男を突き出した。

男はよろめいて吃驚《びっくり》したように顔をあげた。長い角張った顔で、小鬢《こびん》に小さな刀痕《かたなきず》がみえる。眉《まゆ》が太く、唇が薄く、卑《いや》しい陰険な相貌《そうぼう》であるが、その眼はいま怯《おび》えた犬のようにおどおどとふるえていた。

「てめえこのおれを覚えているか」

新助は男のほうへ顔をつきつけた。男は首を振った。新助はもっと顔を近づけた。

「よく見ろ、見覚えはねえか」

「――ない、私は知らない」

「てめえのその面《つら》の傷、そっちの肩にもひとつある筈《はず》だ、どうだ、それでもわからねえか、その傷をどこで受けたか思いだせねえか」

男の眉が歪《ゆが》んだ。あっといったようであった。新助は片方へ唇を曲げた。

「そうよ、おらあああのときの人足だ、去年のちょうど月見の日に、軽子橋でてめえを斬《き》りそくなったあの人足だ」

「それで、どうしようというんだ」

「わからねえのか」

新助はふところから短刀を出した。それを抜いて、鞘《さや》を正公に預け、抜身の刃先を相手の胸につきつけた。

「てめえは町方同心だったな、その同心が工事場の親方に買われて、弱い人足を十《じっ》手《て》でおどして、血の出るような日傭賃《ひようちん》から無法な銭をかすり取りゃあがった」

「待て、それは違う、それは間違いだ」

「ぬかすな、ねたはすっかりあがってるんだ」

短刀をぐっとつきつけられ、男はうっといって、身を反らせながら口をつぐんだ。

「おれはてめえを斬りそくなった、てめえの傷はもう治った、だが斬りそくなったおれのほうは、あのとき限り一家破滅、一生治らねえ傷を背負っちまった、わかるか、いやわかるめえ」新助は短刀のひら*で男の頬を叩いた、「それがわかるような人間なら、とっくに同心の役はよしてる筈だ、その面の傷をどうごまかしたかしらねえが、てめえは相変らず役人風を吹かしていやあがる、役人風を吹かして弱い者に泣きをみせてることを、こっちはちゃんと知ってるんだ、みんな知ってるんだぞ野郎」

「もうわかった」と男はかさかさした声で云った、「役人をしていれば憎まれるに定っている、私は弁解はしないが」

「うるせえ、口をきくな」

新助は男の顔へ唾《つば》を吐きかけた。

「てめえは役人じゃあねえ外道《げどう》だ、そんな野郎を生かしちゃあおけねえんだ、世間のためだなんて口幅ってえことは云わねえ、おらあ自分のためにてめえを片づける、野郎こっちへ来やあがれ」

「待ってくれ、ひとこと云わしてくれ」

「来やあがれってんだ」

新助は相手の衿をつかんで、河のほうへ二三間ひきずっていった。

――この辺だったな、おさだ。

と彼は心のなかで呟いた。

――見ていてくれ。

それからなかまのほうへ振返った。

「正公、おめえそいつの縄を切ってくれ」

「縄を切るんですか」

「切ったらその短刀をそいつに持たせろ」

「――っていうと」

「短刀を貸してやれっていうんだ」

「だってあにい」正公は云った、「こいつはおめえ曲りなりにも侍だぜ、やっとう*の一と手ぐれえ知ってるだろうが、いいのかい」

「おらあ浅右衛門*じゃあねえ、いいから、云うようにしろ」

そう云って、新助は短刀を持ち直した。

なかまの三人はさっと足場をひろげ、三人とも短刀を抜いた。正公は男の縄を切り、及び腰になって新助を見た。

「じゃあ渡すぜ、いいかあにい」

そして男に短刀を渡した。男の手でその短刀がきらっと光った。正公が横っとびに身を除《よ》けると、新助はずかずかと男のほうへ寄っていった。

海の上で、白魚舟の篝火が、遠く近く揺れていた。

あだ化粧

その一

意次《おきつぐ》は五日の*賜暇《しか》を願って、木挽町采女《こびきちょううねめ》ケ原《はら》の中屋敷にこもった。去年の秋ごろから将軍家治が病気がちで、政務がいっそう多忙だったから、*上屋敷へもごく稀《まれ》にしか帰らず、殆んど城中に泊りきりであった。まして中屋敷へはずいぶん久しぶりのことで、そこにはお滝という側女《そばめ》がいたが、彼女はいうまでもなく、屋敷じゅうが灯のついたように明るく浮きたった。

「まる半年の余もお待ち申していたのですから、この五日間は殿さまはわたくしのものでございますよ」

お滝は用人の三浦庄司《みうらしょうじ》にそう云った。

「ぜひそう願いたいものです」と三浦はあいまいに答えた。

将軍の狩が七日後に迫っていた。その供をするために、意次は休養したかったし、まわりの者も同様であったろうが、筆頭老中として代理をゆるさない事務があり、また計画ちゅうの新しい政策についても、審議をいそぐものがあって、結局はくつろぐほどの暇はなかった。ことに、勘定奉行の松本十兵衛と赤井忠昌《ただまさ》の二人は、城中と同じように屋敷へ詰めきりで、昼のうちはもちろん、夜も十時ころまでは意次の側を離れることができなかった。

初めの一日でお滝は失望し、松本十兵衛に皮肉を云った。

「まるでお城の御用部屋をそっくり持って来たようでございますね」

「いやそんなことはありません」と十兵衛はやんわり受けながした、「此処《ここ》ではおそくとも十時には寝られますが、城中では二夜も続けて夜を明かすことが珍しくないのですから」

「これでは御休養にもなんにもなりはしませんわ、ずっとこうなのでしょうか」

「さあ、いかがなものでございますかな」

十兵衛は苦笑するばかりだった。お滝は三浦庄司にはもっとつけつけ当った。

「わたくしが殿さまのいらっしゃるのを、どんなに楽しみにしていたか知っていらっしゃるでしょう、こんなことならいっそお渡りのないほうがようございましたわ」

「申し訳ありませんが」と庄司は当惑して云った、「それはどうか殿さまに仰《おっ》しゃって下さい、私どもが申上げてもおききになる方ではございませんから」

「わたくしから申上げてよければ申上げますとも、なにが怖いものですか」

いさましそうに云うものの、彼女にその勇気はなかった。

お滝は二十四歳であった。日本橋白銀町《しろがねちょう》の津島屋幸兵衛という、両替商の娘に生れ、十四歳のとき田沼家の上屋敷へあがった。軀《からだ》つきは小柄で色が浅黒く、縹緻《きりょう》はあまりはえなかったし、たいへんな負け嫌いで、朋輩《ほうばい》たちとの折り合いもよくなかったが、そのころ上屋敷にいた萩尾《はぎお》という側女に気にいられ、じつの妹のように可《か》愛《わい》がられた。——当時、意次は*側用人から老中にあげられて二年めだったが、御用繁多ということで、月のうち二十日は城中に泊って帰らないというふうであった。

或《あ》るとき萩尾がそれを遠まわしに怨《うら》むと、意次はなだめるような調子で、

——*六代さま（家宣《いえのぶ》）に幼時から仕えた*間部詮房《まなべあきふさ》どのは、年に四五たびしか屋敷へは帰らなかった、ずっと城中に詰めたままで、ときにはまる五年も帰宅しないことがあったそうだ、私などはとうてい及ばないことだ。

そう云ったことがあった。意次が萩尾の部屋へ来るときは、ほかの侍女は遠ざけられても、お滝は側にいて用を足したので、意次のことは早くからよく知っていた。

五十六歳になっていた意次は、お滝の眼にはもう老人にみえた。背丈は小さいほうだし、顔だちも、起居動作も、口のききようもおっとりと静かで、それが年よりも老《ふ》けた印象を与えるようであった。怒るとか、高い声をだすということはめったにない。そのじぶんはもう意次に対する悪評が高くなりかけていて、お滝などの耳にも忌《いま》わしい噂《うわさ》がずいぶんはいった。たいていは根もないことで、萩尾はいつも世評のでたらめさに怒っていた。

――殿さまがこれまでにない新しい政治をどしどしなさるから、ほかの御老職*がたに嫉《ねた》まれていらっしゃるのだよ。

よくそんなふうに云っていた。

こういう歪められた悪評には、しばしば*館林《たてばやし》侯がひきあいに出された。侯は松平武元《たけもと》といい、水戸の庶流の出で館林家を継ぎ、*右近将監《うこんのじょう》であった。古武士ふうの潔癖な人だったらしい、*前将軍（家重《いえしげ》）の補佐役を勤め、また老中首座であったが、毎朝、*儒臣に論語の一章を講義させて、それから登城するということであった。

――意次は決して他人の評をしない人であったが、この話を聞いたときは、珍しく歯をみせて笑った。

――いかにも館林侯らしいな。

それから溜息《ためいき》をついて独り言のように云った。

――論語の一章を聞いて、安心して登城できるとは仕合せな人だ。

そのときの口ぶりが、お滝の心に深く残った。

意次はごく稀にしか酒を飲まなかった。嫌いではないが暇がないというふうで、そのたまに飲むときは、きまって長男の意知《おきとも》を呼んだ。飲んでも二人とも酔わない酒で、話すことは政治に関係のある問題に限られていた。

――竜《りゅう》さんはこれこれの件をどう思いますか。

――私はきっとまた不評を買うだろうと思いますね。

そんなぐあいの、友達同志のような話しぶりであった。意知は幼名を竜助といい、意次の亡くなった正妻の産んだ唯《ただ》一人の男子で、意次は亡妻に対する追慕の情をも含めてずいぶん深く彼を愛していたらしい。意知はもう二十六歳になり、従五位《じゅごい》の山城守に任官していたし、すでに太田備中守*の女《むすめ》を妻に迎えて、意明《おきあき》という子も生れていた。それを竜さんと呼ぶのであるが、その呼び方はいかにも愛情のこもったものであった。

そういう意次にお滝はぐんぐんひきつけられていった。

その二

田沼邸へあがってまだ一年にもならないころ、お滝は衝動的にこんなことを云った。

——わたくし殿さまに惚《ほ》れてしまいましたわ。

萩尾と二人だけのときであったが、大奥から意次の側女になった萩尾は、「惚れた」などという下町ふうの言葉に慣れないので、すっかり胆《きも》をぬかれたようであった。

それは十五歳の、勝ち気で明るい性分が云わせた、少女らしい好意の表現であった。けれどもそれだけではなかった。その好意は年の経《た》つにしたがって、いつかしら愛情にまで伸びていった。

——殿さまはお気の毒な方だ。

というのが、意次に対するお滝の愛情の根であった。

意次には萩尾のほかに側女が三人いた。それらは木挽町の中屋敷と、日本橋蠣殻《かきがら》町《ちょう》と駒込《こまごめ》にある下屋敷との、三カ所にいて、それぞれが子を多く産んだ。ぜんぶで十二人、生きているのは五人であるが、男子三人は他家へ養子にゆき、二人の娘もすでに嫁《か》していた。——意次はどの側女をも愛しているようではなかった。萩尾は気にいっているらしいが、萩尾自身は愛されているとは思わないようで、

　——わたくしは大奥を繋《つな》ぐ鎖のようなものです。

と云っていた。

　*閣老として政治を円滑に執るには、大奥を懐柔することが重要な条件である。意次はまえから大奥にはにんきがあった。そのためにいやな噂が弘《ひろ》まったものであるが、女官たちが彼に好意をもつのは、もっぱら彼のひとがらによるもので、*端下《はした》などのなかにも、彼にねつをあげている者が少なくなかった。

　——*仲蔵と*半四郎をつきまぜたようだわ。

などと云われたものである。中村仲蔵も岩井半四郎も、*団十郎一座の若手役者で、片方は渋い二枚目、片方は女形《おやま》として、どちらも高い評判をとっていた。

　萩尾は将軍家治の側室の侍女で、これらの事情をよく知っていた。側室にすすめられて意次の側女になったのであるが、自分ではそれが、意次と大奥とを密接に繋ぐ役に立つだろう、と思って承知した。もちろん意次を尊敬していたし、ひそかに愛情も感じていたが、そう思って側女になったことは、いつまでも頭から去らないようであった。

――どうしてあんなに割り切れないのだろう、本当にじれったいわね。

お滝は見ていてそう思った。

――あたしならもっと遠慮なしにあまえたり拗《す》ねたりするし、その代り堪能《たんのう》するほどお慰めもし楽しいおもいもさせてあげるのに。

それがお滝のなかで深く、動かない感情となって残った。

萩尾はお滝の十九の年に病死し、一年あまり経って、お滝は萩尾の跡に直った。自分からその機会を作り、死ぬほども恥ずかしいおもいをした。それはまったくひたむきな、献身に似た愛情からであったが、さて側女という席に直ってみると、予想していたこととはすべてが違ってきた。

意次を毒し、悩ませ、困憊《こんぱい》させるものは、お滝などの力ではどうなるものでもなかった。彼女が意次を慰めようと努めれば、意次はいかにも慰められたようにふるまう。しかし実際はそうみせているだけだということが、彼女にはすぐにわかった。あまえたり拗ねたりすることで、若やいだ気分を唆《そそ》ろうとすれば、さも興ありげに誘われたようすをみせる、だが心はまったく燃えてはいないのである。それがお滝にはよくわかった。

――殿さまにとって大事なのは御政治だけだ。

彼女はそう思うようになった。

意次の執る政治はいつも不評であった。現にはっきり効果のあがっている政策でさえ、彼を誹謗《ひぼう》する材料にされた。譬《たと》えていうと、彼は人のために家を建てるが、逆にその家に住む人から汚名を衣《き》せられる工匠に似ていた。しかも決して屈伏しない、踏まれても敲《たた》かれても、彼はつねに政治にうちこみ、次つぎと新しい政策について計画を進めるのであった。——どんなに悪意のある非難や攻撃にもめげず、黙々と自分の信念をつらぬいてゆく意次の姿に、お滝はやがて壮烈という印象をさえ与えられた。

——でもいつか殿さまを取ってみせる。

彼女はひそかにそう誓った。

——殿さまの身も心も、いつかはすっかり自分のものにしてみせる。

お滝は二十一の年に中屋敷へ移された。駒込の下屋敷にいた側女が病死したので、中屋敷の人がそちらへゆき、お滝が中屋敷へ入ったのである。それからまる三年のあいだに、意次の来た度数はごく僅かで、両手の指にも足りないくらいだった。用人の三浦庄司が、月に一度は必ずみまいに来るが、云うことはいつも定《きま》っていた。

——このごろはますます御用繁多で、上屋敷へもたまにしかお帰りになれないのですから。

そして中屋敷へ来るのは、たいてい客を招待するためであったし、そうでなくとも訪ねて来る者が続いて、ゆっくり話す暇もないというふうであった。

「もう遠慮なんかしてはいられないわ」

お滝は侍女たちに云った。

「たまの御休養だというのに、あれではお軀がまいってしまう、あたしもうはっきり申上げてしまうわ」

侍女たちに宣言することで、自分の勇気をかきたてるようであった。五日の賜暇の残り四日を、断じて休養させなければならない、あとにはすぐ狩のお供があるのだから。――そう思ったのであるが、ようやく決心して口を切ったのは、意次が来て三日めの、それも夜のことであった。

事実それまでは折がなかったといえるかもしれない。

意次は朝五時に起きる。洗面してのち、半刻《はんとき》ばかり庭を歩き、居間で朝食をとる。食事は以前からひどく簡素であった。朝はひき割り麦だけの粥《かゆ》に鰹節醤油《かつおぶしじょうゆ》をかけたのが主食で、青い漬菜《つけな》の香の物が付くだけ。昼は魚ひと皿だし、夜は野菜の甘煮《うまに》に吸物というぐあいで、飯は必ず麦七分と決っていた。朝食のあと七時には書院へ入る、松本十兵衛や赤井忠昌はそのまえに支度をして待っていて、下役の者たちの来るじぶんには、とうに仕事を始めている。そのうちに城中から（万やむを得ない）事務連絡の使いがあるし、断わってあるにも拘《かかわ》らず、押して面会を求める客も少なくない。中屋敷は狭いので、そんな客がつめかけると、奥用の客間まで使わなければならなかった。

昼食はたいてい十四、五人になった。事務を執っている者にはみんな出すので、田沼家のあまり豊かでない（世評とはまるで逆の）経済を知っているお滝には、それだけでもかなりな負担に思われた。午後四時になると下役たちも帰り、六時に夕食が始まる。意次と、松本、赤井の二人に、＊昌平黌《しょうへいこう》の学頭をしている＊関松󠄀窻《せきしょうそう》が加わる。松󠄀窻は意次にとって政治上の顧問という立場にあり、新しい政治の献策には、しばしば高い価値のあるものがあった。

夕食のあとは酒が出て、そのまま四人の会談になる。お滝は給仕に坐るが、話は欠伸《あくび》の出るほど退屈である。――いまかれらの審議の中心は、＊「赤蝦夷風説考《あかえぞ》」という著書に関するものと、「金銀会所案」の二つであった。忠昌と松󠄀窻は酒が好きであるが、その二人も盃を忘れるくらい、かれらの議論はしんけんであった。おそくとも十時にはすべてが終る。

「さてこれまでにしようか、あとはまた明日、——」

意次のそう云うのがきっかけで、松隠は辞去し、十兵衛と忠昌は定められた寝所へさがる。意次は居間で薬湯をのみ、お滝とはべつの寝間へはいるのであった。

その三

三日めの夜十時、——会談が終ってみんなが立ったとき、お滝は意次をその居間へ送りながら、「今夜はお願いがございます」と思いきって云った。

「お願いとは珍しいな、小遣でも増してくれというのか」

「あのう、まじめなお願いでございますの」

「聞きましょう」意次は頷《うなず》いた、「但《ただ》し、どうか、あまり困らせないように頼むよ」

「はい、ではお薬湯を持ってあがります」

お滝はわくわくしながら去った。

——殿さまの前へ出ると、どうしてこんなに気おくれがするのかしら。

自分の居間へはいって、侍女の煎《せん》じていた薬湯のかげんをみながら、お滝は自分の弱さに肚《はら》が立ってきた。どんなに堅い決心をしていても、いざ意次に向うと強く出ることができない。正直にいうと、軀じゅうが熱くなり、顔が赤くなって、まともには相手を見ることもできなくなる。いつもそうであったし、今夜も例外ではなかった。

――こんなことでは云いたいことの半分も云えはしないだろう。

お滝は鏡に向った。そして、いつもより濃く化粧をしながら、鏡の中の自分に呼びかけた。

――さあ、しっかりおおし、おまえ、今夜もし失敗するとそれでおしまいだよ。

化粧は満足にできた。着替えもしたかったが、暇が惜しいのでやめ、薬湯を湯呑《ゆのみ》に注いで意次の居間へいった。しかし、侍女が襖《ふすま》をあけようとしたとき、お滝ははっとしてそれをとめた。

居間の中で話し声がしていた。

「ちょっとお待ち」

侍女をこう制して耳を澄ませた。

「非常に急を要するものでしたから」とその声が云った。たったいまそこへ通されたものらしい。お滝にはまったく聞きおぼえのない声であった。

声のぬしは青山信二郎であった。紬縞《つむぎじま》の着物に角帯をしめ、町人髷《まげ》に結った彼の姿を、意次は訝《いぶか》しそうな眼で眺めた。彼の名はおぼえていたが、身の上の変化は知らないようであった。

「近く小金ケ原で将軍家の狩があるそうでございますが」と信二郎は云った、「そのとき貴方《あなた》はお供をなさいますか」

「――することになっているが」

「やめるわけにはゆかないでしょうか」

「――まあ、ゆくまいと思う」

　信二郎はちょっと眼をそらした。なにやら躊《ため》らうようであったが、すぐに意次の顔をじっとみつめながら云った。

「率直に申しますが、狩場で貴方を覘《ねら》っている者があるのを御存じですか」

「私を覘う、――つまり刺客《しかく》ということか」

「少なくとも二た組あるのです」

「いや、知らないが」

　意次の顔に動揺の色があらわれた。信二郎は明らかにそれを認めた。それは意次が暴力を憎み、命を惜しむ人であることを証明するものだ。信二郎はそう思った。

「二た組の一つはおよそ御推察がつくと思います」と彼は続けた、「密告のようになるのはいやですから、相手のことは云いません、そのほうはどういう手段に出るかわかりませんが御身辺に近いのです」

意次は黙って頷いた。信二郎はさらに云った。

「もう一つのほうは銃を使います、これは侍ではありませんから、狩場へ近づくのも困難だろうと思います、しかし当人は死ぬ覚悟でいますし、狩場は広うございますから、これも安心はできないと思うのです」

意次は黙っていた。

「いかがでしょうか、ほかのことは知りませんが、この二た組のあることは、私自身この眼で見、この耳で聞いたのです、――わかっている危険を冒すことは、ないと思うのですが」

「やめるわけにはいかぬ」

意次の声は低く、かすかにふるえを帯びていた。

「やめるわけにはいかない」意次は繰り返した、「私に推察できるほうは、狩場でなくとも私を覘うことができる、そうではないか」

「しかし城中や途上では、狩場ほどたやすくはありません」

意次は自分の右手へ眼をやった。そうして、それをうち返し眺めながら云った。

「私はこれまでも絶えず覘われていた、殿中でも、私を見て刀をひきそばめる者がいるのを、幾たびか見た、——もうそんなことには馴《な》れてもいい筈《はず》なのだが、それに、かくべつ命が惜しいと思うわけでもないのだが、いまだに恐怖心が起こるのを抑えることができない」

聞きながら信二郎はいやな予感におそわれた。それは意次の、手を眺めている動作が、柳橋の茶屋のひと間で、新助のしていたのと同じだったからである。

——病人は死期が迫るとよく自分の手を見る。

という俗言がある。いま意次のしている動きから、新助の同じ動作を連想して、ふと信二郎の頭にその俗言がうかんだのであった。

「けれども、いつかはまぬがれぬものとすれば」と意次は続けていた、「ここで狩場だけ避けてもしようがあるまい、またお供のことはすべて決っていて、いまさら変替えもならぬし、せっかくのこころざしではあるが……」

そのとき襖のすぐ向うで、器物をとり落す高い音がし、短く叫ぶ女の声が聞えた。あまり突然だったので、信二郎はぎょっとしてふり返った。意次も言葉を切ったまま、やや暫《しばら》く黙っていたが、物音がそのまま鎮《しず》まったのを知ると、では、——と云って手を膝《ひざ》の上におろした。

「知らせてくれて有難かった、幸い無事に戻れたらゆっくり会おう」

「私もそれを願っております」

信二郎はそう云っていとまを告げた。

彼が去るのを待ちかねていたかのように、あらあらしく襖をあけて、お滝が入って来た。意次は放心したような眼で、天床《てんじょう》のひとところを見あげていた。

その四

お滝は意次の前へ来て坐った。

「――殿さま」

声がみじめに震えた、意次は眼をそらした。

「わたくしいまのお話をうかがいました」

「薬湯を持っておいで」

「いまのお話をすっかりうかがいました、狩のお供はやめていただきます」

濃い化粧をしているので、硬《こわ》ばった顔が石のように堅くみえる。昂奮《こうふん》のためにうわずった眼は、乾いてきらきらと光っていた。

「そんな危ないことがあるというのに、それを承知でいらっしゃるなんて狂気の沙《さ》汰《た》です、まるでわざわざ死ぬためにいらっしゃるようなものではございませんか、わたくしいやでございます、どんなことをしてもお供はやめていただきます」

「いいから薬湯を持っておいで」意次は穏やかに云った、「それとも三浦を呼ぼうか」

「殿さまはお滝のお願いをきいては下さらないのですか」

「三浦を呼ぼうか、――」

お滝は怯《おび》えたように黙った。意次の声は静かであるが、はっきりと突放した冷たい調子であった。お滝の唇は波をうって顫《ふる》え、呼吸が喉《のど》に詰るようであった。やがて彼女が立ちあがると、意次は同じ調子で云った。

「いまの話は聞かないつもりでおいで、もし人にもらすようなことがあると親元へ返す、――わかったね」

薬湯を持って戻ってからは、もう彼女は意次の顔を見ることさえできなかった。

明くる日の午後は客が多かった。そのなかで一人、上屋敷から山城守《やましろのかみ》意知が来たとき、佐野善左衛門という客があり、面会を求めてごたごたした。意次にはあまり記憶がないらしい、そんな名を聞いたように思うくらいで、「いまひきこもっているから」と断わらせた。佐野は礼を述べに来たのだと云い、贈物を差出して、ひと眼だけでもおめにかかりたいと繰り返した。それが諄《くど》いので、三浦庄司が挨拶に出ると、ちょうどそこへ意知が来たのであった。

そこは玄関の次にある接待の間であったが、佐野は意知を見かけると、いきなり廊下へ出て来て声をかけた。

「暫くでした、御健勝なによりでございます」と彼は口ばやに云った、「また先般は若年寄に御出頭でおめでとうございました、その節お祝いにあがりましたが、残念ながら御多用でおめにかかれませんでした」

意知は彼を見て、それはどうもと会釈《えしゃく》をした。熨斗《のし》目麻裃《めあさがみしも》でめかしこんだ、固ぶとりの、膏《あぶら》ぎったその男は、意知にもよく記憶がなかった。それがわかったのだろう、佐野善左衛門はせきこんで、

「お忘れでしょうか、佐野善左衛門でございます」と赤くなって続けた、「いつぞや家の系図をお手許《てもと》まで差上げたあの善左衛門でございますが、それから氏の神についても、佐野を田沼明神ということに、——」

「まことに失礼ですが、いそぎますので」

意知はこう云い、目礼をしてそこを去った。奥へゆきながら、あとから追って来た三浦庄司に、なんの用があって来た男かと訊《き》くと、——こんどの狩に供弓で出ることになったので、その礼に来たそうであると答えた。

「任期が切れたのにお供のできるのは、特別の御配慮と存じぜひお礼を申上げたい、というように云っておりました」

「供弓の任期はみな延びたのだろう」と意知は云った、「つまらないことを云って来るものだ」

そしてそのことはすぐに忘れた。

その夜は意次父子だけで小酒宴をした。前年の十一月、意知は若年寄に任ぜられたが、これもまた反田沼派の悪評を買い、父子ともに老職に任ぜられたのは*柳沢吉《やなぎさわよし》保《やす》このかたの異例である、などとやかましく云われたので、叙任の祝いなどもしなかった。それをその夜はじめて、父子だけで祝ったのである。給仕にはお滝と二人の侍女が当り、意次はさも楽しそうに盃をかさねた。

「こういうときに唄《うた》のひとつもうたえるといいのだろうが、私も竜さんもそのほうはだめですね」

「父上はむかし*隆達《りゅうたつ》をおうたいになりましたよ」

「ああ、あれはいけなかった、あれは自分では隆達節のつもりなんだが、敬順の評によると*つくね節というのだそうで、つまりいろいろな節がまぜこぜになっていて、どの派どの流というけじめはつかないんだそうです」

「しかし林敬順という医者もふしぎな唄をうたいますよ」

「私は彼に教えられたんだ」

「それではやむを得ないですね」

「やむを得ないわけです」

林敬順というのは町医者で、意次がたいそう贔屓《ひいき》にし、殆《ほと》んど主治医のようにしていた。お滝はもちろん知っているし、二人の話しぶりにその人柄がよく出ているので、つい侍女たちと笑ってしまった。その夜の献立は吸物に作り身、塩焼に菜の浸し、煎鳥《いりどり》に甘煮くらいであった。

――ちょっとした商家などでもこのくらいの品は揃えるのに。

お滝はそう思ってふと悲しくなった。

――これが筆頭老中で、世間から栄耀栄華《えようえいが》を極める人、といわれる方の祝膳《いわいぜん》なのだ。

彼女が初めて上屋敷へあがった当時、世評とは違って、その日常があまりに質素なので驚いた。亡《な》くなった萩尾は笑いながら、――だから吝嗇《りんしょく》だと云う者もありますよ、と云っていた。実際、賜《たまわ》り物《もの》などはずいぶんあったし、持って来る物はみんな黙って受取った。拒むようなことは稀にしかないが、それは家計には決してまわらない、そのまま右から左へ消えていった。腹心の人のなかには、軽輩から抜擢《ばってき》した者が少なくないし、絶えず新しい政策を計画するために、必要な経費は幾らあっても足りないようであった。贈られる物のうちには、高価なばかりでなく、珍重な器物骨董《こっとう》も多くあるが、それらはみな、金に換えるか人に与えてしまった。

——田沼邸には黄金宝珠《ほうしゅ》が山とある。

世間ではそう信じているらしいが、事実はまったく逆で、ときに萩尾などがひそかに持物を売って、家計を補うようなことさえ、お滝は自分の眼で見て来た。

——相良の殿さまとはこんな方だったのか。

まだ少女だったたし、家は下町の両替商でかなり派手に育ったお滝は、はじめのうち意外というよりも失望したくらいであった。

その五

「今夜はまだお滝の踊りが出ないようだな」

意次が云った。それほど飲まないのだが、もう顔はすっかり赤くなっていた。侍女の一人に三味線を持たせて、お滝はいちどだけ踊った。彼女は芸ごとはぶきようなたちで、家にいるじぶん、*常磐津《ときわづ》や*富本《とみもと》、*長唄などども習ったがみな中途でやめてしまった。踊りは水木流《みずき》であるが、これも教えられたことを覚えた程度で、われながら可笑《おか》しくなるようなものであった。

「これで堪忍《かんにん》して頂きます」

踊り終ってお滝がそう云うと、意次はきげんよく歯をみせて笑った。

「お滝の踊りは水木流ではなくて見向き流だな、ふり向いてばかりいる」

「でもこう教わったのでございますわ」

「いや結構、いつ見ても面白い、私などにはそのくらいがちょうどだろう」

意知も脇で笑いながら云った。

「よく無芸が揃ったものです」

やがて酒の膳《ぜん》が済み、茶菓が運ばれた。

どうしようかと迷っていたお滝は、そのとき心をきめ、侍女たちをさがらせてから、意知に刺客のことを話しだした。意次がとめようとしたがきかなかった。意次は珍しく荒い声をあげた。

「わたくしお暇《いとま》になっても申上げます」お滝は蒼《あお》くなって震えながら云った、「二た組も殿さまを覘う者がある、二た組とはその人が聞いただけですから、もっとほかにもいるかもしれません、そんな処《ところ》へどうしていらっしゃる必要があるのでしょうか、どうして、――」お滝は昂奮のあまり舌がもつれた、「それも殿さまにお悪いところでもあればともかく、御自分にはなんの楽しみもお道楽もなく、御政治、御政治でお休みになるまもない、このお年になるまで、湯治にいちどおいであそばしたこともございませんわ」

もうよせと意次が云った。けれどもお滝は耳もかさずに続けた。

「これほど御奉公第一にしておいであそばすのに、世間の噂はどうでしょうか、市中の人たちはともかく、御老臣がたはよく知っていらっしゃる筈です、知っていてありもしない蔭口《かげぐち》をふれまわる、殿さまのこととなると、善《よ》し悪《あ》しの差別なしに悪く云い貶《けな》しつけるのです、わたくしには御政治のことなどもちろんわかりは致しません、でも御日常のことだけでさえあんまり評判がでたらめで、聞くたびにわたくし口惜《くや》し涙が止りませんわ」

「殿さまは人には吝嗇で」とお滝は息もつかずに云った、「御自分ひとり贅沢《ぜいたく》をしていらっしゃる、市中に持家が何百軒となくあるし、金銀や珠玉は壺《つぼ》に入れて幾十となく埋めてあるし、そしてしたい放題の栄耀栄華に耽《ふけ》っていらっしゃる、――どこからそんな噂が出るのでしょう、そんな噂の出るようなことが一つでもあるでしょうか、お召物でも家具調度でも、みな着古し使い古したお品ばかりです、擦切れたお召は継ぎはぎをし、損じたお道具は直してお使いになる、このお茶碗《ちゃわん》はこんなにひびがいり二たところも欠けています、お客用のものはべつとして、塗物や漆器類で剝《は》げていないものはございません、――これが贅沢三昧《ざんまい》でしょうか、これでも栄耀栄華というのでしょうか」

お滝は片手で眼を押えた。膝の上へ涙がこぼれ落ち、声が喉に詰った。

「そのうえお命まで覘われるなんて、わたくしどうしたって黙ってはいられません」彼女はしどろもどろに云った、「狩のお供も、いっそ老中のお役もやめていただきます」

そして両手で顔を掩《おお》って泣きだした。

下町そだちのうえに気が勝っていた。挙措《きょそ》にも言葉にもすぐ下町ふうが出た。意次もそれを好むようであったが、こういういちずな感情には手を焼くらしい。鈴を鳴らして侍女を呼び、居間のほうへ伴《つ》れてゆかせた。

「本当にそんなことがあるのですか」

二人になってから意知が父を見た。

「告げに来た男は自分の耳で聞いたと云っていた」と意次はゆっくり答えた、「決して軽率なことを云うような男ではないし、私にも思い当らないことはないが、

——それはなにも狩場に限ったことではないからな」

「白河侯の筋でございますか」

「市民のなかにも、ずいぶん私を恨んでいる者があるそうだ」

「警護の人数を増すことに致しましょう」

「いや騒がないほうがいい」意次は頭を振った、「年をとると天運寿命ということを考えるようになる、寿命があれば毒を盛られても免れるが、命数が尽きれば落ちて来た瓦《かわら》で死ぬこともある、覘われて運がなければ、金城鉄桶《きんじょうてっとう》も役には立たないだろう」

意知は頭を垂れた。それからやや暫くして、低い声でそっと云《い》った。

「滝どのの申すとおりかもしれません、私もよき折をみて隠退していただきたいと思います」

「幕府が潰《つぶ》れてもか、——武家政治が亡《ほろ》びてしまってもか」

意次は静かに反問した。静かな、しみいるような口ぶりであった。

「幕府の経済はもとより、武家生活のぜんたいがしだいに窮迫してゆく、そのもっとも根本的な問題は商業資本の膨張だ、しかも、それはもう政治的な圧迫などでは抑えきれない状態になっている、かれらに対抗し、幕府百年の経済的安定を計るには、幕府そのものを*商人会所にする勇気が必要だ、——あの人たちにはそこがわからない、御三家はじめ俊英といわれる白河殿までが、ただもう御威光と*名分を無上のものと思っている、財政の緊縮と士風を粛正するだけで、この状態が*寛永《かんえい》の昔にかえると思っているのだ、——復古、あの人たちの理想はいつもそれだ、この世にあるものは絶えず新たに、休みなく前へと進んでいる、元へ返るものなど決してありはしない、しかしあの人たちの理想はいつも復古なのだ」

意次は言葉を切った。奥のほうからお滝の泣く声が聞えて来た、部屋を隔てているので高くはないが、発作でも起こしたような、金属的なするどい声であった。意次はひっそりと云った。

「いや、私は隠退はしない、どんな悪口雑言《あっこうぞうごん》もあびよう、いかなる汚名も衣《き》よう、私は踏みとどまる、力のある限り、私はこの席でたたかってゆくつもりだ」

意知は両手を膝に置き、じっと頭を垂れたまま黙っていた。ひときわ高く、お滝の泣く声が聞えた。

「四月には*チチングが出府して来ますね」と意次は気を変えるように云った、「いつも貰う葡萄酒《ぶどうしゅ》も楽しみだが、また珍しい話が聞けるでしょう、アメリカが対英戦争に勝って、うまく独立できたかどうか、話はきっとそこから始まりますよ」

そうして静かに背を伸ばした。

「では、また明日、——」

かはたき

その一

藤代保之助は使いに呼ばれて、とうかん堀にある松平越中守の下屋敷へいった。それは将軍が小金ケ原へ発駕《はつが》する二日まえの、午後三時ころであった。

「ことによるとおそくなるかもしれない」

でかけるとき妻に云った。下屋敷などへ呼ばれるのは初めてであるし、使いの者のようすで、ふと暇のかかるような気がしたのであるが、用件はごく簡単に済んだ。時間はとらなかったし、用件は簡単だったけれども、そこにはなにやら忌《いま》わしく、割り切れないものがあり、これまで以上に不愉快なおもいをさせられた。それというのが、八丁堀の屋敷から、用人の吉村隼人が来ていて彼を迎え、奥へ案内して一人の中老の人をひきあわせた。

「梅田三郎兵衛殿と申される」

隼人はそう云った。だが保之助はその人を知っていた。松平家の家老で服部半蔵《はっとりはんぞう》という、西丸下の本邸でも見かけたし、八丁堀の屋敷でもその姿を見たことがある。もちろん紹介されたことはないが、家老というのでよく覚えていた。

——どうして偽名を使うのだろう。

まず第一にそれが不審だった。次に、ひきあわせを済ませて吉村隼人が去り、二人だけになると、権高《けんだか》な眼でこちらを見て云った。

「お狩場へはどういう職分でゆくのか」

口ぶりも押しつけがましかった。また、わかりきったことをなんのために訊くのかと不愉快でもあった。

「勘定吟味役として御老中に付きます」

「そのほうが付くのだな」

「*出役《しゅつやく》のうち私が担当を命ぜられましたから、私が付くことになると思います」

相手はそうかとも云わず、なお無遠慮にこちらを見まもっていたが、やがて大きく三つ咳《せき》ばらいをした。すると襖をあけて、三人の見知らぬ若侍が入って来た。

「この三人の者をよく覚えておいてくれ」

梅田という偽名の人は云った。

「こちらの端から中川彦三郎、坪内大作、近江数馬《おうみかずま》という、顔かたち軀つきをよく見て、忘れぬように」

保之助は三人を見た。

坪内は力士のように逞《たくま》しく、眉《まゆ》が太く、眼は小さいが、口と鼻の大きな男だった。中川彦三郎は骨ばった軀つきで、頰がこけ、色の黒い顔にするどく眼が光っている。近江も似たような風貌であるが、髭《ひげ》の剃《そ》りあとの青いのと、両鬢《りょうびん》のひどい面擦《めんずれ》が印象に残った。

「この者たちは」と偽名の人が云った、「お狩場で或る隠密《おんみつ》な役を仰せつけられている、仔細《しさい》を申すわけにはゆかぬし、およそ推察できるだろうとも思うが、——その役をはたすに当って、そのほうにも分担してもらうことがあるのだ」

保之助は黙っていた。相手は続けた。

「一つは、御老中の身辺がよほど手薄になったとき、手を高くあげて三度、左右に振って合図をすること、二つには事の終らぬうちに走《は》せつける者があったなら、近よせぬように妨げること、この二つだ」

「まことに失礼ですが」保之助は眼をあげて云った、「私には仰しゃることの意味がよくわかりません、いったいお狩場でなにごとが起こるのですか」

相手は眼をみはった。そう云われたことがまったく意外であるかのように。それから急に刺すような調子で云った。

「わしの申したことがしんじつわからないか」

こちらを射抜くような眼であり、暗示をこめた刺すような調子であった。

「わからぬ筈はない、考えてみろ」

「――――」

「どうしてもわからないか」

保之助は返辞ができなかった。全身が冷たくなるようなおもいで、黙って、僅《わず》かに頭をさげた。

時間にすれば一刻《とき》足らずであろう、外へ出るともう黄昏《たそがれ》のように暗かった。時刻はまだ四時をまわった頃であるが、空が曇っているのでそんなに暗いらしい。鈍《にび》いろにさびて、うすら寒く沈んだその光りが、保之助の心をいっそう暗澹《あんたん》とさせた。

偽名の人の云う意味は察しがついた。

――事実なら卑劣で無残なやり方だ。

そうでなければよいが、そのほかに思い当ることはなかった。

「もし事実なら黙ってはいられない」歩きながら彼は呟《つぶや》いた、「黙っているのはかれらに加担することだ、卑劣なという点でかれらと同じではないか、おれにはそんなことはできない、断じて、――」

ではどうするか。

――誰かに訴えて出るか、相良侯《さがらこう》へじかに告げるか。

そうすることができるか。

保之助は頭を振った。白河侯を中心とし、紀、尾、水、三家の威勢を土台とする反田沼派のちからは強大で、その触手はどこまで伸びているかわからない。現に田沼氏与党といわれる閣老のなかにも、ひそかに通謀している者が少なくなかった。保之助には、それがいまはかり知れぬ重さとひろがりをもって、八方から自分にのしかかるように思われた。思われるばかりでなく、その圧迫感はまったく現実的で、われ知らず呻《うめ》きたくなるほどの、息苦しさをさえ感じた。

彼はうっかり歩いていた。あたりが賑《にぎ》やかになったのでふと気がつくと、中村座*という劇場の前であった。もう終りに近いのであろう、火をいれた提灯《ちょうちん》をきらびやかに懸《か》け列《つら》ねた、明るい茶屋や木戸前は、明るいままに人の姿もまばらで、小屋の中から聞えて来る鳴物の音が、華やかであるだけよけいに、侘《わび》しくうらがなしいように感じられた。

保之助はふと立停った。

ちょうど茶屋の前であったが、いまそこへ一挺《ちょう》の駕籠《かご》が着き、中から若い武家ふうの女がおりて、茶屋の店先へ入っていった。

——その子。

彼は危うくそう呼びかけようとした。

髪かたち、軀《からだ》つき。顔は見なかったが、うしろ姿は吃驚《びっくり》するほど、妻のその子によく似ていた。

「まさかそんなことが」と保之助は独り言を云った、「こんな時刻に一人で来ることはないだろう」

その女が茶屋の者たちに迎えられて、（いかにも馴れた身ごなしで）奥へゆくのを見ながら、保之助はふさがれた重い気分で歩きだした。

その二

水道橋の家へ帰ると、妻は留守であった。いつものように義母のいくが着替えの手伝いをしながら、しきりに弁解めいたことを云った。

「また小室さんから迎えがありましてね、あんまりたびたびだからわけを訊いたんですよ、そうしたら三月の節句に酒井さまで舞の会があるんですって、あなた知っていらっしゃったんですか」

「ええ、まあ、――」

保之助はあいまいに答えながら、手早く帯をしめた。いくはさらに続けた。

「なんでも八重さんとつれ舞をするので、あの方がぶきようだから、合わせるのに骨が折れるなんて云ってました、――お茶はあちらであがりますか、こちらへ運ばせましょうか」

「いや、あとで頂きましょう」

彼は快活そうに云って居間へ入った。

火桶《ひおけ》の火をかきおこし、机に向って坐《すわ》ると、われ知らず深い溜息《ためいき》が出た、そして、ふとそれが、この頃の癖になっていることに気づいた。

「――あれはその子だったな」

保之助はそう呟いて眼をつむった。

いま思い直してみると、あのとき芝居茶屋へ入っていった女は、疑いもなく妻のようであった。駕籠からおりて、袖褄《そでつま》をかいつくろいながら、馴れたようすで茶屋へあがっていった姿も、そのやわらかい特徴のある身ごなしも、その子だということに紛れはないと思えた。

——小室の娘といっしょか、それとも舞の稽古《けいこ》を済ませてから、独りでいったものか。

しかしどちらにしても、芝居はもうはねる時刻に近かった。ただそれだけなら気にもしなかったであろうが、このところずっとその子の態度が変って、寝屋もともにしないし、彼を見る眼つきや、言葉なども、どことなく冷たいよそよそしいものが感じられた。

——ことによると青山と会ったのを見られたのかもしれない。

保之助はそうも考えた。ようすの変ったのがちょうどそのあとだったからである。そんなことなら案ずるには及ぶまい、まもなく機嫌もなおるだろうと思っていた。けれども、むかしから芸ごとなどは嫌いだと云い、実際そのとおりだったらしいのが、にわかに琴だとか笛だとかいって、手直しの稽古にでかけることが多くなった。

——旦那《だんな》さまを持ったので、なにか一つ身に付けたくなったのでしょう。

いくはとりなすようにそう云うのであった。そうかもしれないと思っていたが、義母からそんなふうに云われるのは、弁解されるようで気が重いし、また今日のようなことがあってみると、そういつまで黙ってもいられないような気持になるのであった。

「こんなに娘をあまやかして育て、こんなに放任しておく親たちも珍しい」

平河町の実家の家風とおもい合せて、そう呟きながら、彼はまた溜息をついた。

その子が夕食までに帰らなかったので、保之助は義父といっしょに食事をした。

そのとき義父の外記《げき》が、いつもの暢《のん》びりした眼で、やさしく彼のほうを見ながら云った。

「お狩の供でなにか特別のお役が付いたそうだね」

保之助にはちょっとわからなかった。

「白河侯がそう云っておられたが」

「ああ」と彼は眼をそむけた、「そうです、――今日その話がありました」

「白河侯が仰《おっ》しゃるには、どうかこんどは首尾よく勤めるように、役に立つか立たぬかがこれで定《きま》る、と云っておられたが、そんなむずかしいお役なのか」

「いや、それほどのことでもありません」

「侯はよほど気にかけておられたようだ」と外記はたのもしげに云った、「このまえ御不興のように申されたあとだから、ここはひとつ、どうかひとふんばり、私からも頼みたいな」

保之助は辛うじて苦笑することができた。

直接に命じたのは家老の服部半蔵であるが、そうだとすると、越中守その人も知っているのである。白河侯ばかりでなく、いまや、反田沼派ぜんぶの合議から出た企図だ、ということはまちがいないことのように思えた。

「おれの力などで及ぶことじゃない」

居間へ戻ってから、保之助は独りで、息苦しそうに頭を振った。

「人間一人の力でこの大きな時の勢いに反抗することはできない、そんなことをしたところでひとたまりもなく圧《お》し潰されてしまうだろうし、なんの役にも立ちはしないだろう」

彼は自分が巨大な歯車の中にいるように感じられた。その歯車のすさまじい唸《うな》りと、回転する速度の動かし難い圧力が、なまなまと、肉躰《にくたい》的にさえ感じられるようであった。

「だが、おれにできるだろうか」保之助はまた呟いた、「それがあの人を殺すことになるとわかっていて、なおそのときに、手を振って合図をすることができるだろうか」

保之助は机に両肱《りょうひじ》をついて、じっと頭を支えた。

その子は九時すぎに帰った。彼女の部屋から、小間使となにか話す声と、着替えでもするらしい衣《きぬ》ずれの音が聞えたが、まもなく襖《なまめ》をあけて、こっちへ入って来た。帯を解きすてて、華やかな下着のあらわに見える嬌いた姿であった。

「これが緊《し》まりすぎて解けないの、あなたちょっと解いてちょうだい」

あまえた鼻にかかる声で云いながら、保之助の側へ来て小袖の前をあけ、下着の紐《ひも》の結び目を示した。包まれていた軀の温度と、唆《そそ》るようにほのかなあの汗の香とが、そのことに暫く遠ざかっていた保之助の官能を圧倒した。

「＊堺町《さかいちょう》へは小室の娘といっしょだったのか」

結び目を解きながら保之助が訊いた。

「堺町ですって、――」

「芝居へいったんだろう」

「わたくしがですか」

「茶屋へ入るところを見たよ」

こう云うと、その子はつと身を引いて、一種の表情で良人《おっと》を見た。好奇的な、きらきらする眼つきであり、なにかひどく興がっているような表情でもあった。

「まあいやだ」とその子はすぐに、くすくす笑いだした、「なにを勘ちがいをしていらっしゃるのかしら、堺町はもうとっくに観《み》てしまいましたし、あなたも御存じの筈じゃあございませんの」

「それにしては似すぎていたよ」

「さあ、解いてちょうだい」その子は軀を押しつけた、「おまえに似ていたなんていうのが、殿がたの浮気のはじまりなんですって、――でもあなたはそんなことなさらないわねえ」

あやすように云いながら、立ったまま身を跼《かが》めて、良人に頰ずりをした。なめらかな、熱い頰であった。耳に触れる妻の呼吸と、唇の音を聞きながら、

――その子は嘘《うそ》を云っている。

と保之助は思った。はっきりした理由はないが、本能的にそう直感したのであった。

小金ケ原

その一

将軍の狩の行列は未明に江戸城を出た。

折あしく強い北風が吹きだしたので寒さがきびしく、供立《ともだて》のなかでも、騎馬の者はとくに道次が辛《つら》いようであった。

序列はまず*先供《さきども》、*御鼻馬、沓箱《くつばこ》、*御徒士《かち》（頭、組頭、組共残らず）、小十人《こじゅうにん》、御*打物、若年寄、御側衆《おそばしゅう》、御駕籠、小姓、*小納戸《こなんど》、中奥《なかおく》小姓、中奥御番、差替えの刀、*筒持（徒士）、医師、御*笠《かさ》、御*茶弁当、*数寄屋坊主《すきやぼうず》、御*簑箱《みのばこ》、御槍《おやり》、諸御奉行、御目付、御徒目付《おかち》、*御小人《こびと》目付、*書院番、小姓組、新御番、御牽馬《おひきうま》、*合羽笊《かっぱざる》、*惣同勢《そうどうぜい》、*御供押《ともおさえ》、御徒士押。だいたいこういう順であった。

田沼意次《おきつぐ》は駕籠の脇《わき》にいた。

彼は昨夜も眠りが足らず、寝所で二時間ほどまどろんだだけであるが、歩きぶりもしっかりしているし、顔にも疲れはみえなかった。ゆうべ夜を更《ふ》かしたのは、重要な新政策の検討のためで、それらをいつ閣議に出してもいいところまで、手筈を整えたのであった。

――金銀会所と、ロシアとの交易開始と、印旛沼、手賀沼の干拓の三項だけは、命さえあったらぜひ閣議を通したい。

それにはいずれも大きな困難がともなう、金銀会所はのちの国立銀行に当るものであった。幕府、諸侯、富豪商人の三者から資金を集め、これを会所で運営し、貸付ける。そうしてそこからあがる金利を、出資額に応じて三者に分配するのである。この原案は彼がはやくから持っていたものだし、その実現にはもっとも大きな期待をかけていた。そのためには外様《とざま》の大藩と密接にむすび、とくに*島津家はぬきん出て強力な存在だったから、これとむすぶために、将軍の世子《せいし》が死んだあと、*島津重豪《しげひで》の女《むすめ》を妻にしている*一橋家斉《ひとつばしいえなり》を世子に直した。――紀、尾、水の三家はつよく反対した。それは「外様から将軍世子の妻を迎えることはできない」という不文律があったからである。だが意次はついにそれを押切った。これが島津家をよろこばせたことはいうまでもなく、以来、意次にとって大きな協力者となってくれた。

――側用人《そばようにん》になって（*明和《めいわ》四年）からまる十七年、あれがいちばん大きな仕事だったかもしれない。もし島津家の協力がなかったら、あれ以後の政策はなに一つ行われなかったかもしれない。

もし狩場から生きて帰れたら。と意次は空を見あげた。明けかかってはいるが、雲に掩われた空は鉛色に暗く、凛寒《りんかん》な風がしきりに彼の灰色な髪を吹きなぶった。

——これからだ、もう二た仕事も三仕事もしなければならない、……まだまだこれからだ。

意次は老の足で、凍った大地をしっかりと、踏みしめながら歩いた。

諸奉行職の班に、藤代保之助がいた。笠の蔭《かげ》になった彼の顔は蒼《あお》ざめ、唇は白く乾いていた。眼におちつきがないし、表情は不安らしく、ともすると溜息をついた。

また歩調もよく揃《そろ》わず前後の者を絶えずまごつかせた。

——だめだ、おれにはできない、狩場へいったら老職に付かないようにするのだ、役を誰かに代ってもらうほかはない、ぜひともそうしてもらうのだ。

こう思うあとから、こんどは妻のことが頭にうかんだ。

——その子は嘘をついた、その子は中村座へいったのだ、あれは紛れもなくその子であった、しかし、なぜ正直にいったと云わなかったのだろう、なんのために嘘など云う必要があったのか。

はい芝居へゆきましたと云ったら、なんの疑念もおこらなかったであろう。また、もし本当にゆかなかったとしても、あんなはぐらかすような態度をとらなかったら、そのまま信じたに相違ないのである。あんなによろこんでいた寝屋ごとを、どうして求めなくなったか。あの冷淡な、へだてのあるそぶりはなにを示しているのか。

——なにかわけがある、おれの知らないなにかが、その子のなかに生れている。

しかし頭でそう考えているうちに、保之助は口でまったく他のことを呟いていた。

「代ってもらわなければならない、誰かに代ってもらわなければならない」

「藤代さんどうかしましたか」脇にいた者が声をかけた、「さっきからしきりになにか云っているようだが、ぐあいでも悪いんじゃないんですか」

「いやべつに、そんなことはありません」

保之助は狼狽《ろうばい》して顔をそむけた。

「なんでもありません、寝不足なんです」

彼がまだ結婚してまのないことを知っているのだろう、うしろでくすくす笑う者があった。

列の後半もずっとさがって、小姓組や書院番などと同じ班に、佐野善左衛門がいた。彼はひどく上機嫌で、高い声ではないが殆んど絶えまなしに、弓を持たせた供をからかったり、左右の者に話しかけたりしていた。それは前夜、彼が弓をしらべていると、二度まで天床から蜘蛛《くも》がさがって来た。また出立のまえに茶を飲んだとき、茶柱が立って、それが東北に向って倒れたのであった。

「こんなに吉兆が重なるなんてことは偶然じゃあないよ」

彼は同じことを幾たびも繰り返した。

「おれはこんどこそ一世一代の機会だと思っていたんだが、これは一念が守護神に通じた証拠だと思うね」

「しかし喜ぶのは早いぞ」脇にいた一人がさもうんざりしたように云った、「そんなに吉兆が重なるとたいてい凶に返るものだ、それにまた、夜の蜘蛛は不吉だというじゃないか」

「そうだ」ともう一人が相槌《あいづち》を打った、「遊女や芸妓《げいぎ》などは夜の蜘蛛を縁起がいいというが、一般には不吉だというのが本当だろう」

「だからさ、だからそれでいいんだよ」

善左衛門は寒さのため紫色になった唇を尖《とが》らせ、固ぶとりの頰をふくらませて強弁した。

「妓《おんな》たちが縁起をかつぐのは、客が来る、したがって稼《かせ》ぎがあるという意味なんで、これを置き替えれば今日の狩の獲物があるという、――」

だがもう誰も聞いてはいなかった。

行列の先頭にちかく、御徒士の組のなかに中川彦三郎、近江数馬、坪内大作の三人がいた。かれらは憂鬱《ゆううつ》そうに、むっつりと黙ったまま歩いていた。互いに話しかけるようなこともなく、ときに眼が合うと、お互いが憎みあってでもいるかのように、無表情に顔をそむけた。

三人は自分たちの役割をよく了解していた。小金ケ原の持場は番所で、将軍の仮屋や老職たちの位置とは遠く離れている。だが狩場のことではあるし、めざす人は印旛沼まで、干拓のための実地踏査にゆく筈《はず》であった。もちろん公表されたものではないが、若年寄と溜間詰《たまりのまづめ》の人たちに、その予定が知らされてあるということである。そのときの合図も、単に藤代保之助だけではなく、二段、三段と手がまわしてあるし、仕止めたあとの、落ちのびる先も定っていた。

――もう手の内のものだ。

三人の無表情な、冷たく硬《こわ》ばった顔つきは、明らかにそう云っているようであった。

また将軍の駕籠のあと、小姓、小納戸組に続いて、田沼意次の六男、小五郎雄貞《ゆうてい》がいた。付いているのは田沼家の中老、*三好四郎兵衛であるが、じつは雄貞ではなく、それは、意次の側女《そばめ》お滝であった。*前髪立の少年姿に扮《よそお》っているが、腰の刀が重そうだし、足もともたしかではなかった。

「――大丈夫でございますか」ときどき四郎兵衛が訊いた、「おきつうはございませんか」

お滝はそのたびにつよく頭を振った。

駒込の下屋敷にいる雄貞は、半月ほどまえから腸を病んで寝ていた。お滝はその身代りになったのであった。四郎兵衛を説き伏せるためには、自分の胸へ懐剣を当てるようなまねさえした。その懐剣はいまもふところにある、彼女は身をもって意次を庇《かば》うつもりでいるし、万一のばあいは、その懐剣で意次の屍《しかばね》の上に死ぬつもりであった。

草鞋《わらじ》にくわれたのであろうか、足の拇指《おやゆび》の根が痛みだした。もうふくら脛《はぎ》も石のように凝り、しきりに筋がつるようである。しかし、それは却《かえ》ってお滝の決意をかためさせるようであった。

――しょせんは死ぬのだ、このくらいの辛さがなんだろう。

お滝はむしろ涼しげに眉をあげた。

強く吹きたてる風の、しらじらと明けてゆく道を、この蜒々《えんえん》たる行列はかなりな速度で、北へ向って進んでいった。

その二

田舎小僧の新助は、なだらかな丘の上に立って、その下の低い窪地《くぼち》を眺めていた。松林の密生した丘と丘とに挟まれ、一方がゆき止りになっているその長い窪地は、さらに周囲を松丸太の柵《さく》で囲い、幾つかに仕切って、それぞれの区画に野獣が入れてあった。

新助は百姓の着る古ぼけた半纏《はんてん》に、継ぎの当った股引《ももひき》をはき、藁《わら》草履をつっかけて、首に手拭《てぬぐい》を巻いていた。月代《さかやき》も髭も伸びるままだし、腕組みをしてぼんやり立っている恰好《かっこう》は、このあたりの百姓の青年と違うところはなかった。――彼の側に十歳ばかりの少年がいた。ぼさぼさ頭で、着ている物もひどいし、顔も手足も乾いた泥だらけで、飴玉《あめだま》をしゃぶりながら休みなしに饒舌《しゃべ》っていた。

「小父《おじ》さんは猪《いのしし》も鹿《しか》も見たことあんめえ、どれが鹿でどれが猪だかてんでわかんめえがえ」

「うん、わからねえな」新助は放心したように答えた、「長坊にはわかるのか」

「ちぇっ、わかんねえでどうすっだ」

少年は袖口《そでぐち》で鼻の下をこすった。

「教えてやんからもっと柵のほうさゆくべえ」

「番人に怒られるぞ」

「おらのちゃん*やなあこたちが捕っただもの、なに怒るべえさ」少年は丘をおりながらいきまいた、「怒ったりしやがったら、柵を間引いて鹿も猪もみんな逃がしてくれるだあ」

「まあそういばるな」

彼も少年のあとからおりていった。

それらの野獣は、狩の行事に使われるのである。この付近百カ村あまりの農夫が、*賦役《ふえき》として*勢子《せこ》に出、五十余日かかって集めたものであった。鹿の多くは筑波《つくば》あたりから運んだそうで、その労力と時の空費は非常なものだったであろう。

――公方《くぼう》さまのお狩場に当って末代までの名誉だ。

口でこう云いながら、百姓たちの表情には、抑えられた、無言の、決して燃えることのない怒りが、根深くひそめられているようであった。

「柵へ寄るな、戻れ戻れ」

ふいに左のほうでどなる声がした。番士ではなく、見廻りとみえる中年の侍が部下を二人伴《つ》れてこっちへいそいで来た。色が黒く眼のとげとげしい、ごつごつした顔の男だった。

「それみろ長坊、怒られたぞ」

新助は苦笑しながら、すぐに丘のほうへ戻ろうとした。むろん少年にもいきまいたほどの勇気はない、ぺろっと舌を出し、肩を竦《すく》めて、新助といっしょに引返した。しかしそのとき、こっちへ来た侍がうしろから呼び止めた。

「その男ちょっと待て、訊くことがある」

新助は振返った。

侍は小走りに追って来て、新助の前に立ち、二人の部下はすばやくうしろへ廻った。あんまりものものしいので吃驚《びっくり》したのだろう、少年は怯《おび》えたように、新助の腰へしがみ付いた。

「そのほうどこの者だ」

「この東の」新助は指さして答えた、「別所村の者で千吉といいます」

「手をみせろ」

新助は両手を前へ出した。

――＊捕方《とりかた》だな。

そう思うとぞっとし、足のほうから震えそうになった。

「百姓ではないな」と相手は眼をあげた、「別所村でなにをしている」

「村にいるのではございません」

硬ばる舌でやっと云った。

「小さいじぶんに両親と江戸へ出て、あっしは大工の手間取をしておりますが、こんど公方さまのお狩があるということで、村に叔父がいるものですから」

「お狩の拝観に来たというのか」

「へえ、それにからだをこわしてるもんですから」と新助は眼を伏せた、「あとで暫《しばら》く養生もしてえと思いまして」

「叔父の名はなんという」

「堰《せき》の作兵衛といいます、作兵衛は二人いますから、堰の作兵衛といえばわかります」

侍はじっと新助を見た。

「申したことに間違いはないだろうな」

こう云いながら、刺すような眼で見あげ見おろし、それから頷《うなず》いた。

「よしゆけ、柵に近よってはならんぞ」

新助は両腋《りょうわき》の下に汗のふき出るのを感じた。侍は部下を伴れて去っていった。

その三

「小父さんはおらんちの親類かえ」

丘を登りながら少年は訝《いぶか》しそうに訊いた。

「うん、――そうじゃねえさ」

少年がもう騙《だま》せる年でないことは慥《たし》かだった。しかしまだ味方にできるほど大きくもない。新助はできるだけさりげなく、少年の気をひくように侮蔑《ぶべつ》の表情をしてみせた。

「くそ役人がいばりやがるから、騙してやったのよ、そうじゃねえか、あんなにいばりくさるやつもねえもんだ」

「それでも郡代役人よりはいいだよ」と少年がしたり顔に云った、「あいつは江戸から出張《でば》って来てるやつだから、――郡代役人はもっとしつっこくて、あんなもんじゃ勘弁しねえだよ」

そしてかれらの悪質なやり方について、少年はひどく能弁に語り続けた。それはどこにでもある話であり、多くは事実より誇張されていることのわかるもので、大人たちの茶飲み話をそのまま口写しにしたということも明らかであったが、しかもそのなかには、長い年代にわたる農民たちのひそめられた怨嗟《えんさ》や、深い溜息《ためいき》の声が聞えるようであった。

「おらの祖父《じい》さまは役人の顔を見るたびに、自分がずいぶん長生きしたってことや、まだ生きているんだってことに気がつく、ってよく云ってただよ」

少年はそんなことも云った。二人は丘の上を南のほうへまわっていったが、その途中、左手に竹藪《たけやぶ》のある処《ところ》へ来ると、

「あれは願成寺の藪っていうだ」と少年が指さした、「この辺じゃいちばんでっけえ藪で、筍《たけのこ》が*二百貫よりもっと採れるだ、けれどもその筍は木下《きおろし》の相馬屋のもんで、お寺じゃ手をつけることができねえだよ」

「――どうしてだ」

「和尚《おしょう》さまが道楽者でよ、相馬屋へいって筍をかたにしちゃあ遊ぶだ、もう七年さきの筍までかたにしちゃったっていうだよ」

新助はつい笑いだしたが、ふと気がついて少年を見た。

「今日はこれで帰るとするかな、長坊」

「大丈夫だよ、いくべえよ」

「またどなられるといけねえぜ」

「大丈夫だってば」少年は引受けたように云った、

「狩場のほうは叱《しか》られやしねえ、みんな見にいくだから、ちっとも心配することあねえだよ」

「そんならいってみるか」

かれらは丘をおりていった。

枯れた雑木林の中に柵をまわして、何十頭となく馬の寄っている処があった。小金ケ原にはまえにも記したように、官の馬の牧場が三の牧まである、これらは放牧なので狩の邪魔にならぬよう幾カ所にも柵を結って集めた。新助は同じものを三カ所も見ていた。——二人のゆくてに、まもなく竹のあら垣が見えた。木を伐《き》りはらった広大な広場に、（それは横が五百間《けん》、縦が四百間ほどあった）新しい割竹でぐるっと垣をまわしたもので、それが狩場であった。

「たいへんなものを拵《こしら》えやがったな」

新助は眼をみはった。

「いったいこれでどうしようっていうんだ」

「おらが教えてやんよ」少年は彼の袖を引いて云った、「こっちへ来てみせえま」

あら垣の南に幾つか、やはり割竹で溜り場のような仕切が出来ている、その間に広場へ通ずる狭い通路があった。かれらがいましがた見たあの窪地に囲ってある野獣を、その通路から広い狩場へ追いこみ、それを槍《やり》や弓でうちとるということであった。

「それじゃあ逃げられねえようにしといてやるんだな」新助はこう云って唾《つば》を吐いた、「どうせ猟なんてものは殺生《せっしょう》だろうが、同じ殺生にしても無慈悲なまねをするもんだ」

「それでも牙《きば》や角にひっかけられて、怪我《けが》をする者があるっていうだよ」

「けものだっていざとなりゃあな」

こう云いかけて、新助はそのまま口をつぐんだ。追詰められて死にもの狂いになった獣が、いまの自分のように思えたのである。死にもの狂いになった獣は、牙や角で僅かに猟人を傷つけるかもしれない。

——だが、しょせんは殺されてしまうんだ。

彼はくしゃくしゃに顔をしかめた。逃げ場のないあら垣の中で、何百人という猟人にとり巻かれて、ついには弓や槍で殺される獣の姿が、まるで自分の身の上のように想像されたのであった。

「あれが公方さまの御座所だよ」

少年がまた新助の袖をひいた。

狩場の北側に寄って、高さ二丈*ばかりの土壇が築いてあった。それは三十間四方くらいの柵の中にあり、十六間四面に二丈ほどの高さで、その上に檜皮葺《ひわだぶ》きの、まだ木の香の匂《にお》うような新しい建物が見えた。勾配《こうばい》の急な登り口が四方にあり、土壇のまわりにはきれいに小松が植えてあった。——御座所といわれるもののほか、その背後にも、土壇の左にも右にも、平屋建ての新しい仮屋がずらっと並んでいる。たぶん大名たちの休息所であろう、そこではいましきりに、それぞれの紋を打った幕を張っているところであった。

——あれが田沼の紋だな。

七曜星*の幕をみつけて、新助はすっかり失望した。どっちから忍び込むにしても、そこまで近づくのは容易なことではない。むしろそれは不可能だといってよかった。

——あそこへ入ったら手は出ない。

彼はあら垣の外を廻りながら自分に云《い》った。

——やるなら狩場の外だ、狩場へ入るまえか出たところだ。

そのあたりには二人のほかに見物に来た人たちがかなりいた。みんな付近の者らしい、赤児《あかご》を背負った女房や、老人や、子供たちが多く、それぞれが飾らない朴訥《ぼくとつ》な表現で、狩場の壮大さや、二日後に迫っている狩の予想を語りあっていた。

「さあもういい、帰るとしよう長坊」

こう云って新助が踵《きびす》を返すと、少年はとつぜん彼を小突き、うしろを指さしながら低い声で云った。

「あれを見なよ小父さん、あの爺《じい》さまと話してる人をよ」

「どれだ、――あの坊主か」

「聞えるよそんな大きな声で、もっとこっちへ来せえま」

その四

「あれが願成寺の和尚さんだよ」

ずっと離れてから少年が云った。新助は足を停めて振返った。

「筍をかたにおいて道楽をするっていうあれか」

「七年さきまでかたにおいちゃってさ」

少年は肩をすくめて笑った。

その和尚はまだ若く、三十そこそこのようにみえた。六尺あまりの肥えた逞《たくま》しい軀《からだ》で、牡牛《おうし》のような肩をしていた。きれいに剃った頭も鉢ひろがりだし、太い眉毛で、色の黒い顔にまっ白な歯をみせて笑いながら、なにか大きな声で百姓ふうの老人と話していた。

「まるで山法師*みたようだな」

そう云って新助も笑った。

別所村まで帰るには小一里*あった。作兵衛の家は堰と呼ばれる用水堀の側で、古ぼけた母屋《おもや》と納屋《なや》と厩《うまや》だけの、ごく貧しい構えであった。新助がそこをたよって来たのは子分の梅次の縁で、主《あるじ》の作兵衛が梅次の兄に当るのである。——家族は作兵衛と妻のおかね、子供は長吉の下にまだ乳ばなれをしない女の子があり、ほかにおかねの弟で平助という若者がいた。作兵衛は三十二三らしいが、四十五六にみえるほどふけているし、臆病《おくびょう》そうで無口な男だった。おかねは軀つきも頑健であり、気性も強く、はっきりした口をきく女で、内も外も独りできりまわしているといったふうであった。

梅次が江戸でぐれていることは、夫婦とも知っているようであった。新助は土産物のほかに、かなり多額な金を包んで出したので、いちおうおかねはちやほやしているが、心のなかでは疑惑をもっているらしく、作兵衛はべつとして、おかねと平助がなにか囁《ささや》きあったり、うしろから白い眼で見たりするのを、新助は勘づいていた。

長吉と狩場を見にいったのは、別所村へ来て二日めのことであった。そして、狩場から帰ったとき、新助は家の中に、なにか変ったことがあったような感じを受けた。

——なにかあったな。

それはまったく「感じ」にすぎなかったが、危険に対する彼の直感は、多くのばあい誤りがなかった。新助はあがるとすぐに、まず自分にあてられてある納戸へいって、隠して置いた鉄炮《てっぽう》をしらべてみた。納戸の隅にこの家の古葛籠《ふるつづら》がある。そのうしろへ入れて置いたもので、しらべてみると元のとおり鉄炮はそこにあった。

「大丈夫だ、触ったようすはない」

これもまた直感でわかった。しかし、そのとき炉の間から少年の話している高ごえが聞えて来た。

「ほんとだってばおっ母《か》あ、ほんとに小父さんはうまく騙しただに」と長吉はいっていた、「おらんちの親類の者だってよ、くそ役人のやつら本気にして、——」

だがそこでとつぜん声が切れた。糸でも切れるように、ふっと途切れて、そのまましんとなり、まもなく少年の外へとび出してゆくのが聞えた。

新助は立って襖《ふすま》をあけた。

土間におかねと平助がいた。二人は慌《あわ》てたように顔をそむけ、平助は裏のほうへ出ていった。新助はそれを見送ってから、ゆっくりと炉端へいって坐った。それまでずっとおかねから眼を放さなかったし、炉端へ坐ってからもじっとそっちを見ていた。おかねはそれを気づいていた。土間の片隅に炊事場があり、おかねはそこの流しで芋を洗っていた。背中で眠っている赤児の首が揺れるほど、熱心に芋を洗っているが、明らかに、自分が新助に見られていることを、知っているようであった。

「おかみさん」

新助が静かに呼びかけた。おかねは一瞬びくっとした。芋を洗っている手も停った。しかしそれはほんの一瞬間のことで、すぐに動作を続けながら答えた。

「なんですか、江戸のお客さん」

「誰か此処《ここ》へ来やしなかったか、おれのことを訊《き》きにさ」と彼はいった、「役人かなんか来たんじゃねえのか」

「いいえ、来やしませんよお客さん」

おかねはこっちを見なかった。

——役人が調べに来た。

新助はこんどこそはっきりそう悟った。彼はもう躊躇《ちゅうちょ》しなかった。納戸へ入って身支度をし、持物を持って出て来ると、すぐに草鞋をはいた。

「面倒をかけたな、おかみさん、おらあこれでおいとまにするぜ」

おかねが初めてこっちへ向いた。いつもきつい顔が硬《こわ》ばって、泣くとも笑うともつかない歪《ゆが》んだ表情をした。

「どうしたんですか、お客さん、なにかお気に障《さわ》ったことでもあるんですか」

「わけはおめえが知っているはずだ」

「待って下さいな」おかねはあいそ笑いをしたようであった、「せっかくなにしたのに、こんなふうにしていかれちゃあ、あたしが困りますよ、もうお狩もあさってなんですから、どうか見物してってからになすって下さいましよ」

「留めておけって云われたんだな」

新助が云った。振分を肩に、薄縁《うすべり》で巻いた鉄炮といっしょに笠を持って、戸口のところで振返っておかねを見た。

「おめえそんなまねをして恥ずかしくはねえか」

「あたしが恥ずかしくないかって」おかねは急に調子を変えた、「そんなよけえなことを云わずに、逃げるなら早いとこ逃げたらどうだい、ふん、どうせ逃げられやしないだろうがね」

刺すような嘲笑《ちょうしょう》であった。その冷酷な口ぶりに、新助はかっとなったが、身をひるがえして外へ出た。するとうしろで、おかねの叫ぶのが聞えた。

「平助、逃げたぞ」

新助は堰のところまでとびだした。うしろでなおおかねの叫ぶ声がした。彼は堰に沿って西へ走ったが、向うから人が来るので、右がわの松林の中へ走りこんだ。そして、そこで三人の捕方に挟まれた。どっちにしてもすっかり手が廻っていたらしいが、まるで自分から罠《わな》へ踏み込んだようなものであった。

——こんな処でか、畜生。

彼は両掛を投げ、薄縁の中から鉄炮を出した。風呂敷《ふろしき》で巻いてあるのを持ち直し、さあ来いという身構えをした。

「御用だぞ、神妙にしろ」

捕方の一人が叫んで、十手《じって》を挙げてみせた。三人とも顔色が変っていた。すばやく三方にひらき、一方がするどく*呼子笛を吹いた。新助はその笛の音が自分を突刺すように感じ、ふいに足が竦《すく》んだ。

——おさだ、、。

彼は心のなかで妻の名を呼んだ。それと同時に、喉《のど》いっぱいの声で喚《わめ》きながら、捕方の一人に向ってとびかかったが、木の根に躓《つまず》いて激しく転倒し、持っている鉄炮で胸のところを打った。

——だめだ、もうだめだ。

はね起きようとしたが、身が竦んだようになり、手足が自由にならなかった。その一瞬のまに、逃げなければならぬという思いと、早く捉《つか》まってしまいたいという思いとが、息の詰るほど切実に絡《から》みあった。そして、彼がはね起きるまえに、二人の捕方が襲いかかり、一人が十手で頸《くび》の根を撲《なぐ》った。

新助はみじめに、弱よわしく呻《うめ》いた。

「もう手向いはしねえ」

彼は地面の上へ顔を押伏せられ、土の匂いに咽《む》せながら叫んだ。

「打たねえでくれ」

その五

将軍の行列は夜になって占部へ着いた。

意次が自分の仮屋へはいったのは、もう九時ちかい時刻であった。六男の雄貞が供に加わっていることを、国府台で小休みのときに聞いたが、会う暇がなかった。占部へ着いてからも、暫く将軍の休息所に侍していたため、仮屋へはいるのがおくれたのであるが、そのときはもう雄貞は寝たあとであった。

「ぐあいが悪いというように聞いていたが、別条はなかったか」

「少しお疲れのようでございますが」と付人の三好四郎兵衛が答えた、「おからだにお障りはないもように存じます」

意次はちょっと失望したようであった。

「明日は早く＊あがるが、食事をいっしょにするからと申してくれ」

そう云って寝所へはいった。

お滝はその問答を次の間で聞いていた。彼女はまだ旅装のままであった、途中の半ばくらいは乗物に乗ったが、軀よりも気持の緊張で疲れ、足拵《あしごしら》えを解いただけの、埃《ほこり》まみれの着たなりで横になっていた。

四郎兵衛が入って来て坐《すわ》った。

「お支度を解いて御休息なされませ、それではお軀がまいってしまいます」

「外の警護は大丈夫でしょうか」

「松本さま赤井さまが交代で、朝まで寝ずにお見廻りなされます」

「わたくしもくつろいでは済みますまい」

お滝は頭を振った。

「このまま此処でまどろみましょう、こなたはどうぞお引取り下さい」

「お部屋さまがそれでは、——」

云いかけて、四郎兵衛は黙った。なにを云ってもむだだということがわかったのである。会釈《えしゃく》をしてさがろうとする彼を、お滝が呼びとめて云った。

「殿さまのお薬湯を忘れぬようにと、もういちど三浦どのに伝えて下さい」そしてふと思いだしたように、「それから、——朝餉《あさげ》をいっしょにと仰せでしたけれど、お眼にかかっては悪いから外します、もし眠ってでもいたら、夜の明けぬうちに起こして下さい」

「しかし明日は御座所へおあがり遊ばさねばなりませぬが」

「それはそのときのことにしましょう」

そう云ってお滝は眼をつむった。

自分では起きているつもりだったが、疲れには勝てなかったとみえ、四郎兵衛に起こされるまで、なにも知らずに眠っていた。

「まだ白みかけたばかりでございます」

四郎兵衛はそう囁いて、手洗のほうへお滝を案内した。

洗面をし身じまいをすると、よく眠ったあとの爽《さわ》やかな気分になった。四郎兵衛に手伝わせて狩支度に着替え、そのまま、お滝は仮屋の外へ出ていった。

空は明るくなってゆくが、地上には濃い靄《もや》がたちこめていた。低く、踏む足の下に霜の砕けるのが感じられた。遠く犬の吠《ほ》える声がするのは、鷹匠《たかじょう》の預かっている猟犬であろう、——お滝は並んでいる仮屋の前を東へ通りぬけ、なだらかな丘を登って、狩場の北がわへまわっていった。

靄の中から、ときたま警護の者があらわれて、不審そうに近よって来るが、彼女の装束や、手に持っている塗笠の紋を見ると、丁寧に会釈をして去っていった。

——だが、やがて割竹のあら垣のところへゆき着いたとき、そこに四五人の徒士《かち》がいて、いっせいにお滝のほうを見た。

お滝も立停ってかれらを見やった。

——なにか密談をしていた。

そういう勘があった。いっせいにこっちを見たようすに、唯事《ただごと》でないものが感じられたのである。お滝はどきっとした、しかし臆《おく》しはしなかった。そのまま静かに歩いてゆき、かれらの脇を（わざと）ゆっくり通りぬけた。かれらはじっとお滝を見ていたが、なにかすばやく囁きあったと思うと、「お待ち下さい」と呼びながら二人の徒士が追って来た。

お滝は背筋へ水を浴びたように思い、だが、立停ってうしろへ振返った。彼女はもちろん知らないが、それは中川彦三郎と坪内大作であった。彦三郎がずかずかと彼女の前へ近よった。

「失礼ですが相良侯の若君でございますか」

「そうです」

お滝の声はちょっと喉に詰った。

「小五郎雄貞ですが、なにか用ですか」

「いや、おみかけ申したので」と彦三郎が歪んだ笑いをうかべた、「もしお狩場をごらんになるなら御案内申上げようかと存じたのです」

「――有難う」

お滝は彼を見、また坪内大作を見た。

「――かたじけないが、もう戻らなければならない、もしよかったら、仮屋まで供をしてもらえまいか」

「供をしろ、――」

大作が前へ出ながら云った。

「供をしろとは無礼ではないか、こなたは相良侯の御子息かもしれぬが、われらも将軍家直参《じきさん》だ、部屋住の身で無礼なことを申すな」

「まあ待て坪内」

「とめるな、これが黙っていられるか」

大作は彦三郎を突きのけた。

――許られた。

二人のようすでお滝はそう気づいた。それですぐにあやまった。

「これは済まぬことを申した、つい口癖が出たのです、まったく過言でした」

「過言だと知ったらあやまれ」大作が喚きたてた、「土下座をして謝罪しろ、直参一統の面目にかけて、ただ済まぬではゆるさんぞ」

「――土下座」

お滝はきっと眼をあげた。すると、向うから靄を押し分けるように、こちらへ駆けつけて来る人たちがみえた。

その六

土下座というのは、できないことを承知のうえの、強要であった。それも、お滝がお滝自身としてならべつだが、老中田沼意次の子という立場では、理由のいかんにかかわらず不可能なことだ。

――どうして遁《のが》れよう。

こう思ったとき、駆けつけて来る人たちの姿が見えたのである。その人々は、乳色の濃い靄の中から、影絵のようにこちらへ、しだいにはっきりと姿を現わして来た。

――助かった。

お滝は救われたと思った。だがそのとき、坪内大作がいきなり彼女を抱きすくめ、片手で口を塞《ふさ》ぎながら云った。

「中川、みんなを呼んで囲え、こいつは貰《もら》うぞ」

中川彦三郎が手をあげて合図した。

少し離れたあら垣のそばに、（この二人と話していた）徒士の者が四人、こちらを見ていたが、すぐに走って来て、お滝と大作を中に囲んで立った。かれらがそんな行動に出ようとは夢にも思わなかったので、お滝は初めすっかり動顚《どうてん》した。それから恐怖と怒りにおそわれ、けんめいに身をもがき、頭を振った。すると大作はさらに烈しく、全身の力をふるってぐいぐいと緊《し》めつけた。それは骨が折れるかと思われるほどの、兇暴《きょうぼう》な力であった。お滝は殆《ほと》んど息ができなくなり、僅《わず》かに鼻で苦痛の呻きをあげながら、暴れるのをやめた。

駆けよって来たのは五人、みんな田沼家の者で、先頭に公用人*の三浦庄司がいた。

「われわれは老中田沼家の者であるが、このあたりで侯の若殿をみかけなかったであろうか」

「見かけませんな」近江数馬が答えた、「お見かけしないように思いますな、尤《もっと》もどんな方かまるで知らないが、いったいどんな方ですか」

「むろん供を伴れていらっしゃるんでしょう」

「田沼侯の若殿がどうかなすったんですか」

五人がいっせいに反問した。みんなからかうようにじろじろ眺めたり、嘲弄《ちょうろう》の笑いをみせたりした。三浦庄司はかれらのうしろを見ようとした。かれらの取囲んでいる中に誰かいるようであった。

「いま組の者が発狂しましてね」

中川彦三郎が皮肉な口ぶりで云った。

「いまみんなでようやく取押えたところなんです、すぐに刀を抜いたりして危ないもんですから、――田沼侯の若殿もなにか、そんなような間違いでもあったんですか」

「大名の息子などにはよくあることさ」

誰かが聞えよがしに云った。

お滝はこの問答を聞いていた。三浦庄司がそこにいるのである、走って来た三浦の息づかいや、その昂奮《こうふん》した口ぶりがすぐそこに聞えた。しかし自分が此処にいるということを、彼に知らせる法はなかった。緊めつけられている胸はいまにも潰《つぶ》れそうであり、口を塞いでいる手指の力は、頬を突刺すかと思えた。

三浦たちはすぐ他のほうへ去った。

「もうよかろう」彦三郎が云った、「しかしどうする」

「小屋へ押籠《おしこ》めて置くさ」

坪内大作が云った。

「使いみちはいくらでもある、おれが思いついたよりも、もっと使いみちがありそうだぜ」

「どんなふうにだ」

「小屋へいってから話すよ」大作はにっと唇で笑った。

「暴れると面倒だ、縛りあげて猿轡《さるぐつわ》を噛《か》ませよう」

お滝はされるままになった。

――殿さまを覘《ねら》っているのはこの男たちかもしれない、この男たちでないとしても、少なくともこのなかまにはちがいない。

彼女はそう直感した。すると気持がおちついてきた。この狩場の柵の中で、老中の子が行方不明になってそのまま済む筈はない。すぐ発見されないまでも、警戒はずっと厳しくなるだろう。また、かれらは始末に困れば自分を殺してしまうかもしれないが、死ぬことは初めから覚悟のうえであった。

――もしそれで殿さまの身代りになれるのなら本望だ。

お滝はそう思ったのであった。

手足を縛り、猿轡を噛ませ、誰かの背割り羽折をかぶせたうえ、かれらは二人がかりでお滝を抱きあげた。

「それではあとでゆくから、郡代のほうはすぐに手配を頼むぞ」

坪内大作が誰かにそう云った。お滝の上半身を抱きあげている彼の手は、そうする必要のない部分を強く押えていた。諸侯の仮屋からずっと離れたところに先手《さきて》と徒士組の小屋が並んでいた。中川彦三郎と大作、それに近江数馬の三人が、お滝をそこへ運んでゆき、徒士組の小屋のひと棟《むね》の中へ入った。――板壁に沿って土間があり、片方がずっと床張りになっている。殆んどごろ寝をするだけの仮小屋であるが、戸口に近いところに組頭専用の仕切が設けてあった。かれらはそこへお滝をおろした。

「これを触ってみろ」

おろすとすぐに、大作がこう云ってお滝の胸を押した。お滝ははっとして身を捻《ひね》った。だが彦三郎の手が伸び、片方で肩を押えながら胸へ触った。

「なんだこれは」と彼は云った、「――女じゃあないか」

「女だって」

近江数馬も手を出した。

「使いみちがあると云ったわけがわかったろう」大作が卑《いや》しい調子で云った、「いざとなれば流れ矢に当ったとみせて片づけるが、老中が狩場へ自分の女を男拵えで伴れこんだとなると、いかに並びなき御威勢でも申し訳はたつまいぜ」

「これは儲《もう》け物だ、女とはな、――」

「おい数馬、いつまで触ってるんだ」

大作は数馬の手を払いのけた。そのあとを自分で押えた、みだらがましく指で掻《か》きさぐり、もっとも敏感なところを捜し当てると、そこを撫《な》でたり揉《も》んだりした。お滝は低く呻き声をあげ、身をふり放して俯伏《うつぶ》せに倒れた。

三人は乾いた露骨な声で笑った。

——こういう人間が、天下のためだなどと云って、殿さまのお命を覘うのだ。

お滝は歯をくいしばりながらそう思った。

——どんなことでもやってみるがいい、それで汚れるのはあたしではなくおまえたち自身だ、さあ、好きなようにどうでもしてみるがいい。

だがお滝の軀はみじめに震えだした。狩場の規則は知らないけれども、田沼家の六男に扮《ふん》している自分が、女だとわかったときどうなるか。かれらの口ぶりでは、それは意次にとって重大な失態になりそうである。

——本当にそうだろうか。

武家では男女の区別が厳しい。まして将軍の狩となればひと際《きわ》であろう、お滝は絶望のあまり、できるなら舌を嚙み切ってでも死にたいと思った。

「では郡代へゆくとしよう」彦三郎が立ちあがった、「一人ではまずいから坪内もいっしょに来てくれ」
よしと云って大作も立った。二人は数馬にあとを頼んで、出ていった。

獲物

その一

安房《あわ》、上総《かずさ》、下総《しもうさ》、常陸《ひたち》を支配する郡代役所は、刀根川《とねがわ》南岸の布佐《ふさ》にあった。狩場の占部から約一里で、彦三郎と大作とは、そのあいだを馬でとばした。

郡代代官をはじめ、おも立った役人は狩場へ詰めていた。それは、将軍の狩の行事にはその設営や糧食の炊出《たきだ》しなどが、郡代の担当になっていたからである。——二人を迎えたのは代官手付*の原田市之進という老人であった。

「大目付から使いがあった筈《はず》だが」

大作が高飛車に云った。

「いちおう取調べたいから案内してくれ」

原田という手付は疑うようすもなく、二人を裏の牢《ろう》まで案内した。

すっかり古くなって、軒が傾いているような建物であった。あまり修繕もしないのだろう、羽目板なども割れたり、ずり落ちたりしているが、さすがに牢格子《ごうし》だけは、がっちりとゆるぎなくみえた。地役人らしいやはり年寄の牢番に、錠前をあけさせ、かれらを去らせてから、二人は牢舎の中へ入った。

戸口の上に小さな高窓があるだけで、五坪ばかりの牢内はひどく暗かった。床板は石のように冷たく、淀《よど》んだ空気は湿っぽいうえに、つよく埃の匂いがした。――その暗がりの隅に、一人の若者があぐらをかいて、こっちを眺めていた。田舎小僧の新助であった。

二人は彼の前へ歩みよった。

「老中を鉄炮で覘おうとしたのはおまえか」

新助は眼をあげたが答えなかった。捕えられてから四日、かくべつ変ったようすはないが、月代《さかやき》も髭《ひげ》も伸びているし、髪には櫛《くし》を入れないので、逞《たくま》しい顔が蒼白《あおじろ》くむくんだようになり、いかにも陰気なふてぶてしい相貌《そうぼう》にみえた。

坪内大作がそこへ跼《かが》んで、新助の顔を覗《のぞ》きこんだ。

「おい、返辞をしろ、きさま本当に田沼侯を射《う》つ気だったのか」

「そんなにのぼせなさんな」と新助があざ笑うように云った、「べつに吃驚《びっくり》するほどのことじゃあねえや」

「江戸の者だな」

新助はそっぽを向いた。大作が云った。

「いったいどういうわけで田沼侯を覘うんだ、なにか恨みでもあるのか、おい、——返辞をしないと痛いめをみせるぞ」

「くでえな、もう逭れねえと思ったから、正直に田沼さまを覘ったと云ったんだ、どうせ江戸へ曳《ひ》かれてからお調べがあるんだろう、こんな田舎の郡代役人なんぞに、——へっ、頼むからうるさくしねえでくれ」

大作はちょっと黙った。やや暫く黙って顔を見ていたが、やがて低い声で云った。

「事情によっては助けてやる、と申してもわけは話せないか」

新助はゆっくりと振向いた。

「——なんだって」

「われわれは郡代役人ではない」と大作がさらに声をひそめた、「此処の役人に大目付の者だと云ったが大目付の者でもない、おまえが田沼侯を覘って失敗し、此処に捉《とら》えられているというのを聞いて駆けつけたのだ、大目付にはまだ報告は届かない、知っているのはわれわれだけで、しだいによってはこれからすぐ、この牢を出してやることもできるんだ」

新助は唇を曲げた。皮肉な眼で大作を見、立っている彦三郎を見あげた。それから、へし曲げた唇の隅で云った。

「まずいぺてんだ」

「なにがぺてんだ」

「おれを此処で片づけようってんだろう」と新助は肩をすくめた、「お白洲《しらす》で田沼さまの悪事をならべられては迷惑だから、ここで破牢の罪かなんかで」

「ばかなことを云うな」

彦三郎が大きな声をだした。大作は眼をあげて制し、新助に笑ってみせた。

「おまえがそう思うなら思うでいい、ひとつためしてみたらどうだ」大作は誘うように云った、「江戸へ曳かれていったって死罪、これがもしぺてんで、おれたちがおまえを斬《き》るにしたって、死ぬことに変りはないだろう」

「まっぴらだ」

新助は頭を振って云った。

「おらあお白洲へ出る、そこで云うだけのことを云うんだ、田沼さまの無道な御政治で、どんなに民百姓が困っているか、どんなにみんなが泣かされているかということを」新助の眼がぎらぎらと光った、「――このおれを見てくれ、おれは寝たっきりの親父《おやじ》と、女房子《にょうぼうこ》を抱えて人足をしていた、女房も子供を背負って、二人で日雇い人足をしてかつかつ食っていた、そんなおれたちのしがねえ稼《かせ》ぎにまで、運《うん》上《じょう》をかけて絞りゃあがる、老中が悪けりゃあ下役人までろくなやつはいやあしねえ、おらあくやしまぎれに眼が昏《くら》んだ、――それでなにもかもおじゃんよ、寝たっきりの親も、女房も子も捨てちまった、一家はめちゃめちゃ、親子夫婦は別れ別れ、それ以来おらあ暗闇《くらやみ》の人間だ、お天道《てんと》さまの下あ歩けねえ人間になっちまったんだ」

新助はせせら笑った。眼から涙をこぼしながら、せせら笑いをして云った。

「おらあお白洲ではっきり云ってやる、田沼さまの御政治がおれの一家をぶち毀《こわ》し、女房子に血の涙を絞らせ、おれを兇状《きょうじょう》持ちにしたことを、はっきりこの口で云ってやるんだ」

大作はそっと立って、彦三郎に耳うちをした。彦三郎が頷いて出てゆくと、再び新助の前に踞み、声をひそめて静かに云った。

「よし、望みをかなえてやろう」

新助は黙って、拳《こぶし》で眼を拭《ふ》いた。

「そう思っているのはおまえだけじゃない、われわれもがまんがならなくなっている」と大作は続けた、「また閣老のなかにも、この政治の乱脈さをみかねて、なんとか改革しようと計っている方が少なくないんだ、が、当の田沼侯がなんとしても動かない、将軍家の御威光をかさにきて、ますます専横、＊暴戻《ぼうれい》、悪徳を重ねるばかりだ、うちあけて云おう、――じつはわれわれも、田沼侯の一命を頂戴《ちょうだい》するために、狩のお供に加わって来たのだ」

　新助は大作を見た。大作の口ぶりから、嘘《うそ》でないものを感じたのである。

「――旦那《だんな》がたも、ですって」

「おれたちもだ」

「――じゃあ、本当にあっしを」

「もちろんだよ、そのために来たんだ」

　新助の顔にさっと血がのぼった。

「すぐに此処を出してやるし、もちろん証拠の品だから鉄炮も持物も引取ってゆく、だがそれには約束が必要だ」

「どんな約束です」

「おれたちの申すとおりにするという約束だ、田沼侯は将軍家のお側近くにいて、なかなか討つ機会はない、お前があせってへたなことをすると、おれたちまで手が出なくなる」

「本当に旦那がたもやるんですか」

「おれたちかおまえか、どっちでもうまく機会をつかんだ者がやるんだ、それまで勝手なまねをしないという約束が守れるか」

「あっしには手蔓《てづる》もなし、いい分別もありません」と新助は頭を下げた、「仰《おっ》しゃるとおりに致しますから、どうかいいように引廻しておくんなさい」

「よし、それで約束ができた、待っていろ」

こう云って大作は立ち、牢の外へ出ようとして振返った。

「――気づかれるなよ」

そして高い声で牢番を呼んだ。

その二

その日の狩は午前十時に始まり、昼食のあと、午後三時までで第一日を終った。将軍家治は午前午後とも、御立場の床几《しょうぎ》に掛けて狩のもようを観《み》た。御座所のうしろには、狩場の標《しるし》として、竿《さお》の頂に朱色で菱《ひし》の紋を染めた金の麾《さいはい》をさしたのと、白の大きな吹貫《ふきぬき》とを立てる。また御立場の左右には、白毛の槍《やり》、弓、鉄炮、長刀《なぎなた》などを飾り、なお合図のための白い吹貫や、白地の標や、白麾《しろさいはい》なども立てられる。

——将軍は鼠色《ねずみいろ》と黒の縞《しま》の緞子《どんす》の緜袴《くくりばかま》に、浅黄色の臑当《すねあて》。毛沓《けぐつ》をはき、金糸でへり縫をした黒羅紗《ラシャ》の陣羽折を衣《き》て、やはり白の麾を差している。また、表も白銀で網《あ》代《じろ》の端《は》ぞり笠《がさ》を冠《かぶ》っているので、それが遠くからでも、きらきらと、美しく光るのが見えた。

獲物の披露が終り、将軍が御座所へ入ったあと、意次は初めて、わが子の失踪《しっそう》したことを聞いた。しかも、じつはそれが雄貞ではなく、お滝がひそかに扮《ふん》していたのだと知って、意次は声をあげるほど驚いた。

「すべて私の不調法でございます」

三好四郎兵衛はこう繰り返した。他の諸侯の家なら、こんなばあいには切腹問題（たとえ形式だけにもせよ）が出るところである。しかし田沼家ではそんなことはなかった、三浦庄司をはじめ、腹心の者たちが集まって協議をした。勘定奉行の松本十兵衛も呼ばれた。

——お滝は失踪したのではない。

——反田沼の手で誘拐されたに違いない。

みんなの意見がそう一致した。

相手がお滝をどのように使うかわからないが、差当っての対策として、雄貞が発病して倒れた、ということを届け出た。そして、日の昏《く》れるまえに帰宅のいとまを乞《こ》い、駕籠《かご》(むろん誰も乗ってはいなかった)に医師と三好四郎兵衛ほか二人の家士を付けて、江戸へ帰らせた。

これは、雄貞が女だったということを、相手が暴露するばあいに備えたので、意次の強い意見によってすばやく行われた。

「それではお部屋さまはどうなりましょうか」そう云って三好四郎兵衛は反対した、「小五郎さま御帰館と発表すればかれらはお部屋さまを出してまいるかもしれません、いや、おそらくそう致すに相違ないと思います、そのときお部屋さまをどう申してお引取りできましょうか」

「そんな心配はいらない」と意次は冷やかに云った、「お滝は生きて戻るようなことはないだろう」

初めからそれだけの覚悟はして来た筈である。意次にはそれがわかっていた。もしそうでなく、かれらの暴露するままになっていたとしたら、そんな者は知らない、とはねつけるつもりであった。

——そうなれば、男装して狩場へまぎれ込んだということで、おそらく死罪はまぬかれないであろう。

四郎兵衛の反対する理由はそこにあった。意次はそれを承知のうえで、発病帰館ということにきめたのである。

——こうして協議はすばやくまとまり、駕籠はなんの不審もうけずに立っていった。


その夜の十時すぎ、——

藤代保之助は小宮山伊織からの使いで、ひそかに小十人組の小屋へいった。そこには中川彦三郎と、近江数馬、坪内大作の三人に、保之助の知らない中年の男が一人いた。小宮山たちの応待では、相当な身分の人らしかったが、保之助にはついに誰ともわからなかった。

半刻《はんとき》ほどして、自分の小屋へ戻ったとき、保之助は頭がすっかり混乱し、息苦しくて、とうてい小屋の中にいることができず、すぐにまた外へ出て、当てもなくそのあたりを歩きまわった。

「どうしよう」彼は同じことを幾たびも呟《つぶや》いた、「どうしよう、どうしたらいいだろう」

見廻りの者に三度も咎《とが》められた。

——なにをうろうろしているんだ。

ふと誰かがそう云《い》ったように思った。そこに誰かがいて、現実にそう云ったかと思われるほど、ありありと耳に聞えた。保之助は立停り、頭のなかでその声の記憶をさぐった。すると、同じその声が、記憶のなかでこう云った。

——罪は法と人とのあいだにあるものじゃない、人間と人間とのあいだにあるんだ。

保之助は身ぶるいをした。

「——青山」

信二郎の顔が見えるようであった。保之助はかなり長いこと立停っていた。

「そうだ」と彼がやがて呟いた、「やっぱりそうすべきだ、そうするのが人間の義務だ、江戸で決心がつかなかったのは却《かえ》ってよかった、ここまで来て、かれらの計画がはっきりした今こそ、そうすべき機会だ」

その決心が動かないものであるかどうか、自分でたしかめるように、保之助は眼をつむってなお暫《しばら》く立っていた。それから、

「——よし」

と云って小屋へ入った。

その三

保之助は女をぬすみ出すつもりだった。

田沼家の子息だといって、男装しているその女がなに者であるか、小宮山はもちろん、坪内たち三人にもわかってはいない。たぶん側女《そばめ》だろうという推察であるが、保之助もそうだろうと思った。彼には、意次がそんなことをする人とは考えられなかったが、現にその午後、にわかに田沼家で「雄貞帰館」ということがあったところをみると、それが事実だということを認めないわけにはいかなかった。

——これにはなにか理由があるのだ。

まったく想像もつかないが、保之助にはそういう直感があった。

彼はもう躊《ため》わなかった。自分が反田沼派に属し、意次暗殺の一役を課されている以上、その女をぬすみ出すことは裏切りである。裏切りという言葉がするどく頭にうかんだ、けれども彼をひき戻すことはできなかった。

夜半を知らせる柝《き》がまわったあと、ほんの暫くして騒ぎが起こった。厩《うまや》からとつぜん出火したと思うと猟犬の小舎《こや》があけられて、繋《つな》いであった犬が放され、みんな外へとびだした。厩番も、犬を預かっている鷹匠も、すぐには手が出せなかった。かれらは酔って寝ていた。第二日は狩がないので、その夜かれらは更《ふ》けるまで酒を飲んでいたのである。――見廻りが火をみつけ、厩からすぐに馬を出しながら、警板が鳴らされた。けたたましい叫び声がひろがり、仮屋から人々がとび出した。

そこは将軍の休息所からずっと西へ寄っているうえに、やや強い北風があったので、そちらへ火のかかるおそれは少しもなかった。しかしこんなばあいは第一に御座所を護《まも》るのが原則で、多くの人数がそのほうにとられた。夜の火事は大きくみえるという、また五十頭に余る馬や、猟犬が放たれ、これらが火に驚いて狂いまわるため、騒ぎは実際よりも誇張されてみえた。

保之助は辛抱づよく機会を待った。

火をかけたのも、猟犬を放ったのも、むろん彼のしたことであった。人が騒ぎだすのをみて、彼は徒士組《かちぐみ》の小屋の蔭《かげ》に身をひそめ、小屋の者たちが出てゆくのを待った。それには時間がかかった。中川や坪内たちが出しぶり、――おそらくなにか感じたのだろう、――番頭《ばんがしら》の督促にもすぐには応じなかった。

――これは刀を抜かなければならなくなるかもしれない。

保之助はいちどそう思った。

——だがはたしてできるだろうか。

彼は三人をよく知らない。松平家のとうかん堀の屋敷でひきあわせられたのと、こんどと、二度しか会っていなかった。けれども、坪内大作の力士のように逞しい軀《からだ》つきや、ひどい面擦《めんずれ》のある近江数馬。また、際立《きわだ》って眼のするどい中川彦三郎の相貌など、いずれもひとかどの腕達者にみえるし、底の知れない図太さが感じられた。

——かれらと抜き合せて、その女を助け出すことができるかどうか。

保之助は絶望しかけた。想像するだけでも、それは不可能に近かった。そして、そんな手段でうまく事が運ぶと思った自分の、単純な頭を呪《のろ》いたくなったとき、徒士組にも全出動の命令が来た。

風があったのと、水が不便なため、火はたちまち厩を焼き、秣《まぐさ》小舎に移った。焰《ほのお》は見えないけれども、かがりは橙色《だいだいいろ》に空を焦《こ》がし、ときおりぱっと金色微塵《こんじきみじん》に、美しく火の粉が渦《うず》をなして巻きあがった。狂奔する馬の嘶《いなな》きや、犬の咆《ほ》えたける声や、つんざくような人の喚きを縫って、焰の唸《うな》りと木の焼けはぜる音が高く聞えて来た。

大丈夫とみすましてから、保之助は小屋の中へとび込んだ。そこは灯が消してあって、まっ暗だった。片方にある小窓から、火事の明りがさし、それがちらちらと揺れながら、土間と床張とをほのかに照らしだしていた。

人は一人もいなかった。

その女は組頭の仕切の中にいた。上からなにか掛けてあったが、そこに人のいることはすぐにわかった。抱き起こすと、女の匂《にお》いがした。

「お助けします、声を出さないで下さい」

保之助はそう囁き、差添《さしぞえ》を抜いて、手足の縄を切った。まっ暗だし手が震えるので、なかなかうまく切れなかった。それから猿轡《さるぐつわ》を嚙まされているのに気づき、それを解くなり援《たす》け起こした。その女——お滝——は殆んど失神していた。足が萎《な》えたようになり、立たせるとがっくり膝《ひざ》がぬけた。保之助は彼女の肩をつかみ、強く揺りたてながら云った。

「しっかりして下さい、歩けませんか」

「歩けます」とかすれた声でお滝が云った、「歩けると思います」

「こうしましょう」

彼はお滝の腕を肩へ掛けた。

そのとき、表の戸口へ、人の近づいて来る声が聞えた。なにか叫びながら走って来るようであった。保之助ははっと立竦《たちすく》み、お滝をそこへおろそうとした。しかし、表のひと声は、そのまま戸口の前を走り過ぎた。

「ほんのひと辛抱です、しっかりして下さい」

保之助はなかばお滝を担《かつ》ぐようにして、すばやく戸口から外へ出た。

そこから田沼家の仮屋へゆくには、将軍の休息所の北をまわらなければならなかった。火事はすでに消えかけていた。まだ馬や犬が放たれたままだし、右往左往する人の混雑は、少しも鎮《しず》まってはいなかったが、早くも要所ごとに提灯《ちょうちん》を掲げ、警護の人数が立っていた。——保之助はできるだけ平静に、ゆっくりとその前を通りぬけながら、背筋に冷汗の流れるのを止めることができなかった。すると、諸侯の仮屋のほうへ曲るところで、

「河井じゃないか」

と高い声で呼びかけられた。こんどこそ、保之助は刀へ手をやった。お滝の軀もぴくっとひきつった。

「河井じゃない藤代か」相手は云い直しながらこっちへ来た、「どうした、けが人か」

佐野善左衛門であった。保之助は全身の緊張のぬけてゆくのを感じながら、片手で額の汗を拭いた。

「馬にやられたんだ」と彼は答えた、「足を踏まれたんだが、たいしたことじゃな

い」

「手を貸そうかね」

「いや充分だ、もうそこだから」

「たいへんな失態だな、こんな晩に火事をだすなんて」善左衛門はいっしょに歩きながら云った、「ばかばかしく兇暴な犬がいやあがって、危なくおれも嚙まれそうになったよ、猟犬というやつはどんなふうに馴《な》らすものか、——今日の狩でおれは鹿《しか》を二頭も射そこなったんだが、そのときも脇から犬のそれたのが来やあがったもんで」

だが、まもなく善左衛門は足を止めた。

「警護に立ってるんで失礼するよ」と明朗に云った、「あさっての狩には、いや、もう明日か、——ひとつみんなをあっといわせてみせるからね、誓ってもいいが、必ずあっといわせてみせるよ」

そして善左衛門は引返していった。

「もう大丈夫です」

保之助が囁《ささや》いた。なかば担がれたままで、お滝は耐えかねたように、声をひそめて泣きはじめた。

その四

燈架《とうか》が一つ、隙間風《すきまかぜ》に揺れながら、うす暗く部屋の中を照らしていた。泣き伏しているお滝の前に、三浦庄司と松本十兵衛と、そして保之助がいた。お滝はいま自害しようとして、懐剣をとりあげられたところであった。三浦庄司の持っているその懐剣が、ときどき灯を映してするどく光った。

「どうしても生きてはいられません」

お滝は身もだえをしながら云った。

「殿さまのお身を護ろうと思ったのが、逆に御迷惑をかけることになってしまった、女の知恵はこんなに哀《かな》しいものだろうか、あたしは自分がくやしい、自分で自分が憎くてたまりません、お願いだから死なせて下さい、そして死骸《しがい》を犬の餌食《えじき》にでもして下さい」

「もうそんな必要はありません、どうか気を鎮めて下さい、お部屋さま」三浦がそうなだめた、「貴女《あなた》がかれらの手になければ、かれらはもうどうすることもできはしないのです、あとは私どもが引受けます、どうかもう、なにも心配することはないのですから」

「でも生きていてどうしよう」絞るような声でお滝は云った、「こんな恥ずかしいことをしてしまって、もう殿さまにもおめにかかれないし、なにをたのみに生きていったらいいの」

「いや貴女の失敗はむだではなかった、そのために味方も一人でき、かれらの企《たくら》んでいることもわかったのです、少なくとも危険の何分の一かは除くことができるのですから、どうか気をおちつけて、私どもの申上げるようになすって下さい」

「とにかく横におさせ申すがいいでしょう」

松本十兵衛が云った。彼の口ぶりは意次によく似て、感情をあらわすことの稀《まれ》な、ごく静かな調子であった。いったいに意次の周囲の人たちは、みなどこかに意次の影響を受けているが、彼のばあいはそれがやや際立っていた。——十兵衛は百俵五人扶持《ぶち》の軽輩から、意次にみいだされて五千石の勘定奉行になった。これは思いきった抜擢《ばってき》であり、意次に対する非難の好材料ともなっているが、彼はそういう知遇に感謝するよりも、意次その人に心から敬服し、それが口ぶりや動作にもあらわれるようであった。

「私どもはいま、すべてを忍んで、侯の御身辺にことのないよう、計らわなければならない」

十兵衛は続けて云った。

「こんどのお狩に、刺客《しかく》の出されることを承知しながら、お供に加わって来られたのも、また警護の人増しをお許しにならなかったのも、かれらに非難の口実を与えまいというお考えであった、そういうお考えから出たことだと、私は思う、こう申すと、侯は死をも恐れないかのように、とれるかもしれないが、決してそうではない、ずいぶん恐れていらっしゃるようだ、けれどもそれ以上に、御自分の位地*のゆらぐことをもっと恐れておいでになる、――御計画ちゅうの新しい政策には、幕府経済のさし迫った必要と将来のために、大きな意義をもつものが少なくない、しかも、それは侯を措《お》いてはなし得ない、御自分のほかにそれをする者がないということを知っていればこそ、あらぬ誹謗《ひぼう》をも忍び、刺客のいる狩場へも来られた、――私どもはこのことをよく覚えておこう、あらゆる非難攻撃にも耐え、死の危険をも避けようとなさらない侯のために、私どもも一身の安否や栄辱にとらわれてはならないと思う」

お滝は泣きやんでいた。十兵衛の言葉の意味よりも、その静かな調子で心がなだめられたようである。――十兵衛が眼くばせをし、三浦庄司がたすけ起こすと、彼女はおとなしく身を起こした。庄司はお滝を次の間へと伴《つ》れていった。

火事の騒ぎはすっかりおさまったとみえ、遠い柝の音が冴《さ》えて聞えた。三浦庄司が戻って来て坐《すわ》ると、十兵衛は保之助のほうへ振向いた。

「貴方《あなた》のしてくれたことは、神助《しんじょ》ともいうべきものです、かたじけない」こう云って彼は頭を垂れた、「場合が場合だから、辞儀は略させてもらって、どういう事情かうかがわせて下さい」

「要点だけ申上げましょう」

保之助は坐り直した。

「単直にいうと私も刺客の一人なのです」

「貴方が刺客、――」

「いやその役割の一部を受持たされたというべきでしょう、そのためお部屋さま、――むろんかれらはそうとは知りませんでしたが、お部屋さまが捕われていることを知り、お助け申すことができたのです」

「しかしそれは、どういうことですか」

「つまり」と保之助は眼を伏せた、「――裏切りということです」

十兵衛はそっと三浦庄司を見た。保之助は眼をあげた。もっとも忌《いま》わしい言葉を云いきって、却って勇気が出たようであった。

「私はかれらを裏切ったのです」

「なにか理由があるのですか」

「わかって頂くために、初めからのことを手短かに申上げます」

彼は藤代へ婿《むこ》にいったときからのことを話した。自分が世評を信じて、田沼氏排《はい》斥《せき》をこころざしたこと、勘定吟味役になって以来、定期的に松平家へ連絡にゆき、必要と思われる資料を提供したこと。そのため逆に田沼氏の実態がわかり、世評を盲信した愚かさと引受けた役目のいやらしさに、激しい嫌悪《けんお》と自責を感じだしたことなど、できるだけ飾らない表現で話した。

「ですから、裏切りには相違ないが、私としては為《な》すべきことを為したという気持です」と保之助は続けた、「ほかに手段を思いつかなかったし早急のばあいなので、ついお狩場を騒がすような事をしてしまいましたが、この責任を遁《のが》れようとは思いません」

「いやその責任という問題は」

「まずお聞き下さい」保之助はなお続けた、「私にもう一つやりたいことがあるのです、それは、相良侯を覘っている刺客は三人ですが、事のついでにその三人をも片づけてしまいたいのです」

「どういう方法でやりますか」

「暫く、――」と三浦庄司が遮った。そして「*おさがりのようです」と云いながら立っていった。

「どう致しましょうか」

保之助は十兵衛を見た。

「此処《ここ》にいて下さい、その方法も相談したいし、できれば侯にも会って頂きましょう」と十兵衛が云った、「それからいま申された責任の問題だが、事情がぬきさしならぬものであるし、たかが厩を焼いただけのことで、しかも人間一人の命が救われたのですから、そう重大にお考えなさることはない、これは私どもに任せてもらいます、どうかそのつもりでいて下さい」

そして、暫く待つようにと云って、十兵衛も立っていった。

その五

狩の日程の第二日は休息に当っていた。だが、意次はその日に一つの予定をもっていた。それは、印旛沼と手賀沼の干拓事業について、あまり関心をもたない人々に実地を見せ、その理解と協力を求めようというので、意次がみずから案内役になり、老中、若年寄、溜間詰《たまりのまづめ》のうちから、七人が同行する筈であった。

新助がその知らせを受けたのは、一行が狩場を出る二刻《とき》ほどまえのことであった。彼は七軒屋という部落の、観音堂に隠れていた。そこは占部から東南約一里のところで、むろん坪内ら三人も知っているし、そこで連絡を待つ約束だった。

「まず印旛沼へゆくそうだ」

知らせに来た近江数馬がそう云った。

「――ぬかるな」

新助はすぐに観音堂をとびだした。

七軒屋から少し東へゆくと、佐倉街道へ通ずる往還が、北から南へ延びている。それは印旛沼の東端をまわっているので、一行が来るとすれば、その道のほかにはなかった。

「たった一発だ、一発だけの勝負だ」

新助は道をいそぎながらしきりに独り言を云った。

「弾丸《たま》のつめ替えはできねえ、場所をよく選ぶこった、――あせるな、時間はまだたっぷりある、大事なのはなにより場所だ」

彼は辛抱づよく捜した。

いちど沼の見える処《ところ》までゆき、また引返した。そうして半刻あまりかかって、ようやく場所をきめた。そこは馬場という部落から、沼尻《ぬまじり》へと道の曲ってゆくところで、片側が丘になっており、丘の上には松林と灌木《かんぼく》の茂みがあった。――その辺は道幅も狭いし、丘の上から覘えば距離も五六間で、殆《ほと》んど絶好の場所といってもよかった。

「此処なら大丈夫だ」新助は自分に云った、「此処なら眼をつぶったって射《う》てるだろう」

彼は丘の上に立って、道の左右を眺めやった。すると、ほかにもっといい場所があったような気がし、ふと迷った。

「待てよ、時間は余るほどあるんだ」彼はおちつこうと努めた、「この上にもうちっと増しな処があったようだ、念には念を入れってえことがあるからな」

そして、松林の間を少し北へ戻って丘から道へとおりてみた。道が曲っているのでわからなかったが、彼が丘から駆けおりると、ちょうど向うから来た女がいて、危なくぶつかりそうになった。

「おっと危ねえ、ごめんよ」

新助はこう云って立停ったが、相手の顔を見てうっといった。

それは別所村の作兵衛の妻おかねであった。どこかへ客にでもゆくらしい、鼠小《ねずみこ》紋《もん》の着物にきちんと帯をしめ、髪もきれいに結いあげて、重箱らしい包を抱えていた。おかねもすぐに新助とわかったのだろう、いきなり水でも浴びせられたように、そこへ立竦んで身ぶるいをした。

「――このあま」

新助がそう云うなり、おかねは「ひっ」と叫び、抱えていた包を投げつけた。新助には当らなかったが、それが彼の怒りに火をつけた。

「――うぬ、どうするか」

彼はとびかかった。逃げてゆくうしろからとびかかり、鉄炮《てっぽう》の台尻で肩を殴った。おかねはまた悲鳴をあげ、ぶざまにのめっていって、道傍《みちばた》の笹《ささ》の上へ倒れた。頸《くび》の根を打たれて眼が眩《くら》んだらしい、新助は踏み寄っていってその帯に手をかけ、まるで俵でも扱うように、ずるずると藪《やぶ》の中へ引摺《ひきず》っていった。

おかねはされるままになっていた。極度の恐怖で、手向いもできず、もう声も出ないようであった。

そこは丘の切れめで、笹藪の向うは雑木林になっていた。新助はそこを一*段《たん》ばかり奥へ入り、道からは見えない窪地《くぼち》の、枯草の中へおかねを放りだした。固く肥えた、胴の長い軀がごろんと転がり、ちぢめた足の片方の裾《すそ》が捲《まく》れて、日にやけた逞《たくま》しい脛《すね》があらわになった。

「どうされても文句はねえだろうな、あま」

新助はそう云って、おかねの捲れている裾を、足の先でもっと捲りあげ、なにかの動物を思わせるような、肉の張りきっている太腿《ふともも》を、力まかせに踏みつけた。ぐいぐいと踏みつけたが、野良《のら》仕事で鍛えられた女の太腿は、柔軟でしかも靭《つよ》い弾力のある肉がこりこりし、痛みを与えるような感じは少しもしなかった。

「おらあ分に過ぎた金もやり、土産物もたっぷり呉《く》れてやった、それをてめえは訴人しやあがった、ばいため、なんの恨みがあってしたんだ、それをぬかせ」

彼は女の腰に足をかけて、仰向けになるように蹴《け》った。おかねはごろんと仰向けになった。新助はぺっと唾《つば》を吐いた。

「やいあま、なにが不足で訴人したんだ、おれになんの恨みがあったんだ」

「——好きにしたらいいだろ」

おかねが云った。眼をあいて、じっと彼を見あげながら、静かに足を左右へひろげた。捲れている裾がひらき、両の太腿がもっとあらわになった。

「慥《たし》かに訴人したのはあたしさ、あたしじゃないなんて云やあしない、慥かにあたしがしたんだ、そんな文句を並べるより、早く好きなようにしたらいいだろ」

新助は歯をくいしばった。

「さあ、——」とおかねが云った、「どうでも好きなようにしておくれ」

そして、両方の膝を立て、それをぐっと左右にひらいた。

新助は怒りと恥ずかしさとで震えた。おかねの態度は彼を凌辱《りょうじょく》するものであった、それはしてはならないことであり、人間ぜんたいを辱《はずか》しめ汚《けが》すことであった。新助はいま生れて初めて知った怒りと恥ずかしさとで、殆んどわれを忘れたようになり、

「よし、好きなようにしてやるぞ」と云いながら鉄炮を持ち直した。

女はもう眼をつむり、大胆に手を投げだしていた。新助は鉄炮をふりあげた。

——そのとき、道のほうから、子供の泣き声が聞えて来た。

その六

子供の叫び声はそのまえから聞えていたのであるが、こちらの二人はずっと離れた窪地にいたし、どちらも逆上ぎみで気がつかなかった。新助が鉄炮をふりあげたとき、——その僅《わず》かな沈黙の瞬間に、初めて二人はその声を聞いたのであった。

「おっ母《か》あ——」とその声は叫んだ。

おかねは眼をあいた。その眼で、鉄炮をふりあげている新助の、ぞっとするような姿を見た。おかねは訝《いぶか》しそうに眼をすぼめた。彼女はまったくべつのことを期待していた、まったくべつの、しかも期待して外れた例のないことを、——だが新助はそうはしなかった。そんなけぶりもみえなかった、鉄炮をふりあげている姿勢も、眼のつりあがっているその顔も、怒りと殺意そのものであった。おかねの唇がまくれて歯が見えた、そして、まるで野獣の咆えるような声で喚《わめ》いた。

「ちょうきち——」

新助の手もとが狂った。

打ちおろした鉄炮の台尻は枯草の上に落ちた。それは、喚きながら身をよけたおかねの、頭のあったあたりであった。おかねの動作がすばやかったばかりではなく、手もとが狂ったのである。母を呼ぶ少年の声を聞いたとたんに、新助の手から力がぬけたのであった。

「おっ母あ、——おっ母あ、——」

「ちょうきちい」

おかねはごろごろと転げて、そしてとび起きた。裾がはだけ、赤い下のものも捲れて、太腿のつけ根まで裸になった。新助はとんでいって、その背中を蹴った。おかねは俯伏《うつぶ》せに倒れた、それを新助が踏みつけた。俯伏せに倒れたおかねの、うしろ首のところを、ぐっと踏みつけながら云った。

「あま、声を出すな」

「助けて下せえ」おかねが云った、「子供を可哀《かわい》そうだと思って、わしが悪かっただから、おねげえです」

「おれをけだもの扱いにしやあがった」

彼は大きく喘《あえ》いだ。子供の声がまた聞えた。こんどは丘に隠れてやや遠かった。

「ひとを訴人しやがったうえに、いまのざまあなんだ、てめえ人間をなんだと思ってるんだ、なんの因縁も恨みもねえ者を役人に訴え、捉《つか》まって、逃げようがなくなると、こんどは股《また》ぐらひろげてごまかそうとしやあがる、てめえには人間はそのくれえのもんにしきゃみえねえのか」

「わしが悪いだから、どうかおねげえだから助けて下せえ」

「殺してもあきたりねえあまだ」

踏みつけた足をぐいと捻《ひね》った。枯草の中に埋まった女の口から、苦痛の呻《うめ》きがもれ、手と足が痙攣《けいれん》しながらちぢまった。

「おっ母あよう、――おっ母あ、――」

少年の声がもっと遠く聞えた。

新助はどこかを刺されでもしたように、ぎゅっと顔をしかめた。

――芳坊。

生き別れたわが子の姿が眼にうかんだのである。まだ誕生にはならなかった、生れて十月めであった。そのお芳が母を呼んでいるように、少年の声が聞えた。泣きながら母を追っているお芳の姿が見えるように思えた。

「いきゃあがれ」

新助は足を放し、唾を吐いた。

「長坊のために助けてやる、忘れるな、長坊のおかげだぞ」彼はもういちど唾を吐いた、「いっちまえ、この、――」

新助はそっぽを向いて歩きだした。

おかねがうしろでなにか云った。よく聞えなかったし、聞きたくもなかった。譬《たと》えようもなくいやな気持で胸がむかむかし、吐きけさえ感じた。むきだしになったおかねの、あくまで逞しく肉の厚い、動物のような太腿の印象が、いつまでも彼を毒し、汚すように思えた。

「ええ畜生」新助は激しく首を振った、「忘れちまえ、あんなあまの畜生なんぞ」

彼は丘の上へ登っていった。

さっきいちど、此処だときめた処へ戻り、そこで鉄炮の用意にかかった。おかねは長吉に追いついたのだろう、道の左右を覗《のぞ》いたが、かれらの姿も見えず、声も聞えなかった。新助は灌木の蔭に腰をおろし、できるだけ入念に、火薬や弾丸を装塡《そうてん》した。——それはけいずい買の七兵衛という男から買ったもので、猪射《ししう》ちに使う古い品だった。拵《こしら》えも見るからに古くさいし、ひどく重かったが、七兵衛はその鉄炮が慥かな品だということを保証した。

——素人《しろうと》にゃわかるめえが、こういう古いのがよく当るんだ、覗いにかけちゃあ古い品ほど慥かなんだ。

どう証明されても、新助にはわからなかった。しかし、彼は舟で江戸川尻へゆき、そこでためしてみた。装塡の法も、射ち方も、そのとき初めて覚えたのである。七兵衛はよく教えてくれたし、鉄炮は慥かであった。

——あにいは勘がいい。

三日のあいだいっしょにいて、帰り際《ぎわ》に七兵衛がそう褒めてくれた。彼が帰ってからも、新助はなお二日そこにいて、納得のゆくまでためしたのであった。

「あのときは十五間までためしたんだ」

新助は装塡を終ると、その鉄炮を持ち直して、道の上の、この辺と思うあたりを覘ってみた。

「こんどは半分もありゃしねえ」彼は片方の眼をつむりながら云った、「これならどんなことがあったって、——」

彼は眉《まゆ》をしかめながら鉄炮をおろした。覘った鉄炮のさきに、いやなものが見えたようであった。彼はいまいましそうに唇を歪《ゆが》めた。

「くそっ、なんてえあまだ」

そして、またしても唾を吐いた。

その七

意次ら一行が出発するまえ、午前十時ころのことであるが、狩場の中で喧嘩《けんか》が起こった。一人は藤代保之助であり、相手は中川彦三郎と、坪内、近江の三人であった。夜半の火事騒ぎがおさまったあとで、小宮山伊織が保之助に使いを出した。それは、徒士組の小屋からお滝が消えていたためで、それを報告した三人も顔色《がんしょく》がなかったし、小宮山も肝をぬかれたようであった。

——まんまと一杯くわされた、火事の騒ぎはかれらの仕業《しわざ》だ。

そのほかに考えようはなかった。雄貞帰館という手を打って、いちおう油断をさせておいてやったものに違いない。小宮山も三人も同じ意見であった。

――これは早急に対策をたてなければならない。

そして保之助にも使いを出したのであるが、吟味役の小屋には彼はいなかった。ほかの者はみな揃《そろ》っているのに、保之助だけがいなかった。呼び出しの使いは内密なので、詳しいことはわからなかったが、そのときいなかったという事実だけで、四人の頭にふと疑惑が起こった。

――女がどこに檻禁《かんきん》されているか、藤代は知っていた。

もしかして藤代が内通したのではないだろうか、という疑いである。さすがに口には出さなかったが、四人とも、お互いがそう疑ったことを感じあった。そして、夜が明けてから二度、保之助を呼び出そうとしたが、二度ともうまく連絡がつかず、かれらの疑惑はますます強くなった。そこへ、意次らが印旛沼へ実地踏査にゆくという情報があり、近江数馬がすぐに七軒屋まで馬をとばしたのであるが、新助と打合せをして戻って来たとき、御筒持の溜りの前で藤代保之助と出会った。

「中川や坪内に会いましたか」

数馬がそう声をかけた。馬を繋《つな》ぎにゆくところだったし、あたりに人もいたので、さりげなく呼びかけただけであるが、保之助は冷たい眼で見かえり、そっけなく首を振った。

「いいや、会わないね、――」

そしてそのままゆこうとするので、「ちょっと待って下さい」と数馬が呼びとめた、「ぜひ会って話したいことがあるんで、なんども使いを出したんですよ、どうか小屋のほうへ来て下さい」

「御用が終ってからゆくが、今日は暇がないかもしれない」

「それでは済まんでしょう」

馬を曳《ひ》いたまま、数馬は保之助の前へまわった。すると向うから、中川と坪内がこっちへ走ってくるのが見えた。数馬は手をあげた、それで保之助も振返ったが、一瞥《いちべつ》をくれてそのままゆこうとした。

「お待ちなさい、いま二人が来ますから」

「済まないがどいてもらおう」保之助は云った、「私にはそんな暇はないんだ」

「なんですって」

「通してもらおうというんだ」

保之助の声は高かった。六、七間はなれた御筒持溜りの囲いの前から、同心たちが一斉《いっせい》にこちらを見た。

夜半の騒ぎのあとであり、今日は休養に当っているので、十四、五人いたかれらは、みんな暢《のん》びりと日にぬくもったり、雑談をしたりしながら、こちらをぼんやり眺めていた。それが保之助の高ごえと、走《は》せつけて来る中川、坪内らのけしきばんだようすとで、みんな興ありげにこちらへ注意を集めた。

「彼は暇がなくて話しに来られないそうだ」

そこへ来た中川らに数馬が云った。駆けつけて来た二人は保之助を睨《にら》んだ。彦三郎が数馬を見て云った。

「あっちはどうした、会えたか」

「会えた」と数馬が頷《うなず》いた、「すぐとびだしていったよ」

坪内大作が保之助に云った。

「大事な相談があるんだ、来てもらおう」

「もういちど云うが、暇がないんだ」

「ではからだのあくのはいつだ」

「私の分担する役は定《きま》っている」と保之助は答えた、「私は自分の役目をはたせばいいので、ほかのことを相談される筈《はず》はないと思う」

「必要があるから来てくれというんだ」

「断わる」

保之助はやはり高い声で、にべもなくはねつけた。

「ちょっと待て」中川彦三郎が静かに云った、「その云い方は不穏当だと思うが、相談に来られないのは暇がないのではなく、ほかになにか仔細《しさい》でもあるんじゃないのか」

「私には自分の役割がある、そのほかのことは知らないというんだ」

彦三郎はじっと保之助の顔を見つめた。それから、低いがするどい調子で云った。

「ひとつ訊《き》くが、あの火事騒ぎのときどこにいた」

保之助は唇で笑った。

——青山がよくこんなふうに笑ったな。

そう思いながら、からかうような眼つきで、順々に三人を見、それから答えた。

「そんなことに返辞をする必要は認めないね、御用の途中なんだ、ゆかせてもらうよ」

「そうはならんぞ」

大作が前に立ち塞《ふさ》がった。

「いっしょに来るか、さもなければ慥かな返答をしろ」

「どいてくれ」

保之助は相手を突きのけた。まさかと思っていたので、大作はうしろへよろめいた。

「無礼者」と彼は喚いた、「きさま、やるつもりか」

「御用の途中だと云ってるんだ」

「ごまかすな、肚《はら》は読めたぞ」

大作がいきなり摑《つか》みかかった。保之助は躰《たい》を躱《かわ》した。初めから喧嘩にするつもりであった、躰を躱しながら、脇《わき》にいた近江数馬を突きとばし、偶然のように、振った手で彦三郎の顔を殴った。

「なにをする、藤代」

「みんなやめろ」数馬が叫んだ、「人が見ているぞ」

「勘弁ならん」

大作がとびかかった。保之助はその足を払った。そんなにうまくゆこうとは思わなかったが、力士のように逞しい大作の軀は、足を払われてみごとに転倒した。それを見て彦三郎が刀を抜いた。はね起きた大作も、そして数馬も、彦三郎の動作につりこまれたように、なかば夢中で刀を抜いた。手綱を放された馬は、刃《やいば》の光りに怯《おび》えたとみえ、とつぜん高く嘶《いなな》きながら脇のほうへ逸走した。

保之助はうしろへさがった。血相の変った三人を見ながら、じりじりと後退し、それからふいに逃げだした。

そのときは御筒持の同心たちもとびだして来た。向うから大目付の者が（これはかねて打合せてあったのだが）二十人ばかりの人数で駆けつけて来た。保之助は中川ら三人をひきつけながら、巧みに、この両者の間へ逃げこんだ。

「お狩場であるぞ」大目付与力が叫んだ、「刀をひけ、お狩場であるぞ」

三人は愕然《がくぜん》とわれに返った。

——しまった。

という後悔の色が三人の顔にあらわれた。将軍の御座所のある狩場内は、規則も殿中に準ずるものであった。御筒持の同心たちと大目付の人数にとり囲まれた三人は、蒼《あお》くなって喘ぎながら、刀をおろした。

——これでおれの役目は終った。

保之助はこう思いながら、馬蹄《ばてい》の音がするので振返った。およそ十人ばかりの騎馬の一行が、（なかに田沼意次の姿も見えた）いま狩場を横切って、あら垣の外へと馬を駆ってゆくところであった。

その八

中川たち三人も、保之助も、そのまま各自の支配に預けられた。勘定吟味役として狩場へ来ていたのは、江坂孫次郎という温厚な人であった。刀を取上げられてまる腰のまま、小屋の一隅に謹慎している部下の保之助に、ひどく同情したらしい。保之助の日常も知っているし、大目付で喧嘩のもようも聞いたので、少しも拘束するようなことはなかった。むしろしきりに慰めの言葉をかけ、書類の整理などをさせた。

「なに、こなたにはお咎《とが》めはあるまい、三人のほうで刀を抜いてかかったそうではないか、どういうものか徒士組とくると乱暴者ぞろいで、なにをしでかすか知れたものではない」

そんなふうに云うのであった。

——おそらくそんなことだろう。

自分には咎めはないだろう、と保之助も思った。かれらも喧嘩の理由は云えない筈である、とすれば、一人に三人の喧嘩で、しかも刀を抜いたのが三人のほうだから、保之助の立場は極めて有利であった。

――だがそれでは自分の気持が済まない。

喧嘩はこっちから仕掛けたものであった。お滝を助け出したのと同様、これも裏切りであることにまちがいはない。むろんそうするには理由があったことだし、そうせずにはいられなかったのであるが、事がこううまくいってみると、ふしぎに良心が痛み、気がふさいだ。

――おれならそんなおせっかいはしないね。

いつか青山信二郎の云《い》った言葉が思いだされた。

――見物ぐらいはするだろうが、決してそんなちょっかいはださない。

人間の生活や、世の中の機構に対して、いつも皮肉や嘲笑《ちょうしょう》を投げている信二郎の顔が、見えるようであった。しかし、本当にそうだろうか、一人の人間が暗殺されるとわかっても、彼なら黙って見ているだろうか。保之助は覚えている、信二郎はその言葉のあとで、こうつけ加えた。

――但《ただ》し間違って手を出したとしたら、おれは共犯者になるよ。

それは、保之助が軽子橋で助けた若い人足の千吉が、法外な金を家族に与えたときのことであった。その金が不正なものだという意見は同じだったが、保之助は町役へ届けさせるつもりだったし、信二郎は反対にその金で家族を救えと云った。自分なら千吉の共犯者になって、その家族の生計の立つようにしてやる、と云った。慥《たし》かに「共犯者」という言葉を使って、そう云ったのであった。

「そうだ、彼のほうが正しいかもしれない」

保之助はそう呟《つぶや》いた。

「やる以上は共犯者になる、共犯者になることを怖《おそ》れるなら手を出さぬがいい、おれはどちらかの共犯者にならなければならなかった、そしてその一方を選んだのだ、もう引返すことはできないし、手を出した以上は裏切るとか裏切らぬとか、名分にこだわる必要はない、この事実の上に立って、ここから歩きだすよりほかに途《みち》はないんだ」

保之助はそのことを頭に刻みつけるかのように、暫《しばら》くじっと眼をつむっていた。

その日の夕方、意次が鉄炮で狙撃《そげき》されたことを聞いた。場所は印旛沼の少し手前で、道に沿った丘の上の、松の木蔭《こかげ》から覗《ねら》われたのだという。幸い意次には当らず、弾丸はすぐうしろにいた勘定奉行、松本十兵衛の笠《かさ》の前庇《まえびさし》を破って、それたそうであった。

「なんでも松本殿が曲者《くせもの》をみつけて、相良侯の乗馬へうしろから鞭《むち》をくれたということです」

聞いて来た同僚がそう語った。

「自分の馬をぶっつけるように鞭をくれたので、相良侯の乗馬は疾走し、弾丸は危なく松本殿の頭を射抜《うちぬ》くところだったそうです。笠をうち破る音で、みんながまさにやられたと思ったと云っておられました」

狙撃は一発きりであった。

人数がないので、曲者を追うことはできなかった。人々は狩場へ戻ろうと主張したが、意次は承知しなかった。そのまま馬を進めて、印旛沼から手賀沼へまわり、予定どおり実地踏査を済ませて帰った、ということであった。

「これは内密ですが、鉄炮で射たれたとき、相良侯はひゃっという声をだされたそうです」とその同僚はにやにやしながら云った、「鞍《くら》の上へ前踞《まえかが》みになって、ひゃっという仰天したような声をだして、印旛沼へ着いてからもふるえておられたそうです、若年寄の加納遠州*さまと松平伊賀*さまのお二人が、はっきり聞かれたそうですが、よほど怖ろしかったとみえますな」

吟味役の者たちはくすくす笑った。いかにもその臆病《おくびょう》さをわらうような、くすくす笑いであった。

——だが踏査はちゃんと済ませたではないか。

保之助はそう思った。意次の幸運をよろこびながら、それよりも強く、かれらの忍び笑いに怒りを感じ、しかし黙ってじっと唇を嚙《か》んでいた。

警戒は厳しくなったが、意次の命令と、時間も経過しているのとで、曲者の捜査は行われなかった。――明くる第三日に、*午《うま》の刻まで狩があり、午後二時に行事を終って、将軍は江戸城へ帰ったのであるが、保之助は謹慎ちゅうなので、狩のもようを見ることはできなかった。ただ、佐野善左衛門が猪《いのしし》を射止めて、意次に贈ったところ、意次が拒絶したので善左衛門が怒った。という話を耳にした。

「佐野は供弓の人間だろう」とその話しては云っていた、「猪には慥かに矢も二筋立っていたが、よくしらべると、ほかに致命傷とみえる鉄炮傷があったそうだぜ」

「それよりも将軍家のお狩場で、獲物を老中に贈るという法がないじゃないか」

「相良侯の手柄にしてくれというつもりなんだろう、つまり一種の袖《そで》の下さ」

そんなことを云って笑うのを、保之助は脇にいて聞いた。

中川たち三人がどうしているか知らなかったが、保之助は帰途には（江坂吟味役に）許されて、両刀を戻されて行列に加わった。――その日はよく晴れて、一日じゅう風もなく、にわかに春でも来たように暖かであった。

花のうわさ

その一

おはまは鏡に向って坐っていた。そのうしろで隣りの女房のおいとが、絶えまなしに饒舌《しゃべ》りながら、おはまの髪を梳《す》いていた。

障子があけてあるので、うしろの長屋の屋根と、こちらの庇《ひさし》との間に、二月下旬の晴れた空が見えた。昨日まで三日ばかり、風が吹きどおしであった、その埃《ほこり》がおさまらないのか、それとも霞《かすみ》がかかっているのか、空はうすい水浅黄にうるんで、ちょうど真綿をひいたような、白い雲が一つ浮いていた。

「うちのなんかごらんなさい、通笑だなんて洒落《しゃれ》た名をつけて、口ではえらそうなことばかり云うくせに、これがといって評判になるような本を一冊も書いたためしがないんですからね、ふん、それで作者だなんてどこを押せばそんな音が出るんでしょ」

「評判になったからいいというわけでもないようよ」

「お宅の旦那《だんな》が仰《おっ》しゃるんでしょ」おいとは梳き櫛《ぐし》を啣《くわ》え、両手で重たげに髪を摑んだ、「お宅の旦那だからそんなことを仰しゃるんですよ、そりゃあ学問もあり下地もおあんなすったんだろうけれど、初めに書いた本が十五刷りも版を重ねて、まだ飛ぶように売れるなんて、面白いからこそ評判にもなり売れもするんでしょ、それが作者ってもんじゃありませんか」

「そうでもないらしいわ」おはまはうっとりと空を見あげながら云った、「評判になり売れればいいってもんじゃないらしいの、あたしなんかにはわからないけれど、これでもう板木を割るんだって云ってますよ」

「まあ勿体《もったい》ない、板木を割るんですって」

「書く身には書く身でいろいろ考えることがあるんでしょ、男の気持ってあたしたちにはわからないわ」

「だって今日、版元のお祝いがあるっていうのに」おいとは髪を三つに分けながら、さもくやしそうに云った、「どうして板木を割るなんて仰しゃるんでしょ、勿体ない、なんてこと仰しゃるのかしら、うちなんかじゃ笑い本のたねにも困っちゃって、こうやってあたしが髪結いまでして、たねを聞いてまわってるっていうのに、お宅の旦那は勿体ないってこと御存じないんだわ」

おはまはふと笑いだした。

「それ本当なのおいとさん、ひとの家の夜のことなんか聞いてたねになるのかしら」

「うちのは自分がだめですからね」

「だめって、なにがよ」

「根問いをしないで下さいな、そんなこと、たいてえ察しがつきそうなもんじゃありませんか」

「あらいやだ」おはまはふきだした、「ばかねえおいとさん、冗談もいいかげんに云うもんだわ」

「冗談なら仕合せ、ほんとだから悲しいじゃありませんか、もう五年こっちそんなことがないんだから、察して下さいよ御新造さん、五年もですよ」

「そうかしら、そんなことってあるかしらねえ」

「ところがあるんですね、うちだけかと思ったら世間にはずいぶんあるんでびっくらしちゃいましたわ」

「そんな話までする人があるの」

「するどころか、素人の、それも歴《れっき》としたお店《たな》のおかみさんほど、そんな話になるとあけすけで、さすがのこっちが聞いていられないようなことまでお饒舌りをしますわ」

そしておいとはその例をあげた。

おはまもながく聞いてはいられなかった。おいとの話は、しょうばいをしていたおはまでさえ信じかねるくらい思いきって露骨でみだらなものであった。しかし、もうよしてと云いかけたとき、信二郎が湯から帰って来た。

「なんだ、まだそんなことをしているのか」

「済みません」とおいとが云った、「御新造さんのは髪が多いもんですから、——ほんとにまあ、いつも云うようだけれども、なんてたっぷりあるいい髪でしょう、横網の相模屋《さがみや》の新造さんもいいおぐしだけれど、あたしが伺うたびにこちらのことを羨《うらや》ましがっておいでですわ」

信二郎は手拭《てぬぐい》を干してから、長火鉢の前に坐って莨盆《たばこぼん》をひき寄せた。

「そういえば横網で思いだしたけれど」

おいとはなかば信二郎にも聞かせるような口ぶりで、髪を結い始めながら続けた。

「あの旦那が面倒みていらっしゃる、横丁のおさださんですがね、このごろあのひとにへんな噂《うわさ》のあるのをご存じですか」

「へんな噂って、――」

「ひと月ばかりまえからばかにおめかしをするようになったでしょ、まえにはなりふり構わず、それこそ男みたような恰好《かっこう》をしていたのに、急に日髪日風呂《ひがみひぶろ》で、紅《べに》白粉《おしろい》までつけだしたじゃありませんか」

「だってそれは」おはまは信二郎の気をかねるように云った、「それはおさださんだってまだ若いんだもの、そのくらいのことはあたりまえじゃないの」

「それが御新造さんわけがあるんですってよ」

おいとは歯で元結《もとゆい》をきゅっと緊《し》めた。そうして根を緊めながらも、黙ってはいられないというふうに続けた。

「あたしは聞いたことで、ほんとか嘘《うそ》か知りませんけどね、こないだうちからちょくちょく、それも夜になってからめかしこんで、こっそりどこかへでかけるっていうんですよ」

「人の噂は聞き止めにするほうがいいな、おいとさん」

信二郎がきせるを置きながら云った。

「それに大平*の集まりは四時からだ、早くしないと日が昏《く》れてしまうぜ」

そして彼は仰向けに横になり、なにか苦い物でも嚙んだように唇を歪めた。

その二

その日の午後四時から、日本橋伊勢町の「百川《ももかわ》」という料亭で、青山信二郎のために宴会が催されることになっていた。

正月のはじめ、大伝馬町《おおでんまちょう》の大和屋《やまとや》平助という書肆《しょし》から、彼は自作の小説を初刷りで出版した。大和屋とはまえから知っていたし、ことに番頭の久兵衛は、――田沼氏誹謗《ひぼう》の戯作《げさく》の件で、――しばしばきつね小路《こうじ》の家へ出入りをしていたから、版行《はんこう》についてべつに交渉する必要もなかったし、条件も信二郎の云うままであった。題名は「世話太平記」といい、女たちが男性ぜんたいに謀反《むほん》を起こして、その位置を取って代り、思うさま男をこき使うが、すべてがちぐはぐで失敗するばかりだし、生理的な差だけはどうにもならず、ついには軍門に下って女性は女の位置にかえる、というのがその荒筋であった。士農工商の四篇に分け、男のまねをする女たちへの、俗にくだいた諷刺《ふうし》がうけたものか、上下二冊の初刷りが思いがけない売れゆきで、三十余日のあいだに十五刷りも増版し、なおさかんに売れていた。

祝いの宴会をやろうという案は、後註門道理《ごちゅうもんどうり》が云いだしたものらしい。それまで大和屋では彼の作がいちばん売れていた、しかし内容は黄表紙物の亜流で、岩を手で千切るような怪力の勇士が出たり、信じられないほど強い武芸の名人達者が、仇《あだ》討《うち》やお家騒動や、変化《へんげ》退治で活躍するといったものが多く、ぜんたいとして、筋の不自然さが読者によろこばれている、といったふうなものであった。尤《もっと》も、当時はまだ洒落本や滑稽本《こっけいぼん》が一般の流行で、これは馬琴《ばきん》一派の伝奇小説に対し、庶民生活に材をとったものであるが、その多くは遊里を背景にした評判記や、客と妓《おんな》との関係をうがった裏ばなしなどの類《たぐい》であって、小説的構成をもったものは極めて少なかった。

信二郎の「世話太平記」も決して独創的なものではないが、彼は小説そのものよりも、隠された主題が書きたかったのである。つまり田沼派と反田沼派との関係で、男（田沼派）の位置を女（反田沼派）が取っても、能力の差には勝てない、という意味を諷したのであった。だがそこに気づいた者はいなかった、後註門はもちろん、松林坊切句《しょうりんぼうせっく》や秋廼舎時雨《あきのやしぐれ》、また他の戯作者や評判記作者たちも、それが「売れる」ということだけに気を奪われたようであった。

宴会は大和屋の主催で、はじめ「百川」で披露をしたあと、おもだった客を新吉原へ案内し、そこで充分にもてなすという趣向であった。

おはまを伴《つ》れて、信二郎が会場へいったのは、定刻より少し前のことで、客はまだ半分も来てはいなかった。こういう会には、主賓が客に扇を配るのが例である。売れない戯作者などはしばしば類似の会を催し、自筆の扇を客に配って応分の会費を集め、それで急場をしのぐというようなことも少なくなかった。信二郎のばあいは意味が違って、戯作者として新進の披露と挨拶《あいさつ》を兼ねたものであるが、やはり慣例どおりその支度がしてあった。

「おれはごめんだね」

彼は用意されたものを見て首を振った。番頭の久兵衛はまごついて、なだめたり懇願したりしたが、彼はにべもなく断わった。

「それでは困りますよ」久兵衛はなお云った、「今日は手前どもの店にはまだ縁のない大家《たいか》の方も大勢おみえになる筈《はず》で、慣例だけは守って頂かないと手前どもばかりでなく、先生まで憎まれるようなことになります」

信二郎はふきげんに答えた。

「おれは平気だよ」

そうして、広間の次の座敷へいって、退屈そうに横になった。

彼はおさだのことを考えていた。

——どっちだっていいじゃないか。

そう思いながら、どうしても頭から去らないのであった。

通笑の女房の話を聞くまえから、おさだのようすの変ったことを、彼は知っていた。着る物もかなり派手になったし、いつもきれいに髪を結い、ほのかに香料を匂《にお》わせている、というふうであった。良人《おっと》の千吉と生き別れになったあと、悲しみのあまり正気を失っていた当時とは、まるで人間が違ったかと思うようで、信二郎などにも、よそよそしい態度をするようになっていた。

——なにかわけがあるんだろう。

なにか蔭《かげ》に理由があるのだろう、と彼は考えていた。小金ケ原の出来事はうすうす聞いていた。厳重な秘密になっているが、そういうことは秘密にすればするほど却《かえ》って知れやすいもので、なに者かが田沼氏を鉄炮《てっぽう》で狙撃しそこなったという噂は、かなり広範囲にひろまっていた。失敗したのはむろん田舎小僧の新助であろう、狙撃しそこない、捉まらなかったとすると、彼はまた江戸へ来ているかもしれない、いや、慥かに戻って来ているだろう。そうして、ひそかにおさだと逢《あ》っているのではないか、と信二郎は想像していた。

だが、そうではないらしかった。相手はどこかの船宿の若い者で、だらしのない道楽者だということが、かなりはっきりと評判になった。

――いつも神田川の船松で逢曳《あいびき》をしているよ、おれが現に見ているんだ。

そう云う者があった。それは竪川《たてかわ》のやはり船宿の船頭だったが、松坂町の髪結い床で、彼がそう話しているのを、信二郎は三度も聞いた。

おさだは躯《からだ》も丈夫になった。まだ若いし、そうみっともない、縹緻《きりょう》でもない、生活がおちつき、その日その日の苦労がなくなってから、肌にも艶《つや》が出てきれいになった。ゆきずりに目礼をしながら、ふとすると顔を赤らめることがあるが、そんなときは殆《ほと》んど嬌《なま》かしいくらいであった。

「いいじゃないか、それが人間というものだ」横になったまま、信二郎は惘然《もうぜん》とそう呟いた、「死ぬほどこがれていても、相手のいない恋がそう長く続くわけはない、躯は生きているんだ」

そのとき向うで酔った声が聞えた。

「やあおめでとう、久しぶりですな」

「あら暫くでして、どうぞこちらへ」

おはまの挨拶する声で、ふと眼をあげると、佐野善左衛門がこっちへ来るところであった。

その三

会は賑《にぎ》やかに始まった。

客はおよそ四十人ばかり集まった。きつね小路の家へ出入りしていた者はみな来たし、大和屋に関係のある作者、画家、書肆の主人、好事家《こうずか》などのほかに、そのころ著名な作者や雑俳家《ざっぱいか》などが、十人ばかりもいた。大和屋のあるじ平助も、番頭の久兵衛も、これらの人々には慇懃《いんぎん》に礼をつくし、信二郎にも挨拶に出てくれとしきりに云った。

そのなかには*芝全交《しばぜんこう》、*恋川春町《こいかわはるまち》、二代目風来山人*の*万象亭《まんぞうてい》などもいたし、俳諧師《はいかいし》では*蓼太《りょうた》、*祇尹《ぎいん》。また狂歌で名高い*四方赤良《よものあから》の顔もみえたが、信二郎は自分の席から動かなかった。

大和屋や番頭のけんめいなとりもちにもかかわらず、客たちは明らかに反感を示しはじめた。そして見ていると、後註門や松林坊や秋廼舎時雨など、信二郎と親しい連中までが、いっしょになってその空気を煽《あお》っているようであった。

「おれは眼がさめた、本当だぞ青山」

呂律《ろれつ》の怪しくなった舌で、佐野善左衛門がしきりに話しかけた。彼はずっと信二郎の隣りに坐《すわ》ったままで、ぐいぐいと飲みながら、独りでひどくいきまいていた。

「おれは相良侯を信じていた、世間の評判がどんなに悪くとも、あの人こそまことの政治家だと思っていた、だから、青山が彼を誹謗するものを書いていたときは反対したんだ、それは青山も覚えているだろう」

「知らないね、そんな覚えはないよ」

「じゃあ忘れたんだ」と善左衛門は独りで頷いた、「おれはちゃんと覚えている、おれは青山のすることには反対だったんだ、が、いまではわかった、青山のほうが正しかった、田沼主殿《とのも》は陋劣《*ろうれつ》と悪徳のかたまりだ、おれはよろこんで自分の鑑識の浅薄さを認める、あんな人間をまことの政治家だなどと信じていたおれはばか者だ、われながらお人好《よ》しのばか者だったと思うぞ」

「そんなことは保証するまでもないさ」

　信二郎は冷淡に相手を見た。

「しかしどうして、相良侯が陋劣で悪徳のかたまりなんだ」

「それは青山自身が知っているじゃないか」

「おまえの鑑識が聞きたいんだ、なにかあったんだろう」

「つまり」と善左衛門は口ごもった、「つまりひと言で云うと、眼がさめたんだ」

「袖の下が利《き》かなかったからか」

「よしてくれ」善左衛門はかっとなった、「おれのことなんか問題じゃない、自分のことなんかどっちでもいい、おれは天下の政道のため、四民のために云ってるんだ」

「なんだ、つまらない」

信二郎はそっぽを向いた。

「つまらない、これがつまらないっていうのか」

「人間が自分のために怒るのは、どんなに愚劣なことでも純粋だから面白いが、天下とか政治とか、四民とか道徳などでいきまくのは、肚の底がわかって興ざめなものだ」

「その言葉は矛盾するぞ」と善左衛門は云った、「それなら青山はなぜあんな物を書いたんだ、主殿頭の悪徳を痛烈にやっつけた、あの一連の戯文はなんのためだ」

「少なくとも天下国家のためじゃないよ」

「悪い癖だ、青山はいつもそれなんだ」

信二郎は客たちのほうへ眼をやった。

芝全交のまわりで「世話太平記」が話題になっていた。こちらへ聞かせるつもりらしく、かなりはっきりと、毒のある評や否定的な意見が交わされていた。売れたのは作者が素人だからで、素人の書いた面白さがうけたのだ。と繰り返して云う者があった。——女中たちといっしょに、客に酌をしてまわっているおはまが、ときどき心配そうな眼で、信二郎をそっと見た。しかし、彼はそれにも気のつかぬふうで、さも退屈そうに盃《さかずき》を舐《な》めていた。

「おれは堪忍《かんにん》がならなくなった」

善左衛門はまだ続けていた。酔うと気の荒くなる性分が、そのときはいっそう烈《はげ》しく、殆んど狂暴に近い感じになっていた。

「あいつは面と向っておれを侮辱した、おれは好意だけでしたんだ、あいつは役目がら猟ができない、狩場の供をして獲物がないのは淋《さび》しかろうと思って、それでおれは自分の射止めた仔猪《こじし》を贈ったんだ、——どうぞこれを貴方《あなた》の獲物にして下さいって、ただ好意だけで贈ろうとしたのに、あいつは受取ろうとしないばかりか、おれを辱《はずか》しめた、他に人もいるところで、——私はそんな物はいらない、うるさくしないでくれ、——こんな侮辱があるか、うるさくしないでくれなんて、あいつはいったいなに者なんだ」

信二郎は久兵衛を眼で呼んだ。客をとりもつ酒ですっかり赤くなっていた久兵衛は、すぐに立ってこちらへ来た。

「もういいだろう」と彼は久兵衛に云った、「此処《ここ》はこのくらいにして吉原へいったらどうだ」

「そのほうがよさそうでございますな、だいぶ皆さんごきげん斜めなようですから」

久兵衛は困惑した顔で、すばやく一座を眺めまわした。

「しかしなにかひと言だけ、ほんの御挨拶だけでようございますから仰《おっ》しゃって下さいまし、それでないと区切りがつきませんから」

「いいだろう、おれもそのつもりでいたんだ」

「大丈夫でございますか」ふと久兵衛は不審そうな眼をした、「まさかこれ以上お客さま方の気を悪くさせるんじゃございませんでしょうな」

「おれは堪忍ならんぞ」

突然、善左衛門が喚《わめ》きだした。

「おれはあいつをただはおかん」

そう喚きながら立って、いきなり刀を抜いた。近くにいた者や女中たちが、わっといって総立ちになった。

「天下のために」と善左衛門はどなった、「御政道を粛正するために、悪政に苦しむ四民のために、おれは田沼主殿頭を、——」

「ばかなまねはよせ」

信二郎はこう云いながら、すばやく、善左衛門の腕を逆に取って捻《ね》じあげた。善左衛門は呻《うめ》き声をもらし、その手から刀を落した。信二郎は走って来たおはまに刀を持ってゆかせ、善左衛門をかたく押えつけたまま、そこへ坐らせた。善左衛門はしいて反抗はしなかった、わけのわからないことを喚きながら、仰向けにひっくり返り、逞《たくま》しい手足を大の字なりに投げだした。

「どうぞ心配しないで下さい、酔っているだけです」

いっせいにこちらを見ている客たちに向って、信二郎はこう云いながら挨拶を始めた。

「申しおくれましたが、私が長屋住人《ながやのすみひと》というかけだしです、つまらない駄作が売れたそうで大和屋がこんな会を催し、皆さんにはさぞ御迷惑でもあり笑止なことでしたろう、私自身にとっても迷惑であり笑止千万です、これから座敷を変えて御馳走《ごちそう》するそうですが、いくら大盤振舞いをしてみたところで駄作が名作になるわけもありません、もういいかげん恥をさらしましたから、世話太平記は絶版にし、板木を割ることに致しました、——このほうが皆さんにはお慰みだと思いますので、ひと言、御挨拶に代えて申上げます」

彼がそう云い終るまえに、一座にざわざわと動揺が起こり、大和屋平助と久兵衛がとんで来た。だが、信二郎は立ちあがって云った。

「さあどうぞ、河岸《かし》を変えるとしましょう」

その四

祝いの宴会はさんざんなものになった。

客たちは信二郎の言葉に肚を立て、大和屋に関係のある者のほかは、みな「百川」から帰ってしまった。仲の町の引手《ひきて》茶屋《ぢゃや》まで来たのは、信二郎夫婦に番頭の久兵衛と、秋栖舎や松林坊らを加えた八人で、後註門も芝全交について帰り、佐野善左衛門は酔いつぶれたまま残った。

「よもや本気じゃあないでしょうな」久兵衛はそのことばかり云った、「あれを絶版にするなんて、そんなばかなことがある筈はないし、できるわけもないんですから」

「その話はもうよせ」

「よせならよしますが、どうか冗談だと仰しゃって下さいまし」

「それで気が済むなら云ってやるさ」と信二郎は興もなげに云った、「みんな冗談だよ」

　茶屋へあがってから、彼はおはまだけを相手に飲んだ。松林坊やそのなかまたちは、彼がとりあわないのを幸いに、久兵衛にせがんで芸妓《げいぎ》を呼ばせ、自分たちだけで騒ぎだした。

「もっと飲め、酔わないじゃないか」

　信二郎はしきりにおはまに差した。

「酔わないのはあなたよ」

「おれは酔ってるさ」

「ねえ、――もう帰りましょう」耐えきれないようにおはまが云った、「ちっともお酔いにならないのに、そんなに飲んでは毒ですよ、家へ帰ってから飲み直しましょう」

「帰るならおまえだけ帰れ」

「そんなだだをこねないで」

「おれは二三日いつづけをするんだ」

信二郎はこう云って坐り直した。冷淡な、突き放すような態度であった。おはまは吃驚《びっくり》して信二郎を見まもったが、ふと涙ぐみながら顔をそむけた。

「どうしてそんなことを仰しゃるの、なにかお気にいらないことがあるんなら、そう仰しゃって下さればいいでしょ」

「おれが諄《くど》いことを嫌いなのは知っているだろうな、——頼むからそっとしといてくれ」

おはまは唇を噛んだ。そして、涙を抑えることができなくなったのだろう、「——ごめんなさい」と云うと、立って座敷を出ていった。

信二郎は手酌で飲みだした。おはまはそのまま姿をみせなかったが、やがて茶屋の女が来てさきに帰るからという伝言を知らせた。すると、それまで松林坊たちと騒いでいた芸妓の中から、馴染《なじみ》の妓《おんな》が三人すぐさまやって来た。

「あれが櫓下《やぐらした》のおはまさんという人でしょ、よくもあつかましく伴れてなんぞ来られたものね」

「半年の余も鼬《＊いたち》の道でいて、あげくのはてに堂々とみせつけに来るなんて、なんという胆《きも》の太い性悪《しょうわる》な方でしょ」

「みていらっしゃい、いま中卍《なかまんじ》へ知らせてやりましたからね、紫蘭《しらん》さんの花魁《おいらん》がどんなお裁きをなさるか、楽しみに拝見させて頂きますよ」

三人がわれ勝ちに責めたてた。

まもなく本当に紫蘭が現われ、みんなで中卍楼へ移ったが、それからあとのことは記憶がぼやけていた。みんなが酔って、唄《うた》ったり踊ったりする騒ぎを聞きながら、信二郎は横になったまま、ときどき呻いたり、独り言を呟いたりしていた。

「人間の軀はなまみだ、軀は生きている、なまみの軀から逃げだすことはできやしない、――軀が生きているということを、認める勇気のある者だけが、人間らしく生きることができるんだ」

「おさだは勇ましい」などとも云った、「その公も勇ましい、だがおはまは鼻につく、いつまでも変らない愛情なんて、鰻《うなぎ》の蒲焼《かばやき》をぶっ続けに食うようなものだ、――ぶち毀《こわ》せ、信二郎、こんな出来あがった状態の中に、ぬくぬく寝ころんでいようというのか、きさますっかり愚物になったぞ」

彼の呟きは、意識と無意識のあいだを、ゆきつ戻りつするようであった。

彼は現在の生活からぬけだそうとしていた。戯作者になった第一作が思いがけなく当ったことで、彼は逆に幻滅を感じていた。それは、大盤石《だいばんじゃく》だと思って躰当《たいあた》りをくれた岩が、じつは張子《はりこ》であったというようなときの、失望と幻滅に似ていた。自分の全部をあげてぶっつかり、そして征服するようなものを彼は求めていた。そんなものがこの世に存在しないのは、明らかであった。そのために嘲弄《ちょうろう》と皮肉で自分を装《よそお》ってきたのだが、心奥《しんおう》ではやはりそれを探り求めていた。

「くらい太って、なんの不平も不満もない人間になるのはまっぴらだ、それだけはごめんだ、充足した幸福者になることだけは、うう」

信二郎は寝返りをうちながら眼をさました。

そのときはもう紫蘭の名代《みょうだい》部屋（彼はいつもその部屋を好んだ）へ運ばれ、着たまま夜具の中に寝かされていたが、自分ではそれを少しも知らなかった。

眼をさましたのは夢に驚いたからであった。眼をさましたとき、そこに若い遊女が坐っていたが、その姿を現に認めながら、夢の印象があまり鮮やかで、すぐには口をきくこともできなかった。夢は不愉快なものであった、彼がその子と逢うところを、保之助に見られるのである、――その子が彼に逢うために、料理茶屋の門口で駕籠《かご》をおりている、彼はそれをうしろから見ている、料理茶屋の門口に若木の桜が咲いていて、駕籠から出るその子の姿に絵のようなおもむきを添えていた。

――中洲のやなぎに桜があったかな。

こう思ったとき、自分はその料理茶屋の二階にいるので、駕籠のうしろにいるのは保之助だということに気がついた。保之助はひどく瘦《や》せた蒼白《あおじろ》い顔で、ぴったりとこちらを見あげていた。その顔の幽鬼のような凄《すご》さと、くいついて放さない視線のするどさとは、現実そのもののように鮮やかで、なまなましく眼に残った。

「ああ、――いてくれたのか」

やがて信二郎が云った。

――いやな夢だ、夢でよかった。

そう思いながら、半身を起こし、ふところへ手を入れた。胸から腋《わき》の下が汗で濡《ぬ》れていた。若い遊女はまだ馴《な》れないとみえ、まじめに手をついて頭をさげた。

「わたくし花魁の妹分で藤扇《とうせん》と申します、どうぞよろしくお頼み申します」

「まだ来てまがないんだな」

「はい、――」藤扇はちょっと云い淀《よど》みながら、信二郎を眩《まぶ》しそうに見あげた、「わたくしお眼にかかるのは初めてですけれど、あなたを存じあげているのでございますよ」

「それは光栄だな、どうして知っている」

「ほんの三日ばかりですけど」と藤扇は云った、「わたくしお宅の隣りにいたことがございますの」

「隣りというと」

「はい、屋根屋の市造という人が、わたくしの叔父に当るのでございます」

信二郎はああと眼をみはった。

足音

その一

日本橋の「百川」で、信二郎の会が行われた日の朝、保之助は妻のそのゝ子と口論をした。

その日、麴町平河町《こうじまちひらかわちょう》の河井で結婚式があった。長男の信兵衛が嫁を迎えるので、平河町からはもう五日まえに知らせが来ていた。保之助にとっては長兄の祝言《しゅうげん》であるし、このところずっと実家へは無沙汰《ぶさた》なので、式には自分たち夫婦で出るつもりだった。外記《げき》やいくにもそう云ってあったし、妻も承知した。慥《たし》かに承知した筈《はず》であるのに、その朝になっていやだと云いだした。

「しかしもう平河町へはそう云ってあるんだ」

「わたくし困りますわ」

「今日になってそんなことを云われてはこっちが困るよ」

「母さまたちにいってもらえばよろしいわ、そういうこと母さまはお好きだから」

その子は化粧をしていた。話はうわのそらで、化粧のほうに気をとられているようである、保之助にはそうみえた。その子にはそれがなにより楽しいらしい、ひまがあると鏡に向っているし、自分のおもうようにいかないときには、やり直すのに半日かかっても飽きなかった。それはちょうど、子供が気にいった玩具に熱中しているようで、初めのうちは保之助にも頬笑ましくみえた。けれども時の経《た》つにしたがって、それが気ぶっせいになり、どうかすると不愉快になることさえあった。

――この女は自分のからだのことにしか興味がないのだ。

殆んど無我にちかいようすで、化粧に身をいれている姿を見ると、そういう感じがしだいにはっきりしてくるようであった。

「ではどうしてもゆかないのか」

「ええ、堪忍して頂きますわ」

「わけを云え」

保之助の声は烈しく高かった。その子は吃驚したように良人を見、それから静かに手を振って、そこにいた侍女のたづをさがらせた。

「お願いですから、召使のいる前でそんな声をお出しにならないで下さいまし」

「召使の前で良人を侮辱することは構わないのか」

保之助の声はふるえた。その子は大きくみはった眼で良人を見あげた。濁りのないきれいな眼を、ぱちぱちとまたたかせ、唇にはあまえるような微笑をうかべた。

「そんなにお怒りになってはいやよ、その子は決してあなたを侮辱なんかしやしませんわ、ただ平河町へあがりたくなくなったから、堪忍して下さいましってお願いしただけじゃございませんの」

「――理由を聞こう」

保之助は拳《こぶし》を握りながら云った。殴りつけたい衝動を抑えるのに軀が震えた。

「だって、申上げればまたお怒りになるんですもの」

「理由を聞こうというんだ」

「そんなにきつく仰しゃらないで、ねえ」

その子は媚《こ》びた眼で見あげた。

「わたくしから申上げなくっても、わかって下さると思ってましたのよ、だって、あなたは二十日間の御謹慎が解けたばかりでしょ、それにお役も御免になったのだし、――わたくしみなさまにお会いするのは恥ずかしゅうございますわ」

保之助は黙って立っていた。それから頭を垂れ、うちのめされたような顔つきで、自分の居間へ入った。

「——なんというやつだ」

机に向って坐り、両肱《りょうひじ》をついて、額を押えながら呟《つぶや》いた。

「——云《い》ってはならない筈だ、云わなくってもわかっているのに、それを云わせるようにおれに仕向けた、……悪意があるならまだいい、おれをやっつけるためならまだいいが、そんな意志は少しもない、自分ではそんな意識なしに、そこへこっちをひきこんでゆくんだ、あの媚びた眼つきや、あまえた声で、……女め」

彼は歯をくいしばりながら、低く呻いた。

小金ケ原の喧嘩《けんか》で、保之助は二十日間の謹慎を命ぜられ、また勘定吟味役を免ぜられた。相手の三人はもっと重かった。かれらは刀を抜いたので、その点でも軽くは済まなかったろうが、布佐《ふさ》の郡代役所で、捕えてあった曲者《くせもの》を逃がしたことが判明した。郡代の役人が大目付へ憷かめに来て、その事実がわかったのである。しかも、その曲者（むろん新助である）が鉄炮を持っていたことから、印旛沼の近くで老中一行を狙撃した犯人と符合するため、江戸へ帰るとすぐ*揚屋《あがりや》入りになった。厳しく問罪されれば背後関係に累《るい》が及ぶから、おそらく途中でなにか方法が講ぜられるだろうが、うまくいっても*重追放はまぬがれまい、ということであった。

二十日間の謹慎。解職。という処分は藤代の家庭に打撃を与えた。

——まあ悔んでもしようがあるまい、男というものは売られた喧嘩を逃げてばかりもいられないものですからね。

外記はそのように云った。

——私が隠居をすればいやでも交代寄合《よりあい》を継ぐのだし、半年足らずでも吟味役を勤めたのだから、それを儲《もう》けものと思えばいいでしょう。

心のなかでは不満だったに違いない、白河侯の息が掛っているので、ことによるとお詰衆になれるかもしれないという希望があった。それが画餅《がべい》に終ったのだから、残念でない筈はないのだが、ともかく外記はそう云って慰めてくれた。その子も義母のいくも、それについて不平らしいことは云わなかった。むしろいくの態度はこれまでよりやさしく、丁寧になったくらいであるが、裏に棘《とげ》を包んでいることはあまりに明らかであった。

——人の世の変転はわからないものだ。

つくづくと彼はそう思った。

武家に生れて二男三男となれば、婿《むこ》か養子にゆくよりしようがない、さもなければ一生がい部屋住で、生家の厄介者《やっかいもの》になるだけである。保之助が藤代へ来たのは、田沼氏譴責《けんせき》の一役をはたすためであった。しかし、その現実に当ってみると、考えていたことが逆になり、却《かえ》って田沼氏に味方するような結果になってしまった。

「——いっそ離別して藤代を出るか」

彼は自分に囁《ささや》いた。これまで幾たびも考えたことである、だが思いきって断行する勇気はなかった。

河井の父が承知しないだろう。家へ戻れと云わないことは明瞭《めいりょう》である、そうすればその日から、自分で生活してゆかなければならない。どうして食ってゆくかと想像するだけで、たちまち、決断がにぶるのであった。

「——がまんするほかはない、婿にゆけば、このくらいのことは誰でも経験するんだろう」保之助は自分の手を眺めながら呟いた、「これが生活なんだ、いっときがまんするだけだ、……自分から出たことだし、そのうちには馴れるだろう」

肱をついたまま、手の指をひろげ、指の間からなにかこぼれる物を摑《つか》みでもするように、ぐっと握りしめながら、彼はきゅっと唇を片方へ曲げた。

保之助は一人で出ていった。

その二

それは午後二時ごろであったが、殆んど入れちがいに、使いの者が彼に手紙を持って来た。佐野善左衛門という者からで、いそぎの用件だということであった。使いが帰ったあとで、その子は一種の予感を感じ、――いそぎの用件、というのを口実にして、その手紙をあけてみた。

それは青山信二郎のための、宴会を知らせるものであった。

――自分も後註門道理の通知で知ったのだが、青山の作「世話太平記」が大好評だそうで、四時から日本橋の百川で祝宴がひらかれるとのことだ。そこもととは妙なゆきがかりで疎遠《そえん》になっているが、これを機会にまた旧交をあたためたい、ぜひ参会を待っている。

そういう文面であった。

「あらいやだ」その子はくすくす笑った、「信さんは小説なんか書いてるのね」

手紙はすぐに巻いて、良人の机の上にのせて置いた。

信二郎の姿が、久方ぶりに心にうかんできた。保之助と結婚するまえには、信二郎と別れることが耐えられそうもないと思った。そうして、事実たまらなく逢いたい衝動を感ずることもあったが、結婚まえに思ったほどではなく、――それほど時日が経っていないせいでもあろうが、どうかすればそのまま忘れることができそうであった。

しかし、正月七日の夕方、柳原堤の近くにある「万清」という料理茶屋へ、良人と信二郎の入ってゆくのを見たとき、その子の心に新しい火がついた。

——二人はあたしを騙《だま》していた。

そう思ったのである。

そのとき彼女は*小室の八重を訪ねるところであった。神田横大工町の、細川邸内にある小室の家で、若菜の祝いに友達が四、五人集まることになっていた。そこへゆく途中、二人の姿を見かけたのである。侍女のたづは腹心であった。その子は侍女を伴《つ》れて「万清」へあがり、女中に手紙を持たせて信二郎のところへやった。

——どうか逢って下さい、と彼女は手紙に書いた。一日も早く逢えるようにして下さい、さもなければ、いつか申上げたように、わたくしなにをするかわかりません。

そう書いてやったのであるが、信二郎は少し待てと返辞をしたまま、黙って良人と共に帰ってしまった。

——ようございます、みていらっしゃい。

その子はふるえるほど怒った。

友達のなかで、まえから歌舞伎《かぶき》役者と馴染《なじ》んでいる者があった。小室の八重もその一人だし、その子も三度ばかり酒席で遊んだことがあった。もちろんそれ以上の興味はなかったのであるが、「万清」での事があってから、彼女もそのなかまに加わった。

初めは信二郎に復讐《ふくしゅう》するつもりであった。信二郎のことを隠している良人にも、おもい知らせてやろうと思った。けれども、そういう情事について、その子は少しも罪悪感がもてない。したがって復讐したという気持が感じられないのであった。

いつかいちど、中村座の茶屋へ入るところを良人にみつけられたことがある。自分ではまったく知らなかったが、帰ってから良人にそう云われた。

――堺町へいったろう。

と保之助は云った。

――芝居茶屋へ入るのを見たよ。

そのとき彼女は官能的な快感におそわれた。はっきり覚えているが、怯《おび》えたのでもなく恐怖でもなかった。まったく快感と同じよろこびのために、からだを戦慄《せんりつ》が走るのを感じた。むろんすぐに否定し、云いくるめた。

――おまえに似た女を見た、なんて云うのが殿がたの浮気のはじまりなんですって。

そんなふうに云い紛らわしながら、心のなかでは逆に、暴露することを願っていた。事実が暴露したら良人はどうするかしら、そう思うと自分の口から云ってやりたいという激しい欲望に駆られたくらいであった。

「そうだわ、こんどは信さんにお返しをする番よ、ちょうどいいじゃないの」

その子はそう呟いて微笑した。

「まさかあたしのことを知っている者は来やしないだろうし、こんないい折はないじゃないの」

その子は侍女を呼んで着替えを始めた。

中村座へゆくと云うと、母親のいくもさすがにいい顔はしなかった。平河町へ保之助を一人でやったうえ自分は芝居見物というのでは、いかになんでも気が咎《とが》めたらしい。だがその子は母親の反対などは気にもとめず、侍女のたづを伴れてさっさと出ていった。

橋の袂《たもと》で駕籠を二挺《ちょう》ひろい、まっすぐに堺町へいった。

そのとき中村座では「江戸花三升曾我《えどのはなみますそが》」という狂言が評判で、なか日を過ぎたのに、まだたいそうな入《いり》を続けていた。その子はもう二度も観《み》ているので、茶屋へあがったまま、馴染の役者のあがるのを待っていた。相手は市川紋之助という若手の*名代《なだい》で、*二番め花川戸《はなかわど》の段が終ると、軀があくのであった。

「今日はよそへつきあってもらうから」

楽屋へそうことづけをし、酒の支度を命じて、飲みながら待った。

「役者衆とそと出なんかなさるのは危のうございますよ」茶屋の女房はしきりに云った、「以前ほどのこともございませんけれど、町廻りなんかに意地の悪いのがおりますからね、よっぽどお気をつけあそばさないと」

「大丈夫よ、今日はべつな趣向なんだから」

その子は伝法な口ぶりで、自分の計画をひそかに楽しむように、盃《さかずき》へ唇をつけながら眼で笑った。

五時ちょっとまえに、紋之助があがって来た。素顔になると役者とはみえない、軀つきもがっちりしているし、顔だちも逞《たくま》しく、背丈も七寸たっぷりある。地味な小紋の着物に同じ羽折を重ね、きちんと膝《ひざ》をそろえて坐《すわ》ると、かなりな商家の若旦《だん》那《な》というふうにみえた。

盃を二つ三つやりとりして、日本橋いせ町まで駕籠を命じた。たづは待たせておいて、二人で駕籠を並べてでかけた。いうまでもなく、紋之助と手をつないで、信二郎の前へあらわれるつもりだった。

——こんどはその子の笑う番よ。

そう云うつもりであった。

しかし二人が「百川」へ着いたときには、そこの祝宴はもう終り、信二郎たちは新吉原へまわったあとであった。手紙のぬしであろう、佐野という侍が一人、酔いつぶれたまま残っているそうであるが、新吉原のどこへいったかは、百川の者は誰も知らなかった。

その子は蒼《あお》くなって震えた。

「覚えていらっしゃい、信さん」と彼女は口の中で呟いた、「この次には決して逃がしませんからね、決してよ」

「どうなすったのですか、お嬢さま」

紋之助はその子を不審そうに見た。

「此処へおあがりになるんじゃないのですか」

「茶屋へ帰りましょう、駕籠を呼んでちょうだい」

声のふるえるのを悟られまいとして、その子は紋之助から顔をそむけた。

いた。

その三

同じとき、――麹町平河町の河井家のひと間で、保之助が叔父の義平を介抱していた。

祝言の式は済み、広間では酒宴が始まっていた。

島田義平は招かれざる客であった。

保之助はそうとは知らず、もし式服の都合でもつかなかったらと思い、若干のものを包んで軽子橋へまわったのである。義平とはながいこと会わなかった、毎月幾らかずつ、小遣を送ってはいたが、訪ねるのは四月ぶりくらいであった。

――平河町へいらっしゃるんでしょう、お支度に入用なものはありませんか。

そう訊《き》くと、叔父はちょっと口ごもった。この頃はもの覚えが悪くなって、などと首を捻《ひね》ったが、長兄の結婚式だと云うと、さも思いだしたように大きく頷《うなず》いた。平河町からは知らせがなく、保之助の言葉で初めて知ったのだが、そのとき保之助には、いかにも招かれているようにみえたのであった。

質屋から紋服 裃《かみしも》を出して来、まだ時間があるからといって、それから暫《しばら》く酒を飲んだ。

——素面《しらふ》ではかなわないからな。

そんなことを云い云い、しまいには冷のまま湯呑《ゆのみ》で呷《あお》ったりした。素面ではかなわない、という気持はよくわかるので、保之助もしいてとめなかった。義平はすっかりいい機嫌になり、——今日はおれが高砂《たかさご》をうたってやる、などといさましげに云った。

叔父が招かれていなかったということは、平河町へゆくとすぐにわかった。家族の者も客たちも訝《いぶか》しそうな顔をしたし、父の成兵衛は怒りに燃えるような眼で、保之助をするどく睨《にら》みつけた。

——しようのない人ね、軽子橋をお呼びするわけがないじゃないの。

母が保之助にそう云った。それはそのとおりなので、保之助もいまさら閉口した。

——まったくうっかりしました。式服の都合がどうかと思って、そのことに気をとられたものですから、金のことがなければむろん軽子橋へまわる気にはならなかったのですが。

——保さんは相変らずなのね。

母は苦笑しながら、しかし叔父のそばに付いていて、面倒を起こさないように気をつけてくれと云った。保之助はもちろん承知し、妻が所労で来られないからと断わって、ずっと叔父のそばに付いていた。

式の済むまでは義平はおとなしかった。しかし酒宴になると、いきなり成兵衛にくってかかった。どうやら初めからそのつもりでいたらしく、心に溜《たま》っているものを吐きだすように、ずけずけと遠慮なくやっつけた。とめようとした保之助をつきとばし、盃を投げるようなことを始めたので、保之助はやむなく次兄の高之助の手を借りて、隣りの部屋へ力ずくで伴《つ》れこんだのであった。

「おまえまでが、おれを」と義平は悲しげに叫んだ、「お、おまえまでが、おれの気持をわかってくれないのか」

義平は急に酔いを発したらしく、ぐたぐたと崩れるようにぶっ倒れ、ぽろぽろと涙をこぼした。

「どうか気を鎮《しず》めて下さい、お願いです」

「おれはこういう日を待っていたんだ」と義平は呻くように云った。

「たった一ぺんでいい、おれはみんなの前で、成兵衛の面《つら》の皮を剝《む》いてやりたかった、いいか、あいつはあんなえらそうな面をしているが、河井へ養子に来たについては、秘密があるんだぞ」

「叔父さん、頼みますからそんな声を出さないで下さい」

「おまえだけに云ってやる」義平は喉《のど》をごろごろいわせた、「あいつは島田家の長男だ、そうだろう、おれは二男だ、二男のおれが家督を継いで、長男のあいつが養子に出る、こんな順序の違ったはなしがあるか、――おまえも聞いたろう、保之助」

　義平は身を起こし、声をひそめて、猾《ずる》そうに一種の眼くばせをした。

「あいつを養子に出したのは、親父《おやじ》がおれのほうを可愛《かわい》がった、おれを手放したくないために、長男の成兵衛を婿にやったのだって、ふっ、――みんなそう信じている、そして、みんなそのために成兵衛に同情さえしている、ばかな、大嘘《うそ》だ、まっ赤な嘘だ、あいつは」

　義平の喉がごろごろと鳴り、激しく咳《せ》きこんだ。すっかり灰色になった髪の毛が、咳きこむたびにわらわらと乱れ、皺《しわ》だらけの頬がみじめに涙で濡れた。

「あいつは、島田の家を見限ったんだ」と義平はようやく続けた、「島田の家が貧乏で、救いようのない状態だということをみぬき、おれにというはなしのあったこの河井へ、自分が代りに来るつもりになった、――今ではもう知っている者はない、亡《な》くなった河井御夫妻が生き返らない限り、誰も証言をする者はない、だが、おれは知っているんだ、初めに縁談があったのはおれだった、おれは父からちゃんと聞いたんだ、ところがあいつが、——あいつは島田家を継ぐのがいやさに」

「黙らないか義平」

とつぜんうしろでどなられたので、保之助は吃驚《びっくり》して振返った。父の成兵衛がそこに立っていた。怒りのために顔が醜く歪《ゆが》み、唇の間から歯が見えた。

「たわ言を申すとただは済まんぞ」

「なにがたわ言だ」

義平は絶叫した。まるで泳ぎだすように、両手をふらふらさせながら立とうとする。保之助がすばやく押えつけたが、義平は押えつけられたまま、ひきつった声で叫んだ。

「きさま、その面で、あのひとを手ごめにしたではないか」

その四

保之助は手をあげ、「いけません父上、酔ってるんです」と叫びながら父を止めようとした。

——あの人を手籠《てご》めにした。

という義平の言葉が、どんな意味をもっているかよくわからなかった。ただ、そこになにか触れてはならない（忌《いま》わしい）秘密があり、深刻に父を傷つける、という感じがしたのである。はたして、成兵衛の怒りは尋常ではなかった。彼は止めようとする保之助の、さし伸ばした手の下から、横になっている義平の、脇腹《わきばら》を蹴《け》った。そしてもう一度、それは憎悪《ぞうお》に駆られた力まかせの蹴りかたで、義平の肋骨《ろっこつ》が折れたかと思われるような音がし、義平は悲鳴をあげた。

「やめて下さい父上」

保之助は父を押し止め、けんめいに押し返した。

「客に聞えますよ、この人は私が伴れて帰りますから」

「このならず者」

成兵衛は喘《あえ》ぎながら、唾《つば》でも吐きかけるように云った。硬く蒼ざめて、歪んだ、かつて見たことのない、醜い顔であった。

「出て失《う》せろ、この気違い」

義平は脇腹を押えたまま、足を痙攣《けいれん》するようにちぢめ、苦しそうに低く呻いた。

「すぐ放り出してしまえ」

そう云って、するどく保之助に、一瞥《いちべつ》をくれてから、成兵衛は広間のほうへ去った。

「叔父さん帰りましょう」保之助は義平に囁いた、「いま駕籠を呼ばせますからね」

家の乗物は貸す筈がないので、彼は立っていって、辻《つじ》駕籠を呼ぶように頼み、自分もすぐに着替えをした。それから脱いだ物を供の者に持たせ、念のために、もしかすると泊るかもしれない、ということづけを命じて家へ帰らせた。叔父のところへ戻ると、妹のしほが来ていた。

「どうなすったの、これは」

「なんでもないんだ」

「だって、うちの*守銭奴《しゅせんど》さんたら」としほは鼻の上に皺をよせた、「まるで重病人みたような顔をしていたわ、いったいなにごとが起こったのよ」

「叔父さんが悪酔いをしただけだよ」

こう云って保之助は、ふと妹を見た。

「母さんは広間か」

「ええ、呼んで来ましょうか」

「ずっと広間にいらっしゃったんだね」

「そうよ、さっきから片町のばあさまに捉《つか》まったっきりだわ」

「それならいいんだ」保之助はほっとして頷いた、「済まないが、駕籠が来たかどうかみてくれないか」

「あなたもお帰りになるの、つまらない」

「だって一人で帰せやしない」

「今夜はお話があったのに」

「また近いうちに来るよ」

「当てになるものですか、*水道橋へいらしってからすっかりお見限りじゃありませんか、よっぽど御円満なのね」

しほは出てゆこうとして振返った。

「でも御存じかしら保兄さま」

「――なんだ」

「藤代のおねえさまが、ずいぶん派手に発展なさる、っていう評判」しほは首をすくめてくすっと笑った、「お美しい奥さまを持っても心配だわね、お気をつけあそばせ」

保之助は妹を睨みつけた。しほは笑いながら出ていった。

平河町の家を出たときは、もうすっかり日が昏《く》れて、街には灯がついていた。保之助は駕籠の脇についてゆきながら、ときどき叔父に声をかけた。義平は半ば眠っているようで、とぼけたような返辞をしたり、思いだしたように、低く呻いたりした。それは、蹴られたところが痛むからではなく、精神的な苦痛か、夢にうなされでもするような呻きかたであった。

「その音はなんだ、誰だ、なんの足音だ」

半蔵門のところで義平がとつぜんそう云《い》った。駕籠の中で起きようとするらしい、駕籠がぐらぐらと揺れ、駕籠舁《か》きが驚いてどなった。

「危ねえ、旦那、動いちゃ困ります」

「叔父上、静かにして下さい」保之助が云った、「私です、ここにいるのは保之助です、おわかりでしょう」

「へんな足音が聞えるんだ」

義平が云った。保之助は足に力を入れて歩いた。

「これですか、——私のでしょう」

「そうじゃない」と義平が云った、「そうじゃないんだ、駕籠屋とおまえのはわかる、そのほかに聞えるんだ、さっきからずっと跟《つ》けて来る、それ、——聞えないか」

保之助は少しばかりぞっとしながら、振返った。うしろの隼町《はやぶさちょう》のあたりには、僅《わず》かに町家の灯がまたたいているけれども、その辺はまっ暗であった。右側は武家屋敷、左は柳のある土堤《どて》の下は深いお濠《ほり》になっている。濠の向うには千代田城の高い石垣と、その上の黒い松の森とがぼんやり見える。道にはちょうど往来が途絶えて、前にもうしろにも人影はなかった。

「大丈夫です、誰も来やあしません」保之助は元気をつけるように云った、「誰か来たって私が付いているから大丈夫ですよ」

義平はなにかぶつぶつ呟いたが、そのまま黙った。

軽子橋の家へ着くと、彼は叔父を抱えるようにして家へあげ、灯をつけたり、着替えをさせたりした。下僕《げぼく》は一日雇いで、用のないときは来ないから、すべて保之助がしてやらなければならないのであった。

その五

「おまえ泊っていってくれるか」

横にさせると、義平はこころぼそそうな眼つきで訊いた。保之助は頷いた。

「そうか」と義平はとりいるように微笑した、「よかったら此処《ここ》で並んで寝てくれ、夜具は向うの納戸《なんど》にある筈だ」

「そんな心配はいいからおやすみなさい、眠くなったら自分で寝ますよ」

保之助は水を取りに立っていった。

暫く雇人も来ないとみえて、どこもかしこも埃《ほこり》だらけであり、散らかし放題であった。昼間はそれほどにも思わなかったが、手燭《てしょく》の光りで見るといかにも荒涼たるけしきで、台所はすっかり干あがっているし、水瓶《みずがめ》には水もなかった。

——これが島田の宗家、千石取りの旗本の生活だろうか。

彼は裏の井戸へ水を汲《く》みに出た。義平は一族の宗家でありながら、誰からも絶交同様に扱われていた。浪費癖と遊蕩《ゆうとう》と怠惰とで家産を潰《つぶ》し、貧乏のどん底まで堕《お》ちた。亡くなった妻（去年が七回忌であった）にもずいぶん苦労をかけたであろう、夫婦には子がなかったし、もちろん養子に来る者もない。友親を絶するという言葉は、孤高狷介《ここうけんかい》の質《たち》をいうのであろう。それならまだ救いもあるが、義平はごく平凡な、どこにでもいる淋《さび》しがりやの老人である。しかも「武家」という規矩《きく》にしばられて、この貧窮と孤独のなかに、どんな気持で生きているかとおもうと、保之助の胸は深いかなしみに緊《し》めつけられた。

——祝言の席で暴れたのは、ひごろの鬱憤《うっぷん》が出たのだろう。

だが、叔父のあの言葉はどういう意味だろう、と保之助は思いだした。

水の用意をして戻ると、義平はこっちを見て頷いた。保之助は少し離れて坐り、そこにあった小説本を取って、なにげなく披《ひら》いてみた。「世話太平記　長屋住人作」という題簽《*だいせん》の作者に記憶があるようであった。

「こんなものをお読みになるんですか」

「なに、ああそれか」義平は眩《まぶ》しそうな眼をした、「それはあの、それ、おまえの友達の青山信二郎から届いたんだ、もしお慰みになったらといって、使いに持たせてよこしたんだが、――あの男もとうとうおちぶれてしまったな」

「しかしこのほうが彼には気楽かもしれません」

「みんなおちぶれてしまう」

眼をつむって太息《といき》をつき、枕《まくら》の上で頭をぐらぐらさせながら、義平が云った。

「武家はもう滅亡だ、腰に刀は差しているが、侍らしい侍はいやあしない、幇間《ほうかん》、高利貸、女衒《ぜげん》、詐欺《さぎ》、博奕《ばくち》打ち、ごろつき、泥棒、――みんなそんなやつばかりじゃないか、そうでない人間は襤褸《ぼろ》をひきずり、ひっ傾《かし》がった家に住んで、扶持《ふち》を取りながら楊子《ようじ》削りや傘張り内職をしなければならない、そうしなければ女房子も養えない、まるで乞食《こじき》のような暮しをしている、天下の旗本がこのざまだ、――あの老中の田沼意次をみろ」と義平は片手を夜具から出して振った、「あいつは僅か百俵の扶持米取りだったが、それが五万七千石の主殿頭《とのものかみ》、老中筆頭にまで成り上った、これがいまの世の中をそっくり現わしている、昔はこんなことはなかった、正しい家格や血統が重んじられ、尊敬された、幇間やぺてん師の成り上る隙《すき》はなかった、それがいつのまにかこんなことになってしまった、賄賂《わいろ》は公然と行われる、役人はみな瀆職《とくしょく》するし、金のためにはどんな悪徳も不法も平気でやる、——おまえの親父などもいい例だ、おまえには実の父、おれにとっては兄のあいつが、あのいかさま師が」

そこで義平は急に黙った。

保之助は坐り直した。叔父はさっきの放言の意味を話すのであろう、河井から初めに縁談のあったのは叔父だという、それを父が横から取った。叔父との縁談を横取りするために、誰かを手籠めにしたという。母には聞かせたくなかった、聞いたら母までが傷つくように思えたのであるが、保之助自身は聞きたかったし、聞かずにはいられない気持であった。

「どうしたんです、叔父さん」

あまり義平が黙っているので、保之助がそう呼びかけた。

「いいから続けて下さい、聞いていますよ」

「――誰か来ているようだな」

義平はまた眩しそうな眼をした。

「足音が聞えるじゃないか」

「誰も来やあしません、来るわけがないじゃありませんか」

「しかし聞えるぞ」義平は首を擡《もた》げた、「ひどい足音だ、慥《たし》かに足音のようだ、それこんなに頭へひびく、こんなに」

それからふっと黙り、そら耳かな、と呟いた。

保之助は暫くそっとしておいた。

――足音。

場合が場合だけに、それは少なからず象徴的に聞えた。人間の力では抵抗しがたい世の変遷《へんせん》。決して戻ることのない時の経過。叔父の人生の残り少ない時間を、刻々に告げる音。いま、叔父の耳に聞えるのは、そういう種類のものではないか、というような気がした。

「――ばかなことを云った、気にしないでくれ」

やや暫くして義平が云った。

「なにが、ばかなことですか」
「なにもかもだ」義平はまた眼をつむった、喉がごろごろ鳴るようであった、「お
「おれは今日はどうかしたんだ、兄貴の云うとおり、気違いのやくざ者だ、――あいつが、おれにとってどんな人間だったにしろ、おまえたちの親にはちがいない、あの人の良人《おっと》であり、おまえたちの親だ、おれの大好きな保之助の父親を辱《はずか》しめてどうする、――あんなでたらめなことを口ばしって、済まなかった」
その六

保之助は叔父の顔を見まもった。

あのときの叔父の言葉がでたらめである筈はない、それは叔父の口ぶりよりも、父の尋常でない怒りが証明している。父があんなふうに怒り、人を蹴るなどということをした例は、これまでにかつてなかった。

「しかし叔父さん」と保之助は云った、「此処には私っきりいないんですから、云いたいことがあったら云ってしまうほうがいいでしょう」

「いやもういいんだ、おれは自分の好きなように生きた、結局おれはこれだけの人間だ、どっちへ転んでもこういうふうにしか生きられやしなかったろう、――なに

を悔むこともなし、誰を恨むこともない、本当なんだ保之助、云いたいことどころか、おれは云わなくてもいいことまで」

そう云いかけて、また義平は頭をあげた。なにかに驚いたような動作で、不安そうに周囲を眺めまわした。

「ひどい音じゃないか、誰だいったい」

「――またなにか聞えるんですか」

「ひどい足音だ、頭の中までひびいてくる、頭の中ががんがんするようだ」

「少し冷やしてみましょう」

保之助は台所へいって、手拭《てぬぐい》を絞って来ると、それを叔父の額に当てた。

義平はいい気持だと云って、そのままおちついて眼をつむった。保之助はもう話しかけるのをやめた。父に蹴られたので、どこかに故障が起こって、それであらぬ音が聞えたりするのかもしれない、静かに眠らせるほうがいいと思った。

ほどなく義平は軽い寝息をたて始めた。二度ばかり手拭を絞り替えたが、それも知らぬようすであった。それから保之助も、隣りの部屋に夜具を延べ、下衣《したぎ》だけになって横になった。すっかり熟睡したらしい、眼がさめると、戸の隙間から漏れる朝の日光が、茶色になった障子に明るい斑《まだら》の条《すじ》を描いていた。

隣り部屋を覗《のぞ》くと、叔父は高い鼾《いびき》をかいて眠っていた。

「ずいぶんよく眠っているな」

保之助はつい頰笑みながら独り言を云った。井戸端で顔を洗い、着物を着て、さて朝食の支度をどうするかに迷った。自分はそのまま水道橋へ帰りたいが、叔父のために朝食の支度くらいはしておいてやりたかった。それで、どうしたらいいか訊きにいって、初めて叔父のようすがおかしいことに気づいた。

義平は口をあけ、片手を投げ出して仰臥《ぎょうが》していた。眼は半眼にあいているし、口からは涎《よだれ》が垂れ、そうして大きな鼾をかいていた。

「叔父さん、叔父さん、――」

鼾のぐあいがおかしいので、そっと揺り起こしてみたが、返辞もしないし起きるけしきもなかった。

――足音がする、誰か来る。

そう云った叔父の言葉が頭に閃《ひらめ》いた。

――追いつかれた。

その足音のぬしにとうとう追いつかれた。そんな気持が保之助の心にうかんだ。

彼はすぐに立って、医者を呼びに走った。

出入りの酒屋を知っていたので、そこへ寄って医者をきき、雇い仲間《ちゅうげん》を呼ぶように頼んだ。医者はまだ若く、それらしい恰好《かっこう》をつけるのに骨を折っている、といったふうな青年だったが、義平の枕元に坐《ざ》すると、診察するまでもないといった調子で、

「卒中ですな、これは、卒中ですよ」と云って鼻をうごめかした。

「うまくいくと、このままいくが」と云って、こんどは顎《あご》を摘《つま》んだ、「たぶんうまくいくと思うが、この病気ばかしはどうもしようがない、うまくいかぬとすると、まずいですな」

「瀉血《しゃけつ》をするというようなことを聞いたが」

保之助が云った。すると医者はゆったりと首を振り（顎を摘んでいた指で）耳たぶを引っぱった。

「むだですな、ええ、むだですよ」

「手当の法はないですか」

「なんのためにです」若い医者は怒ったように振向いた、「うまくゆけばこの病気ほど安楽に死ねるものはないですよ、ごらんなさい、こんなにいい気持そうに、鼾をかいて眠ってるじゃありませんか、なんのために手当をするんです、そんなこと

は病人のためにもならないし、治療代をむだに遣うだけですよ」

「すると、どうしたらいいんです」

「まあ見ているんですな」と医者は楽しそうに云った、「うまくいくかどうか、たぶんうまくいくと思うが、この病気ばかしは、まあ見ているよりしようがないでしょうな」

若い医者はそれから能弁に饒舌《しゃべ》った。

医者の多くは金取り主義で、仁術などという精神は地を払ってしまった。医学書など一冊も読めない人間が、途方もない治療代や薬代を取って、門戸を張って贅沢《ぜいたく》な生活をしている。だが自分はそんな人間ではない、青二才ではあるが蘭方《らんぽう》の勉強もしている、*大槻玄沢《おおつきげんたく》先生の「*蘭学階梯《かいてい》」の出版には、自分もお手伝いをした。だが貧しい患家からは治療代を取らないし、病気が不治とわかっているのに、金を取るのが目的で治療をするようなまねもしない。たとえばつい最近のことだが——などというふうに、口から唾《つば》をとばしながら、饒舌るだけ饒舌ったうえ、

「貴方《あなた》は御理解のある方らしい、いちどゆっくり話したいものですな」

と云って帰っていった。義平はやはり、鼾をかいて昏睡《こんすい》していた。

その七

保之助は軽子橋の家に三日泊った。

いちど水道橋の家へ使いをやり、着替えを取寄せかたがた、こちらの事情を簡単に述べて、もしできるならその子に来てもらいたいと、書いてやった。

使いの者は着替えと、返辞の手紙を持って戻った。手紙は義母の書いたものであった。

——島田家は平河町の弟に当るが、藤代にはさして縁もなく、これまでにつきあいもない人である、あなたも平河町にいるときならべつだが、いまは藤代の人間なのだから、そこまで深入りする義理はないと思う、世間の常識からいっても、そちらは平河町に任せ、あなたはなるべく早く帰って来るように。

そういう文面であった。

保之助はその手紙をひき裂いた。怒りというよりは、落ちこむような悲しさにうたれた。義理とはなんだ、世間とは、常識とはなんだ。義母の書いて来たことは正しいかもしれない、いや、たぶん正しいだろう。——しかし、もしこの叔父が金に富み、高い位地にいたとしたらどうか。それでも「さして縁がない」と云えるだろうか、自分で乗込んで来て、汚れ物の世話まで（すすんで）やりはしないか。

「いっそこのほうがいい」

彼は昏睡したままの叔父を見ながら、自分を説得するように呟いた。

「そうでしょう、叔父さん——どっちにしろ、うまくゆけばうまくゆくそうですからね」

唇で微笑しながら、彼の眼から涙がこぼれた。

三日めの夕方に、義平は息をひきとった。その少しまえに、まったく思いがけなく、青山信二郎が訪ねて来た。ようすがへんなので、あの若い医者を呼んだところであったが、保之助も驚いたし、信二郎も吃驚した。

「そういうこととは知らなかったね」

信二郎は蒼白《あおじろ》く疲れたような顔つきで、息がひどく酒臭かった。

「ずっといつづけで飲んでいたんだが、白粉《おしろい》と酒の匂《にお》いに飽きて、ふいと軽子橋を思いだしたんだ」と彼は肩をすくめた、「おれは三度ぐらいしか会っていないが、爺《じい》さんと飲むのも悪くない、吉原へさそっていこうと思ったんだが——こいつは呼ばれたのかもしれないな」

「もらった小説が枕元にあるよ」

「よしてくれ、へどが出る」信二郎は顔をしかめた、「それより酒を買わせてくれないか」

そして信二郎が冷のまま酒を飲みだすと、まもなく義平は死んだのであった。

「さあ、もうよかろう」

医者が義平の死を告げると、すぐに、まるでそれを待ってでもいたように、信二郎が云《い》った。

「あとは平河町に任せるさ、——世話をしたりされたりするのは、生きているうちのことだ、死んでしまえばどうされようとわかりゃあしない、あとのことは世間態《せけんてい》や見栄《みえ》のためにするだけで、そんなことはそんなことの好きな連中に任せておけばいいさ」

「おれはしまいまで見送ってやりたいんだ」

「爺さんはもう保之助に付いているよ」と信二郎はよろよろしながら立った、「爺さんは保之助にみとられて、満足して死んだ、爺さんにもし魂なんてものがあるとしたら、それはもう保之助のところへ来ているさ、——さあ出よう、爺さんと三人で飲むんだ」

こう云って彼は保之助の手を取った。

「おまえにひきあわせたい女がいるんだよ」

風の彼方《かなた》

その一

保之助は信二郎に伴《つ》れられて出た。二人は駕籠《かご》で新吉原へゆき、仲の町の「ひさご屋」という引手茶屋《ひきてぢゃや》へあがった。

二階のその座敷は、信二郎がぬけだしたときのままらしく、乱脈なことになっていた。青山のきつね小路の家で見かけた客が二人、喜市という若い幇間、五人ばかりの芸妓《げいぎ》と、ほかに遊女を伴れた見知らぬ若者が一人、――もうすっかり遊び疲れたとみえ、みんな腫《は》れぼったい眼つきに膏《あぶら》の浮いた顔で、さも不味《まず》そうに惰性で酒を飲んでいた。あたりには喰《た》べちらした台の物の椀《わん》や皿小鉢、転げたままの盃台《だい》、くねんぼの皮や折れた杉箸《すぎばし》の放り出してある茶台などが、明るい燭台《しょくだい》の光りの下に、いかにも狼藉《ろうぜき》たるさまをみせていた。

「よう、これはこれは」と一人が頓狂《とんきょう》な声をあげた、「倹約な箱入り息子殿、お久しぶりでございますな」

保之助はそっちを見た。「倹約な箱入り息子」というのは、きつね小路に集まる連中が彼に付けた綽名《あだな》である。誰かと思って見ると札差《ふださし》の息子の正太郎であった。

「さあどうぞこちらへ、さあどうぞ、月見の宴このかたの拝顔、ようこそおいでなされました」

さも快活そうに饒舌りだした。

――そうか、あのとき盃の披露をした男だな。

保之助はこう思いながら、信二郎と並んで上座のほうに坐った。

三日間、叔父の看病をしたあとで、軀《からだ》はすっかり疲れていた。しかし気持は昂奮《こうふん》しておちつかず、ひどく神経が尖《とが》っていた。信二郎に誘われなくとも、家へ帰る気はしなかった。義母の手紙がいつまでも頭から去らない、その子もその子である。祝言《しゅうげん》に出なかったのはまだいいとして、彼と島田の叔父との関係は知っている筈《はず》だ。義平が親族たちに嫌われていることや、その孤独で貧寒な生活や、彼が毎月そくばくの小遣を貢《みつ》いでいることなど、しばしば話すので、よく知っている筈であった。

――そうでなくとも来ない法はない。

仮にそういう事情を知らないにしても、良人が重篤《じゅうとく》の叔父の看病をしているとわかれば、妻として手助けに来るのが当然であろう。その子がそういうことに無関心であり、むしろ嫌っていることはわかっている。だが、もしも義理とか常識ということをとりあげるなら、母親としてまず娘を良人のところへよこすのが、義理であり常識ではないだろうか。

その子は自分を中心にしなければ、なにをすることもなにを考えることもできない。自分自身の、なかんずく官能的な快楽にかかわりのあること以外には、なにごとにも興味がないようであった。

——二十日間の謹慎や、御役御免のためではない、そうではない、もっとまえから、いや、そもそもの初めから、その子は自分の妻ではなかった。からだの交渉はあっても、心のつながりは少しもない、二人はまったく見知らぬ他人と同じことだ。

肌を触れあい愛撫《あいぶ》しあっているときは、その子が慥かにそこにいるのを感じることができる。しかしいちどその接触が終ってしまえば、二人をつないでいるものも断ち切られ、その子は遠く彼から離れてしまう。充分に満足したその子は、いつもそのあとの陶酔のなかへ独り恍惚《こうこつ》とおぼれこむのである。これまで保之助にはそれが頰笑ましくみえた、欲望や満足のすなおな表白は、子供らしく無邪気で好ましい。その子のばあいにも、彼は同じような好ましさを感じてきた。しかしいまはそうではない、子供らしい無邪気さとはまったく違うもの、むしろ動物的に貪婪《どんらん》な自己愛といったものが、あからさまにみえてきたのである。

――これが女というものだろうか、女というものはみんなそういうものだろうか。

保之助は溜息《ためいき》をついた。水道橋の家へ帰り、その子といっしょに暮してゆく日々を思うと、それだけで胸が重くなり、われ知らず溜息が出るのであった。

「ちょっとひきあわせよう」

信二郎に云われて気がつくと、前へ若い客が来ていた。色のあさ黒い、痩《や》せた長い顔で、鼻のあたりにうすあばたがある。年は二十二、三だろうが、片頬に柔和な微笑をうかべているさまや、静かな眼の色などを見ると、ひどくとしよりじみてみえた。頭も町人髷《まげ》だし、着ている物も商人ふうの、ごく地味なものであった。

「お初におめにかかります、私、*山東京伝《さんとうきょうでん》でございます、どうぞ御別懇に」

信二郎が紹介すると、相手はひどく慇懃《いんぎん》にこう挨拶《あいさつ》した。

――向うに遊女を伴れていた客だな。

そう思いながら保之助も挨拶を返した。

「*京屋さんは*絵も描くし小説も作るんだ」と、信二郎が云った、「自作の小説に自分で挿絵《さしえ》を描いて、評判になった双紙《そうし》が幾つもある、ああ、京屋というのは御商売の屋号だが、一年のうち三百日はこの廓《くるわ》にいつづけだそうで、聞くだけでも羨《うらや》ましいような御身分さ」

「世話太平記の作者がいらっしゃるというので、私のほうからおちかづきを願いました」

京伝はゆったりした口ぶりで云った。

「世間の者は眼がないからわからないようですが、あのお作は裏を読まなければいけません」

「失礼だがそういう話はよそう」信二郎が手を振った、「私のものなどは素人《しろうと》のお慰みで、云われるだけでも汗の出るしろものだ」

「いや、汗をかくのは白河侯でしょう」

その二

京伝は云った。——

世話太平記の主題は、現在の政争を諷《ふう》したものである。男性一般の横暴を怒って、女性たちが男性の位置に取って代る。それはそのまま、田沼氏一派を駆逐しようとする、白河侯一派の策謀を仮託したもので、両者を男と女とみたてたのも当っているし、男性に取って代った女性たちが、みじめに敗北する結末も、単に諷刺だけでない鑑識のするどさがある、というのであった。

「それはまことに光栄ですな」

信二郎はにやにやした。

「私はほんの笑い話のつもりで書いたのだが、そんなふうに読んでもらえたとすると有難い、まあひとつ献じましょう」

「いかがですか藤代さま」京伝は盃《さかずき》を受けながら同意を求めた、「貴方はそうお感じになりませんでしたか」

保之助は返辞に困った。

「この男は読んでいないんです」信二郎がすぐにひきとった、「いまあっちで倹約な箱入り息子と云ったでしょう、倹約はまあ侍ぜんたいのことだろうが、箱入りという点では松の位の太夫《たゆう》さまで、小説などは手に取ったこともなし、もちろん遊女の肌などに触れたこともない、そこで今日は遊びの手ほどきに伴れて来たというわけです」

「それはそれは、――」

京伝はにこにこと頷《うなず》いた。小説の話は諦《あきら》めたのだろう、手をあげて、向うにいる伴れの遊女を呼んだ。

「*長屋大人《ながやのうし》はお口が悪いから、なにか辛辣《しんらつ》にやられそうですが、ひとつ御面識を願っておきましょう」

遊女が来ると、京伝はそう云って彼女を紹介した。京町の玉屋という家の妓《おんな》で、名を玉の井といい、もう二年越しの愛人であるが、お互いにからだの交渉はなく、生涯清いまま愛しあってゆく約束だ、ということであった。

「そいつは思いつきですな」信二郎はこう云って二人を見くらべた、「男と女がそのこと無しに生涯愛しあってゆくというのは珍趣向だ、——しかしうかがいたいが、なんのためです」

「なんのため、と仰《おっ》しゃると」

「わかりませんか」信二郎が云った、「わからなければ申上げましょう、私がうかがいたいのは、貴方がもう腎虚《じんきょ》して枯木寒岩、そのほうが役に立たなくなったからか、または人並はずれた色好みで、そのことを禁じなければ身の破滅になるからか、どちらなのかということですよ」

「どちらでもない、と申上げても信用なさいませんか」

「まず笑わせてもらいますね」

信二郎はこう云ったまま、向うを見て頷いた。少しまえから、下座のほうに新しく妓たちが来て坐《すわ》っていた。保之助は知らないが、それは中卍楼《なかまんじろう》の紫蘭と藤扇に、新造かむろたち四人であった。信二郎が頷いたので、彼女たちが立って来るのを見ると、京伝は相変らず温厚に微笑しながら、座をしさった。

「御一座がお揃《そろ》いのようですから、私はこれで御免を蒙《こうむ》ると致しましょう、藤代さま、またおめにかからせて頂きます」

そして妓といっしょに去っていった。

「さあこっちへ来い」

信二郎は紫蘭と藤扇をそこへ坐らせ、保之助にひきあわせると、藤扇を彼のほうへ押しやった。

「この男はまだ遊びの味というものを知らないんだ、藤公ひとつみっちり教えてやってくれ」

「待った待った」正太郎が向うで黄色い声をあげた、「藤扇どのはこっちが先口でげすぜ、日詰め夜詰めにかよい詰め、魂のぬけるほどうちこんでいるんでげすから、そんな横から油揚を掠《さら》うようなことはよして頂きましょう」

「これはおどろき」と幇間の喜市が云った、「わたくし長の御贔屓《ごひいき》にあずかっておりますが、若旦那《だんな》に魂がおありなさろうとは知りませんでしたな、いえ嘘いつわりのないところ」

信二郎がなにかけしかけるようにどなった。

「さあ、鳴り物をいれろ」

そして、賑《にぎ》やかに三味線や太鼓が始まると、保之助に向ってこういう遊びの習慣を教えた。保之助はおとなしく、（教えられたように）藤扇へ盃をさしたり、ぶきように話しかけたりした。

「わたくしまだ廓《さと》言葉もよくできませんの」藤扇は袖《そで》を口に当てながら、低い声で囁《ささや》いた、「お聞き苦しいでしょうけれど、堪忍《かんにん》して下さいましね」

保之助は頷いた。藤扇は眩《まぶ》しそうに彼を見あげ、また囁くように云った。

「わたくしの本当の名はおふくといいますの、可笑《おか》しゅうございましょう、――小さいときから、猫のような名だって、みんなによくからかわれましたわ」

「そんなことはないさ」保之助は咳《せき》をした。「猫の名はたいていたまというじゃないか」

「そうですわね、わたくしもそう思いますわ」

「たいていたまだよ」保之助はきまじめにいった、「私の家にいた猫はとらという名だったし、そのほかにはみけやとか」

「やまという猫もいましたわ」

信二郎がふいに笑いだした。二人の会話を聞いていたらしい。げらげらと無遠慮に笑いながら、保之助に盃をさした。「これはたいへんな相棒だ。二人が初心《うぶ》だということはわかっていたが、これほど念の入った初心同志とは知らなかった」

「なにをお笑いなさるの、失礼な」と紫蘭がなめらかな廓言葉でたしなめた、「仲良く話しておいでなさるのに、なにがそんなに可笑しいんですか」

「可笑しいよりも心配になってきた」

信二郎は冗談のように云った。

「この二人を逢《あ》わせたのは悪かったかもしれない、こういうのがひとつ間違うと心中をする組だ、気をつけてくれ保さん、それだけはごめんだぜ」

「大丈夫でございますわ」藤扇が答えた、「そんなことわたくしが間違ってもおさせ申しませんから、ねえ藤さま」

「そうか、名前までついていたんだ」と信二郎はいやな顔をした、「藤代と藤扇、――悪い辻占《つじうら》だ」

その三

騒ぎは派手に続いた。信二郎は乱暴に飲み、わけのわからない唄《うた》をどなったり、立ってふらふら踊ったりした。

――なにか心に苦しいことがあるんだな。

保之助にはそう思えた。これまで信二郎がそんな飲みかたをしたことはなかった。どんなに飲んでも酔ったようすはみせないし、まして踊ったりうたったりした例はかつてない。

――彼のような気楽な身の上でも、やっぱりこんなふうに暴れずにはいられないような、やりきれないことがあるんだろうか。

自分にひきくらべてそう思い、見ているのが辛《つら》いような気持になって、保之助はふと立って廊下へ出ていった。

廊下の外は裏庭になっていた。榎《えのき》らしい、まだ枝の裸な太い樹《き》が、横に五六本並んでいて、それを境に向うの暗い宵闇《よいやみ》のなかに、低い平家の小さな家があり、煤《すす》けた障子にぼうと、いかにも侘《わび》しく灯の映っているのが見えた。

――あの灯の下にも生活があるんだ。

保之助はぼんやりとそう思った。その灯の色はほの暗く乏しげで、貧しい生活をそのままあらわしているようであった。

——この茶屋の華やかな騒ぎを、あの灯の下の人たちはどう聞いているだろうか。

風が吹いていた。さして強くはない。酔って熱い膚《はだ》にこころよいほどの風である。保之助は衿《えり》をくつろげながら、深い太息《といき》をした。

「どうなさいまして」

背中にそっと手が触れた。藤扇が脇へ来て、眩しそうな眼で見あげた。

「御気分がお悪いのですか」

「いや、そうじゃない」

保之助は妓の顔を見た。藤扇は眼をぱちぱちさせながら、にっと微笑した。保之助は衝動的に妓の肩へ手をまわした。力いっぱい抱き緊《し》めたいという、激しい衝動に駆られたのである。藤扇はそれを待っていたようであった。彼女は柔軟に、しかしかなり積極的に、彼のほうへ凭《もた》れかかろうとした。しかし保之助は自分で自分の衝動に狼狽《ろうばい》し、ひき寄せようとした手を緩めた。そこで藤扇は戸惑いをし、赤くなって身を離した。

保之助は自分のぶざまさに肚《はら》が立った。

——なぜ抱き緊めないんだ。

妓はそれを待っている、ただ抱き緊めればいいんじゃないか。そう自分を罵《ののし》った。けれどもそうはできなかった。——彼は頭が熱くなり、息がはずんだ。藤扇も顔を上気させ、胸の波うつのが見えるほど、荒い呼吸をしていた。

「——気持のいい風だね」と保之助が云った。

「いい風でございますわね」と藤扇が答えた。そして保之助と並んで、欄干に凭れ、肩だけそっと男に寄せた。

「この風はわたくしの故郷のほうから吹いて来ますのよ」

「故郷はなんという処《ところ》だ」

「上州の桐生《きりゅう》でございますわ」

「それでは方角が違うね」保之助は微笑しながら、こんどは静かに肩を抱いた、「桐生はこっちで、この風は東から吹いているんだ」

「あらそうでございますか」

藤扇は恥ずかしそうに含み笑いをした。

「わたくし東とか西とかってことどうしてもわかりませんの。いつもそれで笑われてばかりいるんですけど」

「だってお日さまの出るほうはわかるだろう」

「ええ、わかります」

「それが東で、その反対がわが、――」云いかけて保之助はふと笑いだした。「やめよう、また青山に笑われそうだよ」

「ええ、やめますわ。ごめんなさい」

藤扇は片方の手で、欄干にかけた保之助の手をそっと押えた。彼はその手の上に、自分の手を重ねながら、暗い夜空のほうへ眼をやった。二人はそのまま、やや暫《しばら》く黙っていた。

「風って、はかないものですわねえ」しみいるように藤扇が云った。保之助は黙って、肩にまわした手にそっと力をいれた。

「いまこうして、わたくしたちを吹いている風は、吹いていったまま帰っては来ないでしょう」

「――そうだね」

「わたくしたちを吹いて、そしてどこか遠くへいってしまう」ゆっくりと、うたうように藤扇は続けた。「もういちどこの風に会いたいと思っても、二度と会うことはできない。追いかけていっても、捉《つか》まえることはできない。そう思うとほんとうにはかなくなって、生きていることも悲しいものだなあと思いますわ」

「そうらしいね」保之助がうつろな声で云《い》った、「生きていることも悲しいものらしいよ」

藤扇は保之助の肩へ頰をよせた。

「いつかまた、お逢いできるでしょうか」

「――いつかね」

保之助は自信のない調子で答えた。

それから一刻《とき》ほどして、保之助は駕籠を命じて家へ帰った。信二郎はとめなかった。とめなかったばかりでなく、もし来たくなるようなことがあっても、独りで来てはいけないぞ、と念を押した。

「中卍楼へ知らせればおれはすぐに来る、いいか、きっと、おれを呼ぶんだぞ」

「本所のほうではないのか」

「うん、――」信二郎は顔を歪《ゆが》めた、「ともかく中卍のほうが早いんだ。近いうちこっちから知らせるかもしれない」

藤扇は店さきまで送って来た。しかし保之助はそっちを見ずに、駕籠へ乗った。

明くる日、午前十時ごろに、田沼家から夕餉《ゆうげ》の招待の使いが来た。三浦庄司の名で、ほかに相談もあるから、故障があったら繰り合せて来てほしい、という文面であった。

彼はゆくと答え、五時という時刻を計って家を出た。

藤代の者はなにも云わなかった。前夜、帰ったとき、義父の外記はもう寝ていた。義母のいくがあいそよく出迎えたが、軽子橋のことはなにも触れなかった。

——その子がなんだかぐあいが悪いといいましてね、こころぼそいからわたくしの部屋で寝たいなんて云うもので、お先にやすませて頂きましたよ。

そんなことを、綿でくるむようなあいそよさで云った。そして、その子は今日になっても起きて来ず、保之助は顔も見ないまま、家を出たのであった。

木挽町の田沼家の中屋敷へ着いたのは、定刻より少しまえであった。門を入って玄関に向ってゆくと、そこに一人の侍が立って、なにか喚《わめ》きたてているのが見えた。

——佐野ではないか。

保之助は足を停めた。

それは佐野善左衛門であった。彼は左手で自分の袴《はかま》を摑《つか》み、右手を前へ突き出しながら、嚙《か》みつくような声でどなっていた。

「もういちど取次げ、私は乞食でもなければ*押借りでもない、預けた系図を返してもらおうというのだ」

取次の侍がなにか答えた。

「知らぬとはなんだ、知らぬとは」と善左衛門は右手で空を打った、「私は慥かに家の系図を預けた、相良《さがら》侯が武士なら、家の系図がどういうものか御存じない筈はあるまい。それとも、返して体面にかかわるようなことでもあるのか、その返答が聞きたいともういちど取次げ」

玄関の上の侍がまたなにか答えた。すると善左衛門は右腕を捲《まく》りあげ、いまにも玄関に踏み込みそうな姿勢で、声いっぱいに絶叫した。

「きさまなどでは埒《らち》があかん、主殿《とのも》に会おう、会わぬといえば踏み込むぞ」

その四

保之助はそっと脇《わき》のほうへ隠れた。

善左衛門の逆上したありさまを、見ているのに耐えなくなったし、自分がみつけられるのもぐあいが悪かったからである。――まもなく田沼家の侍たちが五人ばかり出て来て、無言の威《い》嚇《かく》で逐《お》いかえしたが、そうされるまで外聞もなくどなり続けた。

「このままでは済まさんぞ、主殿頭」と善左衛門は繰り返した、「いかに権勢ならびなき老中でも、人を愚弄《ぐろう》するには限度がある筈だ、また人間のがまんにも限りがある、必ずおもい知らせてくれるから覚えておれ」

門を出てゆくとき、善左衛門の顔はすっかり硬《こわ》ばって歪み、両手の拳《こぶし》がぶるぶると震えていた。昂然と肩をつきあげ、大股《おおまた》に歩み去りながら、軽侮に耐えないとでもいうふうに、門のあたりで唾を吐きちらしなどしたが、それはむしろ彼自身をみじめにし、卑《いや》しくするようにしかみえなかった。

保之助は三浦庄司に迎えられて、控えの間で暫く話をした。狩場の礼と、謹慎、吟味役罷免《ひめん》に対する詫《わ》びを云われた。

会食の席は主人の居間とみえる部屋であった。

控えの間もそうであったが、その部屋にも飾りらしいものはなく、ごくありきたりな、使い古した、必要だけの調度があるばかりだった。壁はゆるんで、端のほうがところどころ剝《は》げているし、畳はやけて茶色になり、一面にけば立っていた。障子にも襖《ふすま》にも、破れたところに切貼《きりば》りがしてあり、ことに襖紙などは、模様もわからないほど擦れていた。

相客はなく、食膳《しょくぜん》は意次と二人だけで、側女《そばめ》のお滝が給仕をした。

「その節は有難うございました」

初めにお滝が礼を云った。あのとき前髪に直した髪が、まだ伸びきっていないので、かもじを多く入れ油で固めて結ったらしく、髷のかたちがしっくりしていなかった。

「招くほどの馳走《ちそう》はできないのだが」と意次が云った、「それでは済まぬとこれが申すし、ちょっと思いついたこともあるので、――まあ、ひとつ楽にして下さい」

いままで書きものでもしていたとみえ、意次の右手の指には墨が付いていた。

献立は質素なものであった。味噌《みそ》椀に、小鯛《こだい》の焼き物、芋と人蔘《にんじん》の甘煮《うまに》、青菜の浸し、香の物というだけであった。小鯛はいじらしいほど小さかったし、汁椀なしに味噌椀というのも、客膳としてはおかしかった。

――これは、どういうことだろう。

保之助は納得のいかない気持だった。

彼も田沼家の内情は知らなかった。意次の執政としての業績は、吟味役に在任ちゅう、よく調べてみてほぼわかったたし、そのために反田沼派としての自分の役割を放棄したのであるが、意次の私生活についてはなにも知らなかった。世間の評判をそのまま信じもしないが、五万七千石の相良城主であり、筆頭老中という身分からいって、どの程度の暮しかということはおよそ想像することができた。したがって、現に彼が見るものすべての、桁外《けたはず》れな質素さは、いかにも理解し難いものだったのである。

「あのときのことは、なんと申しようもない」

食事が始まってから意次がそう云いだした。これにも保之助はまごついた。食膳に向ってから話などするのは、特に不作法として禁じられるのが常識だからである。

「これの命が救われたばかりでなく、危なく窮地に立たされそうになった私も助かった」と意次は続けた、「それもこの意次だけのためなら、さしたる問題ではないのだが、どうしてもやりとげたい仕事が溜《た》まっているので、いま老中席を去ることは耐え難かったのだ、――まことに過分であった」

意次は目礼をした。言葉は短いが、感謝の情のこもった調子であった。それから、静かに眼をあげて云った。

「そこもとが、どうしてこれの捕えられたことを知ったか、またどうして刺客《しかく》どもを押えるために助力してくれたか、ということについては、おおよそ私にもわかった、そこでひとつ相談があるのだが、――いまさし迫っている御用が多く、処理をする人手に困っているので、よかったら来て助けてもらいたいのだが、どうであろうか」

「かたじけのうございますが」保之助は眼を伏せながら答えた、「それはどうか勘弁して頂きとうございます」

「——なにか、仔細《しさい》があるのか」

「たいがい御承知かとも存じますが、私はもともとさる方面の」

そう云いかけると、意次が「知っている」というように頷いた。保之助は口にしにくいことを云わずに済んだので、ほっとしながら静かに続けた。

「それが狩場の事があって以来、縁が切れましたので、こんどこなたさまのお役に立つとしますと、さる方面に対して二重に裏切るようなかたちになりますから」

「——なるほど」

意次は頷いたが、承服したようではなかった。

「——そういうことなら、残念ではあるが、この話はやめに致そう」

「まことに御厚志にそむきまして」

「いや決して」と意次が云った、「その辞儀には及ばない、人は名を惜しむのが当然で、たとえば事業にしても、名分の立たないものは価値がありながら人には容《い》れられないようだ、――私のように年をとり、汚名の冠をかぶってしまっても、ときにふと寂しくなるようなことがあるからな」

そしてにっと唇で笑った。

食事が終りかかったとき、三浦庄司が来客を告げに来た。

「*小松帯刀《こまつたてわき》どのにございます」

庄司は保之助に構わず云った。すると、意次の表情がにわかにひき緊まった。ほんの一瞬のことではあったが、保之助にはそれが明瞭《めいりょう》にわかり、これは重要な客なのだなと思った。小松帯刀と云えば、薩摩藩《さつまはん》の老臣として保之助もしばしばその名を聞いていた。

――もう帰るべきときだな。

彼はそう思って、食事のあとの茶が出ると、すぐにいとまを告げた。

「ではまた、折があったら、――」

意次はそう云って、人が変ったように冷やかな態度で、さっと席を立っていった。お滝が保之助をひきとめようとしたが、彼は辞退して、圧倒され突き放されたような、みじめにふさがれた気持で田沼邸を出た。

白書院評定《ひょうじょう》

その一

意次《おきつぐ》が客間へ入ってゆくと、松本十兵衛が客の相手をしていた。十兵衛は例によって、欠かせない事務のため、この屋敷に詰めていたのであった。

帯刀は島津家の老職で、留守役を兼ねていた。背丈はあまり高くない、固ぶとりの軀も、相貌《そうぼう》も逞《たくま》しいが、その太い眉《まゆ》や、精力的な厚い唇のあたりに、柔和なおちつきと気品があって、いかにも七十七万石の家の外交官らしい風格を備えていた。──年も意次よりずっと若い、身分からいえば陪臣*であるが、かくべつへりくだった挨拶もせず、膝《ひざ》の上で扇を軽くもてあそびながら、彼はすぐに用談を始めた。

「いよいよ例の、金銀会所案を、評定におかけなさるもようでございますな」

「さよう、近々のうちそのはこびになると思います」

「予定よりかなり遅れたようですが、なんぞ故障でもあったわけですかな」

「特に故障と申すこともないが、干拓の件を通すのに少し無理をしたので、矢継ぎ早ではいかがと思ったものだから」

「はあ、はあ」帯刀はとぼけたように頷いた、「なんせいむずかしいお人たちを相手だから、なかなか勘略にお骨の折れることでございます」

意次はなんとも云わなかった。帯刀は扇を手で廻しながら、なにやら含みのある口ぶりで云った。

「上方《かみがた》から*鴻池《こうのいけ》の*手代が*出府してまいりましたが、御存じでございますか」

「いや、知りません」

意次は首を振った。相手がなにを云いに来たのか、およそ見当はついていたが、そんなようすはけぶりにも出さなかった。

「ではその、今日、——」と帯刀は暢《のん》びりした調子で云った、「かれらが、鴻池と*加《か》島《じま》と、そうして*三井の三者が、前後して*紀州さま御本邸へ、御機嫌伺いに出たのも、御存じございませんですな」

意次は黙って相手を見ていた。帯刀は暫く黙って、天床《てんじょう》を見あげたり、扇をくるくる廻したりした。そうして、自分の言葉の含んでいる暗示が、意次に理解されたかどうかを慥《たし》かめるように、脇のほうへ眼をやりながら云った。

「会所案の評定は、揉《も》めましょうな」

「――」

「この案が、上方の商人どもに、どこから漏れたかわかりませんが、かれらの動きだすまえに、評定へかけるべきでした」

意次が静かに反問した。

「それは中将*（島津重豪《しげひで》）さまの御意向でございますか」

「いやいや、なに、――かくべつ」

帯刀はあいまいに笑い、扇をばちっと鳴らした。

――狸《たぬき》め。

意次はそう思いながら、しかし辛抱づよく相手の次の言葉を待った。やがて帯刀は、それまでとはがらりと変った、事務的な口調で云いだした。

「拙藩のほうと致しては、会所案が幕府の経済を救い、武家全般の将来のために有効であると思って、これまで及ばずながらおちからになってまいった、藩の政庁でもよりよりその準備をととのえてまいったので、ここに到《いた》ってもし、評定で否決されるような事態に相成るとすると、まことにその、不都合なあんばいになりかねませんのでな」

「いかにも」と意次は冷やかに頷いた、「薩州家*などは雄藩のことだから、会所案の成否など問題にもなるまいが、私どもにとっては事重大で、ぜひさようなことにならぬよう望ましいものです」

「もちろん、なにか御成算がおありでございましょうな」

「さて、どう申したらよいか」

意次はそう云ったまま、平然と口をつぐんだ。まもなく帯刀は帰っていった。

松本十兵衛も三浦庄司も、帯刀のことについてはなにも云わなかった。かれらは大坂から鴻池と加島の手代が出て来たことも、三井といっしょに紀伊家を訪ねたことも、それがいかなる意味をもっていることかも、すでに知っていた。ただ島津家がそんなに早く右の事実を知ったこと、そうして、帯刀の口をとおして、このようにすばやい意志を表示したことに、驚きと失望を感じたのであった。

「今宵《こよい》はこれで休むとしようか」

帯刀が去るとすぐ、意次はそう云って十兵衛を見た。十兵衛は意次の眼を避けたまま、低い声で挨拶をしてさがった。三浦庄司にもやすむように云って、意次が居間へゆくと、お滝が独りで芍薬《しゃくやく》を活《い》けていた。

「気まぐれなものだな、いまじぶんどうしてそんなことを始めたのだ」

「小松さまのお土産でございます」

「ほう、――」

意次はちょっと眼をそばめた。

「もうすっかり開いていますので、明日ではおそかろうと思ったのですけれど、お眼ざわりでしたら片づけますわ」

「まあ活けるがいい、お滝の藪内流《やぶのうちりゅう》を見るのも久しぶりだ」

意次は机の前に坐った。

「殿さまと二人きりにさせて頂くのは、もっと久しぶりでございますわ」お滝はいそいそと鋏《はさみ》を取った、「どうぞお願いですから、もしかして下手でもお褒めあそばして下さいまし、わたくし褒められるとうまくできるんですから」

「お滝のあそばせ言葉は困るが」

こう云って意次は微笑した。

「花のほうなら褒めてあげるよ」

お滝は恥ずかしそうに首をすくめ、唇の間からちらっと舌を出した。意次は机に肱《ひじ》をつき、顎《あご》を支えながら、ぼんやりとお滝の活ける花を眺めやった。

その二

――明日ではおそいかもしれない。

帯刀の持って来たという芍薬の開ききった花と、お滝のなにげなく云った言葉とが、意次には、島津家と自分との関係を暗示するかのように思えた。

薩摩守島津重豪は、意次にとって重要な後援者の一人であった。

そのころ外様《とざま》諸侯のうち、薩摩はその位置と財政の豊かな点で加賀の前田家と共に第一級の雄藩といわれていた。意次の幕府内部における立場は殆《ほと》んど孤立的であり、紀尾水三家をはじめ、譜代諸侯の多くが反対派であるか、中立を守っていて、積極的に支持してくれる者は、極めて少なかった。もともと、彼のめざす実利的政策を行うには、御三家を中軸とした保守勢力との衝突はまぬがれないもので、そのためにはどうしても強力な味方が必要であった。

意次が島津家に眼をつけたのは、将軍の世子《せいし》家基《いえもと》の病死したときであった。

彼は一橋家斉を家治の世子に推した。

それは家斉が島津重豪の女《むすめ》を夫人に迎えていたからであって、尾張、水戸、越前*の三家は激しく反対し、ことに、将軍世子の夫人は外様諸侯からは容れることができない、という不文律を盾に取って争った。しかし意次はついに家斉世子を押しきったうえ、殿中における島津家の格をあげた。つまり、それまで席次が諸侯と同列であったのを、越前、加賀らと同じ*客分待遇に改めたのである。

島津家がこれを徳としたのはいうまでもあるまい。重豪ははっきりと、意次に対する支援者の立場を表明し、それが*福岡の黒田家とも提携する機縁になった。

慥かに、島津家は有力な後援者であった。

しかし意次はまもなく気づいたのである。ゆらい薩摩は利に敏《さと》いといわれているが、実際に当ってみると想像以上であって、自藩の利益になる問題には協力を惜しまないが、そうでないばあいはまったく無関心な態度を示した。

——島津には島津の立場がある。

それはいうまでもなかった。薩摩藩にとっては、島津家の保持と繁栄が第一で、他の諸侯と選を異にするわけではない。それは意次にもわかっていたが、わかっていながら、ますます失望させられるようなことが多くなるばかりであった。

小松帯刀の来訪は、一種の問責と威嚇であった。

金銀会所の試案を、もっとも強く支持したのは、島津家であった。その案が実現すれば、現銀を持っている諸侯は、労せずして確実な利潤をつかむことができる。

島津家は大陸や南方との密貿易で、巨額の現銀を保有している筈《はず》であった。その案の通過に対してはひじょうな期待をかけ、諸侯のあいだに周旋もしたし、できるだけ早く閣議にかけるようにと督促もして来た。

意次はその案には慎重であった。

絹物会所の設置がまだ紛糾していたし、印旛沼、手賀沼の干拓を、閣議で強引に押しきったあとである。

——自分のこころみた政策の多くは潰《つぶ》されてしまったが、この金銀会所案だけはうまくまとめたい、これは自分の一生のうちでもっとも意義のある仕事なのだ。

彼はまわりの者にしばしばそう云《い》った。

その試案が外へ漏れ、商人たちがすでに反対運動を起こしたらしい。大坂から鴻池と加島が来たのは、上方資本家の代表であろう。それが三井とそろって紀伊家を訪ねたのは、会所案に対抗するための陳情に相違ない。

——やるならやってみろ。

意次はそう思っていた。それは幕府はじめ武家経済のぜんたいに関する問題で、その内容と意義を説明すれば、反対する理由がないと信じたからであった。

だが島津はそうみてはいないらしい。帯刀は明らかに、閣議へかけることの遅かった点を責めた。そして、その案が否決されたばあいの、自藩の蒙《こうむ》るであろう損失と迷惑について、暗に威嚇するような態度を示した。

——そんなことは決してない。

意次は心のなかでそう呟《つぶや》いた。

——これは武家経済を守る根本的な手段だ。この意次を憎む者はあっても、この案を否決することはできない筈だ。

彼はふと眼をつむった。

白書院における評定のありさまが、眼の裡《うち》に見えるようであった。老中の人々、溜間詰《たまりのまづめ》の人々、若年寄のなかには、わが子の山城守意知《やましろのかみおきとも》の顔もみえた。——初め勘定奉行が議題を提案するだろう。ついで溜間詰の席から諮問《しもん》が出る。諮問には誰が当るか、……そこまで考えたとき、意次はとつぜんぞっとした。それは溜間詰の誰かではなく、まるで見も知らない、白髪の、瘦せた、貧相な老人の顔が、（まるで幽鬼のように）ぼうとおどろに見えたのであった。

「——誰だ、なに者だ」

意次はそう呟いた。自分では気づかずに、つい声に出したらしい、お滝がびっくりして眼をあげた。

「どうあそばしました」

「ああ、いや、――」意次はうつろな眼でお滝を見た、「いやなんでもない、考えごとをしていたのだ」

「怖いお声でございましたわ」

お滝はそう云いながら、かくべつ怖がっているようでもなく、座をすべって、活け終った花を自慢そうに眺めた。

「よく活かった、きれいだ」

「あらいやでございますわ」お滝はうわのそらで云った、「初めから褒めて下さるというお約束ですもの、褒めて頂いても嬉《うれ》しくはございませんわ」

「いや、本当にきれいに活かったよ」

「そうでございますかしら、わたくし家にいるじぶん、よくお師匠さまに叱《しか》られましたわ、あなたはいつも芍薬と牡丹《ぼたん》を同じように活ける、それでは花が死んでしまいますって」お滝は妙な喉声《のどごえ》でその口まねをした。

「――芍薬は芍薬、牡丹は牡丹、これでは花が死んでしまいます」

「もうわかった」

意次が遮った。

お滝はあっけにとられて黙った。意次の声があまりに強かったからである。――口をつぐんだお滝が、自分のほうを見ているのに気づくと、意次は気まずそうに苦笑した。

「どうもいけない、今夜は少し疲れているようだ、その花をお滝の寝所へ運ばせてもらおう」

「わたくしの寝所へでございますか」

「お滝の寝所へだよ」

意次はじっとお滝の眼を見た。するとお滝はぱっと赤くなり、思わずすり寄ろうとして、危うくそのはしたなさに気づき、さらに赤くなりながら、はずんだ動作で鈴の紐《ひも》を引いた。

――誰だろう。

やわらかな鈴の音を聞きながら、意次はものういおもいで、自分に問いかけていた。

――あの幽鬼のような老人は、いったいなに者の顔だろう。

その三

意次がそんなに早く寝所へはいることは、一年を通じて数えるほどしかなかった。また、ときに早く寝るようなばあいにも、急を要する政務のために起こされることが珍しくない。――その夜は八時ちょっと過ぎに寝所へはいったのであるが、夜半まえに起こされてしまった。

――高崎《たかさき》城から急使が来た。

というのである。絹物会所のことで上州は不穏な状態が続いていたから、意次はすぐに寝所を出て、自分で使者に会った。

上野《こうずけ》のくに高崎は八万二千石で、領主の松平右京亮《うきょうのすけ》*（輝和《てるやす》）は寺社奉行を勤めていた。少しまえまでは意次に協力的で、絹物会所を設けるに当っても、進んで便宜を計り、奔走もしたのであるが、同じ寺社奉行の太田備中守（資愛《すけよし》）と不和になってから、その態度がしだいに変りはじめた。それは、資愛の女《むすめ》が山城守意知に嫁《か》しているので、資愛との不和の余憤を意次に向けるものらしい。ほかにも、会所の設置がひどく不評で、閣僚のなかにも逃げ腰をみせる者があり、それがいっそう彼を意次から離反させるようでもあった。

使者は深井次郎兵衛といって、松平家の用人であった。

「くにもとに一揆《いっき》が起こりました」

次郎兵衛は汗を拭《ふ》きながら云った。意次は、あっと思ったが、色には出さなかった。

「領内五十三カ村から二千人あまりの暴徒が集まり、高崎城へ押し寄せておるとの急報でございます」

「――いつのことですか」

「はあ、それは、もちろん」と次郎兵衛はまた額を拭いた、「急報のまいりましたのが今夕五時でございますから、もちろん一揆は今日のことと存じます」

「――それは慥かだな」

意次は静かに念を押した。次郎兵衛はちょっと詰った、そんなことを反問されようとは思っていなかったらしい。

「なにぶん火急のことで」と彼は明言を避けた、「日時のところは聞き損じましたが、おそらく今日のことに相違ないと存じます」

「一揆のような非常の出来事に、日時がはっきりしないというのは不審ではないか」

次郎兵衛は黙って低頭した。意次はふきげんに咳をした。それは警告するに似た咳であった。

「使いの口上はそれだけか」

「は、――追って次の報知のありしだい、御注進申上げますとのことでございます」

「戻ったら右京亮どのに伝えてもらいたい」と意次は云った、「御領内にはさきごろから不穏な噂《うわさ》が立っていた、事を未然に防ぐべき手段があった筈である、その点について主殿《とのも》きっとお聞き申すであろう、――また、城下の騒擾《そうじょう》は領主の責任であるが、そのため一揆の者どもを不当に扱うことなどのないよう、固く申し入れると伝えてもらいたい」

次郎兵衛は身をちぢめるような恰好《かっこう》で帰っていった。

関《かん》八州に起こった一揆は大変の内である。意次は老中と三奉行*に使いを出し、すぐに登城の支度をした。お滝は着替えの世話をしながら、怯《おび》えでもしたように息をはずませていた。――絶えて久しく寝間を共にしたことのない彼女は、その数時間の思いがけないよろこびが、いまは不吉なことの前兆のように思えるのであった。

――これが初めてではない、いつもこうであった。

と心のなかで自分をなだめてみた。

――お部屋にあがってこのかた、殿さまと二人だけで、しみじみと明かした夜は一夜もなかった、こんな予感のするのもいつものことだ。

それはそのとおりであったが、しかも、こんどはその予感が当るのではないかと思われて、ふとすると膝が、がくりとなるのであった。

「どうしたのだ、震えているではないか」

「ごめんあそばせ、どうしても止りませんの」そう云う声までがおろおろしていた、「――もう馴《な》れてもいい頃ですのに、……一揆は無事におさまるでしょうか」

「そんなことをおまえが心配してどうする」

「でも、いまうかがっていますと、一揆の者たちを不当に扱ってはならない、と仰《おっ》しゃいました、それはこんどの騒ぎが大きくひろがるとお思いになったからではございませんのですか」

「いやそうではない」

意次は袴の紐を緊めながら、自分に云いふくめるかのように云った。

「こんどの一揆は拵《こしら》えられたものなのだ、農民たちは自分からやったのではなく、商人どもに煽動《せんどう》されて一揆を起こしたので、暴徒に罪がないからそう申したのだ」

「それは本当なのでしょうか、商人たちに本当にそんなことをする力があるのでしょうか」

「おまえに信じられないだけではない、世間一般、いや、閣老のなかにさえ理解のつかぬ者がいる」意次は述懐するように云った、「――私はずっと、そのことでたたかって来た、一方で商人たちと対決し、一方では蒙昧《もうまい》な人たちをなだめすかし、*腹背二面の敵とたたかって来た、おそらく、勝ち戦ではあるまい、旗色はだんだん悪くなるようだ、しかし、――私に力の残っている限り、これからもこのたたかいを続けてゆくだろう」

意次がそんなふうに自分を語ったことはなかった。お滝には、それが、突発した一揆がいかに重大であるかを示すもののように思え、殆んど息苦しくなって、両手を固く胸の上で握り合せた。

「つまらないことを云った」

自分でも弱音をあげたように思ったのであろう、意次はふと苦笑しながらそこへ坐《すわ》った。

「茶をいっぷくもらおうかな」

その四

老中の全員と三奉行が夜半に登城し、高崎城下の一揆について評議した。

高崎からはつぎつぎに急使があって、幸い騒擾は拡大することなく、朝八時には城下を退散したことがわかり、午後二時の使いでは暴徒の鎮圧と、首謀者三十余人を捕縛したことがわかった。

このあいだに、若年寄、溜間詰でも、それぞれ評議が行われていたが、午後三時になって、意次はにわかに「白書院で評定をひらく」という発表をした。

それまでの閣僚ぜんたいの空気が、一揆の処致よりも、絹物会所の廃止、という方向にかたむいてきたので、その情勢を抑えるために、若年寄、溜間詰諸侯をも含めての、不時の評定を断行したのであった。

評定は白書院下段*でひらかれた。

列席の人々がすべて揃《そろ》ってから、やや暫くして、意次は出ていった。こういうばあいは目付が先導し、大目付と同朋頭《どうぼうがしら》*がうしろに付くのが定《きま》りである。従来はできる限りそういう形式的なことは避けるのだが、そのときは意次は定めどおりにした。それは定則を守るというよりも、威儀を示すという意味からであって、平常がむぞうさであるだけに、明らかにその効果があったようにみえた。

「今日はかねて諸侯のお手許《てもと》まで差上げておいた、金銀会所案について評定のためお集まりを願いました」

意次はそうきりだした。

列席の人々はあっという顔をした。高崎騒擾の評議とばかり思っていたので、意次の発言にまったく意表を衝《つ》かれたらしい。そのなかに松平越中守（定信）の硬くひきつったような顔が見えたが、意次は気もつかぬようすで続けた。

「この案の趣意についてはもはや御了解のことと思いますが、念のためいちおう私から申し述べます、――この会所の根本の目的は、安定した金融機関の設立と、利潤の公平な分配という点にあります、御承知のように、近来は武家経済が逼迫《ひっぱく》する一方であるのに、商業資力はますます膨張するばかりで、この不均衡を正さない限り武家経済の破綻《はたん》はとうてい避けることができない、たとえば」と意次は振向いて、松本十兵衛から書類を受取り、金銀の保有量について、武家全般と商業資本家とを対比し、それが後者の側にどれほど多く偏在しているかを、詳しい数字をあげて説明し始めた。すると、急にそれを遮って、溜間詰の席から間部若狭守《＊まなべわかさのかみ》が発言を求めた。

「御提案を妨げるようですが、今日は一揆騒動という非常の事があるので、その件を先に評定にかけるべきだと思いますが、いかがでございましょうか」

「私もそう願いたいと思います」右京亮輝和が云った、「寺社奉行の立場からも、領主としての責任のうえからも、騒動の処致を先に御評定にかけて頂きたいものです」

続いて溜間詰の井伊掃部頭《かもんのかみ》（直幸《なおひで》）や、*松平隠岐守《おきのかみ》（定国）、また老中席からも*松平周防守《すおうのかみ》（康福《やすよし》）などが、それぞれ若狭守の発言を支持した。――意次は黙ってかれらの動議を聞いていたが、それについてはなにも触れず、自分の言葉をそのまま続けた。

すなわち、このような金銀の偏在を抑えるには、税法をさらに拡充することが必要であるし、それだけでなく、資本活動のなかへ割込むという策をとらなければだめである。金銀会所の意図はそこにあるので、幕府、諸大名、商人の三者が共同で出資し、その金を一定の*利律で貸付けたうえ、そこからあがる利潤を、三者で公平に分配する。つまり、商業資本の膨張する根本的な機構のなかへ、こちらが積極的に参加するわけである。――そういうふうに解説していった。

だが、そのとき溜間詰の席にいた松平定信が、*白皙《はくせき》の端麗な顔に、堪忍《かんにん》ならぬという怒りの色をあらわして、発言を求めた。

「私はその案は幕府を冒瀆《ぼうとく》するものだと思う、いや、幕府ばかりではない、武家ぜんたいの名誉と誇りを汚《けが》すものだと思う」

意次は黙ってそちらを見た。

「なぜならば」と定信は続けた、「金融機関を設けたり、金を貸したり、その利息の分けまえを受けるなどということは、幕府を商人と同列に堕《おと》すことであり、ひいては幕府をそのまま商人会所にするに等しい、将軍家の御威光についてはおそれ多いから触れないが、威厳犯すべからず徳道渝《かわ》ることなき御政治の大本を破壊し、清《せい》高廉直《こうれんちょく》、四民の上に立つべき武家ぜんたいを凌辱《りょうじょく》するものだと思う」

「貴方《あなた》は白河侯ですね」

意次はごく冷やかに呼びかけた。

「失礼ですが、どういう資格でこの評定に出席なすっているのですか」

「またか、また資格か」と定信は眉をあげて云った、「このように重大な御評定に当って、相良侯は私の資格などを問題にされるのか」

「御評定には規約があって、定められた資格のない方には出席ができません、どうぞ御退席を願います」

「私は退《さが》るまい」

定信は殆んど叫ぶように云った。その顔は蒼《あお》くなり、扇子を持った手が膝の上で神経的に震えた。

「私は紀、尾、水、御三家の名代《みょうだい》として出ているのだ、断じてこの席を退ることはできません」

「たとえ白河侯が御名代でなく、御三家その方であられようとも、この評定に出席なさる御資格はないのです」

「いや、私はそんな形式より、もっと重大な提議を持って出ているのだ」

こう遮って、定信は列席の人々に向い、激越した調子で云った。

「金銀会所の性格についてはいま申し述べたとおりで、これは断じて採択されるべきものではありません、そのうえ、この案が企画されたという情報を聞いて、三井組をはじめ鴻池善右衛門、加島久右衛門、山中善五郎、古川弥兵衛《やへえ》、中原庄兵衛《しょうべえ》らが談合のうえ、御政道の高恩に対し現銀五十万両を献上つかまつりたいという願い出がありました、すなわち、幕府を商人会所にせずとも、御威光を正し諸士の紀綱を粛正し、頽廃《たいはい》した道義風俗を作興すれば、財政上の困難を打開するぐらい容易なことで、諸侯にもこの点を篤《とく》と御考察なさるように望みます」

「白河侯、御退席を願います」

意次は冷やかに云った。

「御退席がなければ、殿中法度《はっと》に触れますからさよう御承知おき下さい」

「よろしい」と定信はぎらぎらする声で答えた、「御政治の大事に眼をつむるより、私はよろこんで法度に触れるほうを選びましょう」

「もういちど云います、この席をおひきとり下さい」

定信は嚇《かっ》となり、声をあげて叫びだそうとした。けれども、左右にいた溜間詰の人々がそれを抑え、むりに立たせて、帝鑑間《ていかんのま》のほうへと伴《つ》れ出した。

評定がひらかれているときは、その内容を無用の者に聞かれないため、二た間を隔てて坊主《ぼうず》が張番をしている。定信を伴れ出した人々は、すぐに戻って来て席についた。——意次は座の鎮《しず》まるのを待って、なに事もなかったかのように、平静な口ぶりで続けた。

「私が金銀会所案を先にもちだしたのは、それが単に重要なばかりではなく、高崎騒擾にも関連しているからです、というのは、あの一揆は農民が自発的に起こしたのでなく、商人どもの煽動によるものなのです」と意次は云った、「——御承知のように絹物会所の制は、製産者に対するものではなく、もっぱら買い主を対象としたもので、これは私の試みてまいった、富の偏在を防ぐ一連の趣意による、税法拡充の一操作であります、ところが、大丸、白木屋、夷屋《えびすや》、越後屋などの買い主側では、一疋《ぴき》につき二分五厘《りん》の税を嫌い、製産者に向って買い付けの停止を通告しました、——上州五十余カ村の農民は、買い付けを停止されれば生計に窮するが、商人側には持荷があり、持荷の値上げによっても、或《あ》る期間は商売を続けることができる、会所の制が廃止されない限り買い付けはしない、というふうに農民をおどし、これを一揆にまで駆りたてたのです」

意次は列席の人々の顔を、それとなく見まわしていた。だが、言葉の意味を理解したような眼はごく稀《まれ》で、多くは眠たそうな緩んだ倦怠《けんたい》しきった表情ばかりであった。

その五

「かれら商人たちが、なぜこのような策謀をしたか」と意次はなお続けた、「つづめて申せば絹一疋に対する二分五厘の税であります、二分五厘、——極めて些少《さしょう》なこの二分五厘が、商人たちにとっては重大な意味をもつのです、ただいま白河侯の言葉によれば、そしておそらく真実だろうと思うのですが、三井組はじめ鴻池、加島、古川、山中などが巨額な献上金の願い出をしたそうです、かれらは必要があれば巨額な金を無償で献上する、しかし、一方においては零細な二分五厘を守る、それは商業資本の基礎が零細な利潤の蓄積と運営にあるからです、ここをよくお考え願いたい、――われわれの眼をつけなければならないのは、この二分五厘なのです、五十万両という献上金は巨額であるが、遣えば右から左へ消えてしまうものです、大切なのは現銀をつかむことではありません、商業資本がなぜ膨張するかを理解し、その資本活動のなかへこちらが参加することなのです」

意次が言葉を切ると、若年寄の席から、加納遠江守《とおとうみのかみ》（久堅）が発言を求めた。

「私にはどうも得心がまいらないのだが、現銀五十万両よりも二分五厘が大切だというのは、くだいていうとどういうことになるのですか」

「五十万両は幕府の財政でも少ない額ではありません」と意次は穏やかに説明した、「それはほぼ、年間における諸士の給料の総額を上まわる高に当ります、けれども現銀というものはたちまち消費されるし、その大多分が商人たちのふところへ戻ってしまうのです、これに対して、二分五厘というのは譬《たと》えですが、かれらの資本活動のなかに割込み、利潤の配分を確保すれば、その利律が*厘毛の些少であろうとも、そこからあがって来る収益はなかば永久的なもので、武家経済の大きな財源の一になるわけです」

「すると要するに」と加納久堅が愚直な調子で反問した、「さきほど白河侯の申されたとおり、幕府を商人会所にすることになると思われますが」

「そう思われるなら、思われても差支えないでしょう」

意次の頬が少し赤くなった。さすがに昂奮《こうふん》を抑えきれなくなったらしい、加納遠江守に答えるというよりは、列席の人々ぜんたいに向って、病者の患部を切開してみせるように云《い》った。

「初めに申したとおり、武家経済は危殆《*きたい》に瀕《ひん》しております、権力や威光では救うことはできません、ますます巧緻《こうち》になる資本活動、増大強化するばかりの富の偏在、これに対処するためには、幕府を商人会所にすることも恐れてはならない、むしろ幕府を商人会所にする以外には、これを打開するみちはないと申してもよい、私はこのことを断言します」

意次はそこで言葉を切り、これで終ったというように、膝の上へ扇子を直した。質問する者が二三あり、勘定奉行の松本十兵衛と赤井忠昌が答弁に当った。その多くはまるで見当が外れていたし、そうでないものは形式だけの質問にすぎなかった。

評定はなんらの決も得られずに終った。

――この人たちは自分の家が焼けていることにも気がつかないのだ。

詰所へ戻りながら、意次はそう思った。

——自分の肌に火がついて熱さを感ずるまでは、火の恐ろしさを知ろうとしない人たちだ。

もちろん彼は、その評定にたいした期待はかけていなかった。ただ機会あるごとに政策の趣意を述べ、それを繰り返すことによって、かれらの理解を得ようとするのであった。辛抱づよさと、ものごとに念をいれることでは、意次には自信があったのである。その日の評定も「一揆」という非常の出来事を、むしろ幸便にしてひらいたものであるが、反響の低調さと無気力とには、さすがに失望しないわけにはいかなかった。

詰所へはいって、坊主の掬《く》んで出す茶を喫していると、やがて退って来た松本十兵衛が、少なからず怒りを含んだ声で云った。

「絹物会所の件はもめるようでございますな」

「——そんなふうか」

「溜間詰の方々、御奏者衆の内にも、会所の廃止を主張する声がかなり強いようです、また、金銀会所案についても上方商人の運動がかなり響いているようで、ことに紀伊さまを主とした御三家の意向が、——」

意次はそっと手を振った。

——もういい。

という意味であろう。三井、鴻池らが紀州家を訪ねたと聞いて以来、それがどんなふうにあらわれてくるかは、およそ察しがついていたのである。十兵衛は口をつぐみ、溜息《ためいき》を抑えるように頭を垂れた。

「今年は花を見ようと思っていたが」

と意次は独り言のように云った。

「もう忘れるほど昔から、来る年も来る年も、今年こそ花を見ようと、思いながら、——考えてみると庭の花を見るいとまもなかった、これは御奉公大事というよりも、私自身の好みかもしれない、——これからも、生きている限り、こういう生活が続いてゆくことだろう、こういう生活のほかに、私には生きることができないのかもしれない」

そして静かに、自嘲《じちょう》の笑いをうかべた。

「こういうのを、因果な性分というのでしょうかな」

そのとき同朋頭が、ほとんど走るように入って来て、辞儀をするのももどかしげに云った。

「申上げます、蓆旗《むしろばた》を立てました暴徒が、千住《せんじゅ》大橋より御府内へ押入ってまいるとのことにございます」

十兵衛ははっとして意次を見た。意次は身動きもしなかったが、その額にきゅっと縦皺《たてじわ》のよるのが見えた。

埃《ほこり》立つ街

その一

「あら、なんでしょうあれ、火事かしら」

「いやだわ姐《ねえ》さん、どこよ」

「ほらごらんなさい、あっちのあれ」

おはんという芸妓《げいぎ》が伸びあがるようにして、岸の彼方《かなた》を指さした。三人いる他の若い芸妓や、鶴屋《つるや》庄兵衛《しょうべえ》という書肆《しょし》の主人と、番頭、幇間《ほうかん》の喜市なども、いっせいにそっちへ寄ったので、船がぐらっと片方へ傾き、妓《おんな》たちがきゃあと声をあげた。

「あれは火事じゃあござんせんな」

「さよう、土埃でしょうな」鶴屋の番頭が云った、「しかし、それにしてはたいへんな土埃だが、風もないのにどうしたもんですか」

「まさか打壊《うちこわ》しでも始まったんじゃござんせんでしょうな」

「もしやしたら百姓一揆かもしれないわ」

「いやだわ姐さん、田舎じゃあるまいし、お江戸のまん中で百姓一揆が起こりますか」

信二郎は仰向きに寝たまま、うとうとしながらそんな問答を聞いていた。

その朝早く、いつづけの中卍楼《なかまんじろう》から、引手茶屋の「ひさご屋」へ移って飲みだすと、まもなく鶴屋の主人と番頭の仁平がやって来た。鶴屋は通り油町に店のある、当時としては名のとおった版元で、まえからうるさく著作出版の契約を申込んでいた。もちろん世話太平記が売れたので眼をつけたのだろう、信二郎は大和屋平助にかなり前借もしているし、売れている世話太平記を絶版にさせたりした義理があるので、これまでは相手にしなかった。そのころは本を出版しても、原稿料とか印税などという、定《きま》った支払いはまだなかった。よほど売れたばあいでも、版元のほうでそくばくの謝礼を包むくらいの程度であったが、同時に、これはとおもう作者には、金を注ぎ入れることも厭《いと》わなかったのである。——鶴屋はよくねばった。主人の庄兵衛が信二郎の性分をのみこんでいるようすで、しいて契約のことを云わず、酒の相手をしながら、他の作者の著書の評や、世間ばなしなどで、じわじわと親密な関係にもってゆこうとするふうであった。

鶴屋が来て暫《しばら》くすると、芸妓たちが舟へ乗りたいと云いだした。土堤尻《どてじり》から屋根船が大川へ出ると、ちょうど上げ潮どきなので、千住の西福寺までゆこうということになった。西福寺は千住大橋から少し遡《さかのぼ》った本木という処《ところ》にあり、それよりさらに上の延命寺とともに、六阿弥陀《ろくあみだ》の一番二番として知られていた。かれらは西福寺から延命寺へまわり、そこで午《ひる》すぎまで遊んで、ちょうどいま、大橋の手前まで船でくだって来たところであった。

「あんた知ったようなこと云うわね」おはんは若い芸妓に云った、「お江戸のまん中に百姓一揆がないなんて、そりゃあ百姓一揆は田舎で起こるんだろうけれど、田舎で始末がつかなければどうするのさ、やっぱりお江戸まで出て来て、*駕籠訴《かごそ》かなにかするよりしようがないじゃないの」

「そんな話はよしにしないか」

鶴屋庄兵衛が顔をしかめた。

「一揆だの打壊しだのって縁起でもない、聞くだけでもまっぴらごめんだよ」

信二郎が起きあがった。

「——どうしたって」

彼は腫《は》れぼったい眼で、もの憂《う》そうに、みんなの見ているほうを見やった。

千住大橋から右へ小塚原《こづかっぱら》のあたりに、茶っぽい灰色の土埃が高くあがっていた。熊野《くまの》神社や天王社の樹立《こだち》や、町の低い家並の上に、かなり広く、ぼうと舞いあがって、よわい東南風になびきながら、ごく僅《わず》かずつ、市内のほうへ移動しているようにみえた。

——百姓一揆。

信二郎はつよく頭を振って、もういちどその土埃を見なおした。酒のためにむくんで、膏《あぶら》の浮いている顔に血の色がさし、瞼《まぶた》が腫れて充血した眼がきらきらした。すっかりだれて弛緩《しかん》した神経が、冷たい水をあびたようにひき緊《し》まった。

「船頭、ちょっと大橋までいそいでくれ」と信二郎が云った。

「あらどうなさるの」

「用心しなきゃだめよ姐さん、そろそろ謀反《むほん》の起こるじぶんだから」と若い芸妓が云った、「紫蘭さんの花魁《おいらん》にちゃんとお伴れして帰るって約束してあるんですからね」

「そうよそうよ、うっかりしてとり逃がしでもしたらたいへんよ」

信二郎は黙って着物を着直した。

鶴屋の主従も喜市も心配そうだったが、なにも云わなかった。櫓《ろ》を早めた船がくだるにしたがって、土埃の立っているあたりから、遠い潮騒《しおさい》のように、かすかにどよめきの声が聞え、大橋の上で、人の群がなだれるように走《は》せちがっているさまが眺められた。――打壊しか一揆か、なにか騒動が始まっているということは、もう疑う余地はなかったし、信二郎がそこへゆこうとしていることも明らかだった。

「間違いがあってはいけない」と番頭に囁《ささや》いた、「おまえちょっとお供をしていってておくれ」

「わたくしも御馬*の口を取りましょう」

喜市もそう云って、すぐさま鉢巻などをした。

大橋の西詰に船着き場があった。船がみよしを変えながらそこへ寄ってゆくと、信二郎は屋根の中から出て雪駄《せった》をはき、まだ船の当らないうちに、軽く岸へとび移った。

「誰も来ちゃあいけない」と彼は振向いて云った、「あとからすぐにゆくから、みんなひと足さきに帰っててくれ」

「それはお危のうございますよ、住人先生《すみひと》」

庄兵衛が呼び止めた。番頭や喜市もなにか云ったが、信二郎はもう駆けだしていた。

南組（南千住）の往来はいっぱいの人で、町並の家々はみな雨戸を閉め、子供を背負った女房や老人などが、軒下や露次口に立って、怯えたように刑場のほうを見ていた。道の上には折れた棒や、千切れた蓆旗などが散乱し、あちらにもこちらにも、ごろごろと倒れている者があった。人足とも百姓とも判別のつかない、貧しい身なりの男たちで、みんな埃と血にまみれていたし、なかには呻《うめ》き声をあげながら、起きようとしてもがいている者もいた。

――もう引返せ、ばかげているぞ。

信二郎はそう思いながら、彼には珍しく、暴力のふしぎな魅力に憑《つ》かれたような気持で、野次馬たちといっしょに走り続けた。そうするうちにも、向うから逆に、顔や手足を血だらけにした男が、伴れの者に抱き支えられたり、互いに支えあったりしながら、こっちへ逃げて来るのを幾人も見た。

その二

小塚原のところで、暴徒の集団と役人たちが揉《も》みあっていた。

そこへ来るまでにだいたい蹴散《けち》らされたのであろう、暴徒（女も混っていた）の数は二三十人ばかりで、役人のほうは、騎馬の者をいれて六七十人くらいにみえた。

役人たちはそれぞれ得物を持っていて、四方から暴徒の群をとり囲み、かれらを追い払うというよりは、一人残らず打ち殺すつもりであるかのように、まったく殺気立った動作で襲いかかっていた。

暴徒たちも逆上しているらしい。五人に一人くらいの割で、棒や鍬《くわ》などを持っているが、あとの男女はほとんどが素手であった。なかに指揮者とみえる男が三人ばかりいて、

「散るな散るな、固まれ、離れるな」

「死ぬならいっしょだぞ」

「七郷三千人のためだ、卑怯者《ひきょうもの》になるな」

などと、つぶれた声で絶叫していた。暴徒はその三人を中心に一団となり、まるで眼に見えない強大な意志にでも操られているように、じりじりと僅かずつ、市中のほうへと進んでいた。

かれらの周囲で、絶えまなしに濃い土埃が舞いあがった。

役人たちは刺股《さすまた》や突棒《つくぼう》や袖搦《そでがら》みなどで暴徒たちの髪の毛や着物をひっかけ、たぐりよせておいて、六尺棒や十手《じって》で突きのめしたり、叩《たた》き伏せたりした。仮借のない、

徹底的なその動作につれて、もうもうと立ちのぼる土埃の中から、野獣のような呶《ど》号《ごう》や、喉《のど》をつんざく悲鳴や、絶望的な呪詛《じゅそ》や救いを求める声などが聞えた。

　袖搦みで髪を押えられた三十歳ばかりの女がひき出された。信二郎はそれを見た。袖搦みの鉄の棘《とげ》が髪の毛にからまっているので、ふり放すことができない。女は両手で袖搦みを摑《つか》んでひき出された。硬くひきつった、埃だらけの灰色の顔に、どす黒く赤の条《すじ》がながれ、割れた唇の間から白く歯を剝《む》きだしていた。信二郎はそれを見た。はだかった胸で双の乳房が揺れ、千切れ裂けた裾《すそ》から太腿《ふともも》があらわに見えた。役人の一人は六尺棒で彼女の下腹部を突き、一人は頭を殴りつけた。ひっ、と叫びながら女がのめると、他の一人が（やはり六尺棒で）力まかせに向う脛《ずね》をかっ払い、頭から前のめりに転倒するところを、三人は棒や土足で容赦なく殴ったり踏みつけたりした。それはもう役目のうえの行動ではなかった。単純に兇暴《きょうぼう》な動物発作であり、殴ったり踏みにじったりすることだけが目的のようであった。信二郎はそれを見た。女の軀《からだ》はまったくもう無抵抗で濡《ぬ》れた砂袋のように伸びていた。棒で殴られても反応を示さないし、踏みつけられてもぐにゃぐにゃするばかりだった。そして、とつぜん女は血を吐いた。女の口から血の固まりがごぼごぼと出て、地面にとび散るのを信二郎は見た。

眼をやる処でそういう事が行われていた。

なかに一人、刺股を奪い取って、役人たちのほうへ殴り込んだ男があった。そのあとからもう一人続いてとび出したが、役人たちが左右に展開すると見るまに、騎馬の役人が馬を煽《あお》って来て、刺股を振りあげている男をうしろから馬蹄《ばてい》にかけた。背中を蹴られた男が毬《まり》のように転げると、さらに馬を乗りつけて、胸のあたりを馬蹄で踏みにじった。これを見て、あとからとび出した男は立ち竦《すく》んだ。彼はするどい悲鳴をあげ、うしろへ戻ろうとしたが、騎馬の役人は彼をも馬蹄にかけた。

ようやく暴徒の集団が崩れだした。

固く密集した群の一角が割れると、まるで蟻塚《ありづか》が壊されでもしたように、思い思いの方向へばらばらと逃げだした。だが役人たちはかれらを逃がさなかった、一人を数人で追いつめ、抵抗するしないにかかわらずとびかかって、気絶するか動けなくなるまで乱打した。女たちのなかには、かれらの手から危うく逭《のが》れるものもあったが、例外なしに着物をひき裂かれて、さんばら髪になった頭から、裸に剝《は》がれた素肌まで血に染まって、正視するに耐えない無残な姿をしていた。

信二郎はこれらの出来事を見ていた。恐怖にちかい厭悪《えんお》のために、しばしば吐きけにおそわれながら、しかし眼をそむけることはできなかった。

役人の数はますますふえた。あとから駆けつけて来たものを加えると、おそらく二百人あまりになるであろう、——暴徒の群は総崩れになり、到《いた》る処で打倒され馬蹄にかけられた。そのなかに三人、刺股や突棒を奪い取った男たちが、悪鬼のように暴れているのを、信二郎は見た。

その三人のなかの一人には、見覚えがあった。慥《たし》かに、どこか見覚えがあるように思えた。

——誰だろう。

その男はめくら縞《じま》の着物の裾を端折《はしょ》り、紺の股引《ももひき》をはき、素足に草鞋《わらじ》という恰好で、向う鉢巻をしていた。濃い土埃のなかだし、すばやく動きまわるので、顔かたちはよくわからなかった。彼はさっきまで暴徒の指揮をとっていた一人らしいが、もはやなかまが崩れたったのでどうしようもなく、暴れるだけ暴れて死ぬつもりのようであった。

——いったい誰だったろう。

信二郎はこう思いながら前へ押し出された。

その少しまえから、六尺棒を持った役人たちが出て、片側町の軒下や、横丁の口にひしめいている、見物の群衆を追いちらし始めていた。衆は暴徒に声援をおくり、隙《すき》をみては役人たちに棒切れや石を投げた。

「やっちまえ、こっぱ役人を殴り殺せ」

そんなことを口ぐちに喚《わめ》きたてた。

役人が追いちらしに出ると、そこでも乱闘が始まった。逃げ場に困った見物たちがなだれをうって、家々の雨戸が踏み破られ、閉めてある出窓が打ち壊された。信二郎はその騒ぎに押されて、しぜんと刑場のほうへ押し出されたが、そのとき、われ知らず叫び声をあげた。

「あっ、新助……」

それは田舎小僧の新助であった。紛れもなく、田舎小僧のように信二郎にはみえた。

だが、信二郎が叫び声をあげたとき、その男は打ち倒された。うしろから突棒が彼の頭をひっかけ、鉢巻をとばしたとみると、鉄の棘でがっちり髪の毛をからんだ。彼の首は折れるほど背中のほうへ反り、そのまま揉みあっている群の中へ打ち倒された。信二郎はそっちへ走りだした。

「こいつ、どこへゆく」

役人が二人、彼の前へ立ち塞《ふさ》がった。

信二郎はその一人に躰当《たいあた》りをくれた。猛然と躰当りをくれ、殆《ほと》んど折り重なって倒れたが、はね起きたときは、相手から六尺棒を奪い取っていた。彼は土埃の中を、新助の打ち倒された方向へ、まっしぐらに走っていった。

その三

ちょうど同じころ、——藤代保之助は本所小泉町の、信二郎の家を訪ねていた。信二郎はいなかった。

「百川で会のあった晩から、ずっと帰って来ませんの」

おはまはあっさり笑ってみせた。

地味な縞の袷《あわせ》に博多《はかた》の帯をしめ、いま外したらしい前掛を、まるめて手に持っていた。洗い髪にほんの薄く白粉《おしろい》を刷《は》いて、すがすがしいほど冴《さ》えた顔色をしているし、眼つきや表情も明るいが、それらのうしろにある、嘆きの深さを隠すことはできないようであった。

「藤代さまは百川の会にはいらっしゃいませんでしたのね」

「知らなかったものですから」

「そうでしたわ、あたしが水道橋へも御案内したらって云《い》いましたら、こんなみっともない会に呼べるかって云ってましたわ、なにがみっともないのか、あたしにはわけがわからないんですけれど」

おはまはしなのある手つきで、洗い髪のほつれたのを掻《か》きあげた。

「わからないといえば、このごろあの人の気持がまったくわからなくなってしまいました、あら、どうしましょう」おはまはふと気がついて身をずらせた、「おあげ申しもしないでこんな話を始めたりして」

「いや、あがってはいられないんです、ちょっと会って話したいことがあったのだが、すぐにおいとましなければならないんです」

「ではもう、おめにかかれなくなりますのね、おなごり惜しゅうございますわ」

「それはどういうわけです」

「あたし別れることにしましたの」

おはまはこう云って、微笑しながら保之助を見あげ、すぐにその眼を伏せた。

「貴女《あなた》が、――青山と別れるんですって」

「そうするよりほかにしようがないんです」

眼を伏せたままおはまが云った。

「あの人はあのとおり皮肉で、口が悪くって拗《す》ねたような性分ですから、藤代さまのほかにはお友達らしい人もいません、あたしでさえときどき憎らしくなるくらいですわ、でも、——本当は淋《さび》しがりやで気の弱い、心のまっすぐな善い人なんです、あたしにはそれがよくわかるんです」

保之助は頷《うなず》いた。おはまにはわからなかったろう、やはり俯向《うつむ》いたままで続けた。

「あたしあの人を見ると、いじめられて育った継《まま》っ子を見るような気がして、わけもなく可哀《かわい》そうでしようがなくなるんです、あの人のためならどんな苦労も厭わないし、あたしにできることならなんでもしてあげたくなるんです、——あの人にも、あたしのこの気持はわかっているでしょう、よくわかっていると思うんですけれど、どういうわけかあの人は、急にあたしを避け始めたんです」

女のそういう感情は、男にとって負担なのかもしれない。おはまはそう思ってみたという。だがそれだけではないらしい、初めて書いた著書が思いがけなく当り、版を重ねるにしたがって不機嫌になった。好評重版の祝いの宴会で、とつぜん絶版の宣告をしたことなどから推察しても、そんなところにもう一つ原因があるのかもしれない、とおはまは云った。

「でも、どっちにしても、あの人があたしから離れたがっているのは慥かですわ、ほかの人にはわからなくても、あたしはわかるんです、それも飽きたとか、嫌いになったというんじゃありません、決してそうじゃないんです、あたしがこんなことをうぬ惚《ぼ》れで云ってるんじゃないってことはわかって下さるでしょ、あの人はあたしが嫌いになったのでもないし、飽きたんでもありません、いまでも好いていてくれるんです、それでいながら離れてゆこうとしているんです」

「青山にはわれわれに理解のできないところがあります、慥かにそれはあるけれども」

保之助が嘆息するように云った。

「しかし、貴女が独りでそうきめてしまうのはどうでしょうか」

「あたしがきめるよりしようがないんです、あの人は別れたくっても口に出しては云えない性分なんですから、——二人のあいだのことは、いつもあたしが自分できめて来ました、いまになって考えてみると、あたしが此処《ここ》へ押しかけて来て、いっしょになったのが悪かったんですわ」

そう云って、おはまは俯向いていた顔をあげ、保之助を見て微笑した。眼はうるんでいたけれども、それは爽《さわ》やかにいさましい微笑であった。

「あたし明日深川へ戻ります」

別れるときおはまが云った。

「あの人は廓《くるわ》の中卍楼といううちにいる筈《はず》です、もしかいらしって頂けるならそう仰《おっ》しゃって下さいませんでしょうか、おはまは深川へ帰りましたって」

「――わかりました」

「深川へ帰ったら、こんどはもう、来いと云われるまで、辛抱しています、決しておはまのことは心配しないで下さいって、どうぞそう仰しゃって……」

おはまはそこで絶句した。

それ以上がまんができなくなったのだろう、まるめて手に持っていた前掛を、顔に押し当てながら立って、そのまま奥へ入ってしまった。

横網の河岸《かし》へ出ると、いつか風が吹きだして、川は波立っていた。保之助はうら悲しいような、ふさがれた気分で、ぼんやりと河岸の道をゆき、両国橋を渡った。

風の中をけしきばんで走って来る者があり、「千住の南組でえらい騒ぎだぜ」

「百姓一揆だってな」

「まるで合戦場《かっせんじょう》みてえな騒動だ」

そんな話し声が聞えた。

むろん耳にはいるのだが、保之助はまったくべつの想《おも》いにとらわれていた。彼はその日、藤扇に逢《あ》うつもりで家を出て来た。信二郎はじかに吉原へ来いと云っていたが、もう帰ったころだと思ったのである。それがやっぱり帰ってはいないで、おはまのかなしい諦《あきら》めを聞かされるはめになった。

――あれほど真心をつくしているのに。

保之助にはおはまの諦めた気持が、身にしみて哀れだった。

――いったい青山はどんなつもりなんだろう。

つい数日まえ、仲の町の茶屋で、信二郎の乱れた酔いぶりを見た。彼には彼で、なにか苦悶《くもん》があるように思えた。理由はまるでわからないが、なにか深く苦しんでいるように、保之助にはみえたのであった。

「――どうしよう」保之助は立停った、「いってみようか、彼に逢って、……」

保之助はふと眼をすぼめた。

ちょうど橋を渡りきったところで、すぐ左側に、船着きの桟橋があったが、そこへ一人の女があがって来た。いま舟からおりたところらしい、武家ふうの髪かたちと、派手な衣装の色とが、突き刺さるように保之助の眼へとびこんで来た。それはすべて見覚えのあるものであった。

――その子。

彼は反射的に顔をそむけた。

その四

それは紛れもなくその子であった。そう認めたとき、保之助は顔をそむけて歩きだした。

　悪いところをみつけられでもしたような気持で、妻の眼を避けようとしたのである。藤扇のことが頭にあり、逢いにゆこうかどうしようかと、迷っていたときだったからであろう。だが、すぐに足を停めて振返った。

　その子は薬研堀《やげんぼり》のほうへ歩いていた。まだごく若い痩《や》せた小女《こおんな》がいっしょだった。桟橋では気がつかなかったが、同じ舟で来たものらしい、もちろん藤代の召使ではなかった。保之助はどういうつもりもなく、そっちへ歩きだした。なにかに惹《ひ》きつけられるように、なかば無意識に歩きだしたのであるが、じつはいつかの、堺町の出来事をおもいだしたのであった。歩きだすとすぐそのことに気がついた、堺町の芝居茶屋へ入った女が慥かに妻であった、というあのときの記憶がよみがえって、われ知らずあとを跟《つ》ける気になったのであった。

　——これは恥じなければいけない、あまりに劣等だ。

　彼は引返そうと思った。背中に汗の滲《にじ》むのが感じられた、しかし引返すことはできなかった。むしろ、見失うことを恐れるように足を早めた。

その子と小女とは、米沢町の横丁へはいってゆき、薬研堀の角地にある、かなり大きな料理茶屋へ入っていった。船板塀をまわしたその茶屋の路次行燈《あんどん》には「川忠」と書いてあった。

保之助はその前を通り過ぎて、堀のほうへ出た。風はますます強くなり、大川に続いている狭いその堀の水も波立って、岸に繋《つな》いである舟がつぎつぎに揺れあがっては、互いにぶっつかったり離れたりしていた。――曇りだした空は、いちめんに黄ばんだ灰色に掩《おお》われ、保之助の足もとからも、突風の来るたびに、土埃《つちぼこり》が舞いあがった。彼は不決断な眼で、うす汚れた空を見たり、揺れ騒ぐ水を見たりしていたが、やがてあとへ戻って「川忠」というその料理茶屋へ入った。

――おれは、こんな事をする自分を、一生涯ゆるせなくなるだろうな。

彼はこう思いながら、腰から取って右手に提《さ》げた刀を、汗の出るほど握りしめた。

「千住のほうでたいへんな騒ぎがあったそうでございますね」

二階の座敷へ案内しながら、二十五、六になる女中が云った。

――この女中に頼んでみようか。

保之助はなま返辞をしながら、漠然とそんなことを考えていた。こういう家へ独りであがるのも初めてだし、あがった目的をどうしたら果せるかも、見当がつかなかった。

「印旛沼のほうから百姓一揆が押して来たんだっていうじゃございませんか」女中は昂奮した調子で続けた、「何千人とかって人数で、直訴《じきそ》をしようとして押しかけて来たんですって、町方のお役人がそれを止めようとして、それこそ戦のような騒動になったそうでございますよ、家が壊されたり、何百人となくけが人や死人が出たんですって、つい昨日は高崎のほうでも一揆があったそうですし、ほんとうにまあなんていやな世の中でしょう」

その座敷からは、坐《すわ》っていて大川が見えるそうであるが、埃がひどいからと云って、女中は障子を閉めていった。

——これからどうしたらいいんだ。

彼はますますおちつかなくなった。妻はまた例によって、小室の娘などと会食にでも来たのかもしれない、と思った。その子はそういうことが好きだし、そういうことでは保之助などよりずっと馴《な》れていた。おそらくそんなことなのだろう、と思いながら、一方ではまったく別種の疑惑を、どうしてもうち消すことができなかった。

それは単に、妻がこの家へ一人で入って来たことだけが理由ではなかった。いつか堺町の芝居茶屋へ入るのを見たとき、そんなことはない、——と妻がはっきり否定するのを聞いて以来、そうして、その前後からの態度の変化、特に寝間の習慣の変ったことなどが、無意識のうちに一種の疑いをよび起こしていたのであった。

保之助が初めに気づいたのは、寝屋ごとの遠のいたのと、その淡白になったことであった。

結婚したそもそもから、妻はそのことなしには一夜も眠らなかったたし、満足を求めることも無邪気なほど熱心に、かつ直截《ちょくせつ》であった。保之助はそのことにまったく経験がなかった。機会のなかったためもあるし、家庭の空気と、彼自身の肉躰的条件にもよったことであろう。だがもちろん眼にし耳にするものから、或る程度まで、年齢だけのことはしぜんと知っていた。その乏しい知識からすると、その子のそれは好色というに近いものであった。おそらく好色という以外に云いあらわしようはないであろう、しかも、実際には少しもそういう感じがしないのである。他の女のばあいならみだらになるだろうと思われるような、激しい快楽の表現でも、その子のそれはいかにもしぜんであり、ときには美しくさえあった。保之助はそれに馴れたし、そこから充分な慰藉《いしゃ》と満足を得ていた。

それが正月あたりから変りはじめ、小金ケ原の出来事のあとは、いっそうはっきりと変った。寝間を共にすることもしだいに遠くなったし、そういうことがあってもしらじらとして、なんの感動もよろこびもなく、そのあとには倦怠《けんたい》と不満が残るようになった。

——なにかあるのだ、妻のなかになにごとかが起こったのだ。

そういう疑いが強くなり、それを裏づけるように芝居茶屋のことがしばしば思いだされた。

平河町の兄の結婚する日、承知していながら急に妻は出席を拒んだ。彼が謹慎を命ぜられ、役目を罷免《ひめん》されたことが恥ずかしい、という理由であった。そのとき保之助は、離別して藤代家を出よう、と思ったくらいであるが、それは（それまでに溜《た》まっていた）妻に対する不信と不満が、抑えきれなくなったからであった。

「——なんというみじめなことだ」

保之助は蒼然《そうぜん》と呟《つぶや》いた。

——このまま帰るほうがいい、そんなことをするのは自分で自分を辱《はずか》しめるだけじゃないか。

彼はそう思って立とうとした。しかし、そのとき女中が、注文した品を運んで来た。保之助はまた坐った。

その五

むろん食事をするつもりはなかった。酒と肴《さかな》を命じたのであるが、保之助はあまり飲めないので、女中にさすと、きれいに受けた。

「あら、またわたしですか、これじゃあ独りで頂くみたいじゃございませんか」

そんなことを云いながら、好きでもあるのだろう、それほど遠慮もせずによく飲んだ。

「どなたかお馴染《なじみ》がおあんなさるんでございましょう、こんなおばあさんじゃしょうがありませんもの、お呼び申しましょうか」

「芸妓でも来るのか」

「いろいろございますわ、芸妓衆でも踊子でも、――あらお人の悪い、よく御存じじゃございませんか」

こういう会話には極めて不馴れであるが、それでも彼はきっかけをつかむことはできた。

「いま私が入るまえに、きれいな人が一人はいったようじゃないか」

「おやお眼の早いこと、油断がなりませんね」

「あれも座敷へ出るのか」

「いいえ、あの方はお客さまですわ」

「女がひとりでか」

「いやですわ、そんな知らないふりをなすって」と女中は睨《にら》んで云った、「こういうところへいらっしゃるとすれば、およそお察しがつきそうなものじゃございませんか」

「というと、――つまり、そういうことか」

「当節は堅気さんのほうがよっぽど達者でいらっしゃいますわ」

「そうはみえなかったがね」

なにか喉につかえているような声で、保之助が云った。

「武家の妻女という感じだったが」

「わたしたちもそうじゃないかと思うんですけど」女中は衣紋《えもん》をぬきながら云った、「見たところは縹緻《きりょう》もよし、おひとがらも静かで、ほんとにお武家の若奥さまといったふうなんですけれど、それがいざとなるとあなた、まるでもうたいへんなんでございますよ」

酔い始めたらしい女中は、しきりに唇を舐《な》めながら、巧みな暗示的表現でその、「たいへんな」ようすを話しだした。保之助は耳を塞《ふさ》ぎたくなった。女中の言葉は彼を突き刺し、ひき裂くように思えた。現実に突き刺されひき裂かれるような、強烈な苦痛を感じた。

「わたしもずいぶんいろいろな癖のある方を知ってますけれど、あんなに遠慮なしな方って初めてですわ」こう云って女中は、さぐるように保之助を見た、「もしお望みでしたら、隣りのお部屋へそっと御案内いたしましょうか」

「――そんなことができるのか」

「もちろん内証ですけれど、そういうお好みのお客さまがよくございますわ」

保之助は盃《さかずき》の酒を乱暴に呷《あお》った。そうして、ひどく歪《ゆが》んだ笑いをうかべながら、なにがしかを紙に包んで女中に与えた。

「――話のたねにするかな」

女中はきように貰《もら》った物を袂《たもと》に入れ、にっと笑いながら立ちあがった。

「お断わりしておきますが、ほんとに内証でございますよ、こんなことが知れるとこの家の迷惑になりますからね」

そして、ようすをみて来るからと云って、階下へおりていった。

保之助は酒を飲もうとした。しかしもう徳利は二つとも空であった。彼は唇を噛《か》んで頭を振った。額にどす黒い皺がより、こめかみに太く血管があらわれた。肉躰的な苦痛が、いまは一種の快感に変るようであった。化膿《かのう》した歯齦《はぐき》を強く押すときの、むず痒《がゆ》い痛みに似た快感であった。

「そうだ、慥かにこれは劣等なことだ」と彼は口の中で呟いた、「けれども、劣等ではあるが一つの勇気だ、いつかははっきりさせなければならないことを、おれはいまはっきりさせるんだ、そのために自分を卑《いや》しめることをも、おれは決して恐れはしない」

だが、保之助は坐っていることに耐えられなくなり、立っていって障子をあけた。すっかり曇った空を、いちめんによごれた灰色の土埃が掩《おお》っていた。家々の屋根の向うに驚くほど近く大川が見え、あらあらしく岸を打つ波の音が、風に乗ってやかましいほど高く聞えた。

まもなく女中があがって来た。

「どうかお静かに、——」

こう云って、眼まぜをしながら、先になって階下へ案内した。

廊下をいちど曲り、狭い中庭に面したひと間へ入ると、女中はさらにその隣り座敷の襖《ふすま》をあけた。そこには酒肴《しゅこう》の支度ができていた。「この次の次のお座敷ですから」と女中は囁いた、「静かに召上っていれば向うにはわかりませんし、此処でもよく聞えますわ」

保之助は膳《ぜん》の前に坐った。羞恥《しゅうち》のために全身が熱くなり、眼のやり場に困った。それが初心《うぶ》にみえたのであろう、女中は色めいた眼でみつめ酌を一つして立ちながら囁いた。

「ではごゆっくり、――当てられて気を悪くなすったら、あとで可愛《かわい》い妓《こ》をお世話しますわ」

そして間の襖を閉めて出ていった。

女中の云った座敷では、かなり高い男女の話し声がしていた。女の声は嬌《なまめ》かしく華やいでいるし、酒でも飲んでいるのだろう、ときどき器物の音が聞えて来た。

保之助は口をあいて喘《あえ》いだ。

――その子だ。

紛れもなくその子の声であった。そこまできてもなお間違いであることを願っていたのだろうか、それが妻の声だということを慥かめると、殆《ほと》んど胸を圧潰《おしつぶ》されるような苦痛におそわれた。

——勇気をだせ、恐れるな。

真実をみきわめることを恐れるな。自分を鞭打《むちう》つようにこう思ったが、その苦痛を抑えきることはできなかった。

保之助は大きく喘ぎ、立ちあがって襖をあけた。隣りは暗い長四帖《じょう》で、行燈や火鉢などが置いてあった。その向うは壁で、隅のほうが一枚だけ襖の引戸になっている。彼はわざと足音をさせながら、そっちへいってその引戸をあけた。

六曲の屛風《びょうぶ》をまわして夜具がのべてあり、枕元《まくらもと》に酒肴の膳が置いてあった。下着になった男と女が、夜具の上により添って坐り、ちょうど男が盃を持って、女に飲ませようとしているところだった。閉めきってある部屋の中はなま暖かく、酒と香料と肌の匂いがこもっていた。一瞬、保之助は眩暈《めまい》におそわれたようであった。なま暖かく、むっとこもった空気のなかに、忘れることのできない妻の汗の香を嗅《か》ぎとったとき、彼の眼にはいるすべてのものがぐらぐらと揺れ、嬌かしい色彩がいり乱れた。

それはごく短い時間のことであった。

片手をその子の肩へまわし、片手の盃をその子の口へ持っていったまま、男がこちらへ振向いた。眉毛《まゆげ》を剃《そ》った、色の浅黒い、不健康にむくんだような顔であった。

その子はこちらを向いていたので、すぐに保之助だということを認めた。そしてとつぜん、その眼を大きくみひらき、下唇をだらんと垂れた。裂けるほどみひらいた眼と、下唇の垂れたままで、その子の表情が硬化するのを見たとたん、保之助は黙って引戸を閉めた。

彼がそこを去ってしまうまで、その座敷はひっそりと、死んだように静かであった。

その六

ちょうど同じころ——。

浅草今戸《いまど》に近い、裏長屋のひと間で、田舎小僧の新助が死にかかっていた。町方の見廻りが厳しいので、医者を呼ぶこともできなかったし、呼んだところでどうしようもないことは、誰の眼にも明らかであった。

彼はまだ意識がはっきりしていた。

信二郎が助け出したときは、気絶したままであった。血だらけになっているのを担《かつ》ぎ、裏の田圃《たんぼ》へぬけて、総泉寺の脇まで来ると、うしろからこの家の主人に呼び止められた。

——あっしの家へ伴《つ》れておいでなさい。

彼はいきなりそう云って、着ている長半纏《ながばんてん》をぬぎ新助の軀《からだ》へ掛けた。

——心配しなさんな、あっしは叩き大工の由造《よしぞう》という者で、いまの始終を見ていました、こっちも一揆《いっき》でも起こしてえ組なんだから。

そして片方から新助の腕を肩へ担いだ。

裏長屋のその住居には、おつねという女房が一人いるばかりだった。晒木綿《さらし》などといっている暇はないので、有り合せの布切を裂いたり継いだりし、まず出血を止めるために、大きな傷口から縛っていった。そのとき初めて、新助は苦痛のあまり意識をとり戻し、

——やめてくれ、触らねえでくれ。

と悲鳴をあげた。

太腿が折れ、肋骨《ろっこつ》が折れていた。頭も破られていたし、裸にした軀は隙間もないほど傷だらけであった。三人は傷口を縛りながら、とうてい助からないだろうということを認め、あとは布切を当てるだけにして寝かした。

——これじゃあだめだ。

新助は歯をくいしばりながら云った。

てくれ。

——これじゃあ畳が汚れちまう、畳を裏返しにして、そこへ古蓆《ふるむしろ》を敷いて寝かしけが人は黙ってろ、と由造は相手にならなかった。汚れて惜しいような物はありゃあしねえと云い、ちょっと買い物をして来るからといって出ていった。

「旦那《だんな》にこんな、御厄介をかけようとは思わなかった、どうして、あんな処へいらしったんですか」

新助は同じことを二度訊《き》いた。それからべそをかくように笑って、信二郎を見た。

「旦那とは妙な因縁ですね、越中堀《えっちゅうぼり》で旦那をお助けして、こんどはあっしが、——けれども、じつを云うと、よして下さりゃあよかったんだ、あっしはあそこで死にたかったんですよ」

「どうして一揆の中なんぞに入ったんだ」

信二郎は話をそらした。

「初めからいっしょだったんですよ」新助は片息で答えた、「——もう御存じかもしれねえが、小金ケ原で、田沼のちくしょうをやりそくなって、それから、印旛沼のそばの、百姓屋に隠れていました、百姓半分漁師が半分の、子だくさんで、ひでえ貧乏な家でしたがね……そこへ、沼を干すっていう触れが出た、沼を干して田にする、そのために江戸から、人夫が入って来るっていうんで、あっしは」

「そう饒舌《しゃべ》っては苦しくなるだろう、ひと眠りしてからにしたらどうだ」

「ひと眠りすれば、もうさめやあしねえ」

　新助は唇を曲げて喘いだ。意識ははっきりしているが、傷の痛みはもう感じられないようであった。そして、それがなにを意味するか、自分でも承知しているようであった。

「あっしにゃあ、わかってる、けれども、これぽっちもみれんはありゃしねえ、――あっしはやっつけた、あっし一人の力じゃあねえ、妙な浪人者みてえな人が五六人いて、沼のまわりの百姓たちをたきつけていたが、あっしはもっとじかに、一人ひとりをけしかけて歩いた」

　信二郎は五六人の浪人者という言葉を聞いて、すぐに松平定信の顔を思いだした。その浪人者たちのうしろに、越中守の顔と、その顔が代表する勢力の触手を、見るように思った。

「青山の旦那、あっしはいい心持で死ねますぜ」と新助は云った、「田沼のちくしょうはやりそくなったが、とうとう天下のお膝元《ひざもと》へ、一揆をぶち込んでやった、あの騒動を、見てくれましたか」

信二郎は頷いた。

「見てくれましたか、旦那」と新助は歯を剝きだした、「あっしのような、けちな野郎にゃあ、分に過ぎたこった、あれだけの騒動をやってのけりゃあ、もう思い残すこたあありません、あっしは心持よく死ねますぜ」

新助の眼がふいと白くなった。瞳孔《どうこう》がつって、白眼の部分が出たのである。小鼻のまわりに、紫色のしみがあらわれてきた。

「――旦那」

こんどは囁くような声であった。信二郎は唇をひき結んで、新助から眼をそらした。彼がなにを云いだすか、よくわかったからである。

「旦那、――」と新助は云った、「あいつは、無事にやってるでしょうか」

「ああ、無事にやっているよ」

「――こんなことは」

そう云いかけて、新助はぎゅっと顔をしかめ、頭をぐらっと脇へ向けた。信二郎には彼の云おうとすることがよくわかった、それで静かな声で、なだめるように云った。

「知らせないほうがいいな、会いたいだろうが、――もう諦めているんだから」

「ひと眼だけでも」新助が云った、「――よしたほうがいいでしょうか」

「もういちど泣かせたいか」

新助は答えなかった。横を向いた眼から、涙が条《すじ》をなしてこぼれた。それから、ひどくもつれる舌で、とぎれとぎれに云った。

「済みません、どうか、水をひとくち」

そのとき、なにを聞きつけたか、この家の女房のおつねが、あたふたと戸口へ出ていって、外を覗《のぞ》いた。

その七

信二郎はおつねのほうを見ながら勝手へ水を取りに立った。そんなに出血している者に、水を飲ませて悪いことは常識である。新助の命に少しでも希望がもてたらそんなことはしなかったろう、彼はそれが末期《まつご》の水になるだろうと思って、湯呑《ゆのみ》に半分ばかりくんで戻った。

そのとき由造が戻って来た。おつねの聞きつけたのは、由造と長屋の誰かと話す声だったのである。彼は荒い息をしながら、なにやら紙に包んだ物を持って、信二郎の脇《わき》に坐りながら、そっと新助を覗きこんだ。

「六神円てえ薬を貰って来たんですがね」と由造が信二郎の耳へ囁《ささや》いた、「猿若町にあっしの親方がいて、そこから貰って来たんだが、のませてみたらどうでしょう」

「せっかくだが、もういいだろう」

信二郎はこう囁き返して、湯呑を新助の口へもっていった。

新助は湯呑へかぶりついたが、水はほとんどそとへこぼれ、口の中へは僅《わず》かしか入らないようであった。噎《む》せたらおしまいだと思ったが、幸いうまく喉を通ったらしい。満足したように眼をつむると、また仰向きになって、絶え絶えに喘いだ。いっときのまに、こめかみの肉がそいだように落ち、小鼻のわきの紫色のしみが、口の両側のほうへ大きくひろがった。

「——おさだ、引窓は閉めたな」

新助が眼をつむったままでいった。少し舌はもつれるが、それはかなり明瞭《めいりょう》に聞えた。

「——来年こそ、飛鳥山《あすかやま》へ花見にゆこう、芳坊を伴れてな、芳坊はおれが背負っていくぜ、おめえにはもう重いからな、……よく育ったもんだ、なげえ貧乏のなかで、よくこんなに育ったもんだ、みんなおめえの丹精だぜ」

そこにいる子供をあやしでもするように、顎《あご》を二度ばかり動かした。それから急に眉をしかめ、片手で、掛けてある由造の長半纏をぎゅっと摑《つか》んだ。

「――もう大丈夫だ、もう苦労もおしめえだ、これからはおれたちも楽になる、おめえにゃずいぶん苦しいおもいをさせたが、これからは少しずつでもたのしいめがみせてやれるぜ、……なげえこと、済まなかったな、おさだ、勘弁してくれ、本当に済まなかった」

新助の片方の眼《め》尻《じり》から枕へ、涙がこぼれ落ちた。信二郎は顔をそむけながら立って、由造を上り框《がまち》のところへ呼んだ。

「あのうわ言は、もう長くねえ証《あかし》ですね」

由造が囁いた。信二郎は頷きながら、紙入を出して彼に渡した。

「勝手なことを云うようで済まないが、これであとのことを頼まれてもらえまいか」

「旦那はお身内じゃあねえんですね」

「身内ではないが事情は少しばかり知っている、息をひきとるまでみていてやりたいんだが、ほかにのっぴきならない用があるんだ」と信二郎は云った、「見ず知らずの者にこんなことを頼んで、虫がよすぎると思うだろうが、すぐに代りの者をよこすから、済まないが引受けてくれないだろうか」

「どうせ乗りかかった舟だ、ろくなこたあできねえが、——しかしお寺なんぞはどうしたらようござんすか」

信二郎はすべて任せると云った。ゆき倒れになっていたのを、助けて来て介抱したといえば、町役*でどうにかするであろう。たとえ騒動の一味にされたところで、死んだ者にはもう痛くも痒くもない。いずれにしても無縁仏になる運なら、骨は大川へ流してもいいだろう、と云った。

「旦那はずいぶんはっきりお云いなさるね」

紙入の重さで承知する気になった。それだけではないが、多額な金の誘惑に勝てなかったのも慥かである。由造はそのことを自分で恥じたのだろう、——本当なら金なんぞ貰うのではないが、そう云って赤い顔をした。

「あとですぐ人をよこすから」

信二郎はもういちど断わり、新助にはもう眼もくれずに外へ出た。

表へ出て曲ると、すぐに山谷堀《さんやぼり》であった。騒ぎのあとを警戒するのだろう、道の辻《つじ》や今戸橋の袂には高張提灯《たかはりぢょうちん》を立て、六尺棒を持った町方の者が、五六人ずつ立番をしていた。一刻《とき》ほどまえから吹きだした風が、まだ相当につよく、道ではしきりに砂埃が巻きあがっていたし、ようやく昏《く》れかかった堀の水は、片明りに光って波立ちながら、やすみなしにちゃぷちゃぷと岸を洗っていた。

——済まなかった、おさだ、勘弁してくんな。

新助の苦しそうな声が、いつまでも耳についてはなれなかった。信二郎は堀端に立ったまま、放心したように水を眺めていた。

「——そうだ、ながい苦労だったが、これで楽になるな、新助」彼はぼんやりと呟いた、「生きていることは、おまえにはただむだな苦労を積むことだ、……おさだがおまえを忘れたことも、怒ってはいけない、人間は生きている限り、飲んだり食ったり、愛したり憎んだりすることから離れるわけにはいかないものだ、どんなに大きな悲しみも、いつか忘れてしまうものだし、だからこそ生きてもゆかれるんだ、——もしおまえに魂というものがあったら、おさだの仕合せを守ってやれ、おさだと芳坊が仕合せであるように守ってやるんだ、わかったな」

鼻がつんとなり、涙が出そうになった。

暗い水の上を、欠けた汁椀《しるわん》が流れて来た。ひき潮とみえて、せわしく波に揺られながら、大川のほうへとかなり早く流れてゆく。その欠けた椀がぼうとぼやけ、涙がこぼれそうになったので、信二郎は自分にてれたように唇を歪め、低く舌打ちをした。

五躰から精気がぬけ去ったような感じで、やりきれないほど気がめいった。

「なにをそうむきになるんだ」

彼は歩きだしながら独り言を云った。あたりはぐんぐん暗くなり、堀の向うに待乳山《まつちやま》の森が、夕空を背景に黒ぐろと高く際立《きわだ》って見えた。日本堤に続く家並には灯がはいって、廓《くるわ》へゆく客を送るのだろう、けいきのいい声をあげて走る駕籠《かご》や馬などが、しきりに堤のほうへといそいでいた。

「一揆そのものは深刻だが、ひと皮剝《む》けば、醜い権力亡者《もうじゃ》に煽動《せんどう》されたものだ。おまけに一揆を起こした無辜《むこ》の民は重科に問われ、煽動した人間には少しも累《るい》が及ばない、彼は口をぬぐって、ことによるとその裁きの判官になるかもしれないのだ、……相変らずの猿芝居《さるしばい》、演じてる連中はいっぱし英雄きどりなんだ、なにもおれが悲愴《ひそう》がることたあねえや」

彼は居直るようにふところ手をした。

右側はいちめんの田圃で、鋤《す》き返した土がうちわたして見え、そのところどころに畑があった。そこでは伸びた麦が、昏れてゆく仄明《ほのあか》りのなかで、まるで風に打たれでもするように、さやさやと片向きに波うっていた。

茶屋へ戻ると、保之助が待っていた。

傷心

その一

「ひさご屋」で飲んでいるうちに、保之助のようすがおかしいことを信二郎は知った。顔には陽気な笑いをうかべ、柄にもない冗談をとばしたりして、いくらでも盃《さかずき》を重ねた。

――倹約な箱入り息子だって三年経《た》てば三つになるさ。

そんなことを云《い》いながら、うっかりすると手酌で呷《あお》るようなまねまでした。中卍楼から紫蘭が藤扇を伴《つ》れて来たとき、保之助は色をなして、藤扇の座敷へ入るのを拒んだ。そっちへは眼も向けず、やけに手を振って「顔も見たくない」とどなった。藤扇は泣きだして独りだけ帰っていった。

――どうしてあの妓《こ》をいじめるんです、あの妓のどこがお気に召さないんですか。

紫蘭がなめらかな廓《さと》言葉で、ちょっとひらき直ったように云った。そのときはもう、鶴屋の主従も幇間《ほうかん》の喜市も帰り、おはんは残ったが、若い三人の芸妓《げいぎ》の顔も変っていた。

――このまえいちどおめにかかってから、あの妓はまるで夢中のようになって、口をあけばあなたのお噂《うわさ》ばかりしていました、今日もこちらへいらしったということを聞くと、すっかりのぼせあがってなにも手につかず、知らせのあるのを待ちきれずに、それも独りでは来られないので、あたしをむりにせきたてて来たんじゃありませんか。

そんなふうに紫蘭は云った。信二郎が黙らせようとしたが、きかない気性とみえ、相当に強い調子でなお続けようとしたとき、保之助がとつぜん信二郎のほうへ振返った。

「青山は悪いやつだ、おまえ悪人だぞ」

「それをいまごろ知ったのか」

「きさまは悪人だ」保之助は唇をふるわせて云った、「おれはおはまさんに会った、あの人は笑っていた、泣いてくれたら、おれはもっと楽だった、しかしあの人は笑っていたぞ、わかるか信二郎」

「おはまが笑い、保之助が泣くか」

「おれは殴るぞ、本当に殴るぞ青山」保之助は坐り直した、「なぜあんな薄情なことをするんだ、あの人がどんな悪いことをしたんだ、あの人はあんなに、青山のために苦労して来たじゃないか、知ってるぞ、おれは、……誰にもまねのできないような、あれほどの真実をつくして来たのに、なにが理由であの人を棄《す》てるんだ、どうしたんだ」

「それはおれに対して質問するのか、それともおまえ自身に対してか」

信二郎の声には皮肉な響きがあった。保之助はちょっとわからなかったらしい、眼をすぼめて、訝《いぶか》るように友の眼を見まもったが、

「もちろん青山に、――」と云いかけてふいに口をつぐんだ。

中卍楼へ移ったのは、夜の十時ごろであった。殆んど泥酔《でいすい》した保之助は、家へは帰らないと云い張り、いっしょに寝て話そう、としつこくからんだ。信二郎はよしよしと頷き、それが好みの名代部屋で、夜具を並べて寝た。

横になるとすぐに保之助は眠りこんだ。深い酔いがむりやりにひきこんだような眠りかたで、熟睡はできないらしく、輾転《てんてん》と寝返ったり、呻《うめ》いたり、わけのわからない寝言を云ったりした。

――慥《たし》かにいつもの彼ではない。

信二郎は彼の寝顔を眺めながらそう思った。

——なにかあったのだ、尋常でない、なにか変ったことがあったのだ。

けれどもまもなく信二郎も眠ってしまった。

翌日も、三日めになっても、保之助は帰るけしきがなかった。保之助の好きなようにさせておいた、悪酔いをして苦しがれば介抱してやるが、望めばいくらでも飲ませたし、あれている理由も訊かなかった。——二人は「ひさご屋」と中卍楼を往復し、芸妓や幇間にとりまかれて、保之助は殆んどなにも食わずに、飲んでは倒れ、起きては飲むということを繰り返した。

このあいだずっと、藤扇は部屋にこもったきりで、客には出ないし、食事もろくろくせず独りで泣いてばかりいたそうである。

——どうにかしてやって下さいな。

紫蘭がなんども信二郎に耳うちをした。けれども彼は黙って首を振るだけであった。

三日目の夜、というよりも、すでに四日目の明けがたちかくであったが、信二郎がひょいと眼をさますと、保之助が夜具の上に起き直って、惘然《もうぜん》と壁のほうを見まもっていた。蒼《あお》ぐろく窶《やつ》れた頰がげっそりとこけ、眼がおち窪《くぼ》んで、額に膏汗《あぶらあせ》が浮き出ていた。憔悴《しょうすい》した顔が精神の極度な緊張のために歪み、よく見ると、胸が波をうつほど荒い呼吸をしていた。

「――どうしたんだ、気分でも悪いのか」

信二郎がそっと声をかけた。保之助はとびあがりそうになった。とつぜん妖怪《ようかい》にでもおそわれたように、全身をびくっと痙攣《けいれん》させながら、眼球がとび出るかと思うくらい、大きくみひらいた眼で振返った。しかしすぐに、いま自分がなにを思っていたか、ということに気づいたとみえ、ひどくまいったようすで頭を垂れた。

「――もう云いだせそうなものじゃないか」

信二郎は起き直って二つの湯呑に水を注ぎ、一つを保之助に与え、自分も喉《のど》を鳴らしてひと息に呷った。

「――云ってしまえば楽になる、いったいなにがあったんだ」

保之助は渡された湯呑を持って、暫《しばら》くそれを眺めていた。それからおもむろに、まるで舌が重いとでもいったふうに、ぎごちない口ぶりで云った。

「その子が男と密会しているんだ」

そう聞いた刹那《せつな》、信二郎は反射的に、持っていた湯呑をぎゅっと握り緊《し》めた。

――ついに来たぞ。

そういう声が、耳の中でがんと響いた。彼の内部になに者かいて、彼を嘲笑《ちょうしょう》し、彼を裁決するかのような感じだった。

「それだけではわからない」信二郎は辛うじて云った、「どういうことなのか、事情を聞こうじゃないか」

「これだけでわからないって」

保之助は不審そうに眼をあげた。妻の密会という言葉が、青山を驚かさなかったことに、彼のほうが驚いたようであった。だが、彼はすぐに眼を伏せて頷《うなず》いた。

「そうだ、云ってしまおう、自分ではどうにも解決の法がみつからないんだ」

「まあその水を飲まないか、こういう話は誇張されやすいから、気持をしずめて話してもらおう」

そして信二郎は、空になった自分の湯呑に、もういちど水を注いだ。湯沸しを持つ彼の右手は、かなり明らかに震えていた。

その二

保之助は話し終ってから、初めて、渇いたもののように水を呷った。

信二郎はやや暫く黙っていた。

「どうしたらいいだろう」

待ちきれなくなったように保之助が訊いた。

「さあね、――」信二郎は苦しそうに眼をそらした、「古風にゆけば、重*ねておいて四つ、常識でゆけば離別、そのどっちかというところだろうが、もう一つ、……見ないつもりで赦《ゆる》すという法もある」

「おれにはできない」

「――だろうね」

信二郎は頷いた。そして、持っている空の湯呑を、膝《ひざ》の上でもてあそびながら、静かな声で云った。

「藤代はおとといの晩おれに、どうしておはまを棄てるのかと訊いたね、おはまがおれのためにあれほど苦労し、真実をつくしたのに、どうしてそんな薄情なまねをするのかって、――それについて答えるが、聞いてくれるか」

保之助は頷いた。信二郎は続けた。

「なるほど、おはまはおれのために苦労した、おれに金や物を貢《みつ》ぎ、真実をつくした、ああいうしょうばいをしていながら、おれを知ってからは、義理を欠いても、ほかの客に肌を触れるようなことはなかった、それはまさしくそのとおりだ、しかし、そのとおりではないんだ、——おはまのやっていることは、おれのためであるよりも自分自身のためだというほうが事実に近いんだ」

「いつもの詭弁《きべん》なら聞きたくないな」

「詭弁じゃない本当のことなんだ」信二郎は珍しくまじめに云った、「おはまに限らず、人間のすることはみな同じさ、献身とか奉公とかいうが、それはそのことが自分を満足させるから、献身的にもなり、奉公によろこびを感じもするんだ、男と女の感情もそのとおり、相手が自分にとって好ましく、その愛が自分を満足させるから愛するのさ、——人間はつねに自己中心だし、自分ひとりだという事実も動かせやしない、おはまはそれが自分にとって満足だから、苦労もし金品を貢ぎ、貞操をまもった、おれは単にその対象にすぎないんだよ」

保之助は悩ましげに眉をしかめた。

「充分に生きることを考えないか、藤代」

信二郎は友の顔を見つめながら続けた。

「主従とか夫婦、友達という関係は、生きるための方便か単純な習慣にすぎない、それは眼に見えない絆《きずな》となって人間を縛る、そして多くの人間がその絆を重大であると考えるあまり、自分が縛られていることにも気がつかず、本当は好ましくない生活にも、いやいやひきずられてゆくんだ」

「おれはそんなふうに生きたくはない」と信二郎は云った、「おれはどんなものにも縛られるのはいやだ、ついこのあいだおれは世話太平記を絶版にした、あの駄作《ださく》が好評でひどく売れたんだね、それが好評でよく売れるということに縛られてはかなわないからだ、おれはいつもおれ自身でいたい、だからどんな絆に縛られることもがまんしないんだ」

信二郎はそこでちょっと黙った。次の言葉を口にするために、心をきめる、といったような沈黙であった。保之助は眼を伏せた。話が自分のほうへ来ることを直感したらしい。そしてまさしく、信二郎はその点に触れてきた。

「その子が……こう云うのを勘弁してもらうよ……男と密会した理由はなんだろう、おそらくそれが好ましかったからではないだろうか、おれはその子を昔から知っているが、あの子は嘘《うそ》の云えない子だった、自分で好きなことは止められてもするが、いやだと思うことはどんなに叱《しか》られてもしない、それが我儘《わがまま》ではなく、自分にとっていちばん自然な選択なんだ、これは誰にも理解できることではないかもしれない、おれがその子を小さいじぶんから知っているのと、気性が似ているせいかもしれないが、おれにはそれがよくわかるんだ、――ひどく煩瑣《はんさ》な云いかたになったが、おれに云えることは、その子が男と逢《あ》うのは藤代を裏切ることではなく、純粋にそうしたいからしているのだと思う」

「しかし、男として」と保之助が吃《ども》りながら云った、「妻のそういう行為を、ゆるすことができるだろうか」

「おれは藤代が藤代自身として、なにものにも縛られずに生きてもらいたいんだ」

「そういう妻と同棲《どうせい》していて、おれはおれ自身で生きるというんだな」

「もう云ったろう、人間はいつも自分を中心に生きるし、自分独りで生きるものさ」と信二郎は急に吐きだすような調子になった、「藤代にとってその子が妻だということは習慣にすぎない、それは作られたものだ、本質的にいえば、その子はその子であり藤代は藤代だ、夫婦という作られた形式を除けば、二人はまったくの他人なんだよ」

保之助はじっと眼を伏せていた。それから虚脱したような、力のない声で云った。

「おれにその理屈を承認するときがあるとしたら、おそらくずいぶんさきのことだろうな」

「保さんは箱入りだったからな」

信二郎は笑った。苦い薬湯でものんだような、ひどく歪《ゆが》んだ笑いであった。——

そのとき、二人の会話の途絶えるのを待っていたように、廊下に面した障子がすっとあいた。

藤扇であった。

その三

おそらく紫蘭のさしがねであろう、入って来た藤扇は保之助のほうを見ないようにしながら、信二郎に向っておどおどと云った。

「お話し声が聞えましたので、なにか御用がおありではないかと思ってまいりました」

「ああ、ちょうどよかった」と信二郎が横になりながら云った、「済まないがこのだだっ児《こ》を伴れていって寝かしてくれ、廓《くるわ》へ来て男二人で寝ているなんてばかなはなしだ、部屋がすっかり男臭くなってしまった、向うへいって寝ろよ保さん」

藤扇は保之助を見た。すがりつくような眼つきであった。

「じゃあ、そうしようか」

そう答えて保之助は立った。藤扇の顔がみるみる明るくなり、眼のまわりがぽっと染まった。

「ではどうぞ、あなた、——」と藤扇は立ちかけて、信二郎に感謝の笑顔をみせた、「お邪魔をいたしました、なにか御用はございませんでしょうか」

「なにもないね、ゆっくり寝たいだけだよ」

信二郎は仰向けになって手枕をした。

保之助はおとなしく藤扇といっしょに去った。——障子がようやく白みはじめ、ひっそりと物音の絶えた家の中に、廻し部屋のあたりで、老人の客だろうか、ときどきひどく咳《せ》きこむ声が聞えた。懸け燈明《とうみょう》を消してまわる廊下番の足音が、しだいに近づいて来て、そして遠のいていったあと、にわかに、明けがたの気温の冷えを感じながら、信二郎は眼をつむった。

「そんなことをしてもむだだろうな」

彼はそっと口の中で呟《つぶや》いた。

保之助がどんなに苦しんでいるか、信二郎にはおよそ理解することができた。これが他の人間のばあいならお笑い草である。妻のあとを跟《つ》けていって、その逢曳《あいびき》の現場を押えるなどということは、到底まじめに聞けるはなしではないし、極めてみれんがましく、滑稽《こっけい》で、いやらしい、けれどもこのばあいはそうではなかった。保之助のきまじめで清潔な、傷つきやすい性質を知っているし、自分にも一半《いっぱん》の責任があった。その子との関係は初め保之助とはなんのかかわりもなかった、また、そのありかたも単なる情欲ではなく、もっと深い、人間の本質的な触れあいということができる。つくられた道徳観や社会的秩序などにしばられず、二人は爽《さわ》やかに自己を開放した。責任を感じたり、良心に咎《とが》めたりすることもなかった。しかし、その子の結婚する相手が保之助だとわかったとき、そして、そのことがわかった直後にその子と逢って、その子の情熱に負けてから、信二郎の意識には抜きがたい棘《とげ》が刺さった。

——逢ってくれなければなにをするかわからない。

その子はそう宣言した。

そんなことをその場の感情や脅《おど》かしで云うその子ではなかった。信二郎はその子を斬《き》ろうと思った。二人が親友だと知って却《かえ》って情熱を昂《たか》ぶらせたその子のようすには、それまでの自然な、とらわれることのない開放感や充足のよろこびとは違った、刺戟《しげき》と昂奮《こうふん》を享楽《きょうらく》しようとする官覚*の歪みが感じられた。それはそれまでの関係をも汚《けが》れたものにするし、さらに、そのままにしておけば保之助をも傷つける惧《おそ》れがあった。

「あのとき斬るべきだった」と信二郎は眼をつむったまま呟いた、「斬らなかったとすれば、このまま傍観していることはできない、おそらくむだに終るだろうが、やるだけのことはやってみなければならない」

手枕をしたまま、彼はゆっくりと頭を振った。

それからまどろんだらしい。誰か夜着を掛けるので、眼がさめると紫蘭であった。信二郎は起きあがった。夜着を掛けながら、並んで横になろうとした紫蘭は、両手で彼に絡《から》みついた。

「温ためてあげるだけよ」とあまい廓言葉で云った、「すっかり冷えていらっしゃるから、温ためてあげるんじゃありませんか、そんなにお逃げになることはないでしょ」

「向うの二人はどうしている」

「藤さまごきげんがなおったのね、いまあの妓《こ》がおつむを当ってあげていますわ」*

紫蘭は男の肩へ頭をのせた、「ねえ、ちょっと横におなりなさいな、あたしおとなしくしているから」

「硯箱《すずりばこ》を持って来てくれ」

「あとでいいわよ」

「いや、いま欲しいんだ」信二郎は妓《おんな》に構わず立ちあがった、「それからあとで顔を洗うのと剃刀《かみそり》の支度をたのむよ」

「ようござんす、いくらでもひとに恥をおかかせなさい、さぞ後生のいいことでしょ」

信二郎は黙って出ていった。

戻って来ると、小机が出してあり、紫蘭が墨を磨《す》っていた。派手な下着にしごきをきりっとしめ、姿勢を正して坐《すわ》った姿は際立《きわだ》ってみえた。癇性《かんしょう》で気の強い性分をよくあらわしている、おもながな眉の濃い横顔や、墨を磨っている手指の、透きとおるように白くやわらかにしなうさまを、信二郎は立ったまたまちょっと眺めていた。

「わかってますよ、仰《おっ》しゃらなくっても」紫蘭が眼をあげて云った、「またうまく口でまるめるつもりなんでしょ、悪性者《あくしょうもの》よ、あなたは、抱いて寝もしないくせに情のうつるようなことばかり云ったりしたりするんですもの、ほんとに罪だってありゃあしないわ」

「まあいいよ、立ってくれ」

「いてはお邪魔なんですか」

「そんな嬉《うれ》しがらせを云われるんではね」

信二郎は坐って筆を取った。紫蘭は唇を噛んで、男のようすをかなりきつい眼で睨《にら》んでいたが、まもなく、そっと立ちあがり、足音をさせないように出ていった。

彼はその子に手紙を書いた。

――この出来事をこれ以上不幸にしないようにしよう、保之助には自分が云い含めるから、その子もこれからは慎んで、二度とこういうことはしないようにしてもらいたい、これを機会に、その子が良い妻になることを、むかしの信二郎として祈っている。

なお保之助は二三日預かってから帰す。という意味を簡単に書いた。それを封じて使いに託していると、幇間の喜市が来た。

「やれやれ、やっと役目をはたしました」

彼は大仰に汗を拭《ふ》いた。

喜市はあの日、信二郎に命ぜられて、今戸の裏長屋へ大工の由造を訪ねた。新助の遺骸《いがい》の始末を手伝いにいったのであるが、そのまま由造に捉《つか》まってしまい、まる三日のあいだはたらかされたということであった。

「それでおまえも罪業《ざいごう》消滅だ、いい功徳《くどく》になるぜ」

「御意はそれだけでござんすか」

「褒美《ほうび》に腰を揉《も》ませてやろう」

信二郎はこう云って、またそこへ横になった。

その四

こちらの部屋では、藤扇が保之助の月代《さかやき》を剃り、髪を結っていた。

「その人とは小さいじぶんから知っていたんだね」

「はい、遠い親類になっているものですから」藤扇は保之助の鬢《びん》へ櫛《くし》を入れながら云った、「名まえは留次郎といって、わたくしとは五つ違いでございました、縁談のあったのは去年のことですけれど、江戸へ出て来てからは、いちども会ったことはございませんですの」

「好きだったんじゃないのか」

「はい、縁談があってからは、――でも、こんなことあけすけに申上げてようございましょうか」

「いやなら話さなくてもいいんだよ」

「いやだなんて、そんなこと少しもございませんわ」藤扇は元結《もとゆい》を取った、「ではすっかり申上げてしまいますけれど、くににいるじぶんには好きでも嫌いでもありませんでしたの、親類といっても村がずっと離れていますし、年に二度か三度、せ

いぜいこの日に顔を見るくらいですから、……でも縁談があってからは、なんとい
ったらいいでしょうか、だんだんになつかしいような悲しいような気持になって、
この三月の出替りが待ち遠しゅうございましたわ、――でも、やはり縁が無かった
のでしょうか」

元結で髷《まげ》を緊め、櫛で仕上げをしながら、できるだけ真実を伝えたいというふう
に、藤扇はゆっくりと言葉を継いだ。

「それともそんな気持になったのは、縁談というものにあこがれただけだったので
しょうか、この廓へ身売りをするときには、死ぬほど辛《つら》いおもいでしたけれど、気
持がしずまるにつれてなんでもなくなりました。その人がお嫁を貰《もら》ったという知
せを聞いても、ああそうかと思っただけでございますわ」

「その人は結婚したのか」

「はい、つい十日ほどまえに、兄さんからそういってまいりました」

藤扇は前へまわって髪の仕上りを見た。

「いかがでしょう、これでお気に召しましたでしょうか」

「ああ有難う、さっぱりしたよ」

「わたくしぶきようですから、恥ずかしゅうございますわ」

こう云って微笑しながら、藤扇は眩《まぶ》しそうに保之助の眼を見た。保之助はその視線を避けるように、じっと鏡の中を覗いていた。

やがて藤扇は、自分付きの新造を呼び、そこを片づけさせてから、茶を点《た》てた。保之助とそうしていることが、いかにも嬉しいといったようすで、茶のあとでも、しきりに故郷の話などをして飽きなかった。

午《ひる》ちかい時刻に、軽い食事をして、保之助は寝た。心に溜《た》まっていたことを、信二郎にすっかり話してしまったのと、連日の乱暴な酒の疲れが出たのだろう、なにも知らずに熟睡して、眼がさめるともう夜であった。起きようかどうしようかと、暫く迷っているうちに、障子をそっとあけて、信二郎が覗いた。

「起きているよ」

「そうらしいな」

信二郎は入って来て、夜具の脇へ坐った。

「水道橋へ手紙をやっておいたよ、もう二三日おれが預かるからってね、——よかったらひさご屋へ移ろうか」

「いや、酒は少し休もう」

「じゃあ此処《ここ》で寝ているか」

こう云われて、保之助はてれたように眼をそむけた。信二郎はいいしおだと思い、持っていた莨入《たばこいれ》からきせるを抜きながら、軽い調子で云った。

「藤扇はどうだ、いい妓だと思わないか」

「今朝、月代を剃《そ》ったり、髪を結ってもらったりしたよ」

「それが返辞なのか」

「初めてなんだ」と保之助は枕《まくら》の上でしんと云った、「平河町にいたときはもちろんだし、藤代へいってからもずっと自分でしていた、それがあたりまえなんだが、今朝は、ふしぎな気持だった、いってみれば、本当の母親にでもしてもらっているような、……いやそうじゃない、母親とは違う、もっと近いなにかなんだ、うまく云いあらわせないが」

「云わなくともいい、そのままでいいんだ」

　信二郎はうまそうに莨をふかした。

「人間と人間とのつながりは、結局そのくらいが限度だろう、あとは習慣と惰性なんだ、夫婦がお互いに対して貞節を守るということも、生活の平安を保つうえの約束なんで、人間の本質とはべつの問題だ、そんな仮の約束なんぞ切り棄てて、充実して生きることを考えようじゃないか」

「――考えてみるよ」

保之助はゆっくりと云った。

「――充実して生きるということが、青山のように生きろというのなら納得はできない、しかし、その子のことでまいった気持は、どうやらぬけることができそうだ、まだはっきりは云いきれない、云いきる自信はないが、あの晩よりずっと気持が楽になったよ」

「それでひと安心だ、その話はもうよしにしよう」信二郎はきせるをはたき、さりげなく誘うように云った、「藤扇にはいま客があるようだ、こんなところに独りで寝ていてもしようがない、茶屋へゆくのが億劫《おっくう》なら、向うで一杯つきあわないか」

「それもいいが」保之助は不決断に云った、「まあ、もう暫くこうさせておいてもらうよ」

それからふと眼をあげて信二郎を見た。

「しかし、こんな迷惑をかけて、いいだろうか」

「よしてくれ、当時流行の戯作者《げさくしゃ》だぜ」

信二郎はそう云いながら立った。

「山東京伝なんていう先生でも、家《うち》へ帰るのは一年のうち五日か十日、あとはずっと吉原にいつづけというんだ、おれだって長屋住人、これでも十日や二十日、保さんを賄《まかな》うくらいの估券《こけん》はあるんだから、——まあいい、あとで誰かよこすよ」

自分の軽口を恥じたように、信二郎は廊下へ出ていった。

保之助はまたひと眠りした。そう長い時間ではなかったらしい、早い客のあがり始める時刻で、廊下の足音や、妓たちや客の声が賑《にぎ》やかに聞えだした。その騒音が却って眠りを助けたのだろうか、ひきいれられるように眠ったが、ふいに夜具の上から人にのしかかられて、びっくりして眼をさました。

「——藤さま」

火のように熱い息が、彼の耳もとでそう囁《ささや》いた。行燈《あんどん》はいつか消されて、障子にうつる廊下の懸け燈明が、ほのかに部屋の中を照らしていた。掛け夜着の上からのしかかったのは藤扇であった。むろん保之助はすぐに気づいたが、それより早く、彼女は男の頭に手を絡みつけ、ぶるぶるふるえながら、まるで狂ったように、その唇を保之助の唇へ押し当てた。

保之助は避けようとしたが、次の瞬間には逆に、あらあらしく女を抱いた。激しい喘《あえ》ぎと、歯の鳴る音がし、保之助が起きあがった。すると藤扇は身をふりもぎって、

「それだけは、藤さま」と苦悶《くもん》に似た声で、低く叫んだ、「どうぞ、それだけは堪《かん》忍《にん》して」

そしてそこへ泣き伏した。

その五

保之助は肩で息をしながら、昂《たか》ぶった声で（自分でも歯痒《はがゆ》いほど）ぶきように云った。

「どうして、――なぜ勘弁しろなんていうんだ」

「わたくし、藤さまが好きなんです」と藤扇は嗚咽《おえつ》しながら云った、「お逢いした初めから死ぬほど好きになってしまったんです、藤さまのためなら、命も惜しくないと思います、でも、ふくはもう、藤さまに愛して頂くことはできませんの」

「なにをばかなことを」

「もしかして、これが藤さまでなければ、と思いますわ」

保之助の言葉が聞えなかったように、藤扇は涙を拭きながら云った。

「藤さまにだけは、きれいなからだでお逢いしとうございました、それをおもうと、わたくし諦《あきら》めきれませんのよ」

「お聞き、ふく、――」保之助が云った、「おまえはきれいだよ、少しもよごれてなんぞいやあしない、誰にだって、おまえをよごすことなんてできやしないよ」

「いいえ、どうかそんなふうに仰しゃらないで、わたくしよけい辛うございますわ」

「おまえは本当にきれいなんだよ、からだも心も」と保之助はもどかしげに繰り返した、「どうしてかということはうまく云えないが、人間の純不純は、境遇にはよらないんじゃないか、たとえば良家の奥に育って、そのまま人の妻になった女でも、……それだけで清純だとはいえないだろう、よごれているかいないかは、そういうこととはべつなんだよ」

「嬉しゅうございます、そう云って下さるだけで充分でございますわ」

「私もふくが好きだ」保之助はそっと藤扇の手を取った、「初めて逢ったあの夜から、おまえが好きになった、わかるだろう」

「はい、――」

「こんな気持は初めてだ、生れて初めてなんだよ、私を忘れないでおくれ」

「わたくし本望でございますわ」

保之助は藤扇を抱いた。藤扇は躯《からだ》を固くして抱かれた。どちらもぶざまなくらいぎごちなく、なにをどうしていいかわからないというふうであった。

「ごめん下さいましね」

藤扇がふるえながら身を離した。

「向うに客がいますの、黙ってぬけて来たものですから、ちょっといって来なければなりませんの」

「ああいいとも、気がつかなくて悪かった」

「いいえわたくしが悪かったのですわ、すぐに戻ってまいりますから」

「私のことは構わないよ」

二人は眼を見交わした。藤扇は微笑したが、すぐに部屋から出ていった。

明くる日の夕方、――保之助は家へ帰る気になって、信二郎には無断で中卍楼を出た。その子への憎しみは軽くなり、むしろ悔恨に似た気持に包まれていた。まだ肌こそ触れないが、藤扇との関係は、妻に対する不貞だと思った。

――自分にはもうその子を怒る資格はない。

彼は繰り返しそう思いながら、また一方では、絶えず藤扇のおもかげを眼に描いていた。

大門《おおもん》を出てから、およその見当をつけて、浅草寺《せんそうじ》の森の見える田圃《たんぼ》道《みち》にかかると、うしろから信二郎が追いついて来た。いそいで来たとみえて、彼は荒く息をつきながら、「――跟《つ》けられているぞ」と保之助に云った、「――藤扇が知らせたんだ、二階から見送っていると、藤代のうしろで妙な侍が三人、なにかひそひそ云いながら頷《うなず》きあっている、廓へ入って来たところで、藤代をみかけたらしい、そのままあとを跟けてゆくということだから、おれもすぐに出て来たんだ」

「思い違いじゃないのか、おれは跟けられるような覚えはないがね」

「慥《たし》かだよ、いまも跟けている、おれは追いぬいて来たんだ、うしろにいるよ」

「――三人だって」

「風態《ふうてい》のよくない連中だ、浪人じゃあない、御家人くずれといったふうだ」

保之助が振返ろうとした。

「見るな」と信二郎がとめた、「おれがいっしょなら手出しはしないだろう、茶屋町までゆけば大丈夫だから、田圃をぬけるまでは知らん顔をしているんだ」

「――しかしなに者だろう」

保之助は首をかしげた。

空は曇っていた。雲が低く垂れているために、水を張った田は鉛色に昏《く》れ、道の上には人影もなかった。保之助は背筋がむずむずした。どう考えても、人に跟けられるような心当りはないが、慥かに、うしろで人の足音が聞えた。ぴたぴたという草履の音が、しだいに距離をちぢめて来るようであった。

「どうもやる気らしいぞ」

信二郎が囁いた。

「その脇差《わきざし》を貸してくれ」

その六

脇差を貸せと云われて、保之助は首を振った。信二郎は手を出した。

「いやだ、青山には関係のないことだ、いいから先へいってくれ」

「思い当ることがあるんだな」

「一つだけある」

保之助はこう云って足を停め、うしろへ振返った。追って来た三人は、およそ十四五間向うに迫っていた。

――やっぱりそうだったか。

ほかには想像がつかなかった。三人という人数からふと思いだしたのであるが、それが当ったので却って驚いた。紛れもなく、中川彦三郎と近江数馬、坪内大作の三人であった。

——破牢《はろう》か脱走だな。

保之助はそう思った。三人は小金ケ原で捕えられ、伝馬町《てんまちょう》の牢にいる筈《はず》であった。まだ吟味も始まってはいないだろうし、三人が吟味にかけられては不都合な者がいた。——松平邸で会った梅田三郎兵衛という老人、じつは白河侯の家老である服部半蔵の顔が、保之助の眼にありありと思いだされた。

「それはどういう意味だ」

信二郎が訊《き》いた。保之助が答えた。

「小金ケ原の借りだ」

「首を覘《ねら》われるほどのか」

「そうらしいな」

保之助がそう云ったとき、信二郎は手を伸ばして保之助の腰をつかみ、強引に、その脇差を鞘《さや》ごとぬき取った。

「悪くおもうな、こうなってから見ないふりはできないじゃないか」と信二郎は脇差を腰に差した、「相手は白河侯の手の者だろう」

「牢を破ったか脱走して来た筈だ」

「相当やるらしいな」

信二郎は眼を細めて、近づいて来る相手を見やりながら云った。

「――ほかに手はないぜ、躱《かわ》してはだめだ、ただ踏込んでいって突くだけだ、迷うな」

すでに三人はそこへ来た。ほぼ四間ばかりの処《ところ》へ来て立停り、中川彦三郎が口を歪めてどなった。

「この裏切り者、覚えているか」

保之助は答えなかった。

「きさまは敵に寝返ったばかりでなく、われわれ三人を敵に売った、出会ったらどうなるかわかっているだろうな」

「そこの町人」と坪内大作が信二郎を指さして叫んだ、「きさまその男の伴れか」

信二郎が頷いた。

「そうだよ」

「助勢でもする気らしいが、きさまなどの出る幕ではない、けがをしないうちにいってしまえ」

「どうだかな」信二郎は冷笑した、「たった一人を三人がかりで、血相を変えて追い詰めるようでは大きな口はきけない筈だ、どっちがけがをするかやってみようじゃないか」

「人が来るぞ」と近江数馬が云った、「面倒だ、そいつもいっしょにやってしまえ」

三人は刀を抜いた。

浅草寺のほうから、馬と人が四、五人、こちらへ来かかったが、三人が刀を抜くのを見るとうしろへばらばらと逃げていった。そこは道が非人小屋のほうへ岐《わか》れるところで、すぐ向うに病気の囚人を収容する「溜《たまり》」の建物が見える。——保之助と信二郎も抜いた。三人には信二郎がなに者であるかわからない、町人の恰好《かっこう》をしているが、言葉つきや態度、それに刀を抜いた身構えは、明らかに武士である。

——いったいいなんだろう。

という疑問が、かれらの出ばなをかなり抑えたようであった。

「どうした」と信二郎が叫んだ、「白河家から加勢でも来るのか」

加勢の来るのを待ってでもいるのか、と云おうとしたのであるが、そのとき三人が呶号《どごう》しながら斬り込んで来た。

「ここだ、突いて出ろ」

信二郎が保之助に云った。そして、道幅いっぱいに殺到して来る相手へ、こっちは軀を叩《たた》きつけるように突っ込んだ。

保之助はまん中にいる中川彦三郎に向った。彼は死んでもいいと思った、小金ケ原でやったことは自分の信念に従ったのであるが、それが裏切りであるということは否定できなかったし、その劣等感は洗ってもおちない汚点のように、心の襞《ひだ》にしみついていた。さらにこの数日来のやりきれない悒悶《ゆうもん》は、なにかしら思いきったことをやってみたいという衝動を唆《そそ》っていたので、――ここで死ねたらさっぱりするという感じが、爽快なくらい彼を大胆にした。

中川は怯《ひる》んだ。

除《よ》けも躱しもせず、ただまっすぐに突っ込んで来る保之助の躰勢《たいせい》を見て、一種の鬼気を感じたらしい、危うく踏み止って構えをたて直した。

そのとき早くも、信二郎は坪内大作を倒していた。太腿《ふともも》を骨に徹するまで刺し、振返って近江数馬に刀をつけた。大作は喉から絞りだすような声で呻き、道の上に尻《しり》もちをついた。

――藤代、一丁あげたぞ。

信二郎はそう叫ぼうと思ったが、さすがに舌が動かなかった。そのうえ、いま坪内の太腿を刺したときの、骨に徹した刀の手ごたえが残って、ふしぎに腕がだるく、重いように感じられた。

——すばやく片づけないとだめだ。

こっちは剣術などにさして心得がないから、正当な勝負にしては勝ちみはない。自分でそれがよくわかるので、信二郎は相手に隙《すき》を与えなかった。数馬につけた青眼の切尖《きっさき》をそのまま、相討ちにでもするように、ぐいぐいと間合を詰めていった。

そのとき保之助が絶叫して踏み込んだ。

構えをたて直した中川彦三郎が、刀を上段へあげる刹那であった。えっ、と叫びざま跳躍して突きを入れると、彦三郎は爪尖《つまさき》立って、危うく右へ躱しながら、上段の刀を打ちおろした。

保之助はやられたと思った。

躱されたとたんに、打ちおろされる刀が見えた。しまったと思い本能的に身を跼《かが》めて、向うへぬけながら、殆《ほと》んど夢中で、片手なぐりに刀を振った。すると、まったく予期しなかったのであるが、その刀は中川の脾腹《ひばら》を斬った。あ、という声と高い水音が聞えたので、保之助が振返って見ると、中川彦三郎は水を張った田の中へ、横さまに転倒していた。

「逃げるんだ、藤代」

信二郎が向うからどなった。保之助は茫然《ぼうぜん》とまわりを見まわした。

道の上に坪内大作がいた。片手に刀を持ったまま、尻もちをついて、紙のように白く乾いた顔で、こっちを見あげていた。それから、田圃道を遠く日本堤のほうへ、まるくなって走り去る近江数馬の姿が見えた。

「役人が来ると面倒だ、走るぞ」

信二郎は刀を袖《そで》で拭きながらどなった。

「水道尻から廓へもぐり込もう、あとからついて来い」

二人は非人小屋のほうへ走りだした。

——やった、やった。

走りながら、保之助は口の中でそう呟いた。しかしそれは、なにごとかを果した、というのではなく、またしても負債を作ったという感じであった。

「ああ、——」

と彼は喘いだ。

慥《たし》かな足音

その一

白書院で評定のあった日から、田沼意次《おきつぐ》の立場は困難なものになった。

それは絹物会所の件と、干拓事業の件が、一揆《いっき》のために頓挫《とんざ》したばかりでなく、政治問題として、反対派の人々に利用されだしたからである。騒擾《そうじょう》の罪は極刑であって、そのまま処理するとなれば暴徒の中から犠牲者を出さなければならない。閣僚はじめ幕府ぜんたいの空気は、できるだけそれを避けたいというほうに傾いていた。そのためには、二つの法案の撤回が必要であり、撤回を是とする説が圧倒的につよくなっていた。

意次はそれをじっと踏みこらえていた。

例によって、御三家とその与党がしきりに策動し、閣僚からも積極的な意見を出す者があった。意次はその点について、白書院の評定でもよく説明した。一揆を起

こしたのは農民たち自身ではなく、その背後にいる煽動者《せんどうしゃ》であるということを、

——だが閣僚の多くはそれを理解しようともせず、ただ感情的に一揆の穏便な解決を主張するだけであった。

——両法案を撤回するか。

——農民たちから極刑者を出すか。

問題ははっきりしてきた。このように割切ってしまうと、意次の説は抽象論ということになる。二者択一となれば慥かにそのとおりなので、意次の周囲にも譲歩すべしという気運が起こった。

——あとに重要な新法案があるし、特に金銀会所案には強い反対が予想されているから、ここはいちおう両法案を撤回すべきではないか。

だが意次は諦めなかった。

——そうせくことはない、こちらから譲歩することは求めて敗北することだ、戦いには勝敗があって、負けることはやむを得ないが、ねばれるだけはねばらなければならない。

こう云《い》って、一揆の処理を延ばしながら、片方では新しい政策の検討を進めていた。このあいだに一つの出来事があった。それは、小金ケ原の狩場で狼藉《ろうぜき》をはたら

いた三人の徒士《かち》が、伝馬町の揚屋《あがりや》から、吟味のため大目付へ連行する途中、護送者のゆだんをみすまして脱走したという事件である。

——予定の行動ですな。

意次のまわりでは誰も驚かなかった。

脱走した三人に対する嫌疑《けんぎ》は、狩場における狼藉よりも、下総布佐《しもうさふさ》の郡代役所で大目付の役名を詐称《さしょう》し、捕えておいた曲者《くせもの》を逃がした点にあった。それを糾明されたばあい、意次暗殺の計画があらわれるとすると重大である。なにか手を打つだろうということは、およそ察しがついていた。

しかし、三人のうち二人は、脱走した翌日に押えられた。

浅草寺裏の田圃道で、なに者かと斬合いをし、一人は逃げ、二人は重傷を負って倒れていた。そこを捕えられたのであるが、知らせを聞いて大目付から与力が駆けつけたときには、二人ともすでに死んでいたということであった。

その報告を聞いたとき、意次の表情がさっと硬くなった。

斬合いの現場を、遠くから見ていた者があった。その話によると、相手は若い侍と町人の二人で、斬られたほうの二人も重傷とはみえなかった。田の中へ落ちた一人は、自分で這《は》いあがって来て、道の上にへたばっていた伴《つ》れのそばへゆき、お互いに傷の手当をするようであった。そこへ町方の者が五人と、ほかに二人ばかりの侍が走って来て、かれらをすぐ近くの「溜」へ伴れ去った。そして、大目付から与力が駆けつけたときには、町方の者に助力した二人の侍は、すでにどこかへ去ったあとだったし、負傷者は死んでいた。というのである。

——これも予定の行動ですな。

それは疑う余地のないことであった。その出来事のなかの、どの人間がどうしたかわからないが、三人が「うまく片づけられた」ということだけは慥かである。

——なんという無残なことを……。

意次はそう呟き、自分が斬られでもしたような、するどい苦痛を感じて眉《まゆ》をしかめた。

意次のもっとも嫌いなものは刃物沙汰《ざた》であった。彼は作法のためにやむなく脇差を差すことはあるが、刀は殆んど手にしたことがない。それは不必要なばかりでなく、嫌悪《けんお》と恐怖さえ感じるのである。

「刀を差すことはやめなければいけない」と意次はよく云った、「刀というものは、ばか者が使っても狂人が使ってもよく斬れる、逆上したばか者がそうしようと思えば、その刀はどんなに有能な人間をも斬ることができる、また、ごく単純な誤解や怒りなどから、これまでしばしばそういう不条理な血が流された、——刀は廃すべきだ、できるだけ早く、凶器を身につける習慣をやめなければならない」

武士の魂といわれた刀が、意次には凶器としか考えられなかったのである。

脱走者の二人が斬られたことで、「刀」に対する嫌悪と恐怖とが、新たになまなまと感じられた。数年まえ、殿中でいちどそういうことがあった。紅葉の間の縁で松平定信と出会ったとき、定信が血相の変った顔で、小さ刀の柄《つか》を握ってこちらを睨《にら》んだ。明らかに殺意のある眼だったし、硬《こわ》ばって歪んだ顔がひきつっていた。そのとき意次は身が竦《すく》んだ、実際にはさりげなく歩み去ったのだが、そのときの身の竦むような恐怖感は、忘れることができなかった。

——あれが第一の矢だった。

意次はそう思った。自分の命が覗われていること、二の矢、三の矢が来るであろうし、かれらはいつかその目的を達するだろう、ということが、しだいに否定しがたい事実のように思えだした。しかし、それと同時に、自分はそうたやすくはやられないぞ、という信念に似たものもうまれてきた。——その後も殿中で、幾たびか殺意に燃えるような眼を見、そのたびにおそわれる恐怖と、こんども無事であったという、安堵《あんど》のおもいを繰り返すうちに、そう簡単にはやられないぞという自信が、しだいに強くなったのである。

青山信二郎という男から、狩場で暗殺計画があると聞かされたときも、意次は避けようとはしなかったし、狙撃《そげき》されたが弾丸《たま》は当らなかった。

いつかはかれらの手にかかるかもしれないが、しかしまだそのときではない。彼はそう確信しはじめていた。

その二

けれども、脱走者の二人が斬られた始末を聞いてから、意次の確信はゆるぎだすようであった。

暗殺を命ぜられた者が、命じた者の手で斬られたという事実は、いかにも陰惨であるうえに、かれらの焦慮の激しさを示すように思える。そうして、かれらのこの失敗は、自分に対するかれらの憎悪を深め、いっそう直截《ちょくせつ》な効果のある手段に出るだろう、ということが想像されるのであった。

――それが逭《のが》れられないものならやむを得ないだろう。

意次は自分の運命を承認しようとした。

――あんなに近い距離から狙撃されても、当らないときは弾丸も当らないのだ、おれを支配する運命があるなら、生死は運命に任せておいてよかろう。

白書院評定の日から、意次はずっと城中に詰めたままで、半月あまり屋敷へは帰らなかった。すると三月十二日の午後、詰所のほうへ意知《おきとも》が来て、今日下城ができないかどうかと訊いた。

「万之助が髪置き*の祝いを致しましたので、よろしかったら夕餉《ゆうげ》をさしあげたいと申しております」

「お松どののおことづけか」

それが意知の妻の松子の招待であり、慰労のためだということはすぐに察しがついた。

「おいでが願えるなら、木挽町からも滝どのを呼んでおきます」

「それもいいが」と意次はわが子の顔を見た、「しかし、三月に髪置きというのはどうしたのだ」

「十一月にはできなかったのです」

意知はばつの悪そうな顔をした。

「当人が風邪をひいたり、私が帰宅できなかったりしたものですから、それでおくればせに今日やったというわけです」

「はあ、そういうわけですか」

髪置きの祝いは口実であろう、ずっと城中に詰めきりなので、そういう理由をつけて慰労しようとするのだと思い、松本十兵衛のほうへ振向いた。

「都合はどうですか、松本さん」

「それはもうどうぞ、ぜひそうなすって頂きます」十兵衛はこう云って意知を見た、「まえから御休息を願っているのですが、いつもこちらがまるめられてしまうのです、どうか今日はぜひ下城なさるようにおすすめ下さい」

「よろしい、ではそういうことにしましょう」

意次は頷いたが、すぐに思いついて意知に云った。

「だがそのついでに、関松窓《せきしょうそう》も呼んでおいてもらいましょうか」

「いやそれはいけません」十兵衛がすぐに遮った、「それではせっかくの御招待が無になってしまいます、このたびだけはどうか御用から離れて、ゆっくり御休養をとって頂きます」

「どうもそこが違うんだが」

意次は向うにいる赤井忠昌を見やりながら、いかにも暢《のん》びりした調子で云った。

「私は仕事をしていると疲れない、なにもしないでいると肩が張るし、胃の調子も悪い、私にとっては適度に仕事をしているほうが休養になるんですがね」

「その手でまるめられるわけですね」意知が笑いながら十兵衛に云った、「――ではお待ちしておりますからどうぞ」

だが意知が去るとまもなく将軍の＊側小姓《そばこしょう》が来た。よほどいそいだとみえて、取次の手順もふまず、顔色も変っていたし息づかいも荒かった。

「上さまが召されます、すぐにおあがり下さいませ」

「――どうかあそばされたか」

「はい」と小姓は声をひそめた、「急にお胸が苦しいと仰せられて、ただいま岡了《おかりょう》伯《はく》さまがあがっておられます」

意次はすぐに立ち、松本十兵衛と赤井忠昌に眼くばせをして、小姓といっしょに廊下へ出た。眼くばせをしたのは他に気づかれるなということで、病弱な将軍家治が、近来しばしば心臓の故障に悩み、そのため無用の騒ぎが起こるのを防ぐ意味であったが、そのとき部屋の隅にいた一人の茶坊主《ちゃぼうず》が、それを眼ざとく認めたことは、意次も十兵衛らも知らなかった。

家治は御茶屋にいた。

将軍は御座之間《ござのま》にいるのが常であった、午前十時から午後四時までは、袴《はかま》を着けて御座之間にい、政務をみるのである。その奥に休息という部屋があり、さらに小座敷を一つおいて御茶屋というのがある。家治は軀《からだ》が弱いので緊急の政務のない限り、たいていその御茶屋にいたが、そこで小姓を相手に碁を囲んでいるうちに、とつぜん発作を起こして倒れたということであった。

「いつもの御症状でございます」

意次を見るとすぐに、岡了伯がそう囁いた。

「お手当を致しましたから、もうまもなくお楽になることと存じますが、念のため前川玄知をお召しになってはいかがでしょうか」

前川玄知は鍼科《しんか》である。意次は首を振って、横になっている家治のほうへ膝行《しっこう》した。

いかにも急の発作らしく、家治は褥《しとね》を並べた上へ横になり、枕《まくら》だけは錦《にしき》のくくり枕で、仰向けに寝ていた。頬のおちた、いつも蒼白《あおじろ》く乾いている顔が、痩《や》せていっそう蒼く土気色になり、血色の失せた唇《う》が、見えるほど震えていた。

「——主殿《とのも》だな」

そばへ来た意次のけはいで、家治はそう云いながら、眼だけこちらへ向けた。

「——苦しかった、今日はだめかと思った、まだわからない、いつもとは違うようだ」

「了伯はもう御安泰であると申しております」

「――そうかもしれない、しかしわからない、いずれにしても、云っておきたいことがあるんだ、もっと寄れ」

意次はさらに膝《ひざ》を進めた。

その三

そのとき家治は四十八歳であったが、年よりはずっと老《ふ》けてみえた。かさかさした皮膚の色の悪さや、落窪《おちくぼ》んでいる頰や、鬢《びん》に白髪のまじっているところなど、虚弱な躰質《たいしつ》にもよるのであろうが、そのほかにもっと深く、ながいあいだ心を病んでいるといったふうな、内面からの疲れと老いがうかがわれた。

家治はだるそうに手を振った。人払いの意味である。意次はそこに侍している者を順に見やり、了伯には眼で頷いた。三人の小姓はすぐ次の間へ立ち、了伯は残った。

「知っているかもしれないが、奥のほうの情勢が変ってきた、ひどく変ってきたようだ、主殿」

「およそわかっております」

「もう隠退するがいい、やるだけの事はやったではないか、私は疲れた、まったく疲れはてたよ」

意次は静かに頭を垂れた。家治の言葉は誇張ではなかった。むしろがまんにがまんをしたうえ、耐えきれなくなって口に出したということが、意次にはよくわかった。家治の性格がもう少し弱いか、反対にもっと強かったとしたら、そういう言葉は口にしなかったろうし、さもなければもっとべつな表現をとったであろう。疲れはてたという言葉は家治の現在の気持と立場とを語るだけでなく、彼の性格をもあらわしているのであった。

「われわれのやって来たことは、汀《みぎわ》で砂の堤防を築くようなものだった」と家治は続けた、「積みあげるそばから波が崩してしまう、幾ら積みあげても、そばから崩されてしまうんだ、主殿の政策がどんなに価値の高いものであっても、それを理解する者がなく、このようにつぎつぎと毀《こわ》されるのでは、いたずらに徒労を重ねるだけではないか、そのうえ情勢は悪くなるばかりだし、もっと悪くなってゆくことが眼に見えている、私はもう力が続かなくなった」

枕の上でゆっくりと頭を振り、深い溜息《ためいき》をつきながら、家治は唇を曲げて云った。

「もうたくさんだ、かれらがそれほど欲しがるなら、その席をくれてやるがいい、主殿の政策を理非もなくうち毀して来たかれらに、どれほどの事ができるかやらせてみるがいい、おまえにも肩の荷をおろさせたいし、私も息がつきたい、主殿、もうこのへんでお互いに休息しようではないか」

意次は黙っていた。

家治がそんなことを云うのは初めてであるが、これまでしばしば云いだそうとして云えなかったのを意次は知っていた。家治が意次を信任し、政治のすべてを彼にゆだねたのは、意次の才幹を自分で認めたというより、亡《な》き父（九代家重）の意志を重んじたというほうが正しかった。もともと意次は家重が西丸にいたときから仕えて、しだいに重くもちいられ、万石の大名にまで取立てられたのであるが、それは家重に高い鑑識があったからではなく、漠然《ばくぜん》とした偏愛というに近いものであった。家治はそのことを知っていた、——家重は暗愚の人だと評されていたし、それがさして不当な評でないこともわかっていたので、意次に稀《まれ》な能力があることを認めると、父の鑑識の誤りでないことを証明するためにも、意次の政治的手腕を存分に発揮させたいと願うようになった。それから二十余年、彼は意次にすべてを任せる一方、将軍として可能な限り意次を支持し、その盾となる努力を続けて来た。けれども、実際には政治についてそれほどの興味もなく、理解の程度も浅かったので、反田沼派の気運が昂《たか》まり、それが強い勢力となるにつれて、まず神経的にまいってしまった。

——九代さまは将軍として暗愚にすぎなかったが、ご当代はまったく不適任である。

そういう評が耳にはいり、それが繰り返されるようになると、家治は抵抗するよりさきに、自分からそれを承認した。彼にはもう、将軍の位地にとどまっていることさえ、耐えがたい重荷になっていたのである。

意次はこれらのことをよく知っていた。だが反田沼派の人々に対するのと同じように、ここでも彼は忍耐づよかった。家治の苦しい立場や、その位地にいたたまらなくなっている気持を認めるとすれば、彼はみずから老中の席を去らなければならない。そこですべてを知っていながら、冷酷にそれを無視し、家治に対する同情を抑制して来た。いま彼の顔は常よりも平静であり、しっかりした力と忍耐をみせている。そうして、家治の昂奮《こうふん》がややしずまるのを待って、ごく穏やかなさりげない調子で訊いた。

「奥の問題はやはり絹物会所のことでございますか」

「暴徒から罪人を出すなというのだ」家治は虚脱したような声で云った、「桐生のことも、印旛沼、手賀沼のこともみな悪法だという、一揆の罪が極刑だとわかっていながら、しかもなお一揆を起こすのは、それがいかに悪法であるかを証明するものだというのだ」

「そのことについては、すでに詳しく申上げました」

「私にはわかる、だが誰も信じようとはしない、主殿も知っているとおり、閣老の多くでさえ信じてはいないではないか」

「けれども、実際の事情は申上げたとおりでございます」

意次はもっと穏やかに続けた。

「また、お言葉でございますが、私どものしてまいったことは、汀に砂を築くことではございません、なるほど、新しい政策の大部分は、内外の反対にあって毀されました、しかしそれは、かれらがその重要さを理解しないのではなく、私が小身《しょうしん》からの成上り者だという、単純な反感から出たにすぎません、かれらのうち毀した政策は、消えてしまったのでなく、いつか再びとりあげられ、正しく運営されるようになることでしょう、私どもにとって、なにより大切なことは、これこれの政策を実現する、という点ではなく、実現するためにたたかってゆくということでございます」

「私には続かない、そのたたかいを続ける力は、もう私にはなくなってしまった」

意次は静かに低頭した。けれども、家治の言葉にはなんの意見も述べなかった。

「隠退のことを考えてくれ、主殿」

こう云って家治はこちらを見た。意次は低頭したまま答えなかった。それは殆んどいたましい瞬間であった。家治が敗北の悲鳴をあげるのに対し、意次は無言のうちにそれを拒否し、たたかいの継続を表明しているのである。しかも、黙って低頭しているその六十六歳の、小柄で痩せた軀はいかなるものにもめげないねばり強さと、微動もしない意志の力を示していた。

家治は眼をそむけ、ああと低く呻《うめ》き声をもらしながら、片手をゆらっと振ってみせた。意次は平伏し、了伯に眼くばせをしてから、辷《すべ》るようにそこを退出した。

その四

意次が下城したのは七時であった。

上屋敷の中はどの座敷にもあかあかと燭台《しょくだい》がともり、賑《にぎ》やかに人が集まっていた。養子にやった二人の子、水野意正*と九鬼隆祺《たかき》*が、それぞれの妻子を連れていたし、また＊西尾隠岐守《おきのかみ》と＊井伊兵部少輔《ひょうぶしょうゆう》へ嫁《か》した二人の娘の顔もみえた。木挽町からお滝の来ていたのはいうまでもない、――これらの者が（田沼家の家風で）勝手に集まって饒舌《しゃべ》ったり笑ったりし、子供たちは走りまわって騒ぐため、邸内は祭の夜のように賑やかであった。

「田沼家はじまって以来の大饗宴《きょうえん》だな」

席へつくとすぐに意次が云った。

「まるで、私の通夜《つや》のようではないか」

その時そこには意知とその妻の松子、そしてお滝の三人しかいなかったが三人ともぎくりとし、すぐには受け答えができないようであった。

「悪いことを云ったようだな」意次は自分から苦笑した、「たまに洒落《しゃれ》るとこのとおりへまなことになる、気にしないでくれ」

「そうではございませんの」

お滝がとりなし顔に云った。

「きょうのお招きのわけが、殿さまにわかってしまったのかと思ったのでございますわ」

「招待のわけだって」

「毎年のことですのにいつもお忘れになっていらっしゃいますわ、去年もおと年もご城中からおさがりになりませんでしたし、たぶんこれが四年めくらいではございませんかしら」

「しかし、——きょうは万之助の、髪置きの祝いではないのか」

「それもございますけれど」と松子がたのしそうに笑って云った、「本当は父上さまのお誕生日でございますわ」

「ほう、それはそれは」

「案の定お忘れでいらっしゃる」

お滝がしたり顔に頷いた。

「いやどうも」意次は三人を等分に見た、「私にも誕生日があったとは意外ですな」

「じつは滝どのの懇望なのです」

意知はそばから云った。

「木挽町からではおさがりになるまい、延びていた万之助の髪置きを口実にして、久方ぶりに上屋敷でという」

「ひどうございますわ、若さま」お滝は赤くなった顔を両手で掩《おお》った、「ないしょにしてやると仰《おっ》しゃいましたのに、それではわたくしが罪になってしまいます」

「お滝は奸智《かんち》にたけているからな」

「どうぞもうご勘弁あそばして」

お滝は顔を掩ったままそこを逃げだした。

まもなく人々は祝宴の席に移った。これも家風で、上段の間は屏風《びょうぶ》で隠し、主賓である意次の隣りには、四歳になる万之助が坐《すわ》った。まえにも記したとおり、意次はもとから子供が嫌いなので、そこにいる息子や孫たちにもほとんど関心をもったことがないし、かれらのほうでも近寄りにくいようすであったが、万之助だけは一向にお構いなしで、いつも堂々と膝に乗ったり、舌足らずな口で遠慮もなく話しかけたりした。父の意知に似たおもながの、ひき緊《し》まった顔だちで、濃い一文字眉の下に、いかにもすばしっこそうな眼が、休みなしにくりくりと動いている。彼は二男で、兄の竜助は十一歳であるが、いつもこの弟のために生傷が絶えないというふうであった。

「おう、いたずら坊主が隣りか」

意次がこう云って坐ると、先に坐っていた万之助は手を振って云った。

「ゆるす、それへ」

「それへというのはいけないな、それは上さまの仰せられる言葉だ」

「坊は来年*はいえちをするんだからいいさ」

「ほう、はいえちですか」

「はいえちじゃない、はいえちですよ、坊はまだ舌がよくまがらないんだ」

「舌がまがらなくては困るねえ」

「まがらないんじゃない、ま、が、ら、ないんですからね」

「いいでしょう、大丈夫そのうちにはまがりますよ」

式ばったことはもちろんやらない。意知が挨拶《あいさつ》を述べ、そのまま酒宴になると、下座の襖《ふすま》が払われて、*富士田楓江《ふうこう》の長唄《ながうた》が始まった。たぶんお滝の考えたことであろう、三味線三人に、少しまえからはやりだした*二挺鼓《にちょうつづみ》と、笛太鼓を入れた賑やかに派手な浄瑠璃《じょうるり》であった。――お滝は正室ではないので、その席では給仕役をしていた。万之助は母の松子から膳《ぜん》の上のものを喰《た》べさせてもらっていたが、すぐにやめて、さっさと意次の膝へ乗った。松子がとめてもまったく受けつけない。うしろ向きに膝へ跨《また》がって、当然の権利のような顔をしていた。

献立もこれまでになく奢《おご》ったものであった。

鱠《なます》、――みるくい（貝）、鯛《たい》、大根、人蔘《にんじん》、葱《ねぎ》、柚《ゆず》。

汁、――鴨《かも》、三つ葉。

飯（二の汁）、——椎茸《しいたけ》、くわい。

香の物、——なら漬《づけ》、青菜。

平皿《ひらざら》、——鹿《しか》の肉の煎煮《いりに》、芹《せり》。

坪皿、——鮑《あわび》、卵、山の薯《いも》、くわい、牛蒡《ごぼう》、青麩《あおふ》。

焼物、——鱸《すずき》、若鶏《わかどり》。

取肴《とりざかな》、——葱、田楽、鶉《うずら》、たこ。

菓子、——饅頭《まんじゅう》、羊羹《ようかん》、ういろう餅。

そして水菓子、蜜《みつ》という順であった。意次は魚や肉類は喰べないし、ほかの物にも箸《はし》をつける程度だったが、ほとんど空前といってもいいほどの膳を見て、少なからず当惑したようであった。

「まさにこれは一代の大饗宴ですね」

意次は松子のほうを見て云った。

「よほど多額な*まいないでも入ったのだろうが、これは松どののお指図ですか」

「いや、じつはたねがあるのです」と意知が答えた、「二月のことでしたが、*茶屋四郎がまいりまして、長崎で*安南《あんなん》人を招待したときの献立書というのをくれました、ちょっと珍しいので、それをもとに多少てかげんをして作らせてみたものです」

「ははあ、それはますます栄耀《*えよう》の極みですな、そういうことならひとつ葡萄酒《ぶどうしゅ》を出してもらいましょうか」

意次は楽しそうに云った。しかし、ふしぎに気分が浮かず、ともすると憂鬱《ゆううつ》なものおもいにとらわれた。

——どうしてこんな派手なことをする気になったか。

そのことが頭の中で、だんだんと重くひろがってきた。

その五

このような奢った宴を催したことはかつてなかった。費用も惜しいし、それよりも意次が好まなかった。彼が好まないということは、みんなが知っているはずであるのに、（むろん慰労のためであろうが）なおこんな思いきったことをするのは、そこになにか眼に見えないものがはたらいているのではないだろうか。

——これが一族の最後の宴《うたげ》であった、というような。

意次はそこでふと頭を振った。

——ばかな、なんという老いぼれたことを考えるのだ。

彼は自分を嘲《あざけ》るように唇を歪《ゆが》めた。しかしその「老いぼれた」考えはなかなか頭から去らなかった。駒込の下屋敷にいる雄貞さえ加えれば、それで家族はぜんぶ揃《そろ》うことになる。長男の意知は山城守に任官し、すでに若年寄の重職である。水野へ養子にいった*三男意正も*従五位《じゅごい》の中務少輔《なかつかさしょうゆう》であった。二人の娘たち、かれらの伴れている孫たち、みなしかるべき家柄におさまって、平安な生活をしている。だが、

——その平安な生活が永久に続くとは断言ができない。かれらの縁組はもっぱら意次の地位によって結ばれたものであるし、その地位のゆえに、つまり成上り者という意味で、田沼一族は憎まれている。もしも意次が失脚し、その地位から転落するときが来たとしたら、いまそこにいる子供や孫たちがどうなるかは、およそ推察のつくことである。しかも自分がいつかは失脚し、てきびしく譴責《けんせき》されるであろうということを、意次は早くから覚悟していた。そういう覚悟なしにできないことを、彼は二十余年もやり続けて来たのであった。

——隠退するがいい、肩の荷をおろして、もうお互いに休息しようではないか。

そう云った家治の言葉が、改めて思いだされる。それはずいぶん強い誘惑であった。いま自分から老中の席を辞して隠退すれば、最悪の結末だけはまぬかれるかもしれない。いや、おそらくそれで一族の安全は保証されるだろう。いま眼の前に集まっている子や孫たちのためには、少なくともそうするのが親の情である。

——だがおれにはできない。

意次は心の中で首を振った。

——おれには幕府制度の経済的確立という仕事がある、この仕事を好便にするためには、子供たちの縁組もした、自分の生活も犠牲にしたし、あらゆる汚名も忍んで来た、子や孫たちはかれら自身で生きるだろう、かれらのためにこの仕事を投げだすことはできない、たとえゆき着くところが身の破滅だとしても、そのときが来るまではこの仕事を続けてゆく、いかなるものも、おれをこの仕事から離すことはできない。

静かに意次は眼をあげた。そのとき、広縁のほうで子供が騒ぎだした。

「わあ怖い、いなびかりだ」

こちらからは見えないが、子供たちはきゃあと叫んで、座敷の中へ駆けこんで来た。意次は万之助の肩を叩いた。

「それ、いなびかりだというぞ、坊も怖いか」

「そんなもの、怖くなんかないさ」

「ではいって見て来られるか」

「お祖父《じい》ちゃま抱っこでか」

万之助がそう云ったとき、不意に、この家の真上でぱりぱりと雷が鳴りだした。まるで天をひき裂いてなだれ落ちるかのように、猛然と襲いかかり、家ぜんたいをびりびりと震動させた。まったく不意であり、あまりに烈《はげ》しかったので、子供たちばかりでなく婦人たちも悲鳴をあげ、なかには袂《たもと》をかむってうっぷす者もいた。万之助はびくりとして両手で小さな拳《こぶし》を握ったが、声は出さずに意次の膝《ひざ》の上でじっとがまんしていた。

「おう、えらいな坊、雷さまも怖くないんだな、これはあっぱれだぞ」

「怖くないよ」と、万之助はべそをかいた、「坊は泣かないよ」

そう云ったと思うと、それでがまんが切れたのだろう、わあと泣きだして、母親のほうへとびついていった。

雷は続けざまに鳴りわめいた。

「まだ雷には早うございますな」

意知が云った。意次は黙って頷《うなず》き、ぎあまんの洋盃《ようはい》へ葡萄酒を注いだ。ちょうど下座では、長唄連中が次の曲にかかるところであったが、これもまた怯《おび》えたように、おのおのの座でじっと息をひそめていた。

そのうちにざっと霰《あられ》が降りだした。頭上から大量の豆でもうちまけるような勢いで、屋根瓦《がわら》を叩き、庇《ひさし》を打ち、広縁にまで降りこんで、縁板の上にやかましい音をたてたが、雷が遠のくにつれてそのまま大粒の雨になった。――意次は洋盃を持ったまま、なにを見るともなく、茫然《ぼうぜん》と前方を見まもっていた。やがて人々が坐り直し、明るい笑い声が出はじめると、子供たちもまた元気に騒ぎだしたが、意次はいつまでも放心したように独りとぼんと坐っていた。

二曲目の長唄浄瑠璃がはじまるとまもなく、この家の用人三好四郎兵衛が来て、意知になにごとか囁《ささや》いた。そのなかに「佐野善左衛門」という名が聞えると、意次はおどかされでもしたように、はっとして振返った。

「どうしたのだ」

「いや、なんでもありません」意知は四郎兵衛をさがらせた、「――また例の佐野善左衛門という男がまいって、酔って玄関先で暴れているそうでございます」

「佐野というと、ああ、あれか」

「まえから系図を返せということをうるさく申しているようですが、もしお心覚えがあったら捜させせましょうか」

「あるかもしれない」意次は口をつけないままで洋盃を置いた、「世間の評判を信じて、まいないでお役にありつこうというばか者が多いから、いちいち覚えているわけにはいかないが、そんなような物を預かった記憶もあるように思う」

「では明日にでも捜させることに致しましょう」

「私は疲れてきた」意次は頭を振りながら云った、「どうもこういう席には長くはいられない、御用をしているより遥《はる》かに疲れる、主賓が中座をして済まないが、横にならせてもらうぞ」

「それでは滝どのを呼びましょう」

「いやそれにはおよばない、あとを頼む」

そう云って意次は座を立った。広縁へ出ると外は滝のような雨で、冷たいしぶきがこころよく頰にふりかかった。

その六

雷をともなって来たその夜の豪雨は、まる三日のあいだ小やみもなく降り続いて、そのあともなおあがるけしきがなかった。風のないのは幸いであったが、二日めにはもう本所や深川をはじめ、市中の地盤の低いところは、上げ潮のたびに水が氾濫《はんらん》するようになり、早くも家財を他へ移す者が出はじめた。

意次は一夜だけ上屋敷に泊って、明くる朝は早く登城し、そのまま城中にこもっていたが、下町のほうのそういう知らせを聞くと、すぐに天文方へ調査と報告を命じた。天文方からは折返し返辞があり、雨は数日のうちにやむであろうし、洪水《こうずい》の危険はあるまいということであった。まだ季節も早いことなので、いちおうその報告で安心したが、五日めになると司天台のほうから改めて報告があり、記録と観測を照合するのに、この雨が長期にわたるおそれのあること、関東一帯に河川の氾濫があるかもしれないことなど、冷水害の年表を添えて申し出たのであった。そこで各地の郡代や江戸内外の川筋海岸に警戒の命令を出したが、その午後、もう昏《く》れがた近くになって、下総印旛郡大和田から、急使の者が馬をとばして来た。

大和田には、印旛沼干拓の工事を監督するための、勘定奉行の出役番所があった。急使はそこから来たもので、はじめ赤井忠昌が会ったが、事が重大なので、すぐに意次が自分で面会した。

印旛沼と手賀沼を干拓するという案は、そのときから約六十年まえ、享保《きょうほう》八年に、千葉郡平戸村の源右衛門という者が計画して、幕府に許可を願い出たのが初めで、その後、安永八年には印旛郡島田村の名主某たち数名が、印旛沼開墾の請願を出し、それが意次の注意をひいて、積極的な調査にかかった。その結果、沼尻《ぬまじり》の平戸口から検見川《けみがわ》の海岸まで、幅十二尺深さ九尺の水路を掘って、沼の水を海へ放流するという企画がたち、勘定奉行の松本十兵衛と赤井忠昌を主任に、閣議で裁下されるとすぐ工事に取り掛ったものであった。

この干拓が完成されれば、少なくみつもって*約百八十町歩の新田が開墾できる。従来その周辺に住んでいる農民は、僅《わず》かな田畑と、沼の小魚を捕ったりして暮していたもので、この事業はかれらに新しい耕地をもたらす、大きな意義がある筈《はず》であった。そこへその希望をくつがえす風評がひろがった。

――この事業には二人の出資者がある、一人は江戸の*長谷川新五郎、一人は大坂の*天王寺屋藤八で、この二人に優先権が与えられているから、干拓が完成しても、ところの農民には田地の配分はない。

こういうのであった。

土に生きる者の土に対する執着は激しい。なにごとによらず古い伝習を守って、改革や変化を好まない傾向がつよい。かれらは干拓によって新田が与えられることには希望をもったが、印旛沼が失われるということには深いみれんがあった。その沼から得られる利益は極めて少なく、与えられるであろう田地の収益と比較すれば、まったくとるに足りないものではあるが、それでもなお、沼が無くなってしまうということは耐えがたいようであった。煽動者《せんどうしゃ》の放った流言は、こういう子供めいた感傷とむすびついて、農民たちに干拓反対の気運を起こさせ、その一部は江戸市中まで強訴《ごうそ》に押しかけるに至ったが、その後も干拓工事にはまったく不協力で、ときに妨害的な行動をさえ示すことが少なくなかった。

こういう情勢のなかで、水路開掘を進めて来たのであるが、豪雨が降りはじめて二日めの夜半、かれらはひそかに工事場へ侵入して、掘りあげた水路を崩しだしたのであった。

「雨のために地盤がゆるんでおりますから」と使者はそのもようを語った、「見廻りの者が気づいて駆けつけましたときには、すでに三十間ばかりも崩されていましたし、番所から人数を出しますと、暴徒どもは得物を持って反抗し、番士のなかに二人負傷者を出すというありさまでございました」

この報告を聞きながら、意次はまざまざと一種の前兆を感じた。

それは、近づいて来る足音、といったふうなものであった。もうずっと遠く、彼が政治の座にすわると同時に、それは彼のほうへと歩きだし、眼に見えない速度で、しかし極めて慥《たし》かに、一歩、一歩と彼に追いつき、いまはじめて、彼の耳に届くところまで近づいて来た、という感じであった。

使者は強硬な対策命令を求めた。

「佐倉藩から援助の人数を出すよう、できるだけ早くお手配が願いとうございます」

松本十兵衛も赤井忠昌もそれに賛成であった。しかし意次は承知しなかった。

「それはいけない、農民たちはただ踊らされているだけだ、人数を増して強硬に出れば、必ず衝突して騒ぎが大きくなる、問題はかれらを煽動する人間だから、それを捕えてしまえば事はおさまる筈だ」

「そう致したのです」と使者は答えた、「次の夜半には人数を三カ所に伏せておきまして、かれらが襲って来たところを挾み、主謀者とみえる男を二人捕えました、しかし、豪雨と闇夜《やみよ》のことで、番所へ護送する途中をまた襲われ、残念ながら奪い返されてしまいました、こちらは地理にもくらく、また住民にはあくまで融和の態度をとれというお申付けですから、どうしようもなかったのでございます」

「煽動者を捕えるのだ、そのほかに手段はない」と意次は云った、「強訴の騒ぎだけでも事業の廃止論が出ている、これ以上なにか面倒なことが起ればわれわれの立場は不利になるばかりだ、現場の者には気の毒であるが、この条件のまま隠忍してやってゆくよう伝えてもらいたい」

使者は明らかに不満そうであった。

「お言葉を返すようですが」と彼は云った、「第二の案として、島田村の名主次郎兵衛が、その郷村の農夫たちを集めて、警戒に当らせてもよいと申し出ております、もしこれを許して頂ければひじょうに助かるのですが」

「むろん許すことはできない、農民同志を対立させることは、佐倉藩から人数を出すよりもさらに悪い、断じて相成らぬと申し伝えるように」

なお事態の報告を待っている、と云って面会を終った。

「なんという無知蒙昧《もうまい》さだ」

赤井忠昌は、使者が去ったあとで吐き出すように云った。

「作り荒した狭い蛭田《ひるた》と、僅かな鯉《こい》や鮒《ふな》の代りに、広い新田が得られるというのに、根もない流言に惑わされてそれを打壊そうとする、――かれらにはこのくらいはっきりした理非の判断さえつかないのか」

「かれらに限ったことではないでしょう」と意次が自嘲《じちょう》するように笑って云った。「それは人間ぜんたいのことですよ、人間はみな、自分では気づかずに、蒙昧と無知を繰り返しているものです、もちろんわれわれだってそのなかまに漏れはしないと思いますね」

その七

雨はよういにあがるけしきをみせず、ときに豪雨をまじえて七日八日と降り続いた。

市中では深川一帯と本所の半ばまで水浸しになり、品川、芝の海辺から、赤坂の溜池《ためいけ》、麻布《あざぶ》の古川、上野の不忍《しのばず》の池などが氾濫して、いつ退水するともみえなかった。——空は陰鬱な雨雲に掩われ、気温もひどく下って、びしょ濡《ぬ》れになった暗い街には、水のために家や職を失った人々が、うちひしがれた絶望的な姿で、日雇い稼《かせ》ぎを求めてさまよい歩いたり、一椀《わん》の粥《かゆ》を貰《もら》うために、お救い小屋の前に行列をつくったりしているのが見られた。

その後、大和田の番所からは、農民たちの妨害が止ったことを知らせて来たが、追っかけて、豪雨による出水のため、それまでに掘りあげた三十町余りの水路が、ぜんたいに崩れだしたという報告をよこした。

「いやはやどうも、こうなるといっそ面白いようなものだな」

十兵衛と忠昌はこう云って、みじめな声で笑いあった。もうどうにもならない、手を挙げたという笑いかたであったが、意次は平静な顔つきで、市中に余っている労力と資材を集め、すぐ工事場へ送るようにと手配を命じた。

このあいだにまた一つの悪い知らせが入った。
＊松前志摩守が意知に面会を求めて、去年、蝦夷地《えぞち》へ或《あ》る調査のため派遣した幕府の吏員が、土民と争いを起こして危うく逭《のが》れ、いま松前藩で保護しているというのである。意知からその知らせを聞いたとき、意次はみじめに溜息をついた。
「それはまずい、非常にまずい」

「私はこれには裏があると思うのですが」

意知は父の眼を見ながら云《い》った。意次はそれを訝《いぶか》しそうに見返した。

「志摩守が父上でなく、私にこの出来事を知らせたのはどういう意味でしょう、彼の口ぶりには多分に当てつけが含まれていました、調査の目的はわかっている、だが決して成功はしないだろう、と云わぬばかりでした」

「すると、松前家で土民を教唆《きょうさ》したとでもいうのか」

「詳しく調査されては不利な事が多いでしょうし、土民をつかって邪魔をするくらい、ぞうさもないことだと思います」

意次は黙って顔をそむけた。

その調査団には二つの使命があった。――意次は執政になった初めから、海外貿易ということに眼をつけていた。オランダ商館長のチチングと親しくなり、殆《ほと》んど友人のようにつきあって来たのも、お互いに敬愛しあったからではあるが、根本の目的は欧米各国の事情や、かれらの東洋における交易状態を知りたかったためである。そして、鎖国令が動かし難いという事実は、それを支えるのに密貿易がつよい力をもっている、ということを発見した。そこで意次は長崎に「唐船物改所」という税関制を設けたが、貿易商人らの反対と、例によって蔭《かげ》からの運動とで結局うやむやのうちに廃止同様になってしまった。だが貿易による巨額の利益を、いつかは幕府の手に握りたいと思っていた意次は、工藤平助の「赤蝦夷風説考」という著書によって北海に対する関心を唆《そそ》られた。

これよりまえロシア人が樺太《からふと》方面からしきりに南下し、松前藩とひそかに交易していたが、その勢力がしだいに伸張してきて、国防の上からも捨てておき難い状態になった。また松前藩の支那《しな》との交易で、鮑《あわび》と干海鼠《ほしなまこ》がひじょうな利をあげているのを知り、それを幕府の直轄《ちょっかつ》経営にできるか否《いな》か調べたかったので、右の二件について調査するため、普請《ふしん》役の者を派遣したのであった。

「――あるいはそうかもしれない」意次はそっと頷いて云った、「しかし、調査は続けなければならない、私にじかに申し出なかったのを幸い、松前侯に、調査が穏便にできるよう、保護を頼んでみてくれぬか」

「おそらく拒まれるでしょう」と意知は答えた、「土民はいちど怒らせると命がけで反抗し、年月をいとわず慰撫《いぶ》しなければなかなか屈伏しない、と申しておりましたから」

「それなら幕府から兵を出すかもしれない、ということを仄《ほの》めかしてもいいだろう、ロシア人の動静によっては、実際そうしなければならぬかもしれないのだ、――それでも拒むようなら、改めて方法を考えるとしよう」

意知が去ったあと、意次は独りでながいこともの おもいに耽《ふけ》っていたが、やがて松本十兵衛を呼んでその話をし、自分の御用部屋へはいった。

父と別れた意知は、新番所前の用談部屋へいって、松前志摩守を呼んだ。(そこはかつて青山信二郎が意次と会った部屋である)志摩守道広はそのとき三十歳であった。色が黒く、眼に不敵な色を湛《たた》えた、いかにも北方人の血をひいているらしい重厚な相貌《そうぼう》で、一言一言、ゆっくりと思案したうえでものを云う、といったふうなところがあった。

「それはむずかしゅうございますな」

意知から依頼の旨《むね》を聞くと、道広は濃い眉をぴくりとさせながら答えた。

「派遣された人々と土民との争いで、土民のほうには死傷者があり、城から人数を出して危うく救い出したということですから、このうえ踏査を続けるのは無謀と申すほかはないと思います」

「どうしてもやむを得なければ」と意知は云った、「こちらから兵を出すことになるかもしれません」

道広はぎらっと眼を光らせた。そして、そのするどい眼で意知を見、相手の真意をさぐるかのように暫《しばら》く黙っていた。

「よろしゅうございます、よく相談をしてみることに致しましょう」

道広はやがて考え深そうに云った、「国許《くにもと》からまいった急使にも問い糺《ただ》し、家来どもとも談合したうえ、できるだけお役に相立つよう、方策をたててみることに致します」

「なるべく早急にお手配を頼みます」

意知は穏やかに念を押した。

道広が折れたのではないことは慥かであった。ことによると事を延引させて、そのあいだに調査を打切りにさせるような手段を講ずるかもしれない。そんなようすが、道広の顔色にみえたのであった。

その八

道広が去ったあと、まもなく意知も用談部屋から出た。ちょうどそこへ、同じ若年寄の加納遠江守《とおとうみのかみ》が通りかかり、いっしょに中ノ口奥の詰所のほうへ向った。

「つい先刻、雲が切れて日がさしたそうですな、いまはまた降りだしているようですが、もうまもなくあがることでしょう」

遠江守はそんなふうに話しかけながら、持っている扇子をうるさく鳴らした。

意知はなま返辞をしながら、ふさがれた気分で中ノ間の廊下を曲ったが、そのとき、すぐ脇《わき》にある新御番の詰所から、足音荒く走り出た者があり、それが自分のうしろへ来るらしいので、意知がなにげなく振返るとたん、真向できらりと白刃《はくじん》が光った。

意知はあっといった。

ほんの眼《ま》ばたきをするくらいの瞬間であったが、裃《かみしも》の肩をはねた男の、血ばしった眼と、むきだした歯と、土気色に硬《こわ》ばったすさまじい表情が見えた。それはすぐ眼の前にのしかかって、暴《あら》い呼吸がこちらの顔に触れるかと思えた。

「覚えがあろう」

とその男はひきつるように叫んだ。

「覚えがあろう、覚えがあろう」

同じことを三度、自由に舌が動かないような調子で、続けさまに絶叫し、両手で振りあげた刀を、意知の左の肩へ打ちおろした。

——斬《き》られる。

意知はそう思いながら、肩を斬られるまで動けなかった。そこが殿中だからというだけでなく、自分が誰かに斬られようなどとは、まったく想像もできなかったのである。

そばにいた加納遠江守が、わっといって逃げだし、自分の肩に焼け火箸《ひばし》でも当てられたような痛みを感じたとき、初めてなにごとが起こったかを了解し、同時に、その兇暴《きょうぼう》な顔のぬしが誰であるかを知った。

——佐野善左衛門だ。

よろめきながら、意知は腰の小さ刀へ手をやった、恐怖と憎悪《ぞうお》との入りまじった、反射的な動作であった。二の太刀を振りあげていた相手は、この動作を見てちょっと防禦《ぼうぎょ》の姿勢をとった。

——抜いてはいけない、殿中だぞ。

意知の頭にそういう声が聞えた。それで、肩を手で押えながら、身をひるがえして逃げた。桔梗《ききょう》の間にも、その向うの焼火《たきび》の間にも人がいた。しかし誰も立って来ようとせず、吃驚《びっくり》したような眼で、坐ったままこっちを見ていた。そして、意知が逃げてゆくと、かれらは狼狽《ろうばい》して総立ちになり、ばらばらとそこから逃げだすのであった。

桔梗の間から東の縁側へ出た意知は、そこでなにかに躓《つまず》いて激しく転倒した。追いつめて来た善左衛門は、夢中のように刀を振りおろした。その刀は意知の胸に当った。意知は一方へ転げながら手を振り、「――狼藉者《ろうぜきもの》」と叫んではね起きた。善左衛門は刀を持ち直して、意知の胴を覘《ねら》って横に払った。しかし躰勢《たいせい》が崩れていたので手元が狂い、高股《たかもも》を斬ったと思うとたんのめって、焼火の間の襖を押し倒しながら、その部屋へ転げこんだ。

意知は逃げた。自分の御用部屋のほうへと、中ノ間の廊下をけんめいに走ったが、たちまち右足がきかなくなり、くらくらと眩暈《めまい》におそわれて、廊下の隅の暗がりへ、崩れるように倒れてしまった。

善左衛門はすぐに追いついて来た。倒れていた意知は、彼のはっはっという激しい呼吸を聞いた。

――もうだめだ。

そう思った。善左衛門はなにか叫んだ、言葉をなさない、咆《ほ》えるような、しゃがれたいやな叫びだった。そして彼はまた斬りつけた。

意知は左の太腿《ふともも》に鈍い打撃を感じながら、この男はなんのためにこんな事をするのか、と考えた。なんのために、――そしてこの出来事がなにかとんでもない間違いであり、夢をみているのではないか、という気がした。

そのとき、大目付の松平*対馬守《つしまのかみ》が走って来て、善左衛門を抱き止めたのであった。

「お鎮《しず》まりなさい、殿中ですぞ」

対馬守忠郷《ただざと》はそう絶叫した。

「放せ、放してくれ」と善左衛門は逆上したように身をもがいた、「天下のために、こいつを斬らなければならん、放せ」

忠郷はうしろから羽交《はが》い絞めにしたまま、善左衛門に足搦《あしがら》みをかけた。善左衛門は足をとられ、二人は同躰に倒れた。忠郷は巧みに刀をもぎとって投げると、相手の右腕を捻《ね》じあげながら組み伏せて、背骨のところを力まかせに膝で押えつけた。

「お出あい下さい、狼藉者です」

忠郷はそう叫んだ。背骨も折れよと、膝がしらに満身の力をこめて押えつけながら、――そこへ*柳生主膳《やぎゅうしゅぜん》が駆けつけて来た。

この知らせを聞いたとき、意次は御用部屋で薬湯を飲んでいた。知らせに来たのは、若年寄の太田備中守であった。彼は唇まで白くしていたし、軀《からだ》は見えるほど震えていた。――意次は高坏《たかつき》を持ったまま、うっといって、強く眼をつむった。

「幸いお命には別条がないもようです、ただいま中ノ間でお手当をしておりますが、――すぐお越し下さいましょうか」

意次は返辞をしなかった。

彼は頭の中で、はっきりとあの足音を聞いた。眼に見ることはできないが、紛れもなく自分に追いついて来る、あの慥かな足音を。

――竜助が斬られたのだ。

意知の幼な名を呼びながら、彼は心のなかで自分にそう云った。

このおれではなく、竜助が。

備中守は腰を浮かしたまま、気もそぞろに繰り返した。

「どうぞお越し下さい、御案内を致します」

「――いや、あとで」

意次はそう呟《つぶや》いて手を振った。

「——どうか騒がないようにと云って下さい」

備中守が去ると、意次は坊主《ぼうず》をさがらせ、知らせるまで誰もこの部屋へ入れるなと命じた。独りになった彼は、持っている高坏を下に置くことも忘れ、全身が石にでもなったように、ながいこと息をひそめて坐っていた。

彼の蒼《あお》ざめた顔に、しだいに血の色がひろがり、眉間《みけん》にしっかりとした力感のあらわれるのがみえた。

意次は静かに眼をあいた。

「——なにをくそ」

彼は低い力のある声でそう呟き、ゆっくり高坏を口へもっていった。

愛の明暗

その一

義父の外記《げき》が呼んでいると聞いたとき、保之助はどきっとして暫くは立つことができなかった。

「——いよいよきたか、いよいよ」

そんなことを口の中で呟き、押えつけられるような重くるしい気分になって、太息《といき》をつきながら、行燈《あんどん》の光りから顔をそむけた。ぶしょう髭《ひげ》の伸びた頰には窶《やつ》れがみえ、太く血管の浮いている両のこめかみや、おちつきのない充血したような眼には、憔悴《しょうすい》の色がつよくあらわれていた。

「——なにを恐れるんだ」と彼は自分を嘲《あざけ》るように呟いた、「どんなことが起こるにしたって、現在のこの状態より悪くなりようはないじゃないか」

やがて、だるそうに立ちあがった彼は、いかにも気の進まない身ぶりで、帯をしめ直した。

外記は茶をのんでいた。珍しく帰宅がおくれて、ようやく食事をすませたところらしい。義母のいくがそこにいたが保之助がはいってゆくと、彼のために茶を注ぎながら、いつもの狎《な》れたような親しい調子で、しきりにあいそを云った。保之助はそれにあいづちをうつ気にもなれず、そうかといって無視することもできないまま、ばつの悪い顔つきで注がれた茶を啜《すす》るばかりだった。

「殿中で今日えらい事があった」

いくが去るとすぐに外記が云った。平生《へいぜい》はふやけたようにたるんでいる顔が、いくらか緊張して赤みを帯び、眼つきにも好奇心を起こした子供のような光りがあった。

「*山城侯が、――」と保之助は思わず声をあげた、「斬られたのですって」

「中ノ間の廊下の隅だったそうだ」

「山城侯が、――」

「一命はとりとめるらしいが、よほどの重傷で、すぐには動かすことができないというはなしだった」

「相手はなに者ですか」

「新番の佐野なにがしとかいう男で、私怨《しえん》の刃傷《にんじょう》ではなく、しきりに天下のためだと叫んでいたそうだ」

保之助は両手の指をからみ合せながら、なんともいいようのない顔つきで頭を振った。

「こう云ってはお気の毒だが」と外記は舌たるい調子で続けた、「私はまえから、いつかしらこんな事が起こりそうな気がしていた、*相良《さがら》侯はあまりに無理を押しとおされた、内からも外からも、あれだけ悪評と非難があがっているのに、御自分の運に驕《おご》って平然と*執政の席にすわり、相変らず独り合点《がてん》の政治を押しつけておられる、そのむくいが山城どのの身にふりかかった、父のむくいが子の上にふりかかったのだ、もう少し早く隠退なすっていたら、こんな事にはならなかったであろうが、じつに、進退の時を誤るということは悲しいものだ」

保之助は唇を嚙《か》みながら頭を垂れた。外記の云うことが彼自身の感想でないことは慥かであった。外記は自分に直接かかわりのあること以外は、いかなるものにも関心や興味を示したことがない。娘のその子には相当つよい愛情をもっているようだが、それでも仮にいまこの家が火事になったとすると、おそらく彼は自分の釣り道具を持ちだすだけで、そのほかにはなにもしないであろうと思う。

──殿中の評をそのまま口にしているのだ。

保之助にはそれがよくわかった。田沼氏のごく側近の人々以外は、あらゆる人間がそんなふうに云っているに違いない。いま江戸城の中は、そういう人たちの耳こすりや、暗示的な眼くばせや、りゅういんをさげたような笑い声で溢《あふ》れていることだろう、保之助にはそれも眼に見るように感じられた。

「ときに、聞いておいてもらいたいことがあるのだが」

外記は持っていた湯呑《ゆのみ》を下に置いた。

「山城どのがそういうことになり、若年寄の席が一つ空いたので、その筋ではもう後任者の人選がはじまっているらしい、まだ下馬評にすぎないが、白河侯*というよびごえが高いようだ、私にはどうとも云いようはないが、おそらくそこへおちつくのではないかと思われる、もしそうだとすると」

こう云って、外記は保之助の気をはかるように、ちょっと言葉を区切った。

「つまり、……これは知っているかもしれないが、私は五月から学問所世話役に当るので、それを機会に、そのまえに家督を譲りたいと思う」

保之助はびくっとしながら眼をあげた。

「そこで、つまりこうなってみると、小金ケ原のお咎《とが》めが、明細短冊《たんざく》の上の瑾《きず》になるかもしれないし、もう一つにはまえにいちど御不興を買っているようだから、ぜひ白河侯のお屋敷へ伺って、穏便のお沙汰《さた》のあるように願ってもらわなければならない、むろん私もするだけのことはするが、おまえにとっては将来の問題もあるのだから」

「はあ、――」と保之助はうわのそらで頷《うなず》いた、「そうするほうが宜《よろ》しければ、そう致すことにします」

「誰のためでもない、おまえ自身のためだ、侯は公達《きんだち》＊そだちで我儘《わがまま》なところもあるが、いずれは相良侯に代って執政に直られるだろう、これはもう間違いのないところらしい、どうかそこを考えて、ひとつ、――」

保之助はそうすることを約束して、まもなく自分の居間へ戻った。

吉原から帰って以来、彼はずっと家にこもったままで、降り続く雨の音を聞きながら、独り居間の中で呻吟《しんぎん》していた。その子は母親のほうに引込んだきりであった。躯の具合が悪いからというのであるが、理由はもちろんわかっていたし、そのほうが保之助に好都合であった。いくは事情を知っているのかどうか、――そのように夫婦が別居同様な暮しかたをしているのだから、まるで知らない筈はないと思うのだが、――それまで娘に代ってうるさく身の廻りの世話をやいたのに、こんどは保之助が辞退すると、それでは必要があったらお梅を使うようにと云い、若い小間使をよこすだけで自分は殆《ほと》んどよりつかなくなった。

保之助は信二郎の忠告をいれて、すべてをできるだけ善意に解釈しようとした。

――妻が生れつきそういう性質であって、良人《おっと》を裏切るという気持などは少しもなく、ただそうしたいという衝動を制することができないだけだとすれば、そこに打開する方法があるかもしれない。

こういうふうに思ってみた。

――それを妻の病気だと考えれば、力を貸して健康なものにするのが、良人の役目だともいえるではないか。

その二

けれどもその子がかたくなに引籠《ひきこも》って、顔をみせようともしないのはどういうことだろう。母親の態度の変ったのは、気まぐれな性分の者にありがちなことだとしても、密会の現場を見られたその子だけは、そんなふうにしてはいられない筈である。そんなふうにすることは、どう少なく考えても挑戦としか思えない。

――おれはあまくみられているのだ。

たとえ入婿《いりむこ》でも、妻に不倫があれば離別して、その家から妻を逐《お》うことができる。公式にはそのとおりであるが、保之助にそんな度胸のないことは、自分でも認めるし、母娘《おやこ》にもよくわかっているようであった。

——そうだ、おれには居直って妻を逐い出すことはできない、また自分で出てゆくだけの勇気も、ふんぎりもつかない。

むろんそんな勇気や、ふんぎりをつけることが立派だとはいえないだろう。人間と人間との関係はもっと複雑で、たやすく割切ることのできないものが多い。信二郎はそういうことに縛られるのを嫌って、あらゆる条件から自分を切り離した。保之助はそれとは逆に、その条件のなかで真実な生きかたをつきとめたいと思うのである。そのための苦しみは辞さないつもりなのだが、しかしその苦しみが相手に通じず、自分だけの独り相撲だとわかってみると、それでもなおねばるだけの力は若い彼にはなかった。

「——青山の云ったことは本当かもしれない」

居間の小机に凭《もた》れて、庇を打つ雨の音を聞きながら、保之助は溜息《ためいき》といっしょにこう呟いた。

「人間の善良であるということは、それだけではなんの意味もない、却《かえ》ってまわりの者に負担をかけることになる、――まわりの者に負担をかける、――そうかもしれない、しかし、それならどうすればいいんだ」

彼は机の上に肱《ひじ》をついて、両手でそっと顔を掩《おお》った。

山城守意知《おきとも》が斬られたということ、斬った相手が佐野善左衛門だということも、新しい重荷となって彼の上にのしかかっていた。善左衛門がなぜ意知を斬ったかという理由は、保之助にはよくわかっている。そのために、去年の月見の宴のとき口論になり、二人は決闘までしようとした。

――おれは奏者番が望みなんだ。

あの夜、善左衛門はそう云っていた。

――松本伊豆守が鷹匠《たかじょう》から勘定奉行になったとすれば、おれが奏者番になれない道理はないだろう、こういつまで新御番では知行所の者たちにも恥ずかしいからな。ぬけぬけとそう云ったのである。賄賂《わいろ》を贈れば良い役が与えられる、という世評をそのまま信じて、自分の家の系図を持っていったり、氏の神の名を変えたりした。また小金ケ原の狩場では、獲物を贈って断わられたこともある。――私怨ではない天下のためだ、と云ったそうであるが、事実を知っている保之助には、あまりにそらぞらしく、むしろ陋劣《ろうれつ》な感じで、耳を掩い眼をそむけたいような気持だった。

世間の人々は善左衛門の言葉を信ずるであろう。長い年月にわたる田沼氏の努力は理解されないで、口からでまかせに喚《わめ》いた一偏狂者の言葉が「真実」として迎えられ、喝采《かっさい》されるのだ。

「そうだ、善とか真実などというものは、実際には意味がないのかもしれない」保之助は眉《まゆ》をひそめながら太息をついた、「――ではそれを承認することができるか、このやりきれない夫婦関係をあるがままに受取り、白河侯のところへ慇懃《いんぎん》を乞《こ》いにゆき、佐野の刃傷を公憤から出た壮烈なものだと、……いやだめだ、おれにはできない、おれにはとうてい」

彼はこう呟きながら、ゆっくりと頭を左右に振った。

十時すぎると小間使が夜具をのべに来た。彼は灯を暗くしてすぐ横になり、眼をつむって藤扇のことを想《おも》った。十日ばかり籠居《ろうきょ》のあいだ、藤扇を想うことが、保之助にとって唯《ただ》一つの慰めであり救いであった。

「もう逢《あ》わないつもりで帰ったのだが」と保之助は眼をつむったまま囁《ささや》いた、「どうやらそんな必要もないようだ、逢いにゆくよ、藤扇、……待っていておくれ、きっと逢いにゆくよ」

夜半ちょっとまえだったろう、弱まった雨の音のなかで、そっと襖《ふすま》のあくけはいがした。保之助はうとうとしかけていたが、頭をあげてみると、そこに寝衣《ねまき》姿でその子が立っていた。

保之助は枕《まくら》の上からじっと妻を見た。そしてその子が微笑してみせ、うしろ手に襖を閉めようとすると、急に起きあがって云った。

「なにか用があるのか」

その子の顔から微笑が消え、全身が硬くひき緊《し》まるようにみえた。保之助はそれを憎悪の眼でみつめた、自分でもいかにいやらしいかとわかるほど、憎悪のこもった眼つきであった。その子はいちど閉めかけた襖を、静かに、いっぱいに押しあけ、暗くしてある行燈の掩いを取りのけた。そうして、明るくなった光りの下で、立ったまま保之助を見返した。

「あなた怒っていらっしゃるようね」

その子が云った。聞き慣れたあのあまえるような、やわらかにおっとりとした声であった。彼は黙っていた。

「怒っていらっしゃるのなら、はっきりお怒りになるといいのに、どうしてそんなふうに独りでとじこもっていらっしゃるの」

「私がとじこもっているって」

怒りを抑えながら保之助が反問した。

「躯《からだ》の具合が悪いといって、私をよせつけもしないのはおまえじゃあなかったのか」

「ではわたくしがそう云えば、いつまでもこのままでいらっしゃるおつもりですの」

「それはこっちから訊《き》きたいことだ」

「お訊きになればいいでしょ、その子の部屋には鍵《かぎ》はかかってはいないし、あなたはその子の良人じゃあありませんか、そんなに御遠慮なさることはない筈ですわ」

保之助は躯がふるえてきた。声かぎり喚くか、とびかかって殴りつけるかしたい衝動に駆られ、それをがまんするために、力いっぱい拳を握った。

「あなたは卑怯《ひきょう》だわ」

その子はあまくやわらかい声で云った。

「ひとのあとを跟《つ》けて来て、座敷を覗《のぞ》くようなことをなすったくせに、それを御自分で始末しようとはしないで、信二郎さまなんかに話したり、幾日も廓《くるわ》などでいつづけをなすったり、帰って来ればお部屋にこもったきりで、独りでただむっとしていらっしゃる、そんなこと、男らしくないばかりじゃなく、卑怯というものですわ」

「出ていってくれ」保之助は低い声で叫んだ、「さもないとなにをするかわからないぞ」

その子は口をあいた。なにか云おうとしたらしい、だが保之助のつりあがった眼や、あらあらしい呼吸に気がつくと、黙ったまま静かに行燈へ掩いを掛け、部屋から出ていって襖を閉めた。

保之助はけもののように呻《うめ》いた。そして、夜具の上へ仰向きに倒れ、胸の上で両手の指を揉《も》みしだきながら、ひどくふるえる声で自分を罵《ののし》った。

「——きさま、死んでしまえ」

その三

雨はあがったが、すっかり晴れたのではなく、空には鼠色《ねずみいろ》の雲が貼《は》りついたようになっているし、その切れ間から青空がのぞき、いっとき日がさしたかと思うと、にわかに夕立のような雨が来たりした。

本所小泉町の裏長屋で、信二郎は隣りの通笑と酒を飲んでいた。この老いた書かない戯作者《げさくしゃ》は、娘のみよいが男と出奔し、稼《かせ》ぎての岩吉という子が病気になって寝たきりということで、すっかりやけのようになっていた。——信二郎がこの住居へ帰って来てから七日になるが、横網通りの「葛西屋《かさいや》」から食事の届くじぶんになると、どうにもがまんがならない、というようすでやって来ては、酒の馳走《ちそう》になり、ぐちを並べるのであった。

岩吉は去年までは丈夫で、黙々として稼いでいた。魚貝の行商をするのであるが、魚屋に奉公したわけではないから、鰯《いわし》とかかえび雑魚《ざこ》とか、貝類といったような、作る必要のない物だけを担《かつ》いでまわった。通笑は相変らずなにもしない、口ではしきりに新作の趣向などを話すけれども、実際にはせいぜい笑い本ぐらいしか書かないし、もうそれも売れなくなったようで、妻のおいとの内職と岩吉の稼ぎとが、ようやく一家の生活を支えていた。

みよいが男と出奔したのは、岩吉が倒れたからであった。二度も嫁にいって二度とも不縁になって戻った彼女は、怠け者というよりだらしのない性質で、岩吉が稼げなくなれば、しぜん自分がなにかしなければならない、それがいやさに家出をしたということであった。

「しかし私は考えましたね、ええ、これをたねに一作書けるぞってです」

通笑は昂然《こうぜん》と頭を振った。

「われわれには筆がある、ねえ、稼ぎてに寝こまれ娘に家出をされ、現在その日の食に追われていても、このなかから一篇の名作を書けば救われます、そうでしょう」

「まあお飲みなさい」

信二郎は相手に酌をしてやった。通笑はひと口に呷《あお》った。彼は酒が好きなくせに弱いほうで、僅かしか飲まないのにもう酔ったらしく、細い眼はどろんと濁ってきたし、髪毛の薄くなった頭まで赤くなっていた。

「私もずいぶんながいこと怠けていました、それはよくわかっていますがね、ええ、性分として間に合せのものが書けない、書くなら一世一代というものですね、——私にはそういうものしか書く興味はないんですよ、一夜《いちや》漬《づ》けの幇間《ほうかん》小説なんかごめんです、そんなものは誰にだって書けますからね、ええ、私はそんなものはまっぴらです」

そのとき彼の濁った眼から、その昂然とした言葉とは反対に、ぽろぽろとだらしなく涙がこぼれ落ちた。

「私には筆があります、どんなに食うに困ったって、筆がある以上へこたれやしません、書けばいいんですからね、ええ、私は書きますよ、あなたは信じないかもしれないが」通笑はふるえる手で、自分の盃《さかずき》に酒を注いだ、「——岩吉のやつは少し長くかかるらしい、*癆咳《ろうがい》と脚気《かっけ》だそうでしてね、山の湯治場なんぞへいって、もっとうんと滋養のある物を喰《た》べさせて、二三年もゆっくり養生させろって云うんですが、なあに、そのくらいのこって私がへこたれる道理がない、そのくらいのこって、……まあみていて下さい、私は立派なものを書きますからね、ええ、これでもし名作が書けないとしたら、私はたとえ人がなんと云おうとも、自分で自分に才能のないことを認めます、本当にそう認めますよ」

「おまえさん、おまえさん」

隣りでおいい、との呼ぶ声がした。がらがらした甲高い、ひきつるような声であった。

「おまえさん帰っておくれよ、あたしゃ問屋までいって来なくちゃならないんだから、いいかげんに帰ってくれなくちゃ困るよ」

「帰るよ」と通笑はどなり返した、「——帰るから、でかけるならでかけていいよ、こっちはいま仕事の話をしているんだ、内職もらいに問屋へゆくなんて、そんな俗なこって邪魔をされたくはないんだ」

あとのほうは口の中で呟きながら、ふたしかな手つきで眼を押しぬぐった。

「病人を独りにはできないでしょう」と信二郎が云った、「話はまたあとにして、帰ってあげたらどうです」

「それもそうですが」

通笑がそう云ったとき、表に人の訪れる声がした。女の声で、通笑はびくっとしながら、信二郎を見て囁いた。

「――おはまさんですぜ、きっと」

そして立ちあがって、よろよろと三帖《じょう》へ出ていった。おはまの声でないことは、信二郎にはわかっていたが、あとから出ていってみると、新助の女房のおさだであった。

「では私はこれで」と通笑は土間へおりた、「病人が待っていますから、また、――」

彼が出てゆくと、おさだが入って来た。

信二郎は訝しそうに彼女を見た。こちらからはようすをみにゆくこともあったが、おさだのほうから来ることはなかった。それは彼女の複雑な身の上が、世間に知れないようにという用心のためで、これまでお互いに固く守ってきたのである。

「――どうしたんだ」

信二郎が低い声で訊いた。

「あがらせて頂いてもいいでしょうか」とおさだが云った。

「もちろんいいが、なにかあったのか」

「お別れに来たんです、それに」とおさだはちょっと口ごもった、「それに、――旦那《だんな》に会ってやって頂きたい者がいるんです」

「いっしょに来たのか」

「表に待っているんですけど」

信二郎は頷いた。

「いいとも、呼んで来ていっしょにおあがり」

「じゃあ済みませんけど、お願いします」

おさだはいそいそと外へ出ていった。

その四

おさだは一人の若者を伴《つ》れて戻った。

信二郎はそれまで通笑と飲んでいた膳《ぜん》を、ちょっと脇へ押しやってかれらを迎えた。若者はめくら縞《じま》の長半纏《ながばんてん》にひらぐけをしめ、ぶきような手つきで芳坊を抱いていた。年は二十三四であろう、色が黒く、眉が太く、顎《あご》の角ばった、実直そうな顔だちで、窮屈そうにきちんと坐《すわ》ると、すぐに手拭《てぬぐい》を出して、頸筋《くびすじ》や額などを（汗でも出ているように）絶えず拭《ふ》いたり擦《こす》ったりした。

おさだは坐るまえに芳坊を抱き取り、胸をひろげて乳を含ませた。

「大きくなったな」と信二郎が云った、「もうお誕生を過ぎてどのくらいになるんだ」

「おかげさまで誕生と四カ月になるんですよ」

おさだはこう云いながら、抱いている子供へ眼をおとした。すると顎が二た重《え》にくびれ、めだつほど肉づいた頰へ斑《まだら》に血の色がひろがった。

——こんなにも変るものか。

と信二郎は心のなかで思った。

良人と別れたあとの、白痴のようになった彼女の姿が、まだ眼に見えるようである。ひどく瘦《や》せて、肌は土色に乾いていた。仮面のように表情をなくした顔、櫛《くし》も入れないぼさぼさした髪の毛、そして乞食《こじき》のように襤褸《ぼろ》をさげて、ぼんやりと放心したように軒下などに立っていた。新助に託された金を届けてやったのは正月のことであるが、そのときもまだそんなふうであった。それが僅《わず》か六、七十日のあいだにこんなにも変ったのだ。男ができたという噂《うわさ》を聞いてからまもなく、道などでゆき会うと、血色もよくなったし、身じまいもきれいにして、ときには白粉《おしろい》などつけてでかけるのを見かけたこともあった。いまはそれが彼女の内がわに根をおろし、いきいきとちからづよく、命の芽をふきだしたようにみえる。彼女は生きかえったのだ。古い痛手は去年の落葉のように朽ちてしまい、もはや彼女の中にいかなる痕跡《こんせき》をもとどめないようであった。

「この人、要吉っていうんです」

乳を含ませた子を揺りながら、おさだは男のほうを横眼に見て云った。

「深川の上ノ橋のそばの、船増っていううちにいるんですけど、こんど旦那がこの人に船宿を出して下さることになりましたんでね、旦那っていうのは日本橋槙町《まきちょう》の袋物屋の御隠居で、まえっからこの人を贔屓《ひいき》にしていて下すったんですけれど、船増の親方もそうして頂いたらいいだろうっていうことだもんですから、それじゃあこちらの旦那にうかがってみようっていうことになったんです」

おさだの話しているあいだ、要吉という若者は手拭で衿首《えりくび》や額を拭きながら、おさだの言葉にいちいち大きく頷いていた。

「そんなことをわざわざ相談に来る必要はないが」と信二郎が云った、「そうするとつまり、二人はいっしょになるわけなんだな」

「あたしは断わったんですけれどねえ」

おさだはまた横眼で男を見た。

「病気のお父《とっ》つぁんがいるし、子供はあるししますからね、それにこの人のほうがあたしより二つも年下なんですから」

「あっしは子供が好きなんです」要吉がむっとしたような顔で云《い》った、ひどい訥弁《とつべん》だし、みるまに顔が赤くなった、「ほんとなんです、船増の親方もおかみさんも知ってます、それからあっしは小さいじぶん二た親に死に別れて、親の味ってものを知りませんから、お父つぁんの面倒なら頼んでもみさせてもらいてえくらいです、これだって親方やおかみさんはよく知ってます、ほんとなんですから」

「この人はそりゃ堅いんですよ」とおさだがたのもしそうに云った、「酒も煙草《たばこ》も嫌いですし、あそびもしないし手なぐさみもしないんですって、ほんとにこの若さで、船頭でいて、珍しい人間がいるもんだって、みなさんが褒めてらっしゃるんですよ」

「つまらねえ、よしてくれよ」

要吉はやけに頸筋を擦った。身の置き場がないという感じである。おさだはそれをいとしそうに横眼で見、すぐにまた信二郎を見た。

「ですからどんないいお嫁さんだって貰《もら》えるんだし、あたしみたいな者じゃ勿体《もったい》ないからって、ずいぶん断わったんですけどねえ」

「冗談いうなよ」若者は吃《ども》りながら云った、「もうたくさんだよ、おれのとこなんぞ来てくれる者なんざいやしねえし、よしんばいたにしたっておらあ、おめえのほかに、あれじゃねえか、そんなこと、わかってるじゃねえか」

「この人いつもこうなんです」おさだが信二郎に云った、「それだもんですから、あたしもとうとう断わりきれなくなっちまって、その代りいっしょけんめいにやってゆこうと思ってるんですけどね」

信二郎は頷いた。

「芳坊をこっちへ貸しなよ」若者はおさだのほうへ手を出した、「もう乳はやっちゃあいけねえんだ、誕生すぎた乳は子供にゃあいけねえんだよ、さあ芳坊、おいらに抱かんな」

よくなついているとみえて、子供は乳を放しておとなしく若者の膝《ひざ》へ移り、指を咥《くわ》えながら信二郎を見た。要吉はおそろしくへたな口ぶりで、永代橋の西の四日市町に家を買って貰ったこと、船はまだ三ばいだが、夏には屋形の涼み船が買って貰えること、屋号は要吉では語呂《ごろ》が悪いのでおさだの名をとって「船定」とするつもりであることなどを語った。それを聞きながら、信二郎はふと、若者がどこかしらおさだのまえの良人に似ていることに気がついた。軀や顔だちはまるで違うが、実直で一本気らしいところや、口はへただがすることに情のこもっているようなところなど慥《たし》かにどこか共通点があった。

——いったいどうして、この二人は知りあったのか。

信二郎にはそれがわからなかった。よほど訊いてみようかと思ったが、おそらく二人を恥ずかしがらせるだけだろうと思ってやめた。祝いに少し包んでやると、まもなくかれらは帰っていった。要吉が子供を抱き、おさだがそのあとについて、もう何年かいっしょに暮した夫婦のように、心のより添った姿であった。

「——はかないものだな」

独りになってから、信二郎はふとそう呟いた。

なんという理由もなく、ふと口をついて出たのである。死んだ千吉——つまり田舎小僧の新助——に対してそう感じたのか、おさだの愛情がそのように早く他の男へ移ったからか、あるいはまた人間関係ぜんたいの、動いてやまないたのみ難さ、という感じから出たものか、自分でもはっきりわからない一種の侘《わび》しい気分でそう呟き、溜息をついた。

その五

その日の夕方、もう暗くなってから藤代保之助が来た。十幾日か会わないのだが、顔色が悪く、すっかり瘦せて、充血した眼がぎらぎらするように光り、乾いた唇を神経的に絶えず、片方へ歪《ゆが》めるのが眼についた。

——その子とうまくいかないんだな。

信二郎はすぐにそう思った。保之助はそのようすとは反対に、明るく快活な調子でしきりに話しかけたが、みせかけだということがあまりに明瞭《めいりょう》な話しぶりであった。

「田沼氏が斬られたのを知っているか」

いきなり云われて信二郎は聞き違いかと思った。

「相良侯ではない、山城守意知、——一昨日《おととい》の午後、殿中の出来事だ」

「——斬られた、殿中で」

「斬ったのを誰だと思う」

信二郎は返辞もせずに、ちょっと茫然《ぼうぜん》として保之助を見返した。

「わからないだろう、佐野善左衛門だよ」

ああと信二郎が低く声をあげた。

「月見の晩にきつね小路の家で、田沼侯に系図を提供したり、氏の神の称号を変えたりした話をしていたろう」保之助は毒のある口ぶりで云った、「奏者番ぐらいにはありつけると云っていたが、小金ケ原でも自分の獲《と》った小猪《こじし》だか小鹿《こじか》だかを贈って突っ返された、すべて狩場の獲物は将軍家のものだと云われたらしい、じつに恥を知らない見下げはてた人間だが、その恨みで山城守を斬ったのだろう、しかも、——刃傷のときには天下のためだと云ったそうだ」

保之助は唾《つば》でも吐きたそうな顔をした。

「天下のため」と彼は繰り返した、「あの下賤《げせん》な人間のどこを押せばそんな音が出るのか、おれは聞いていて、汚物でも摑《つか》まされたようなけがらわしさを感じた」

「——それで」と信二郎は沈んだ声で訊いた、「田沼氏は死んだのか、負傷しただけか」

「命は助かるということだ、佐野なんぞに人を斬れるわけがない、三太刀か四太刀か斬りつけたそうだが、おそらく自分のほうが逆上して眼が眩《くら》んでたんだろう、抱きとめたのは大目付の松平対馬守だというが、対馬侯はもう五十八か九だった筈《はず》だ、そんな老人にぞうさもなく組伏せられたんだから、いかにだらしがなかったかよくわかるよ」

「殿中なら人もいたろうに、対馬侯のほかに止める者はなかったのか」

「卑怯者や臆病者《おくびょうもの》が揃《そろ》ってるからな」保之助は辛辣《しんらつ》に冷笑した、「刀を見たとたんに腰をぬかすか逃げだすか、そうでないやつは田沼侯が斬られるというので、面白がって見物していたに違いない、佐野がでたらめに喚いた天下のためにというのが、そういうやつらを軽薄によろこばせて、まさに義人あつかいにもしかねまじきありさまらしい」

　この話は信二郎を強くおどろかした。

　——相良侯はどんな気持だろう。

　意次は自分が覘《ねら》われていることを知っていた。いつか信二郎が、小金ケ原に刺客《しかく》のあることを告げにいったとき、ずっとまえからそういうことのあるのを予想していたらしかったし、すべてを運にまかせる、という口吻《こうふん》をもらしていた。しかし、佐野などという人間に、自分ではなく意知が斬られようとは、夢にも思い及ばなかったに違いない。

　——あのときおれはもっと注意すべきだった。

　かつて戯作のことで殿中へ召喚《しょうかん》されたとき、佐野という男に気をつけるようにと云った。意次は(たぶんわけがわからなかったのだろうが)自分は人間の判断は自分の眼でする、と答えてとりあわなかった。

——もっと具体的に話せば、こっちの注意を聞いてくれたかもしれない、そうすればこんな出来事は避けられたかもしれなかったのに。

そう考えるといかにも残念であった。だが、信二郎はいまそのことと同時に、保之助のようすが気になった。彼はまったく人が変ったようにみえる、肉躰的な憔悴もひどいが、その辛辣すぎる言葉つきや、毒を含んだ調子などは、これまでの保之助にはとうていみられないものであった。

「私にもようやくわかってきたよ」と保之助は続けた、「青山はいつか、人間が善良であるということは意味をなさないと云った、まさにそのとおりらしいな、生きてゆくのに必要なのは善や美徳じゃあない、慥かにそれ以外のものだ、おれはそれを認めるね、善や美徳などというやつはただいまのお笑い草らしい」

「まあそうむきになるなよ」

信二郎は軽くそらすように云った。

「ともかく出て一杯やろうじゃないか」

「結構だね、ちょうど酔いがさめてきたところだ、もちろん吉原へゆくんだろう」

立ちあがった信二郎は振返って保之助を見た。

「もう飲んで来たのか」

「いや、さめてきたと云ってるんだ」保之助はかさかさした声で答えた、「酒の味もね、どうやら少しわかり始めたらしい、世の中にこんなにいろいろと知らないことがあるのに吃驚《びっくり》しているんだ、吉原へゆくんだろうね」

「いや」と信二郎は冷淡に首を振った、「そうじゃない、ああいうところも続くと飽きるものだよ」

そして出ようとすると、後註門道理と秋廼舎時雨が訪ねて来た。保之助が荒れているし、愉快な客ではなかったが、百川の祝宴から初めて会うので、またその祝宴では世話になっていたから、そのまま帰すわけにもゆかず、いっしょに伴れて出なければならなかった。

四人は「葛西屋」へ入った。夕飯どきで、店は混んでいたが、小女《こおんな》のお吉が隅のほうに席をあけてくれた。保之助はふきげんに黙りこみ、そっぽを向いて独りで飲みだした。その二人とはきつね小路の家で顔見知りだったが、もともと話をしたことなどはないので、二人のほうでも敬遠するふうであった。後註門は出たばかりの自作の小説を持っていて、それを信二郎に贈りながら、その作の趣向について能弁

に語ったりした。だが、二人が訪ねて来た目的はほかにあったらしく、やがて秋廼舎が声をひそめて、

「田沼さまの御子息が殿中で斬られたのを御存じですか」

と囁いた。信二郎はすばやく保之助を見た、明らかに聞えたらしい、そっぽを向いている頰や、歪めた唇のあたりが、緊張のため硬《こわ》ばっていた。信二郎は秋廼舎に眼くばせをした。秋廼舎はもっと低い声で囁いた。

「斬ったのはなんと甘楽郡《かんらごおり》の殿さまですぜ」

「知っているよ」

「へえ御存じですか、こいつは厳秘で、世間じゃあまだ誰も知らない筈なんですがね」

秋廼舎は後註門を見た。

その六

「それについて御相談なんですが」

後註門が信二郎のほうへ身を跼《かが》め、ふところから一枚の紙を出しながら云った。

「この刃傷で一作書いて、よそより先に売り出そうというはなしがあるんです、山

城侯は重傷で、おそらく助かるまいということですが、これで田沼派の勢力の一角が崩れるでしょう、若年寄の空席にはもう白河侯が定《きま》ったそうで」

「白河侯が」と信二郎が反問した、「――それは慥かな話か」

「むろん慥かですよ、なぜですか」

「いやなんでもない」

　信二郎は首を振りながら、保之助を見た。

「これはもう明白に勢力転換のきざしでしょう、こんどはいくら露骨に書いたって、このまえのように召喚されるようなことは決してないと思います」

「青山さんはひどいめにあいましたからね」と秋廼舎が云った、「私どももずいぶん胆《きも》を冷やしましたが、青山さんは一人で貧乏籤《びんぼうくじ》を引いたわけですからね、その意味でもこんどは思いきり辛辣にやってもらいたいですな」

「これが山城侯の傷の写しだそうです」

　後註門は飯台の上へ紙をひろげた。それは人間の裸像の白描《＊はくびょう》で、左の肩と、胸と、両方の高腿《たかもも》に二カ所の刀傷が書いてあった。

「――でたらめだろう」

　信二郎は紙を押しやって、不快そうに眼をそらした。

「でたらめなもんですか」と後註門はそれをたたみながら云った、「刃傷のときに呼ばれて手当をした、外科の佐藤祐石《ゆうせき》の診断書から写したものですよ、なにか参考になるだろうからお眼にかけてくれと頼まれたんですが、私もこいつは趣向になると思いますね」

「やるんだな青山、面白いじゃないか」

　突然、保之助がそう云った。

「田沼氏誹謗《ひぼう》はさんざんやって慣れている筈だ、そういう情勢だとすると、こんどこそよく売れるだろうし、世間も喝采するだろう、ことによると白河侯から褒められて、二百五十石の家名が再興できるかもしれないぞ」

　信二郎は聞きながして、後註門に手を振りながら云った。

「おれはいやだ、ごめんだと云ってくれ」

「それはまたどうしてですか」後註門はけげんそうな眼をした、「だって、もうおわかりだと思うが、この版元は大和屋ですよ」

「そんなことはわかってるさ」

「だとすると、しかし、——大和屋では必ずやって下さるものと、信じてるようですがね」

「いやだ、まっぴらごめんだ」

「ずいぶんはっきり仰《おっ》しゃるんですね」

後詮門は皮肉な調子になり、いくらかみくだすような眼で信二郎を見た。

「私は詳しいことは知りませんが、大和屋のほうではまたなにを頼んでもやってもらえる、青山さんは断わる筈はないって、云ってましたがね」

信二郎は相手の顔を眺めた。後詮門がなにをほのめかしているかわかったのである。信二郎はくすくす笑いだした。

「なんだつまらねえ、おまえ借金取りに雇われたのか」

「なんですって」

「大和屋はおれに金を貸したことを云ってるんだろう」と信二郎はなお笑った、

「冗談じゃねえ、あれは次のを書いたらやる約束で、向うから持って来て押しつけたんだ、おれの気にいったものが出来たら約束だから出させてやるが、あんなはした金で大和屋の御用を勤めるほどおちぶれやあしねえ、人をみそく*なうなと帰って大和屋にそう云ってくれ」

「そう云ってもいいんですか」

後詮門はいやにゆっくりと念を押した。そして、秋廼舎と眼を見交わし、別れを告げて立ちあがったが、ふと思いだしたというように、信二郎のほうへ振返って云った。

「ついでにお知らせしておきますがね、鶴屋のほうもあまり当てにしないほうがようございますぜ」

二人は店を出ていった。

信二郎は渋い顔をして、後註門の云った意味を考えた。保之助は向き直って、黙ったまま燗徳利《かんどくり》をつきつけた。そして、信二郎の盃に酌をしながら、低い声ですばやく囁いた。

「向うに妙なやつがいて、さっきから青山のようすをしきりに見ているぜ」

「――どこだ」

「左の隅から二番めにいる男だ」

信二郎は盃を呷り、自分の燗徳利を取りながらそっちを見た。中の飯台の左から二人めにいる男が、信二郎に見られたとたんに、すっと顔をそむけた。年のころ三十五六で陰気な顔つきの、職人ふうの男であった。

――目明*しだな。

信二郎はそう直感した。そのとき表から、出前持の竹という小僧が、岡持《おかもち》を肩にひっかけてとび込んで来た。

「なかが火事だ」と彼は息をきらせながらどなった、「ほんとですぜ、どんどん燃えてらあ、天が火の粉でいっぺえだぜ」

「どこが火事だって」

客たちがいっせいに小僧を見た。小僧は片手をぐるっと廻し、眼をまるくしながら云った。

「なかですよ、吉原ですよ、まちげえなし、観音さまの五重塔がこの見当だからね、どんどん燃えてますぜ」

「そいつは捨ておけねえ」客たちは色めき立った、「定り文句だがじつのみせどころ、親が危篤《きとく》でも駆けつけざあなるめえ」

「おい勘定だ、早いとこ頼むぜ」

がやがやとひどい騒ぎになった。

「半鐘が聞えるな」

保之助が信二郎を見た。

「本当に吉原だろうか」

信二郎が眼をあげた。保之助の表情が変っていた、ついいましがたまでの、病的な毒どくしさや、神経のするどいとげとげしさが消え、脅《おび》えた子供のような、おちつかない不安な顔になっていた。

——藤扇のことが心配なんだな。

こう気がついて、信二郎はもういちど向うの男を見やった。男はじっとこっちを見ていたらしいが、慌《あわ》てて眼をそらすと、ふところへ手を入れながら、お吉を呼んだ。

「出てみようか」と信二郎が苦笑しながら保之助に云った。勘定はつけだから、そのまま二人は外へ出た。夜になった戸外には、かなり強く風が吹きだしていた。

その七

火事は紛れもなく新吉原のようであった。河岸《かし》に立っている群衆もそう云っていたし、走ってゆく男たちもそう呼び交わしていた。気温はきみの悪いほど高く、西南の風はますます強くなるもようである。信二郎は保之助を促して、両国橋のたもとから舟に乗り、二挺《ちょう》で川を遡《さかのぼ》った。

二人が駆けつけたとき、もう廓《くるわ》は半ば以上も火になっていた。水道尻から燃えだして、京町の一丁目と二丁目、すみ町、揚屋《あげや》町と延びた火先が、江戸町の二丁目へ移ったところであった。——日本堤の要所には役人が出て、押しかけて来る群衆をせきとめていたが、ほかの場所ならともかく、廓の火事ではそんなものは役に立たない、群衆はぞうさもなく押しやぶって、歓声をあげながらなだれ込んだ。

廓は一方口で、三方は忍び返しの付いた高い塀で囲ってあり、その外側には堀がまわしてあった。塀にはところどころ木戸があり、小さなはね橋で外へ出られるのだが、非常のばあいにはその木戸は鍵《かぎ》で閉められる。おもな理由は入り込んだ犯罪者（かれらが遊里へ身をひそめることは昔も今も変らない）を捕えるとき、脱走するのを防ぐためだといわれていたが、もっと直接には遊女たちの逃亡に備えたもののようで、火災のときなどでも、出入りは大門だけに限られるから、しばしば多数の死傷者を出したようである。——大門口はもとより、廓の中の混乱ぶりは形容しようのないものであった。家財道具を運び出す男たち、逃げまどう妓《おんな》たち、殺気だった火消し組や、馴染《なじみ》の妓を捜して走りまわる群衆などが、到《いた》るところで濁流の渦《うず》のように揉みあっていた。

二人が仲の町の「ひさご屋」の前まで来ると、そこに中卍楼《なかまんじろう》の者たちがいて、紫蘭が眼ざとくこちらをみつけ、走って来て信二郎にとびついた。

「まあうれしい、来て下すったのね」

「よさないかみっともない」信二郎は妓を押しやりながら云った、「みんな無事らしいな」

「ええおかげさまで」紫蘭は保之助にも笑いかけた、「よくいらしって下さいました、あの妓《こ》も無事でそこにおりますわ」

保之助は藤扇を眼で捜した。

「ひさご屋」へもみまいの客たちが来ていたし、中卍楼の妓たちにも、それぞれ馴染の客が来て、店先はひどく混雑していた。信二郎が「ひさご屋」の主婦につかまるのを見て、保之助は妓たちの中へ入っていった。藤扇の姿はどこにもみえなかった、新造のお舟というのがいたので、藤扇を知らないかと訊くと、そばにいたかむろが、背負っている風呂敷《ふろしき》包をゆりあげながら、いまなにか取りに戻ったようだと告げた。

「いままでそこにいたんですけど」とそのかむろは云った、「持って来た包をあけてみて、大事な物を忘れたと仰しゃって、たったいま戻っておいでなさいましたわ」

保之助は振返って見た。

すみ町から延びた火が、江戸町二丁目へのしかかり、中卍楼のあるあたりは濃い煙に包まれていた。保之助は走りだした、うしろで信二郎が呼んだようであった。けれど彼は振向きもせずに、二丁目の横丁へと走っていった。中卍楼はこちらから数えて四軒めに当る、煙がひどいのでよくわからないが、どの家にも火がついているらしい、二階の庇《ひさし》にちらちらと炎の見えるところもあった。荷物の残りを運び出している者が、まだ二三みえたけれど、横丁は巻き返す煙と、燃えあがる炎やぱちぱちと物のはぜる音で掩《おお》われていた。

戸障子をきれいにはずしてある土間へ入ると、家の中もいちめんの煙で、廊下の先のほうに明るい橙色《だいだいいろ》の火が見えた。

「おふく」

保之助はそう叫んだが、煙に噎《む》せて激しく咳《せ》きこんだ。三度ばかり呼んだが返辞はない、彼はちょっとためらったが、ふと見るとそこにぬぎ捨てた女下駄《おんなげた》があった。ほかにも履物が散らばっていたけれども、その女下駄は外から入って来て、いまぬぎ捨てたもののようにみえた。保之助は草履のままとびあがり、妓の名を呼びながら階段を駆け登っていった。

「おふく、どこだ、どこにいるんだ、おふく」

叫ぶたびに噎せて咳いた。また熱気をもった煙がしみて眼が痛み、ぽろぽろと涙が出てきた。彼はおどり場で立停り、袖《そで》で鼻を押えながら息をついた。すると、廊下の向うで苦しそうな咳が聞え、人の倒れるような物音がした。

「おふく、おふく」

保之助は声かぎり叫びながら、身を跼めてそっちへ走っていった。部屋から軀を半分だけのりだして、藤扇が倒れていた。そのとき天床《てんじょう》の隅からふき出した炎が、濃密な煙を明るく染めたので、倒れている藤扇の姿がかなりはっきりと見えた。保之助が抱き起こすと、彼女は激しく咳きこみながら、吃驚《びっくり》するほどの力でしがみついた。

「ふじさま、ふじさま」

「立てないか」保之助は叫んだ、「もう焼けて来た、早くしないと危ない」

「眼があきませんの」と藤扇は喘《あえ》いだ、「でも大丈夫です、手をひいて下さい」

「こっちだ、なるべく息をしないで」

保之助は女の肩へ手をまわし、抱えるようにして階段口まで走った。

外へ出ると軒並に燃えていた。

——へたをするとだめだぞ。

こう思って、保之助は手早く着物をぬぎ、軒下の天水桶《てんすいおけ》の水に浸すと、それを藤扇と二人で頭からかぶり、身を踞めて火と煙の中を走りぬけた。

仲の町の通りへ出るまでに、道の上に倒れている者を三人まで見た。二人は女、一人は老人で、生きているのかどうか、見定める暇もなく走り過ぎた。仲の町の通りもすでに火と煙で、引手茶屋《ひきてぢゃや》は端から燃えだしていたし、「ひさご屋」の前にはもう誰もいなかった。

信二郎たちを捜しながら、ひと波に押されて日本堤まで出た。そのあたりは運び出された荷物と人で足の踏み場もなく、呼び交わしたり泣き喚《わめ》く声が、煙といっしょにどよめき返っていた。

「もう大丈夫だ、よかったよかった」

土堤《どて》を向うへおりながら、保之助はこう云って藤扇の肩をつよく抱き緊《し》めた。藤扇はしんなりとやわらかく凭《もた》れかかり、男の胸へ頰をすりよせながら、泣きじゃくっていた。

「まだ眼があけないか」

「いいえ、もう大丈夫です」

「忘れ物は取って来たのか」

「ええ」と藤扇は頷いて、しっかり胸に抱えていた物を見せた、「――いつか、あなたにお着せした、あの寝衣《ねまき》ですの」

「私の着た、寝衣だって」保之助は打たれでもしたような眼をした、「そんな物を取りに……おまえもう少しで死ぬところだったじゃないか」

「ふじさま」

藤扇は両手で保之助にしがみつき、激しく泣きだしながら云った。

「だってこのままお帰りになるとき、あなたはもう来ては下さらないおつもりだったでしょう、ふくにはよくわかっていましたのよ、もう二度と来ては下さらないのだって」嗚咽《おえつ》のために声が途切れた、「ですからふくは、このお寝衣を一生あなたのかたみと思って、いつも部屋へ吊《つ》って」

「おふく」

保之助はあらあらしく藤扇を抱き緊めた。藤扇は声をあげて泣きだし、男の腕の中で身もだえをした。赤く焔《ほのお》に染まった焦《こ》げ臭い煙が、二人を人の眼から隠そうとでもするように、土堤の上からさっと巻きおろして来た。

定信登場

その一

意知《おきとも》が危篤《きとく》だという知らせの来たとき、意次《おきつぐ》は老中の詰所で松本十兵衛ら五人と会談をしていた。

その朝、溜間詰《たまりのまづめ》と若年寄とが合同で、臨時の御前評定《ごぜんひょうじょう》をひらくように、と要求してきた。同時に、一方では紀伊治貞*《はるさだ》が将軍へじかに強請したらしい。あとでわかったのだが、*中納言《ちゅうなごん》は家治に人ばらいを求めたうえ、半刻《はんとき》ちかいあいだ声あらく意見を述べ、ときに膝《ひざ》を打って叫びさえしたそうである。——御前評定をひらけという要求を、いちおう意次が拒否したとき、代表として来た酒井石見守*《いわみのかみ》（忠休《ただよし》）は将軍家がすでに承知であること、なお将軍が健康不調のため臨席できないばあいには、紀伊中納言が代って出るだろう、と伝えたのであった。

これより少しまえ、山城守意知が刃傷《にんじょう》によって倒れたあと、若年寄の空席には松平越中守《えっちゅうのかみ》が補任されるものと思われた。それが若年寄には安藤対馬守《つしまのかみ》（信明）*が任命され、越中守定信は溜間詰にはいった。安藤信明はそれまで政治的派閥の外にいたが、まぎれもない保守派であるし、定信の溜間詰入りと思いあわせて、かれらがなんらか攻勢の手を打ってくるだろう、という予想はしていたのであった。

——これは拒絶すべきですね、拒絶すべき理由はあるのですから。

赤井忠昌がそう主張した。

——老中に対して評定召集を求めるのは、非常大変のばあいに限るので、これは明らかに違法であるといえます。

ほかの者もそれに賛成した。もし必要なら紀伊中納言に対して、将軍に強請したという点を譴責《けんせき》に付してもいいだろう、という説さえも出た。もちろん誇張ではない、老中には充分そのくらいの権威があったし、条件も揃《そろ》っていたのだが、意次は首を振った。

——人がその力量を保持するためには、すすんで他の力量と対決しなければならない。

大樹は風雪の中でこそ培《つちか》うべきものだ。こう云って、自分の言葉のりきんでいるのが可笑《おか》しいかのように唇でそっと笑った。問題は時間の欲しいことであった。敵は勢いに乗じている、陣容を充実させ、先手を打って立ってきた。いま即座に受けてはまずい、決河の水はその力の緩んだときに堰止《せきと》めるのが常道である。

――どうして時間を作ったらいいか。

こう評議していたときに、意知危篤の知らせが来たのであった。

「――ああ」

知らせを聞いた瞬間、意次は低く声をあげて眼をつむり、手を膝に置いてやや暫《しばら》く沈黙した。

そこにいた五人、松本十兵衛、赤井忠昌、太田備中守、松平対馬守、そして三浦庄司らは、意外な知らせにみな息をのんだ。意知の受けた傷は、右の高腿《たかもも》の一カ所がやや大きかったのと、出血が多量であったほかには、さして心配するほどのものではない、といわれていた。そのため意次が城中に詰めきっていても、周囲の者は格別ふしぎには思わなかったし、屋敷からの報告もずっと順調を告げていた。そんな急変があろうとは、誰一人として思い及ばなかったのである。

「――これで時がかせげますな」

やがて意次が云った。力のないかさかさした声ではあったが、調子は明るく静かだった。懐紙を出して、ゆっくりと手指を拭きながら、彼は五人の顔を眺めまわして云った。

「――私はすぐ伺候《しこう》してお暇《いとま》を願いましょう、備州侯*はどうぞ若年寄へ、溜間は三浦に頼む、……さぞみんな苦い顔をすることでしょうな」

そして喉《のど》でくくと含み笑いをした。

下城する駕籠《かご》の中で、意次は絶えまなしに太息《といき》をつき、そして幾たびも紙で手を拭いた。気のつくたびに力いっぱい手を握り緊めていて、きみの悪いほど膏汗《あぶらあせ》が滲《にじ》み出るのであった。意知危篤の知らせは、彼にも思いがけなかった。しかしぜんぜん予期しないものではなく、このまま順調にはゆかないだろうという予感が、漠然《ばくぜん》とではあるけれども、頭のどこかに根づよくしみついていた。

確実に自分を追いつめてくる、眼に見えないある力の存在。

意次はそれがもはや遁《のが》れることのできないものだということを感じていた。意知が斬《き》られたと聞いた瞬間、彼はその力の触手が自分のえりがみをつかんだと思った。彼はついに追いつかれ、えりがみをつかまれた。それは意次をうち倒すまで放さないであろうし、刻々に手をもぎ足をもぐことだろう。

――よろしい、やってみろ。

と意次は肚《はら》をすえた。

——初めから悪戦苦闘には馴《な》れている、きさまぐらいのものはひきずっても、たたかえるだけはたたかってみせるぞ。

意知の傷が案外に軽く、恢復《かいふく》が順調であると聞いても、彼はそのままにはうけとれなかった。たとえ全治するにしても、それまでになにかしら故障が起こるに違いない。そう覚悟をしていたのであった。

「その覚悟をしていた筈ではないか」

駕籠の中で意次は自分に云った。

「いまになってなにを狼狽《ろうばい》するんだ」

彼はかたく眼をつむり、首を振った。

大下馬《おおげば》を過ぎてから、どうにも息苦しさに耐えられなくなり、駕籠の戸をあけさせた。すると、上屋敷へ三丁*ばかりのところで、ふいに駕籠の中へなにか投げ込んだ者があった。石を包んだ紙つぶてで、意次の膝をすべって敷物の上へ落ちた。

「狼藉者《ろうぜきもの》、——」

駕籠脇の者が三人、叫びながら走りだした。見ると、着ながしの若い町人が一人、馬場先門のほうへ飛鳥のように遁《に》げてゆく。意次は紙つぶてを拾いながら、

「追うことはない、戻れと云え」

と命じ、そのまま駕籠を進ませた。

その二

意次は病間へ入るまえに医者と会った。付いていた医者は外科の佐藤祐石と、本道*の多紀安元の二人で、多紀は奥医*であった。急変の原因は破傷風を起こしたためで、一昨夜からの高熱が下らず、心臓がすっかり弱ってしまい、もはや死を待つばかりだということであった。

「もう少しの望みもないのですね」

意次はついそう念を押して、自分のみれんがましさに思わず顔をしかめた。

二人の医師は黙って頭を垂れた。

居間へ入ると、嫁の松子が侍女を伴《つ》れて来て、着替えの世話をした。松子は濃化粧をしていた、おそらく看病の疲れと絶望とで、憔悴《しょうすい》した顔を見せたくなかったのだろうが、濃すぎる白粉や紅の色が、意次にはかえっていたましく哀れにみえた。

「少し休むから茶を一服おくれ」

意次はこう云って坐った。

松子が茶をいれに立ったあと、意次はさっきの紙つぶてを披《ひら》いてみた。それは木版の刷りもので一枚は「七眼小蔵人《しちがんしょうぞうじん》」と題し、頭に山の字形の鼎《かなえ》をかぶった、七つ眼の裸躰《らたい》の化物の絵が描いてある、化物の両の高腿と肩とに刀傷があり、そこから血が流れている。七つ眼は家紋の七曜星を見立てたのだろう、明らかに意知を諷《ふう》したものであった。他の一枚には落首が二つ書いてあった。

あずま路の佐野の渡りに水まして田沼の切れて落る山城

やましろの白のお小袖血に染みて赤どしよりと人は云うなり

意次はその二枚をまるめて袂《たもと》へ入れた。それが初めてではない、刃傷があって以来、市中にはその種のものがほとんど無数にばら撒《ま》かれていた。なかには佐野善左衛門が刃傷のまえに撰《えら》んだという、「田沼父子罪条書」なるものがあって、それには十七カ条の罪があげてあり、いかにも真実のようにひろく流布《るふ》していた。

茶を飲み終ると意次は立った。

「二人で話したいことがあるから、知らせるまでだれも来ないように」

松子にそう云って、病間へ入っていった。

意知は入って来る父を、枕《まくら》の上から強い視線で迎えた。ひどく肚を立てているような、ひたむきな強い眼つきで、意次がそこへ坐るまでその視線をはなさなかった。

その部屋には香がたいてあったが、病床のまわりには異様な匂《にお》いがこもっていて、それが香のかおりと入混って、悪寒《おかん》を催すように感じられた。

意知の顔はまるで面変りがしていた。こめかみや頬の肉は、そいだようにこけ落ち、そこだけ高くなったようにみえる鼻の両脇《わき》に、薄い暗紫色の斑点《はんてん》がうき出ていた。


——死斑だな。


意次は胸に激しい痛みを感じた。現実に細身の短剣で突き刺されたようであった。

「お知らせしては、ならぬと、申しつけたのですが」

意知はとぎれとぎれに云い、口をあいて喘いだ。額に膏汗がながれていた。

「よほど苦しいか」

「なに、さしたことは、ないのです」意知は笑おうとするようであった、「今朝の、明けがたは少しひどかった、もういけないかと思いましたが、いまはもう、よほど楽になりました、——苦しそうにみえますか」

「意地を張らないほうがいい、苦しいときには、すなおに苦しむほうが、楽になるものだ」

「いったい、だれが知らせたのか」

こう呟《つぶや》いて、意知は眼を大きくみはった。なにか見えない物を見ようとでもするような、不安そうな苛々《いらいら》した眼つきであった。それからふいに、顔をくしゃくしゃに歪め、掛け夜具を胸からはねながら云った。

「本当に峠は越したらしいんです、医者もそう云っていましたが、自分の軀《からだ》のことは、自分がいちばんわかりますからね、いちじは危なかったんです、明けがたでしたけれども、これはだめかなという気がしました」

「そんなに口をきいては苦しいだろう」

「いや、いまはもういいんです、石に噛《か》じりついたって、死ねやしません、父上を残して、私が死ねるわけが、ありませんからね、どうか心配なさらないで下さい、私はもう、本当に大丈夫なんですから」

「もちろん、大丈夫さ」

意次は頷《うなず》いた。

——しんじつ大丈夫だと思っているのか、いやそうではあるまい、このおれを安心させるために、わざとそんなふうをよそおっているのであろう。

こう考えると、胸の痛みはさらにするどく、ほとんど耐え難いくらいになった。

「むろん大丈夫だろうが」と意次は静かに云った、「そう生死に執着しては、却《かえ》って苦痛が増すばかりだろう、死はいつやってくるかもわからない、五十年さきかもしれないし、目前に迫っているかもしれない、いっそ死んでもよしと思いきるほうが、気持も軀も楽になるのではないか」

「いや、それだけはごめんです」

意知は喘ぎながら首を振った。

「私は生死に執着することを、恥ずかしいとは思いません、死ぬことは怖《おそ》ろしい、死ぬかもしれない、と思うと、怖ろしさのために、髪の毛が逆立つようです、しかし、この恐怖はながくは続かない、呼吸が止れば、それで終りになるでしょう、――私はいま、死ぬことの恐怖よりも、生きられる限り生きたい、どんなことをしても、もういちど立ち直りたい、ということにしがみついているのです、私は、私のこの心臓が止るまで、この執着を放しません、決して――」

意次は頭をさげた。

――そのとおりだ、それが一つの超脱だ。

生死に執着することを恥じない、と云《い》えることは生死を超脱したことになりはしないか。よしそうでなくとも、観念のうえで死を超越するよりは、死に当面して生に執着するほうがはるかに人間らしい。

――よし、ねばれるだけねばれ、竜助。

と意次は心のなかで叫んだ。

——あっぱれ、いさましいぞ。

襖《ふすま》があいて三浦庄司が顔をみせた。意次が頷くと、入って来て告げた、「若年寄よりおみまいとして、白河侯がおみえなされました」

意次はうっといった。

その三

溜間詰の越中守定信が、若年寄の代表としてみまいに来たのは、挑戦者のなのりをあげたとみるほかはなかった。

「——おもてで会おう」

意次はこう云いながら深く息を吸った。三浦庄司がさがると、意知が眼をあげて父を見た。

「——来ましたね」

意次は頷いて微笑をうかべた。

「肝心なときに」と意知は喘ぎながら云った、「却って足手まといになって、……残念です」

「なに、不利な戦には馴れている」

「——まったく、いつも不利な戦ばかりやって来たものです」意知はこう云って苦しそうに顔をそむけた、「どうぞいらしって下さい、有難うございました」

意次はじっとわが子の横顔を見た。

——すぐ戻って来る、もういちど会うまで死なずにおれ。

心のなかでそう呼びかけ、それから静かに立ちあがった。

松子を呼んで臨終の近いことを告げ、子供たちを伴れてゆくように云って、着替えをした。それから薬湯をのんで表書院へ出ていった。

中老の井上伊織が接待に出ていた。定信は熨斗目麻裃《のしめあさがみしも》で、接待の者などには眼もくれず、端然とした姿勢で坐《すわ》っていた。そうした姿はさすがに気品が高く、年よりもはるかに老《ふ》けてみえるし、すでに長者の風＊さえうかがわれた。——意次は上段をおりて、彼と相対して坐った。定信は少し身じろぎをし、上半身だけで会釈《えしゃく》しながら、冷やかな眼でこちらを見た。

意次は会釈を返さずに、平然と相手のようすを眺めた。

定信の会釈は礼にかなっていない。彼は従四位下《じゅしいのげ》の越中守、溜間詰＊にすぎないが、意次は従四位の侍従であり老中首座である。もっと座をさがらなければならないし、低頭の礼をすべきであった。従来、彼は多くのばあいそういう作法を（巧みに）無視して来た。それは自分が田安宗武の子であり、将軍家治と従兄弟《いとこ》の関係にあることの、一面にはしぜんなあらわれであったが、同時にしばしば意識的な誇示を含んでいた。

もともと意次はそういう形式にはこだわらないほうで、ゆるされる限り見て見ないふりをするのであるが、そのときは頑としてはねつける態度をみせた。

――さあ、どうする。

そういう眼で、まっすぐに相手を眺めていた。

定信は赤くなった。おそらく屈辱を感じたのであろう、できることなら席を蹴《け》って去りたいようすであった。しかし、もちろんそれほど彼は単純でも無思慮でもない、――静かに座を少しさがり、低頭の礼をした。そして韻の深いすずやかな声で、みまいの口上を述べた。

意次は作法どおりに礼を受け、無感動な調子でみまいを謝した。定信は続けて云った。

「御重態とうかがいましたが、その後のごようすはいかがですか」

「さよう」と意次は答えた、「もはや一刻《とき》とはもつまいかと思います」

「それはどうも、さぞお力おとしのことでございましょう」

意次は黙っていた。定信はそこで調子を変え、皮肉な鄭重《ていちょう》さで云った。

「じつは申しいれた御前評定のことですが、御存じのように若年寄、溜間詰ともにぜひ早くひらかれるよう希望していますので、万一、*御不祥の如《ごと》きことがあったばあいにも、延引などのことのなきよう、まえもってお聞きいれを願いたいのですが」

「服忌《ぶっき》のからだで御前へ出ろというのですか」

「それは御配慮しだいだと思います、必要があれば喪の発表は延ばすこともできるではありませんか」

「発表は延ばしても喪中の事実に変りはないでしょう」意次は無表情に云った、「嫡子《ちゃくし》の服忌は三十日とは条令で定《きま》っています、それでなくとも、けがれのある身で御前へ出られるわけがない、——いったいそんな無法なことを誰が云うのですか」

「それは、誰ということでなく、若年寄と溜間詰一統の意見なのですが」

「御条令を犯す責任をもつわけですね」

「いや、それは」定信は口ごもった、「つづめて申せば、相良侯の御配慮を願いたいのです」

「自分の責任で禁を犯せというのですか」

定信は黙った。意次は重ねて云った。

「そういう意味に取っていいのですか」

「これはどうも、――」

定信は苦笑した。苦笑しようとしたらしいが、単に唇を歪《ゆが》めたにすぎなかった。

「どうやら私どもの誤解のようですな」と彼は辛うじて一矢《いっし》を酬《むく》いた、「そういうつもりではなかったのです、ひごろ職分第一の相良侯ゆえ、お聞きいれ下さるかと思ったのですが、――ではこの件は申上げなかったことに致しますから、どうかお忘れ下さるように願います」

「たしかに、承知しました」

意次はあるかなきかに頬笑んだ。定信は剃刀《かみそり》のような眼で意次を一瞥《いちべつ》し、それから颯《さっ》と立って去っていった。

意次はすぐに病間へ戻った。意知は息をひきとったばかりらしく、医師の多紀安元が枕許《まくらもと》からさがるところであった。意次はそこへ坐ってやや暫く意知の死顔を見まもっていた。その顔を残りなく記憶にとどめようとするかのように。――やがて、松子の用意した死水をとってやり、孫の二人を眼で招いた。長男の竜助は泣いていたが、二男の万之助はきょとんとして、意次が手を持ちそえて水をとらせてやると、珍しそうに父の死顔を覗《のぞ》きながら、さも納得がいったように呟いた。

「そうか、たあたま、おとけちゃまになったのか」

「そうだ、おとけちゃまだ」と意次は頷いて云った、「さあおじぎをして、お祖父《じい》さんといっしょに向うへゆこう、これからみんながお別れをするので、此処《ここ》にいては邪魔になるからな」

「抱っこでか」

「そうだ、抱っこでだ、さあおじぎをおし」

すでに親族の人々が集まり、次の間には家臣たちも詰めていた。意次はかれらの挨拶《あいさつ》を受けるに耐えないので、万之助を抱いてそこから出た。すると、廊下にお滝が来ていて、意次から万之助を抱きとりながら、

「――殿さま」と云って泣きだした。

その四

意知の死んだ翌日、佐野善左衛門の罪科がきまり、即日切腹になった。

田沼邸の小書院では、意知葬送の混雑をよそに、意次とその帷幄《いあく》の人たちが集まって、御評定についての対策を練っていた。その後の情報によると、臨時評定の要請は「金銀会所案」を否決することが目的であるらしい。また御前評定といっても実際は家治の病障を名として、紀伊治貞が代ることは必至であった。紀伊家が富商らに動かされているのは明白だから、評定が「否決」にもってゆかれることは避けられないようである。そこで、意次は第二策として「貸金会所」の提案を計画していたのである。

「金銀会所案」が幕府、諸大名、富商らの三者出資を土台としたのに対し、「貸金会所案」はのちの公債に近いもので、対象をもっと広範囲にし、小額の資金を集めて、幕府管理のもとに七朱*の利子で貸出そうというのである。資金吸集の法は、農民では持地百石について銀二十五匁《もんめ》、町人は店舗の間口一間について銀三匁、寺社、修験者《しゅげんじゃ》などは一カ所当り金十五両まで、といったぐあいで、もちろんこれらについては出資額に応じて利払いをする規定だった。

「この案が通れば金銀会所よりはるかに大きな価値がある」

意次は半ば冗談のように云った。

「金銀会所の運営は、支配者と富豪で利潤を分配するが、この案から生じる利潤はひろく庶民に配分される、これまで私のやって来たことは、すべて幕府経済の根本的な建直しということが中心だった、もし私の政治に罪があるとしたらその点だろう、みんなも知っているように、すべてが逼迫《ひっぱく》しきって、尋常の手段では救えなくなっていた、まず直接税を拡充しこれを強行するほかに打開の途《みち》はなかった、その点で庶民の負担を重くしたことを認めるし、いさぎよくかれらの石で打たれるつもりだが、この案が行われれば、その償いにもなり、同時に資本活動に普遍性をもたせることができる、これは富の偏在を防ぐ意味で少なからぬ価値があると思うがどうか」

「仰《おお》せのとおりですが、やはり否決されましょうな」赤井忠昌が松本十兵衛を見ながら云った、「金銀会所のばあいは、出資金の回収に不安をもって否決されるように運動しました、これは利益の独占を侵害されるわけですから、商人どもはもっと強く反対すると思います」

「やっぱりそういうことでしょうな」意次は面白そうに頷いた、「私が心から羨《うらや》ましく思うのは、資本蓄積についてのかれらの知力ではなく、それを実行することのできる立場の自由さですね、侍は権力を握ったが、いまではその権力に縛られて手も足も出ない、お上《かみ》の御威光、武士の面目、——これが付いてまわる限り、われわれはかれらの好餌《こうじ》になるばかりです」

それからくすくすと笑って云った。

「侍どもは権威に腰をかけて飢え、商人どもは恐れいり奉《たてまつ》って暖衣飽食する、まことに天下泰平というわけですな」

意次の珍しく冗談めかした口ぶりは、紛れもなく作った明るさである。自分が意知の死からうけた打撃を隠し、そこにいる人々を陰鬱《いんうつ》な気分から解放しようとするのであろう。だが、もともとそんなことをうまくやれる性分ではないから、聞いている者のほうで却って息苦しくなるようであった。

「しかし」と十兵衛が云った、「採否はともかく、交換条件としてこれを提案する必要はあると思います」

「むろんありますよ」意次はまた頷いた、「たとえこれも否決されるにせよ、一段二段とこういう政策のあることを示せば、商人どもに対する警告になりますからね」

意次はなお元気な調子で、評定の席での答弁の腹案などを語った。

意知の葬儀の日に、意次は万之助を伴れて木挽町の中屋敷へ移った。そこで聞いたのであるが、佐野善左衛門を埋葬した浅草の徳本寺には、連日おびただしい参詣《さんけい》人《にん》があり、また「佐野大明神」とか「世直し大明神」などと書いた幟旗《のぼりばた》を持って来て、その墓所に立てる。とり捨てるあとから、すぐにまた、誰となく立ててゆくということであった。

「それは故人も本望だろう」と意次は苦笑した、「彼は知行所にある佐野大明神という氏の神を、私のために田沼大明神と変えたそうだから、それで元の名を取戻したことになる、まったくむだな死ではなかったわけだ」

だがその言葉に対する答えのように、意知の葬列が市民の暴行を受けたという事実がわかった。

葬送の列には多勢の乞食《こじき》が付きまとって、悪口雑言《あっこうぞうごん》をあびせ、石や泥などを投げた。逐《お》いちらしてもすぐに寄って来るし、町人たちも隙《すき》を覗《ねら》っては投石し、悪罵《あくば》をあびせては逃げた。しかも、道筋を警護していた役人たちは制止もせず、黙って見ていたということであった。

この話を聞いたとき、意次はさっと顔色を変え、殆《ほと》んど苦悶《くもん》の呻《うめ》きをあげた。

「本当にそんなことをしたのか」と彼は声をふるわせて云った、「――かれらは死んだ者までも凌辱《りょうじょく》するのか、そうせずにいられない理由があるのか、いったい意知がかれらになにをしたというのだ」

意次の眼から涙がこぼれ落ちた。

彼がそんなに激昂《げっこう》したことは珍しい、彼は憎悪のために、全身が震えおののくのを感じた。長い年月、彼は非難と悪罵のなかで生きて来た。それらの非難や悪罵はたいてい政治的なもので、かれらが蒙昧《もうまい》であるか、理解力がないか、または理非の判断をことさらに無視した、作為から出たものであった。もちろん慣れるわけにはいかない、どんなにたび重なっても、不愉快の度は決して減少するものではないが、それらには政治的な対立という、明らかな根拠があるから、軽侮と笑殺とで酬いることができる。――しかし意知の葬列に対する市民の暴挙にはそういうものはない。たとえばかれらが、田沼父子についての歪められ拵《こしら》えられた悪評を、そのまま信じたからだとしても、なおかつ死躰を凌辱していい筈はない。犯罪者でさえも、死んでしまえば死者としての礼を受けるではないか。

「――なんのために、なんのために」

意次はこう呟きながら拳《こぶし》を震わせた。

その怒りは数日のあいだ彼を激しく苦しめた。彼はずっと独り閉じこもって、誰にも会おうとしなかったし、お滝でさえも、用のあるとき以外は近づけなかった。

そうして、やがて平生《へいぜい》の彼にかえったが、その痛手は癒《い》えたのではなく、心の奥へ深くしみ入って、消えることのない傷跡となったようであった。

その五

意次の変ったことは、周囲の者がまず感づいた。彼の声は低くなり、冷たくするどい響きをもつようになった。言葉も丁寧であるが皮肉な調子を帯び、眼にはいつも嘲笑《ちょうしょう》の色を湛《たた》えていた。意知の葬列の凌辱されたことが原因ではなく、それまで辛うじて彼を支えていたものが、その出来事によって崩れ去ったという感じであった。服忌のあけた翌日、黒書院で御前評定がひらかれた。将軍家治の代りに紀伊治貞が坐り、若年寄、溜間詰のほか三奉行の全員が出席した。

評定は僅《わず》か半刻そこそこで終った。

印旛沼の干拓事業と、絹物会所の廃止が決議され、両計画によって生じた一揆《いっき》の暴徒は、それぞれ領主の責任によって処罰すること、またその罪は＊永牢《えいろう》以上に及ばざることなどが決議された。ついで、老中から提出された、新しい政策の審議に移ったが、北海開拓案も否決、金銀会所案も否決ということになった。

若年寄では酒井石見守（忠休）、また溜間詰では＊松平讃岐守《さぬきのかみ》（頼起）が代表で発言した。蝦夷《えぞち》地開発の趣意には二つの意味がある、その一つは松前藩の密貿易を押えて、幕府が直接にロシアと交易をひらくこと。その二は国内の余剰労力をもっていって、土地を開墾させることであるが、これにはおよそ七万人の移住者によって、五百八十余万石の田地開墾が可能と予定されていた。しかし、ロシアと交易をひらくことは「鎖国令」に違反するし、五百八十余万石などという新田が開発されたばあい、国内の米価が低下して経済の根本がゆらぐであろう。また北辺へそのような多数の人間を移住させることは、治安の維持が極めて困難である。などという理由で否決された。

金銀会所案についてはあたまから否定的であった。それはかつて、白書院評定のときに松平定信が表明した、あの反対意見をそっくり踏襲したようなもので、要するにそのような政策は幕府を商人会所にするものであって、将軍家の威光にかかわるばかりでなく、武家ぜんたいの名誉に関するものである。商人たちが連合して、巨額な献上金を願い出ているのであるから、必要ならそれを許せばいいであろう。かような提案は断じて採択できない、というのであった。

意次は冷やかな、無感動な顔つきで、しまいまで黙って聞いていた。

越中守定信は光ってみえた。

彼は列席者のなかで年がもっとも若く、溜間詰としても新任であるが、その凛《りん》と坐った姿勢や、冷静なうちに鋭敏な神経のうかがわれるおちついた表情には、生れついての気品に加えて、はやくも人を圧する風格といったものを備えていた。たしかに、彼の存在は際立《きわだ》っていたし、いってみれば「白河侯登場」という、颯爽《さっそう》たる感じであった。

若年寄と溜間詰の評決が終った。

意次はまるで退屈しきったような口ぶりで、各重職の労を謝し、評決があった以上やむを得ないが、念のために一言だけ申上げたい、といって、両提案の重要さを具体的に敷衍《*ふえん》しようとした。——すなわち、幕府が鎖国令を固守していても、諸外国の勢力はすでに沿岸に迫ろうとしていること。とりわけロシアの南下は頓《とみ》にめだつので、七万人の移住者はいざというばあいの防備兵力に役立つであろうこと。また五百八十余万石という新田の収穫は国内消費をめざすのではなく、海外への輸出にふりむける予定であることなど、抑揚のない平板な調子で、できるだけわかりやすくゆっくりと説明していった。しかし、それが半ばにも達しないうちに、越中守定信が無遠慮に遮った。

「その説明はどういう意味ですか、われわれの評決が間違っているので、再審議せよとでもいうのですか」

　意次はそっちを見なかった。

「いや、――」と彼は静かに云った、「御前評定で一議再審の許されないことは承知しています、ただこの問題は極めて重大ですから、初めにお断わりしたとおり念のため申上げるしだいです」

　定信はなんだという顔をした。

「では評決はもう御了解ですね」

　意次は黙って目礼した。

「私からも念のため一言申しておきます」と定信は云った、「従来の御政策を通観すると、新奇を追うあまりとかくゆきすぎが多いように思われる、特に、税法の拡大強化は民に過重の負担を負わせるばかりでなく、商産業の円滑な発達のさまたげになっているし、隠し売女《ばいた》に運上《うんじょう》を課するに至っては幕府の体面に泥を塗る如きものだと思う、またしばしば諸種の会所案を出されるが、いずれも御政治の府を商人化するに似たものであって、今後かような政策は審議にかけることもお断わりしたいと思います、どうか以上の点をよくお含みおき下さい」

　松本十兵衛ら三奉行は、ちょっと顔色を変えて意次を見た。

このような評定のばあいには、溜間詰にもそれだけの権限が与えられている。しかし、老中に対してそんなにも無遠慮な、強圧的な発言をした例はない。それは紛れもなく、老中の権威に対しての挑戦であった。

——相良侯はどうやり返すか。

白書院のことがあるので、半ばはらはらしながら意次を見た。意次はなにも云わず、黙って定信のほうへ目礼を送った。

——貸金会所案も出さないな。

十兵衛と忠昌はそう思って眼を見交わした。そのとおりであった、意次はその案を出さず、紀伊治貞によって評定の終ったことが告げられた。

大目付の先導で、意次がまず黒書院を出た。*南小縁から羽目之間まで小柄な躯《からだ》をやや前踞《まえかが》みにし、頭を垂れて黙って歩いた。足に力がないし、背がまるくなって、半刻のまにぐっと年をとったようにみえる、——うしろからついてゆく十兵衛や忠昌らも、そんな姿を見るのは初めてのことで、颯爽とした定信のようすと思いあわせ、なにやら落莫《らくばく》とした、もの悲しくいたましい感慨を唆《そそ》られるのであった。

羽目之間へかかったとき、意次はふいに足を停め、そこの暗い片隅へ眼をやった。みんなどきっとした、そこはいつか山城守意知が斬られて倒れた処《ところ》であった。

意次はやや暫く、その一隅をじっと見まもっていたが、やがて歩きだしたと思うと、急に眩暈《めまい》にでもおそわれたように、ふらふらとよろめいて片方の膝をついた。

「あ、お危のうございます」

松本十兵衛と赤井忠昌が駆けより、左右から腕を取って援《たす》け起こそうとした。

「いや大丈夫だ」

意次は二人の手を押しのけた。

「構わないでくれ、私は大丈夫だ」

こう云って、静かに立ちあがり、一歩ずつ拾うように、老中部屋のほうへとゆっくり去っていった。

しぐれの中

その一

曇って、風が吹いていた。

まだ九月の末だというのに、低く垂れた灰色の雲が、いちめんに空をふさいで動かず、大川のほうから吹きわたる風も、まるで冬のように肌にしみた。人の往来もあまりない、――その年の春、新吉原の廓《くるわ》が火事ですっかり焼けてから、本所の回《え》向院《こういん》前と、浅草の並木町、駒形《こまがた》、黒船町に仮宅が出来たので、この蔵前あたりも常にはずっと賑《にぎ》やかなのだが、その日は空もようのかげんか、街並いったいがひっそりと白けてみえ、ときたま通る辻駕籠《つじかご》の掛け声も、なんとはなく沈んだ調子に聞えた。

天文台のほうから、蔵前森田町の通りへ出て来た信二郎は、すぐ向うをいそぎ足にゆく男のうしろ姿を見て、あっと声をかけようとしたが、すばやく左右に眼をはしらせてから、その男のあとを大股《おおまた》に追っていった。

――こいつはひどそうだな、ずいぶんひどそうだ。

信二郎はそう思って眉《まゆ》をひそめた。

男は紛れもなく藤代保之助であった。黒っぽい縞《しま》の単衣《ひとえ》の着ながしで、脇差《わきざし》もなにも差さず、古びた雪駄《せった》をはいていた。うしろから見るだけでもすっかり痩《や》せて、肩腰が眼立って骨ばり、背丈がまえより高くなったようにみえる。着物の褄《つま》が二寸ばかりほころびていて、歩くたびにいやな色をした細い脛《すね》が覗いた。

浅草橋まで来ると、保之助は立停った。風が土埃《つちぼこり》を吹きつけて、彼の単衣の裾《すそ》をはためかせた。なにか迷っているらしく、ふところへ入れていた手を出して、鬢《びん》を撫《な》であげながら大川のほうを見やった。信二郎は近よっていって、そっと肩を叩《たた》いた。

「――久しぶりじゃないか」

保之助はとびあがりそうになった。とびあがって逃げだすかと思うような動作で、ふり返った。

「ああ、なんだ」と硬《こわ》ばって血の気をなくした顔で信二郎を見た、「――青山か」

「どこへゆくんだ」

「――本所へ、ゆくんだが」

保之助の唇は震えた。よっぽど驚いたのだろう、手をあげて鬢を撫でたが、その指も震えていた。

「というと回向院前だな」と信二郎はわざと明るい口ぶりで云った、「いそぐんでなかったらひと口つきあわないか」

「ああ、まだ時間はあることはあるんだが」

「じゃあちょっと戻ろう」

信二郎は踵《きびす》を返した。

瓦町《かわらちょう》まで戻って、その横丁へ入ると「盛切」と軒提灯《のきぢょうちん》の出た飯屋があった。ごく安直な店らしいが、暗い土間をぬけると、奥に小座敷が三つばかりある。この家の女房とみえる三十五六の女が、二人をいちばん奥の四帖半《じょうはん》へ通した。信二郎はいくらか馴染《なじみ》らしいようすで、酒と肴《さかな》を命じた。

「三度ばかり小泉町へいったよ」と保之助はおちつかない声で云った、「ずっと帰らないんだな」

「ああ帰らない、天文台のうしろの真光院という、小さな寺にいるよ」

「なにかあったのか」

「つまらないことになったよ」と信二郎は苦笑した、「白河侯が溜間詰になってから、旗本で家を潰《つぶ》した連中のお改めが始まったんだ、いつか葛西屋で飲んでいたときに、妙な男がおれを見ていたのを覚えているか」

「火事のあったときだな」

「藤代が注意してくれたやつさ、あれから気をつけていると、いつもおれを跟《つ》けまわしている、へんな野郎だと思っていたらやがてわかった」

女房が酒と肴を運んで来た。店のほうへも客が入ったらしく、甲高に話したり笑ったりする声が聞えだした。

「鶴屋《つるや》、――知ってるだろう」

信二郎は保之助に酌をしながら云った。

「おれに本を書けとせがんでいた版元だが、その店でようやく事情がわかった、若年寄へ出頭するか、さもなければ縄付きにするというわけさ」

「縄付きにするって」

「士風粛正のためだそうだ」信二郎は肩をすくめた、「――あのとき後註門と秋袦舎が来て、へんに脅迫がましいことを云っていたろう、大和屋が版元で、また田沼氏の誹謗《ひぼう》をやってくれという、おれが断わったら、鶴屋のほうも当てにするな、など云やあがった、というのは、あのとき連中にはもうわかっていたんだ、大和屋には桜川町の小宮山をとおして白河侯の息が掛っている、だから仕事を引受ければ縄付きにはしないが、断われば鶴屋のほうへも手を廻すぞ、ということだったのさ」

「鶴屋のほうをどうするんだ」

「長屋住人が欠落《かけお》ち御家人だとわかれば、版元もただじゃあ済まない、つまりおれの本は出せないわけだろう」

「すると、つまり、――」

「長屋住人という戯作者《げさくしゃ》は抹殺《まっさつ》さ」

信二郎はあざけるように笑った。

「尤《もっと》も鶴屋はおれにみれんがあるらしい、だいぶ前借が溜《た》まっているからそのためかもしれないが、真光院という隠れ場所もつくってくれたし、書く物も名を変えて版にしようということになった、――しかし、ところでそっちはどうなんだ」

保之助はえっといって顔をあげた。

まったくべつのことを考えていたらしい、信二郎の話など満足に聞いていなかったということが、その顔によくあらわれていた。

信二郎は燗徳利《かんどくり》を差出した。

「――重ねないか」

その二

「そっちも家へは帰らないらしいな」

「うん、このとおりでね」

保之助は手で着物をつまんでみせた。頬がこけ、唇の色は黒ずみ、ぐっと窪《くぼ》んだ眼が絶えまなしに動いている。肉躰的にもひどく疲れているようだが、もっと深く、精神的に病んでいるという感じのほうが強かった。

「藤代のことも気になっていたが、そんなわけでずっとどこへも出なかった、――いったい水道橋のほうはどういうことになってるんだ」

「水道橋の話はよしてくれ」保之助は唇を曲げたが、「そうだ、そうもいかないんだな」

と自嘲のせせら笑いをした。

「おれはいま、嶋屋《しまや》へいって来たんだから」

「――嶋屋とは」

「札差《ふださし》の嶋屋喜右衛門さ、ずっと藤代の蔵宿《くらやど》をしている店だ」

信二郎は保之助の顔をみつめた。

「驚いたかい」と保之助は云った、「――どんづまりなんだ、なにもかも、ひでえことになっちまったよ」

「ずっとかよってるんだな、中卍《なかまんじ》へ」

「それだけで生きているんだ、――これで貰《もら》っていいか」

保之助は椀《わん》の蓋《ふた》を持った。

「酒を飲むのは半月ぶりなんだ」

「悪酔いをするぜ」

「青山は知らないんだ」

椀の蓋で二杯、続けさまに飲んだ。信二郎は手を叩いて酒を命じた。

「おれがどんなに変ったか、青山には想像もつかないだろう」

「いや、およそ見当はつくよ」

「藤代の人の好《よ》い親父《おやじ》を云いくるめて、三十両という金を騙《だま》し取ったこともか」

「藤代の金なら自分のものじゃないか」

「騙し取ったのさ、そのときもうおれは、二度と水道橋へは帰らないつもりだったんだから」保之助はぐっと酒を呷《あお》った、「――だが、ばかなはなしさ、倹約な箱入り息子だから、三十両という金で天下を取ったような気持になった、ところがひと月ともたない、……売れる物は売り尽し、おふくに身あがりをさせた、いまでは紫蘭が無理をしてくれなければ、逢《あ》うにも逢えないという態《てい》たらくだ」

　酒が来ると、保之助は手酌で飲んだ。

「それでもまだよかった」と彼は続けた、「逢えないときでも、格子《こうし》の内と外で、顔を見ることぐらいはできたから、――こんなことは青山にはわからないだろう、おれは路次の暗がりに立ってる、店の者にみつけられては悪い、ぞめきの客に紛れて、暗がりからじっと格子の中を見ているんだ、……おふくに客がついて、座敷へはいってゆくまでさ、――客がついて、ああ、おふくに客がついて」

　保之助はうっといい、片手で胸を押えながら眼をつむった。

「そんなことで深刻がるのはよしてくれ」信二郎はわざと乱暴に云った、「ありふれすぎて聞いているほうが退屈だ」

「おふくが身受けをされるのもか」

「――」

「そうだろう、退屈だろう」保之助は顔をぐっとしかめた、「おまえは薄情な人間だ、おはまさんのことでわかってる、青山信二郎には愛情のことなんぞわかりゃしないさ」

「藤扇が身受けをされるのか」

「だからおれは、嶋屋へいったんだ」

保之助はまた手酌で呷った。顔がすっかり蒼《あお》くなり、頭がぐらぐら揺れた。

「まのぬけた話さ、藤代でそこにぬかりのあるはずはない、そいつに気がつかないからのこのこでかけていった、——この恰好《かっこう》で、なんと云ったかわかるか」彼はくっくと喉《のど》で笑い、片手を振りながら云った、「私は水道橋の藤代だが、急に必要があるから五十金だけ出してもらいたい、……このうらぶれた恰好で、それでも精いっぱい勿体《もったい》ぶった顔つきをしてさ、はは、いいお笑い草だ、——番頭は首を傾《かし》げもしなかった、まるでおれの現われるのを待ってでもいたように、お屋敷からお断わりが来ておりますが、御存じでございますかと云った、おれはその場で消えてしまいたかった」

保之助はまたくくと喉で笑った。信二郎は眼をそむけ、突放すように云った。

「いったい金は幾らあればいいんだ」

「金だって、——身《み》の代金《しろきん》のことをいうのか」

「幾らあればいいんだ」

「よしたほうがいい」保之助が云った、「——版元の世話で寺に居候《いそうろう》をしている作者には無理だ、そうでなくっても青山には厄介《やっかい》の掛けとおしだからな、志だけでたくさんだよ」

「それでどうするつもりだ」

「いけねえ、——」保之助はふいと頭をあげた、風に乗って刻《とき》の鐘が聞えて来たのである、「あれは*七つだな」

信二郎は黙って相手のようすを見た。保之助はそわそわと帯をしめ直した。

「おれは帰らせてもらうぜ」

「どこかへゆくのか」

「待ち人さ」保之助はよろめきながら立ちあがった、「小泉町におふくの叔父がいる、知ってるだろう、青山の向う隣りで、屋根職をしている市造という男だ」

「知っているよ」

「あの男の女房がずっと病気で、今日おふくが五時までみまいにいってるんだ、——このところ十日以上も逢っていない、格子先で、店の者の眼をぬすんで、結び文のやりとりという、あさましいまねをしていたところだ、小泉町で逢いそくなえば、いつまた逢えるかもわからない、勝手だけれどもおくれるから――」

「これをもってってくれ」と信二郎は紙入を出し、幾らか抜いて、紙入のほうを保之助に渡した。

「駕籠賃ぐらいはある筈《はず》だ」

保之助は眼をそらした。

「――貰うよ」

「保さん」と信二郎が云った、「金はなんとかするからな、おれがいちど中卍へいってみるし、きっとなんとかするから、あんまりつき詰めたことをしないように頼むぜ」

「――わかってるさ」保之助は歩きだしながら、向うを見たままで云った、「いくらおれが馬鹿《ばか》だって、……まさかね、――」

彼はついに振返らなかった。

その三

やや強い北風にときどき雨が混った。降るというほどではない、こまかい雨がぱらぱらと来ては去るのだが、馴れない土地ではあるし闇夜《やみよ》のことで、雨宿りをする見当もつかなかった。——向島の小梅から若宮の八幡《はちまん》まで駕籠で来て、そこから水戸街道をめざして歩きだしたのだが、苅田《かりた》の中の畦道《あぜみち》づたいなので、もう半刻ちかくも経《た》ったのに、それらしい道へ出ないし、そのままいっていいものかどうかも、わからなくなっていた。

「済まないな、こんなおもいをさせて、寒いだろう」

「いいえ、済まないのはあたしですわ」

おふくは握りあっている保之助の手を、自分の頬へ押し当てた。ほてった頬に男の冷たい手がいい気持だった。保之助は片方の手でおふくの肩を抱きながら、立停って云った。

「黙ってこんなことをして悪かった、初めに断わらなければいけなかったんだが」

「仰《おっ》しゃらないで、仰しゃらなくともわかっていますわ」

「できるだけの事をやった、と云いたいが、私にできる事なんかありゃしない」保之助はおふくをもっと抱き寄せた、「ただ馬鹿のようにうろうろしただけだ、だから、小泉町で逢ったら諦《あきら》めようと云うつもりだったんだよ」

「いやいやいや、いやですわそんなこと」

抱かれたままでおふくは身もだえをし、両手で男にしがみつきながら泣きだした。

「諦めるなんていやです、あなたと別れるくらいなら、あたしいっそ死んだほうがましですわ」

「そう思っていいね、おふく」

「御存じじゃあありませんか」

「泣かないでおくれ」保之助はおふくの頭へ頰ずりをした、冷たく濡《ぬ》れた髪の毛から、つよく香油が匂《にお》った、「私はおまえを幸福にしてやりたい、それには自分が諦めるべきだ、別れる悲しみはいっときのことで、月日の経つうちには忘れることができる、おまえを愛するなら諦めるのが本当だ、そう思った」

「いやですいやですいやです」

「そう思ったんだよ」身もだえをする女を両手で抱いて、保之助は囁《ささや》くように云《い》った。

「けれども諦めることはできなかった、それは卑怯《ひきょう》だと思い直した、仕合せとは贅《ぜい》沢《たく》に暮すことじゃない、二人の愛情が本当なら、たとえ食うに事欠いても、いっしょに暮すのが仕合せだ、土方でも軽子でもなんでもしよう、そう決心したんだ」

「あたしだって」とおふくは咽《むせ》びながら云った、「百姓の子に生れたんですもの、貧乏なら馴れているし、賃仕事ぐらいいっぱいやってみせますわ」

「おふくにそんなことをさせるものか」

「じゃあ、――このままどこかへ、伴《つ》れていって下さるのね」

「そのほかに手段がないんだ」

「不義理はあとで、倍にして返せばいいわね」

「おふく――」

片手を脇に、片手を肩にまわして抱きしめた。おふくは仰向いて、（首を振りながら）保之助の唇に自分のを押し当てた。雨をまじえた風が吹きつけて来、おふくのほつれた髪毛が保之助の顔をなぶった。離れようとすると、おふくは身を揺って放さず、唇を合わせたまま激しく喘《あえ》ぎ、そしてそのままで泣きだした。

「もういい、泣かないでおくれ」

「ごめんなさい」

「ともかく歩こう」ようやく押し離して、女の腕を取った、「こんなことをしていては濡れてしまう、雨やみをする処を捜さなければだめだ」

「あたし、うれしいわ」

二人は歩きだした。狭い畦道の左右は田で、ところどころに細い榛《はん》の木が立っていた。どちらを見てもまっ暗であった、家のある見当もつかないし、畦道の交岐している処では、どっちへいっていいか迷った。

——だめだわ。

とおふくは心のなかで思った。

——あたしが逃げれば、田舎の家へ迷惑が掛るし、紫蘭さんの花魁《おいらん》にだって済まない、それよりも逃げられやしないわ、三度も駆落ちをした馴れたひとだって、結局は捉《つか》まって伴れ戻されたじゃないの、……藤さまはこのとおりだし、あたしにだって知恵はありはしない、きっとすぐに捉まってしまうわ。

おふくにはそれが見えるようであった。

廓にはそういう組織があった。どんなに巧みに逃げ隠れても、百に一つ逃げおおせた例はない。誰それが身ぬけをした、という噂《うわさ》を聞いたと思うと、まもなく捉まって「格子」におとされた、という噂の立つのが定《きま》りだった。

——どうしよう。

おふくは男の腕をぎゅっと緊《し》めつけた。

——捉まったらもう逢えなくなる、伴れ戻されたらもうおしまいだわ。

なにかに躓《つまず》いておふくはよろけ、保之助が支えたけれども、片足を田の中へ踏込んでしまった。苅田ではあるが水が溜まっていたので、おふくの足は踵《かかと》の上までずっぷりと濡れた。

「よしよし、そうしておいで」

保之助は手拭《てぬぐい》を出しながら蹈んだ。

「私が足袋をぬがせてあげる、痛くしはしなかったね」彼は女の足袋をぬがせ、きれいにあとを拭《ふ》いた、「これが芝居だと新内節かなにかがはいるところだ」

「なになに心中みちゆきの段ね」

足を拭いていた保之助の手が停った。それでおふくもどきりとした。保之助の手がふいに停ったのは「心中」という言葉を聞いたからであろう、そうとすれば——保之助も自分と同じようなことを考えていたのではないだろうか。口ではあのように云っても本当はとうてい逃げきれない、必ず捉まってしまうということを——。

「済みません」おふくは明るい声で云った、「あなたにこんなことをして頂いて、あたし足が曲ってしまいますわ」

保之助は立って、そっとおふくを抱き、深い溜息《ためいき》をつきながら囁いた。

「私がいま、なにを考えているか、おふくにはわかるかい」

「もしもうぬぼれてよければ」とおふくがあまえた声で答えた、「おふくのことを考えていて下さると思いますわ」

「会えてよかった、おまえと会うことができて、――」彼は頬ずりをした、「おふくに会えたので、生れて来た甲斐《かい》があった、わかってくれるだろう」

おふくは頷《うなず》いた、保之助はああと云った。

「いまでも思いだすよ、初めて会った晩、おまえは自分の名が猫の名のようだって云ったね」

「あなたはそんなことはないって、仰しゃって下すったわ、猫はたいていみけやとかたまとかいう、お宅にはとらっていう猫がいたって」おふくはくくと笑いだした、

「そうして青山さまに笑われましたわね」

「笑われておふくはまっ赤になったね」

「あなたも赤くなっておいでしたわ」

「それから二人で廊下へ出ていった」

保之助は片手を女の首へ巻きつけた。おふくは一瞬身ぶるいをしたが、すぐにぴったりとより添った。

「あたし、方角ちがいのほうを見て、あっちに故郷があると云いましたわ」

「東から風が吹いていた、おまえは云ったね、どこから吹いて来て、どこへいって

しまうのかわからない、いま自分を吹いていった風には、二度と会うことができない、風ってはかないものだって」

おふくがとつぜん、声をあげて泣きながら叫んだ。

「――藤さま」

保之助は手を放し、震えながらおふくから離れた。骨の鳴る音が聞えるかと思うほど、彼は全身で震えていた。さっと、しぐれが降りかかって来た。

その四

「下駄《げた》が濡れてしまったけれど、此処ではどうしようもない、がまんして歩いておくれ」

保之助は震えながら云った。

「また降って来たから、――私の草履もぐしょぐしょでしようがない、といって負ぶってゆくわけにもいかないしね」

笑わせるつもりの軽口らしい、泥を洗って出す下駄をはきながら、笑おうとしたけれども、おふくにはとうてい笑えなかったし、こみあげてくる嗚咽《おえつ》をとめることもすぐにはできなかった。

「――足袋がないでしょうか」

いまぬがされた足袋の片方である。

「足袋だって」

「ああいいえ、いいんです」

おふくは慌《あわ》てて首を振った。

「泥になったものを持ってゆけもしないし、それよりもこんなときに足袋の片っぽが気になるなんて、よっぽどあたし貧乏性ですわね」

「そんなことはないよ」保之助は彼女の腕を取った、「だってそれは、やっぱり女なんだからね、無理ないよ」

片手でおふくを抱えながら、一歩ずつ殆んどさぐり足で歩きだした。

――おふくは感づいている。

いま彼に縋《すが》りついて、絶叫しながら泣きだしたようすから、彼には女がなにもかも察しているなと思われた。すると哀れさのために、胸が裂かれるように痛み、うろたえておろおろと云いだした。

「私は目算なしに出て来たわけじゃないんだよ、馬喰町《ばくろちょう》の旅籠《はたご》に泊っていたとき、合宿《あいやど》に煙草《たばこ》商人がいたんだ、常陸《ひたち》の石岡という処の者で、石岡というのは水戸家の枝藩なんだが、そこでかなり手広く煙草の葉の問屋をやっているらしいんだ、べつにそう詳しい話をしたわけじゃないんだが、――」

その男はなにか感じたとみえ、もし水戸のほうへでも来ることがあるなら寄ってくれ、事情によっては相談にのってもよいと云った。もちろん旅籠での茶話だから、そのまま信用するわけではないが、その男のようすではまんざら出まかせとも思えない。いちおう騙されたつもりで、そこへいってみるつもりであると語った。

「そこがだめにしたって」と保之助は続けて云った、「いまも云うとおり、土方だって人足だって二人が食ってゆくぐらいのことはやってみせるよ、世間の者がみんなやっていることとなんだからね、――ただ私は」と彼は口ごもった、「私にはよくわからないんだが、おまえのからだに掛っている金は、どうなるんだろう、そのうち私がなんとかするまで待ってくれるんだろうか、それとも桐生のほうへ」

「そんなことお考えにならないで」

「むろん考えないで済めばいいけれど」

「どうぞ、お願いですから」

「そうか、やっぱりそうなんだね」

「そうじゃないんです」

まだとまらない泣きじゃくりのなかから、おふくはとぎれとぎれに云った。

「お金もお金ですけれど、このまま逃げられるかどうかのほうが心配なんです、あなたは御存じないでしょう、あたしにもよくはわかりませんけれど、廓には昔からそういう仕組があって、どんなにうまくぬけ出してもすぐに捉まってしまいますの、百のうち九十九までそうなんです、でも、――」とおふくは男の腕を強く緊めつけながら、「でも百のうち一つはうまくゆくんですもの、あたしたちがその一つになれないことはありませんわね」

「もちろんだとも私は決してへまなまねはしやしないよ」

だが保之助は狼狽《ろうばい》した。そのことにはまったく気がつかなかったが、そう云われてみると、そんな話を聞いたような記憶がある。慥《たし》かに、逃げた遊女が捉まったときの残酷を極めた仕置のようすなど、陰惨な絵物語のような印象で頭のどこかに残っていた。

「あら、川ですわね」

おふくが云った。

二人は低い土堤《どて》の上へ出た。ひときわ強く風が吹きつけ、すぐそこにちゃぶちゃぶと波の音が聞えた、闇の中にどす黒く水のひろがっているのが見え、対岸の上流のほうにぽつんと小さく灯がまたたいていた。

「どこの川だろう」保之助が呟《つぶや》いた、「――中川だろうか」

暗いのでわからないが、川幅もかなりあるようだし、水も深そうであった。

「橋はどっちにあるかな」

「あれはなんでしょうか」とおふくが指さして云った、「ほら、その土堤の下のところに、家のようなものが見えますでしょ」

「うん、家のようだね」

ちょっと待っておいでと云って、保之助は独りでそっちへいったが、まもなく戻って来て、誰もいない空き小屋があると云った。

「また降ってくるだろうし、少し明るくなるまではしようがない、ともかくあそこで休むことにしよう」

二人はそっちへおりていった。

低い土堤を川のほうへ斜めにおりる小径《こみち》の跡がある。すっかり草に掩《おお》われているが、小径のあった証拠のように、土が窪んで踏み固められている。そこをおりると左側に、片方へ傾いた小屋があった。周囲は身の丈を越すほど高く葦《あし》が茂っていて、吹きつける風のためにあらあらしく揺れそよぎ、絶えまなしにやかましく葉摺《はず》れの音を立てていた。

小屋には戸がなく、羽目板も壁もやぶれ、屋根にも穴があいていた。もとそこに渡し場があって、渡し守の住んでいたものらしく、入ったところが一坪ばかりの土間で、その左に四帖半ほどの部屋が付いている。もちろん畳も建具もなく、隙間《すきま》から吹きぬける風が、ひゅうひゅうと鳴っていた。

「此処《ここ》へお掛け」保之助は女を上り框《がまち》へ掛けさせた、「雨だけは凌《しの》げそうだよ、疲れたろう」

「すっかりお濡れになりましたわね」

おふくは男の着物を撫《な》でた。

「あたしのためにこんなことになって、なんとお詫《わ》びを申したらいいか」そしてまた弱よわしく泣きだした、「いっそこのまま死んでしまいとうございますわ」

保之助は女を抱きよせ、黙ってそっと頰ずりをした。おふくの泣き声より高く、小屋をとり巻いて波でも寄せるかのように、さあさあと葦が高く鳴り続けていた。

「死んじゃあいけない、生きるんだ」

やがて保之助が云った。

「生きるためにあそこを逃げだしたんじゃないか、わかってるだろう」

「ええ」と泣きながらおふくが頷いた、「――わかっていますわ」

「私はうまくやるよ」

彼は両手で女を力いっぱい抱いた。

「きっとうまく逃げてみせるよ」と保之助は繰り返した、「それから二人で家を持つんだ、どんなに古くても小さくてもいい、二人だけの家を持って、ねえ、聞いているかいおふく」

「ええ、どうぞもっと話して――」

おふくは男の胸に凭《もた》れかかった。保之助は身ぶるいをし、まるで嫌悪《けんお》にでもおそわれたように、つと女の軀を押しやろうとした。しかし押しやりはせず、逆にひき緊めて左右に揺った。

「その家はね、うしろに藪《やぶ》があるんだ」彼はおろおろと続けた、「竹藪というものは雨につけ風につけふぜいがあっていいからね、そして藪の中には椿《つばき》がある、春になると白ちゃけた竹藪の中に、その椿の花が赤くひっそりと咲くんだ」

「鶯《うぐいす》も来ますわ」

「鶯も来る、――私が稼《かせ》ぎに出ていったあと、おふくが井戸端で洗濯をしていると、藪のほうからいい声で鶯の鳴くのが聞えて来るんだ」

「もっときつく抱いて下さい」

おふくが泣きながら云った。

「もっときつく、——ええ、そしてもっと話してちょうだい、あたしたちそこで暮すのね」

「私が稼ぎから帰って来ると、——」

強く降りだしたしぐれのために、彼の言葉が聞えなくなった。こんどは強い降りであった。片向きに揺れ返る葦の葉を叩きながら、横さまにざっと小屋へ襲いかかり、破れた屋根や、ずれた羽目板の隙間から、小屋の中まで降り込んで来た。——小屋から四五間さがったところに川の水際《みぎわ》があって、黒ずんだ波が休みなしに砂地を洗っていた。さっき二人が土堤の上で見た、川上のほうの一つ灯はいつかしら消えてしまい、いまはどちらをも塗りつぶしたような闇になっていた。

ぬかった道

その一

　保之助と別れたあと、信二郎はすぐに浅草並木のほうの中卍楼《なかまんじろう》へいった。中卍は回向院の前とこっちとの二カ所に仮宅があり、主人夫婦は並木町のほうにいたのである。——そこで半刻《はんとき》ばかり主人と話をして出ると、駕籠《かご》をひろって永代橋の西詰までとばし、「船定」というのを訊《き》かせて、その店の前でおりた。

　そこは大川端町から堀をちょっと入ったところで、棟《むね》の低い古びた家が、堀に面してひっそりと並んでいる。「船定」の家も古く雨風に曝《さら》されていたんでいるが、それでも二階建てだし、表には新しく店を造って、釣り道具などを売るようになっていた。

　駕籠をおりた信二郎はすばやくうしろを振返ってみて、それから店へ入った。このところずっとそういう癖がついていた、跟《つ》けられている、という意識が絶えず頭にあって、つい知らずそんな癖が出るのであった。

「まあ、旦那《だんな》ですか」

暗い上り端《はな》で行燈《あんどん》に灯をいれていたおさだが、襷《たすき》を外しながら立って来た。めっきり肉づいているし、血色のよくなった顔に、明るい微笑さえうかべている。

「ちょっと二階を借りたいんだが、空いているか」

「さあどうぞ、こんな日なみですから今日はひまなんですよ、ええ、そこからおあがりんなって下さい」おさだはこう云って振返った、「おまえさん、青山さまの旦那ですよ」

勾配《こうばい》の急な狭い階段のところで、子供を抱いて出て来た要吉が、てれたようにおじぎをした。

「久しぶりだったな、うまくいってるか」

「へえ、まあ、ぼつぼつ」

そして彼は赤くなった。

「頼みたいことがあるから、あとでちょっと二階へ来てくれ」

そう云って信二郎は階段を登った。

おさだが堀に面した六帖の雨戸をあけ、座蒲団《ざぶとん》や莨盆《たばこぼん》を出したり、行燈に灯をいれたりしていると、雨の音がし始めた。信二郎は紙と硯箱《すずりばこ》を借り、手紙を書きながら、問わず語りに話すおさだの話を聞いた。しょうばいはうまくいっていた、いまでは若い腕のいい船頭を三人雇い、舟も二はい買い足し、定客が十四五人できた。

「うちのひとは口べただし、あのとおりあいそっけのない性分ですけど、する事にじつがあるもんですから、お客さまにはみんな好かれるんですよ」

「子供も可愛《かわい》がるようじゃないか」

「家《うち》にいさえすれば放しゃしません、――ですからもうあまえちゃって、夜中におしっこに起きても父ちゃんでなければだめなんですからね」

要吉があがって来た。

「使いを頼みたいんだ」と信二郎は手紙を封じながら云った、「――小石川の水道橋までなんだが、おまえいってくれるか」

「へえ、めえります」

「水道橋をこっちから渡って」

信二郎は藤代の家を教え、若奥さんにといって、その子を呼んでじかに渡すようにと手紙を託し、なお、返辞を聞いて来てくれと頼んだ。――要吉が出てゆくとまもなく、おさだが若い女中と二人で、酒肴《しゅこう》の膳《ぜん》を運んで来た。

「そいつは欲しくなかったんだがな」

「ほんの有合せなんですよ、初めていらしって下すったんですから、ひと口だけ召上って頂こうと思いましてね」

おさだは坐《すわ》って酌をした。馴《な》れたとみえて、酌のしようも巧みだし、起《た》ち居《い》にも手まめさとおちつきがあらわれていた。

――千吉のことを話したらどうするだろう。

信二郎はふとそう思った。おさだのようすがいかにも仕合せそうなので、ふとそんな気持になったのであるが、もちろん口に出しはしなかった。おさだは仕合せであり、これからも仕合せにやってゆくだろう、それは千吉の望むところなのだ。おさだはなにも知らない、千吉が田舎小僧の新助という賊になったことも、危険を冒して妻と子に金を貢《みつ》いだことも、そうして、ついには一揆《いっき》の群に混って暴死したことも。

――去年《こぞ》の落葉が根を肥やすんだ。

信二郎は心のなかで呟いた。

――新しい芽のために、落葉を惜しむことはないさ。

おさだは酌をしながら、ゆっくりした口ぶりで船宿稼業《かぎょう》の話をしていたが、急に

思いだしたというような表情で、

「ああ、すっかり忘れてしまったけど」と調子を変えて云った、「小泉町のお宅にいらしった御新造さんですね」

信二郎はえっと顔をあげた。

「あの方この向うの川口町にいらっしゃるんですね、あたしついこのあいだ道でおめにかかって、吃驚《びっくり》しましたですよ」

「私も知らないが」信二郎は盃《さかずき》を取りながらさりげなく云った、「——川口町なんかで、なにかしてでもいるようすか」

「立話ですから詳しいことはうかがいませんでしたけど、どなたかのお世話になっているようでございましたよ、すっかり素人《しろうと》ふうのおつくりで、りゅうとしたお召物で、女中さんを伴れていらっしゃいましたわ」

「それじゃあおちついたわけなんだな」

「お顔の色も活《い》き活きと冴《さ》えて、それはもうお仕合せそうでございました、——亀島橋のそばで、中島と訊けばわかるから、いちど遊びに来るようにって、御親切に仰しゃって下さいましたですよ」

信二郎は階下のほうへ手を振った。

「芳坊が泣いているようだ、独りでやるからいってみてやるがいい」

「まあ、ほんとに」おさだは燗徳利を取って立った、「ついでにあとをつけてまいりましょう、ちょっと父ちゃんがいないとあのとおりなんですから」

その二

要吉は濡れて帰った。駕籠にも乗らず、駆けとおしに往《い》って来たらしい、肉の厚い胸が波をうつほど、息をせいていた。

「若い奥さんに会ったろうな」

「へえ、じかにお手渡し申しました」

「それで、返辞は、――」

「こちらへおいでなさるそうで」

「来るって、これからか」

「へえ、すぐにゆくから待っていて下さるように、ということで」

信二郎は頷きながら眉をしかめた。

おりていった要吉が云ったのだろう、おさだがもう一人まえの膳を運んで来ると、まもなくその子が現われた。――着替えもせずに出て来たのだろう、常*着のままのようだし、化粧もしていなかった。

「しばらくだね」と信二郎が云った。

その子は立ったまま、蒼白《あおじろ》く硬《こわ》ばった表情で、信二郎をじっとみつめていた。そうして、おさだが去るといきなり、まるで狂ったように暴《あら》あらしく、信二郎に抱きついた。

「よさないか、危ない」

突然なので、信二郎は支えきれず、うしろへ手をつきながら首を振った。

「逢いたかった、信さま」その子はしがみつきながら云った、「逢いたかった逢いたかった、信さま」

「下へ聞えるぞ、静かにしてくれ」

その子は首を振り、彼にのしかかって押倒し、上半身で彼を押えつけながら、お互いの歯の鳴るほど烈《はげ》しく唇を吸った。――信二郎はするままにさせた、なまじ拒むよりも、そうしておちつくのを待つほうが早い、と思ったからである。その子はじれて男の唇を噛《か》み、肩を摑《つか》んで爪《つめ》を立てた。

「もう離さない、決してもう離さないことよ、ようございますね、信さま」

その子はうわ言のように囁き、乱暴に身をもがいていたが、ふいにその軀《からだ》を軽く痙攣《けいれん》させたかとおもうと、大きく喘ぎながら、ぐったりと手足の力をぬいた。

「とにかく坐ってくれ、話があるんだ」

「いや、——」とその子は男の胸の上で首を振った、「少しこうさせておいてちょうだい、動けないいんですもの、ねえ」

「しかし話はいそぐんだ」

「わかってますわ、お金なら大丈夫よ」

「いそぐんだぜ」

その子は黙った。軀の重みをぜんぶ男にかけたまま、うっとりと身を伸ばしていたが、やがてもういちどやわらかく唇を吸い、それからもの憂《う》そうに起き直った。

「二日ばかり待って下さるでしょ」

「あさってだね、いいよ」

「その代り今夜は泊っていってよ」

その子は褄《つま》を直し、片手で髪を撫でながら、横眼で信二郎を見た。蒼白く硬ばっていた顔が、いい色に上気してやわらぎ、眼がぬれぬれと光ってみえた。

「あのお手紙を小室の八重さんが急病の知らせだって云いましたの、うまいでしょ、だからことによると泊って来るからって」

「そんな嘘《うそ》はすぐにわかるぜ」

「わかったらわかってもいいの、あなたが逢って下さるなら千人力だわ」その子は、膝《ひざ》をずらせて、膳の上の盃を取り、一つを信二郎に渡し、自分でも持ちながら云った、「――それでいけなければ家出をしてしまうわ、はいお酌、ずいぶん久しぶりだわねえ」

「金がなんで入用なのか訊かないのか」

「あなたが要るって仰しゃればそれでいいの、わけなんてちっとも知りたくはありませんわ」

「そうはいかないんだ、簡単に云ってしまうが、あれは保之助のために必要なんだよ」

その子は疑わしげに男を見た。盃を口のところへ持っていったまま、眼だけでじっと信二郎を見た。

「それは、どういうわけですの」

「事の起こりはその子にあるんだ」

信二郎はそう云って話しだした。

その子は信二郎の顔をみつめたまま聞いていた。その表情はあまく、溶けるよう

で、眼は放心したように潤《うる》んでいた。信二郎の話など、まるで聞いていないように
みえたが、やがてくすくすと笑いだした。
「あら面白いこと」とその子は云った、「あのひとにそんな勇気があったんですか、
芋の煮えたのも御存じないようなあのひとが、廓《くるわ》の遊女に夢中になるなんて、その
子にはとても信じられませんわ」
「女のほうはもっと夢中なんだ、うっちゃっておけば二人は心中もしかねないんだ
よ」
「ではあれは、その女を請出《うけだ》すためのお金なのね」
「そして藤代とも縁が切れるさ」
「縁はもうとっくに切れていますわ」
その子がこう云ったとき、わざと足音をさせておさだがあがって来た。
「——酒はまだあるよ」
「いいえそうじゃないんです」
おさだは敷居に膝をついて、表のほうを見ながら、声をひそめて云った。
「いま二人伴れのへんな人が来て、此処へ青山信二郎という人が来ているかって、
旦那のことを訊いていったんですよ」

「いると云ったのか」

「そんな方はいないって云いました、でも出ていったようすだと、どうやら外で待っているらしいんですけどね」

その子は不審そうに信二郎を見た。

その三

「わかった、もう少しようすをみていてくれ」

信二郎はそう云って、おさだを階下へ去らせた。

「いったいどういうことなんです」

「跟けまわされているんだ」信二郎は冷笑した、「旗本のなかに無断で家を潰《つぶ》した者が相当いる、これまではなんのこともなかったが、こんど白河侯が溜間詰になってから急に取調べが始まって、支配へ出頭すればよし、さもなければ縄付きにするというんだ」

「出頭なさればいいじゃありませんか」

「そうはいかないさ、ほかの者はそれでいいかもしれないが、私は白河侯に憎まれている、いちどなんぞ闇討ちにされかかったくらいだ」

「あらいやだいくらなんだってまさか」

「まあいい、そんなことはどっちでもいいが、その子は今日帰るんだね」

「いやあよ、いやだわあたし」

「だって此処にはいられないよ、ことによると踏込んで来るかもしれないし、保さんのほうを片づけないうちに、捉まるわけにはいかないからね」信二郎は宥《なだ》めるように云った、「――いま駕籠を呼ばせるから、その子は表から帰ってくれ、その隙《すき》に私は裏から脱《ぬ》けだすよ」

「本当にそんなに危ないんですの」

「あさって、中洲のやなぎで逢《あ》おう」信二郎は立ちあがった、「そのとき詳しいことを話すが、金も頼むよ」

彼は階下へいって駕籠を呼ぶように命じた。二人伴れの男は、大川端の角のあたりでこっちを見張っているらしい、ということであった。――彼は裏から脱出することを話し、そして二階へ戻った。その子は両手を伸ばして迎え、しっかりと彼を抱いた。

「よく聞いてちょうだい」

その子は信二郎に頰ずりをして、彼の耳にあまく囁いた。

「あのひとがそんなになった事の起こりは、その子のためだっていま仰しゃったわね」

「そうじゃないと云うのか」

「そうじゃありませんとも、そうじゃないということはあなたが御存じの筈ですわ」とその子が云った、「いつか云ったでしょ、その子が、――もしもこれっきり逢って下さらなければ、たとえお婿《むこ》さんをもらったってなにをするかわかりませんって、お忘れになって、信さま」

　信二郎は眼をつむり、頬を触れあったままで静かに首を振った。

「そうだ、その子はそう云ったよ、忘れやあしない」

「では威《おど》かしとでもお思いになったの」

「もちろんそんなことは思やしなかった、しかし、私にそうすることができなかったことも、その子は知っていた筈だ、ほかの者ならともかく、おまえの婿は保之助だったんだからね」

「それはその子の罪じゃなかったでしょ」

　こう云って彼女は顔をずらせ、乾いた熱い唇を信二郎のそれにぴったりと押し当てた。その唇はたちまち濡れ、彼女の燃えるような荒い息が信二郎の顔を包んだ。

「あなたは仰しゃったわ」

脣を触れたままその子が云った。

「――お婿さんが定《きま》ったのに、私とこんなふうにして気が咎《とが》めないか、そう云われたときあたしが、それとこれとはべつよと答えたら、あなたは、だからその子が可愛いんだって、そう仰しゃったでしょ、自分の好ましいように生きる勇気がなければ、人間に生れて来た甲斐がない、とも仰しゃったわ」

「そうなんだ、それはそのとおりなんだ。けれども、――いや、やっぱりそうだ、おまえのほうが正しかったかもしれないよ」

「あなたはいつか、その子を斬《き》ろうとなすったわね」と彼女は云った、「――あたしが手紙をあげて、やなぎで最後に逢ったときよ、……あなたはそっと起きだしていって、刀を抜いて、その子のことを怖い眼で睨《にら》んでいらしったわ、あのときその子がなにを考えていたかおわかりになって」

「いっそ斬ってくれればよかったって、あとで書いて来たのを覚えてるよ」

「そう思ったのよ、いっそ斬って下さればいいって」その子は顔を離して信二郎を見た、「もしかして斬りもなさらず、これっきり逢っても下さらないようなら、その子はその子で好きなようにする、……したくなれば浮気もするし、あたしと信さまの仲を裂いたのだから、あのひとを不幸にもしてやる」

「その子、――」

「いいえそう思ったの、ほんとよ」

そして眼をきらきらさせながら、信二郎の頭を抱え、その唇を激しく吸った。

「あたしずいぶん浮気をしたわ」とその子は続けた、「でもつまらなかった、あんなことってつまらないものだわ、あなたのときには溶けてしまうくらいたのしいけれど、ほかの人なんか二度と逢う気がしなかった、……その子はあなたが欲しい、あなたが欲しいの、ねえ、その子あなたが欲しいのよ信さま」

「あさって、やなぎで逢おう」

信二郎はその子の耳へ囁いた。

「その子の気持はよくわかった、その子はあっぱれだよ、これまで私はいろいろえらそうなことを云ったけれど、じっさいには口先だけの詭弁家《きべんか》で、その子ほどの勇気をもつことができなかった」

「あたしのことを褒めて下さるの」

「それ以上だ」と彼はその子を抱き緊めた、「あさってやなぎで逢うまでに、これからのことをよく考えておくよ」

「もう考えることはないわ」とその子が云った、「またまえのように逢って下さればいいの、あなたはその子のもの、それだけよ」

そのとき足音をさせておさだがあがって来た。その子はすばやく信二郎にくちづけをし、彼から離れた。

「——駕籠がまいりましたですよ」

障子の外でおさだが云った。

「じゃあ、あさって」と信二郎はその子を見た。その子は頷いて、じっと彼をみつめながら云った、「中洲のやなぎで、——なつかしいわ、……」

その四

信二郎は草履だったので、下駄《げた》と合羽《かっぱ》と傘を借り、裏の勝手口で待っていた。すると、要吉が奥から来て囁いた。

「いま駕籠を停めて調べてるようです」

「済まない」と信二郎は頷いた、「——世話をかけたな」

「どうぞお大事になすって」

信二郎は空を見た。それから傘は手に持ったまま、鼻のつかえそうな狭い路次を、大川端とは反対のほうへぬけていった。

まだかなり強い北風が、小粒の雨を混えて吹きつけた。まだ宵《よい》のくちだというのに、そのあたりは人通りもなく、町並の家は殆《ほと》んど雨戸を閉めているし、ときたま小窓の障子に灯の色がみえるくらいで、すっかり更《ふ》けてしまったようなけしきであった。――越前堀《えちぜんぼり》へ出たところで、立停って左右を見た。どうやらこっちへは追って来ないらしい、彼はそこで傘をさした。

「――まず藤扇に知らせておこう」

金の出来ることを知らせるのが先である。彼は回向院前へゆくつもりで歩きだしたが、ふとうしろへ振返った。その堀に沿って西へゆけば川口町で、堀が曲っているから見えないが、そこの亀島橋まで五丁とはあるまい。

「――おはま」と信二郎は低い声で呼んだ。

雨に濡れた暗い片側町の、ところどころにぼんやりと灯がもれている。その一画のどこかに、おはまの家がある筈であった。小泉町を出ていってからのことは、彼はなにも知っていない。――素人ふうにつくって、りゅうとした着物で、女中を伴れて歩いていたそうである。血色もよくなり仕合せそうにみえた、とおさだが云った。

「よかったなあ、これでおまえもおちつくだろう」信二郎はそっと呟《つぶや》いた、「――その人がおまえを大事にしてくれるように祈っているよ」

みなと橋を渡ってとうかん堀へぬけ、それから小舟町へと遠まわりをし、途中で駕籠をひろって回向院の前までいった。

そのあたりは馴染《なじみ》の街で、道を北へはいれば小泉である。だが信二郎はなんの感慨もなく、灯の明るい仮宅のほうへ曲った。彼は来るのは初めてであるが、いかにも「仮宅」というにふさわしい、粗末な平家建ての家が一画をなしていた。楼名を染めたのれんと、軒行燈が華やかに並んで、いちおう花街の明るさと嬌《なまめ》かしさを備えてはいるが、新吉原の華奢《かしゃ》を知っている眼には、その明るさもはかなく、嬌かしさもうら哀《がな》しいばかりであった。――季節はずれの寒い風と雨とで、ぞめきの客もまばらであるし、雑な格子から見える張り見世の妓《おんな》たちも、安っぽい雛人形《ひなにんぎょう》かなんぞのようにけばけばしく、しかも陰気にみえた。

中卍楼へ入ってゆくと、遣手《やりて》の女があっという表情をした。しかしすぐつくり笑いをし、お定りの追従《ついしょう》をならべながら、仮宅の厳しい規定で狭い部屋しか出来ないから客にお気の毒だ、などと云《い》い、三帖《じょう》ばかりの小部屋へ案内した。

「すぐ花魁《おいらん》にそう申します、たいへん怒っておいでだからお気をつけなさいましよ」

そう云って遣手の女が去ると、殆んど取って返すように紫蘭が来た。客があるのだろう、部屋着にしごき姿で、櫛笄《くしこうがい》も取っていた。

「――藤さまは」と紫蘭は坐るより先に云った。

「――藤さまって、藤代か」

「ごいっしょですか」

「いや、おれ一人だよ」

紫蘭はああといい、信二郎の膝へ突っかかるように坐って、廓言葉《さと》も忘れたように、うわずった調子で云った。

「どうしましょう、藤扇が身ぬけをしたの、きっと二人はいっしょだわ」

「身ぬけをしたって、藤扇が」

「叔母さんが病気で、みまいにいったまま逃げたんです、叔母さんというのは此処からひと跨《また》ぎの」

「知っているよ」と信二郎は頷いた、「小泉町の裏だろう」自分は三月までその隣りに住んでいた。そう云おうとしたが、よけいなことなので信二郎はやめた。

「あなたどうして御存じなの」

「今日の午後、藤代と会って話した」

「お会いになって、まあ」

「そしてあらましの事情を聞いたから、並木町の店へいって主人と相談をした、あさってになれば身請の金も出来るように手配をしたんだ」

「なんてこってしょう」紫蘭は両手で自分の頰を押えた、「どうしたらいいでしょう」

「むろん追手が出されたんだな」

「あの人たち死んでしまうわ」と紫蘭が云った、「二人ともおとなしくって気が弱いし、とても逃げきれないということは、藤扇がよく知っているんですもの」

「おれはそう云ったんだ、必ずなんとかするから、思いつめたことをするなって」

「それは虫が知らせたのよ、あなたは古いお友達だから、口では云わなくとも感じでわかったんだわ」

信二郎はごろっと横になった。

「でもこんなこと云っては縁起が悪いわね」紫蘭は廓言葉で云った、「――そうとわかるまでは、無事に逃げられるように祈ってあげるのが人情だわ」

「――ばかなはなしさ」

信二郎は吐きだすように云った。

その五

客があるからと云って、紫蘭は出てゆき、新造の若尾が酒肴の支度をして来た。彼は妓をさがらせて独りで飲んだが、うまくもなし酔いもしなかった。午後から二度も中途半端《はんぱ》な飲みかたをしたあとで、どうやら酔いはぐれたものらしい。そのうえ庇《ひさし》をかすめる風のうなりと、板屋根を打つ雨のめいるような音とで、頭は冴えるばかりだし気分は重くなるばかりであった。

「――いまどこにいるんだ、保さん」

眼をつむってそう呟いた。

「――どうしてもう半日待てなかったんだ」

眼の裏に二人の姿がみえるようであった。どことも知れぬ夜更の暗い街道を、保之助とおふくがより添って歩いている、風が二人の裾《すそ》をはためかせ、雨が横なぐりに二人を叩《たた》いている、泣いているおふくの顔や、途方にくれ絶望した保之助の顔が、胸の痛くなるほどまざまざと眼にうかんだ。

――とうとう負けちゃったのか、保さん、断わっておくがこれはその子の罪じゃあないぜ、めぐりあわせが悪かったんだ、おまえさんがその子と夫婦になったこと、おふくと会ったことが不運だったんだよ。

はたしてそうだろうか。

いやそうではない、それぱかりではない。と信二郎は思った。これは人と人との関係だけではなかった。仮に小金ケ原の出来事がなければ、藤代家における保之助の立場は、あれほど早く悪くはならなかったであろう。彼が役目を罷免《ひめん》されず、家督を継いで交代寄合になっていたとしたら、事情はもっと違っていたに相違ない。だが、小金ケ原の事は避けるわけにはいかなかった。彼は初め田沼氏の譴責《けんせき》をこころざし、進んで白河派の旗下に属した。やがて田沼の実体を知り、自分の誤りに気づいたが、藤代の婿であり生きてゆくためには、課された役目を辞することはできない。それがやがて、小金ケ原の出来事となったのである。

「そうだ、人と人との関係だけではない」

人間と人間との交渉は、つねに他のなにかの支配を受ける。

絹物会所というものが設けられなかったら、おふくは身を売らずに済んだであろうし、しぜん保之助と会うこともなかった。そして、二人をこんな状態にまで追いやる原因となったその絹物会所は、皮肉なことにいま廃止と決定したそうである。

——信二郎は盃の酒を眺めながら、自分の運命もまた似たようなものだと思った。「——夕顔の少将の要求を拒んだから、闇討《やみう》ちをくい、それ以来ずっと世を忍ばなければならなかったし、いまでは捕方《とりかた》に覘《ねら》われている、もとはといえば、いたずら半分に書いた田沼氏誹謗《ひぼう》の戯文からだ」

彼の起草した戯作《げさく》戯文は、無根の事を捏造《ねつぞう》し、針小の事実を誇大に歪《ゆが》めたもので、常識では信じられない筈の、お慰み同様のものにすぎなかったが、それは世間に広まって真実の如《ごと》く伝えられ、田沼氏に対する悪評を助長したようであった。——もちろん、そんなことは根本的にはなんの意味もない。彼を喚問した田沼氏自身が苦笑しただけであるし、白河侯に至っては、むしろ逆に田沼氏の弁護をするものだ、などと云ったくらいである。しかも、その無意味に近い戯文から始まって、彼はしだいにその生活を追い詰められて来た。

——田沼氏はもう没落だ。

という声が高い。

——一代栄華の夢もはかないものさ。

そういう評が市中にとんでいた。

山城守意知《やましろのかみおきとも》が不慮に死に、松平定信が溜間詰《たまりのまづめ》に入ってから、田沼氏の威勢は衰え始めたようだ。おそらく田沼氏の敗退は避けられないだろうし、代って白河侯が執政に直ることも慥《たし》からしい。だがそれは、白河派の力が田沼派のそれに勝ったわけではない。――政治家としての才能や実力の点からすれば、両者の差は比較にならぬほど大きいし、田沼氏にはなお期待すべき多くの新しい政策があるに反して、白河派の復古調と緊縮主義の将来するものは、すでにして底が知れている。にもかかわらず田沼氏はしりぞけられるであろうし、定信はよろこんで迎えられようとしているのである。なぜだろうか。

「その子と保之助とおふくの関係が、その不運な組み合せだけではなく、他の条件の支配を受けているように、田沼氏と松平氏との不合理な交代も、各自の才能や実力とはべつな、なにかの条件の支配を受けているんだ」信二郎はこう呟いて酒を呷《あお》った、「――陳腐なはなしさ、つまらない、わかりきってるじゃないか」

彼は横になり、肱枕《ひじまくら》をして眼をつむった。

こんどの仮宅では鳴り物を禁じられているそうで、太鼓や三味線の音はしない。ときたま客のうたう唄声《うたごえ》なども、みんな風や雨のためか、却《かえ》って哀れに陰気な気分をさそうばかりであった。――保之助とおふくに出された追手との連絡のためだろう、内所のほうでなにやらごたごたしているのが、時間をおいあわただしく聞えて来、そのたびにどきりとしながら、いつかしら信二郎は眠ってしまった。

明くる日の夕方、二人の死躰《したい》が発見された。

知らせの来たのは夜の十時ころであった。場所は東葛西《かさい》領の次郎新田という処《ところ》で、中川の河畔《かはん》に廃止された渡船場の小屋があり、その中に死んでいるのを、夜釣りにいった近くの農夫が発見したということであった。

「やっぱりそうだったのね」

紫蘭はそう云って泣いた。

「身請のお金も出来るというのに、どうして待てなかったのかしら、もう半日の辛抱だったのに、……」

「なんにも信じられなくなったのさ」と信二郎が云った、「不運ばかり重なると、もう救いがあるなどとは考えられなくなるんだ、これまでおれが約束したことで実行しなかった例《ためし》はないつもりだが、そのおれの言葉さえ信じられなくなっていたんだろう、――しかし、死んだほうが結局よかったかもしれない」

「死んでしまってなにがいいんです」

信二郎は肩を揺りあげた。それから、無精髭《ぶしょうひげ》の伸びた顎《あご》を撫《な》で、低い声で独り言のように云った。

「――生きていると、いつかは、なにもかも毀《こわ》れてしまうが、死んでしまえば、二人の愛情だけは毀れないだろう、……あの二人の持っているものは、愛情だけだったからな」

紫蘭はちょっと眼を伏せたが、やがてゆっくりと頷き、襦袢《じゅばん》の袖口で眼を拭《ふ》きながら云った。

「そうね、あんなに深く好きあっていたんですもの、情の冷めないうちに死ぬほうが仕合せかもしれないわ」そして、心のこもった眼でじっと信二郎をみつめた、「――ねえ、あたし今夜は休ませてもらうから、二人のお通夜《つや》に飲み明かしましょうよ」

「いいだろう、但《ただ》し飲み明かすだけならね」

「なぜ、――」と紫蘭は睨んだ、「なぜそんなことを断わるの、あなたは」

「いまの眼つきは危なかったからな」と信二郎は云った、「心中なんかがあると、女のからだはすぐに火がつくものさ」

紫蘭は手を出そうとしたが、やめて殆んど憎悪にちかい表情で信二郎を見、それから立ちあがって云った。

「好きなことを仰《おっ》しゃるがいいわ、でも、今夜こそ堪忍《かんにん》しませんからね、今夜こそ、

——どうしたって逃がしゃしませんから、ようございますか」

信二郎は大きななま欠伸《あくび》をした。

翌日の午後。——彼は中卍楼を出て、ふらふらと両国橋のほうへ歩きだした。かなり寝不足だし、宿酔《ふつかよい》ぎみでもあったが、頭ははっきりと冴えていたし気分も爽《さわ》やかであった。保之助の死は彼を悲しませるより、むしろ新しい力を与えたようであった。彼は若年寄へ出頭する決心をしていた。その結果がどうなるかわからないが、現実を逃げて不安定な状態を続けるよりは、当面すべきものに当面し、傷つくものならば傷ついて、しっかりと自分の足場をきめるほうがいい。そう思ったのであった。

——この世に生きている以上、あらゆる者が無傷ではいられない。

と信二郎は思った。

——相良《さがら》侯は傷だらけにされ、汚名の冠をきせられた、しかも侯はいまもなお自分を投げようとはしない、四面楚歌《しめんそか》のなかに在って、すでに敗北とわかっていながら、なお自分の陣に踏止って闘っている。

二日続いた風と雨がやんで、午《ひる》まえから空はきれいに晴れていた。すでに傾いた秋の陽ざしが、透きとおるように明るく、街いっぱいにあふれていたが、まだ道は乾かず、到《いた》るところにひどいぬかるみがあった。

「――しかし、どうしますか」

橋を渡ったところで、彼は立停って川下のほうを見た。

「――どうせ同じことだ、中洲へ寄っていきますか」と信二郎は自分に云った、「ことによると切腹などということになるかもしれませんからね、まさかとは思うが、……まあ、同じことでしょう」

彼は眩《まぶ》しそうな眼で空を見あげた。

彼は迷っているようであった。このまますぐに出頭するほうがいいと思いながら、またその子に逢わずにゆく決断もつかない。どうしよう、――迷いながら、やがていつか河岸《かし》に沿って、中洲のほうへ歩きだしていた。

信二郎が元柳橋を渡ったとき、どこから出て来たものか、二人の男があとを跟けはじめた。片方は行商人ふうであり、片方は職人ふうであるが、明らかに信二郎のあとを跟けているようであった。

信二郎はまったく気がつかなかった。時刻からすると、その子はもうやなぎへ来て彼を待っている筈《はず》であった。二階のあの座敷で、ふうわりと坐って、おそらく酒肴の膳に向って、……その横顔が彼には見えるようであった。道のぬかるみをよけながら、彼の足はしだいに早くなった。

注解

10＊中だか　鼻筋が通っていて顔だちがよいこと。
11＊おんもり　ゆったり。おっとり。
13＊亥の刻　午後一〇時頃。江戸時代の時の数え方の一つ。深夜一二時からの一刻(約二時間)を子《ね》の刻として、順に十二支を配した。
17＊町方　町奉行所の意。
17＊安永初年　西暦一七七二年。第一〇代将軍徳川家治の治世。
17＊警吏　ここは町役人のこと。
18＊臨検　役人が違反の調査などのために、立ち入ること。
18＊組合番所　面番所。大門の側にあった町奉行の出張所。
18＊町廻り　定町廻り。町奉行配下の同心。
18＊与力　町奉行を補佐する役。
18＊同心　与力の配下。
18＊大目付　徳川幕府の職名。大名や旗本、老中以下の諸役人の監督・視察を行った。
18＊宗門改め　キリシタンの摘発を主な任務とする役。
20＊小普請組　当時、禄高《ろくだか》が三〇〇〇石以下の無役の旗本・御家人が属した組織。
20＊支配　小普請組を監督する役目。
20＊四千石　「石」は体積の単位。米などを量るのに用いられ、大名や武士の知行高(領地の米の生産高)をも表した。一石は約一八〇リットル。
20＊交代寄合　江戸時代の武家の家格。三〇〇〇石以上の旗本で無役の者のうち、老中支配下で大名と同等の待遇を受け、参《さん》覲《きん》交代の義務を負った。

21＊田沼さま　田沼意次《おきつぐ》。老中。遠江《とおとうみ》の国（現在の静岡県西部）相良《さがら》藩藩主。

22＊天明三年　西暦一七八三年。

22＊明月　名月。陰暦八月十五夜の月。

22＊亥の上刻　午後九時頃。「上刻」は一刻を三分した最初の部分。

24＊藤代　保之助の婿入り先。

25＊貧乏旗本　「旗本」は将軍直属の家臣のうち、知行が一万石未満で、将軍に拝謁《はいえつ》できる「お目見え以上」の身分の者をいう。

25＊知行　家臣に与えられた領地。石高で表した。

26＊寄合　三〇〇〇石以上の旗本で無役の者の称。ただし、特定の家筋の者などは三〇〇〇石以下でも編入された。

26＊内福　見かけに比して内実の裕福なこと。

26＊一文　「文」は銭を数える語で、貨幣の最小単位。

27＊五人扶持　「扶持」は家臣としての俸禄。扶持米。一人一日玄米五合の割合で与えられた。

27＊半刻ちかく　約一時間。江戸時代には昼夜をそれぞれ六等分し、その一つを一刻とした。そのため一刻の長さは季節によって変った。

27＊一町ばかり　一〇〇メートルほど。「町」は距離の単位。

28＊運上　商・工・漁・狩猟・運送業者などに課した雑税。

28＊十手　同心や目明しなどが犯人を捕らえるのに使った鉄製の道具。長さ約五〇センチメートルの棒で、手元に鉤《かぎ》がついている。

29＊日傭賃　日雇いの賃金。日給。

30 *おっぴしょれる 「圧《へ》し折れる」を強めた俗な言い方。

31 *はたる 取り立てる。

35 *足軽 平時は雑役に従事し、戦時には歩卒として働く下級の武士。江戸時代では、最下級の武士、あるいは雑役を担当する武家の奉公人をいう。

36 *佐竹侯 佐竹義祇《よしもと》。出羽の国秋田新田《しんでん》藩藩主。

36 *中屋敷 下屋敷とともに、上屋敷の控えとして設けられた屋敷。

36 *牧野備前 牧野備前守忠精《びぜんのかみただきよ》。越後《えちご》の国長岡藩藩主。

36 *五十坪ばかり 約一六五平方メートル。「坪」は面積の単位。一坪は約三・三平方メートルで、畳二畳分の広さ。

37 *札差 当時、幕臣に支給される俸禄米(蔵米)の受取りと売却を代行し、その手数料を得ることを業とした商人。金融業も行い、巨富をなす者も現れた。

37 *茶屋酒の味も… 遊郭などで遊んだことがない、の意。

37 *昌平坂の学問所 徳川幕府直轄《ちょっかつ》の学問所。湯島昌平坂(現在の文京区内)にあり昌《しょう》平黌《へいこう》ともいう。

38 *新御番 徳川幕府の職名。江戸城と将軍の警護、武器の検分などを担当する。新番とも。

40 *こちのひと 妻が夫をさしていう語。亭主。

40 *とうざいとうざい 東西東西。興行などで客の注意を喚起し、傾聴を促すための呼びかけの言葉。東から西まで(隅から隅まで)のお客様、お静まりくださいの意。

40 *扇子の要を返して 「要」は、ここでは扇の骨を綴《と》じ合せた所。「返して」は、開いた扇の要を指で挟んで扇を回転させて、の意。日本舞踊で用いる扇の扱い方。

40＊いずれもさま　みなさま。

40＊北国　「新吉原遊郭」の別称。江戸城の北にあたるところからいう。

40＊青楼　遊女のいる店。妓楼。特に幕府公認の遊郭をいう。

41＊札がしら　最も評判が高いのは、の意。

41＊脇　最高位に次ぐ位、の意。

41＊四品　第四位、の意。

43＊中気　脳卒中の後遺症として、主に半身不随となる状態。中風。

44＊借り食い　代金後払いの約束で食事をすること。

46＊田沼氏　鎌倉時代初期、佐野氏の分流佐野九郎重綱が下野《しもつけ》の国（現在の栃木県）安蘇《あそ》郡田沼村を領地とし、田沼姓を名乗ったと伝えられる。

47＊重代　先祖代々伝わっていること。

47＊二千両　「両」は江戸時代の貨幣単位。一両は小判一枚。ここでは、非常に価値がある、の意。

47＊奏者番　徳川幕府の職名。老中支配下で大名や旗本が将軍に拝謁する際、官位・姓名・進物品名などを将軍に伝え、また将軍からの下賜《かし》の品を渡す役目。

47＊松本伊豆守　松本秀持。江戸時代中期の勘定奉行。田沼意次の腹心。ちなみに史上では、通称は「十郎兵衛」。

47＊鷹匠　鷹狩りに使う鷹を養育・訓練し、鷹狩りに従事した者。

47＊勘定奉行　徳川幕府の職名。寺社奉行、町奉行とともに三奉行の一つ。老中支配下で四、五名の旗本が就任した。幕府直轄領から租税を徴収して財政の運用を統轄し、領内の民政や訴訟にあたる。

47＊新番　新御番のこと。

47＊供弓　将軍の鷹狩りなどに、弓を持って供をすること。

49＊小鬢　本来は頭の左右側面の髪をいうが、ここでは、こめかみあたりのこと。

51＊詰所　ここでは、出仕した役人が控えている場所。

52＊山城守意知　田沼意知。意次の長男。

55＊埋まらねえ　ここでは、割に合わない、の意。

55＊家治　第一〇代将軍徳川家治。元文二〜天明六年（一七三七〜八六）。

55＊閨門　本来は、寝室の出入り口。ここでは夫婦の事情。

56＊掣肘　人に干渉して自由に行動させないこと。孔子の弟子子賤《しせん》が主君の書記の肘《ひじ》を引っ張り、字を書くのを妨げたという『呂氏春秋』の故事から。

58＊登城時刻　ふつうは、四つ時《どき》（午前一〇時頃）。

58＊書院門　江戸城本丸の玄関前にある門。大手門から登城する場合、大手門、下乗門、大手中之門、書院門（中雀門）の四つの門を通らなければならない。

58＊吟味　筆算吟味。勘定所では習字とそろばんの試験が行われ、合格すれば登用された。

61＊剔抉　悪事などを暴《あば》いて取り除くこと。「剔」は表に現れた邪魔なものをそぎ取る意、「抉」はえぐり取る意。

61＊中ノ口　表御殿中之口。役人たちは本丸の正面玄関ではなく、通用口を利用した。

62＊口番　出入り口の番所。番をする者が詰めている。

62＊御用部屋　江戸城内で老中・若年寄が政

務を執った部屋。ここでは、大目付の執務室の意。
64＊若年寄　徳川幕府の要職。老中に次ぐ。
64＊茶坊主　剃髪《ていはつ》、法服姿で江戸城中での武家の茶事、雑用を担当した者。ここでは、老中の世話をする奥坊主のこと。
64＊老中部屋　御用部屋。「老中」は幕府の最高職。将軍を直接補佐する。
65＊問罪　罪を問いただすこと。
65＊五尺二寸ばかり　一六〇センチメートル弱。「尺」「寸」は尺貫法の長さの単位。一尺は約三〇センチメートル。一寸はその一〇分の一。
65＊書冊　ここは、書き物の束。
69＊小人　度量が狭く、徳のない者。
73＊二間ばかり　約三・六メートル。「間」は長さの単位。一間は約一・八メートル。
75＊八丁堀の同心　ここでは、町奉行所の同心の意。「八丁堀」は現在の中央区内。この一帯に町奉行所の与力や同心の組屋敷があった。
76＊一分　「分」は江戸時代の貨幣単位。一両の四分の一。
83＊づかれた　気づかれた、の意。
83＊あゆぼう　「あゆぶ」は歩く。
83＊岡っ引　当時、町奉行所の同心に私費で雇われ、犯罪の捜査や犯罪者の逮捕に協力した者。
84＊忘れても　絶対に。
85＊仲間　中間。当時は、武家の下級奉公人をいった。
100＊安藤対馬邸　「安藤対馬」は安藤対馬守信成。陸奥《むつ》の国（現在の福島、宮城、岩手、青森各県と秋田県の一部）磐城平《いわきたいら》藩藩主。蠣殻町《かきがらちょう》に中屋敷があった。
101＊小十人組　幕府の常備軍事組織の一つ。

若年寄支配下で、戦時には将軍の馬廻りの警護にあたり、平時には小十人番所に勤め、将軍出行の際の行列の前衛、目的地の先遣警備、城中警備などを担当した。

102 *四半刻　一刻の四分の一。約三〇分。

102 *松平越中守　松平定信。陸奥の国白河藩藩主。第八代将軍徳川吉宗の孫。

102 *夕顔の少将　松平定信がこう呼ばれていた。「少将」は古代からの官職。江戸時代には実質を伴わず、地位の象徴として職名が授けられた。

103 *用人　主君の側にいて、日常生活一般の家政をつかさどった者。

106 *堀田相模守　堀田正順《まさなり》。下総《しもうさ》の国佐倉藩藩主。

106 *井伊掃部頭　井伊直幸《なおひで》。近江《おうみ》の国彦根藩藩主。

106 *戸田因幡守　戸田忠寛《ただとお》。下野の国宇都宮藩藩主。

107 *千金　千両。「金」は江戸時代に用いられた大判・小判・一分金などの金貨の総称。ここは、小判のこと。

107 *永井大学　永井伊賀守直旧《なおひさ》。美濃《みの》の国加納藩藩主。

107 *田家秋景　秋の田園風景。

107 *前田隠岐守　前田清長。高家旗本。

107 *百匁掛　百匁（三七五グラム）使われている、の意。「匁」は重さの単位。一匁は三・七五グラム。

107 *石川近江守　石川総弾《ふさただ》。常陸《ひたち》の国下館《しもだて》藩藩主。

107 *典薬　ここは、将軍家の医療を担当する奥医師のこと。

107 *家基君　徳川家基。第一〇代将軍徳川家治の長男。安永八年（一七七九）に満一六歳で急死した。

107 ＊久世大和　ちなみに史上では、当時老中であった久世大和守広明《ひろあきら》がいるが、没年は天明五年（一七八五）。

107 ＊依田豊前　依田豊前守政次。北町奉行、大目付などを勤めた。天明三年没。

107 ＊尾張大納言家　尾張徳川家。徳川御三家の一つ。徳川宗睦《むねちか》の長男治休《はるよし》が安永二年（一七七三）に満一九歳で、続いて次男治興《はるおき》が安永五年（一七七六）に満一九歳で病死している。

109 ＊警蹕　貴人の到着に際し、先触れの人が声を掛け、周囲に出迎えの心構えをさせること。「おお」「しし」「おしおし」などと言った。

109 ＊お成り　貴人を敬って、その外出や到着などをいう語。

109 ＊座を辷って　すわったまま、下座の方へにじり動いて、の意。

109 ＊吉宗　徳川吉宗。享保《きょうほう》元年（一七一六）、紀州藩藩主から第八代将軍となった。貞享《じょうきょう》元～寛延四年（一六八四～一七五一）。

109 ＊徳川三家　家康の九男義直を祖とする尾張家、家康の一〇男頼宣を祖とする紀伊家、家康の一一男頼房を祖とする水戸家。

109 ＊三卿　御三家に準ずる徳川家の別家。徳川吉宗の次男宗武を祖とする田安家、四男宗尹《むねただ》を祖とする一橋家、第九代将軍家重の次男重好を祖とする清水家。

109 ＊田安宗武　国学者、歌人としても知られる。

109 ＊白河侯松平定邦　陸奥の国白河藩藩主。

110 ＊賀茂真淵　江戸時代中期の国学者、歌人。遠江《とおとうみ》の国に生れ、京都で国学者荷田《かだのあずま》春満《まろ》に師事。その後江戸に出て、延享三年（一七四六）以降、田安宗武に仕えて国学を教えた。

110＊心あてに…　目印にと思って頼みにしていた夕顔の花が散り、日暮れに行くと肝心の家を訪ねあぐんでしまった、の意。

111＊扈従　貴人のお供をすること。

111＊小姓　主君のそば近くに仕えて、身のまわりの雑用を務める役。多くは少年。

112＊直参　将軍に直属する身分、の意。

113＊御進物番　徳川幕府の職名。若年寄支配下で、大名・旗本などからの献上品、また将軍からの下賜《かし》品などを儀式の場に配置し出納を管理する役目。

113＊役料　役職手当。家禄が役職にふさわしい石高に及ばない時、在職中に限り不足分を支給する。

114＊御鷹野　鷹狩り。

116＊ものの一丁　せいぜい一〇〇メートル。「丁」は距離の単位。

116＊片側町　道の片側にだけ家が建ち並ぶ町。

116＊細川越中守　細川重賢《しげかた》。肥後の国熊本藩藩主。

116＊九鬼大和守　九鬼氏は丹波の国綾部《あやべ》藩藩主。ちなみに史上では、当時の藩主は九鬼大隅守隆祺。

116＊牧野河内邸　「河内」は河内守。牧野氏は丹後の国田辺藩藩主。ちなみに史上では、当時の藩主は牧野豊前守惟成。

116＊辻番所　江戸の武家屋敷の辻々に、幕府や大名・旗本が自警のために設けた番所。町方の番所は自身番という。

118＊海賊橋　牧野家の屋敷の南にある坂本町（現在の中央区日本橋兜町《かぶとちょう》）と本材木町（現在の中央区日本橋一丁目）を結ぶ橋。かつて橋の東詰に船手頭（海賊衆とも呼ばれた）の向井将監忠勝の屋敷があったので、この名がある。

122＊鎧の渡し　現在の中央区を流れる日本橋

川にあった渡し場。西岸の南茅場町《かやばちょう》（現在の中央区日本橋茅場町）と東岸の小網町（現在の中央区日本橋小網町）を結ぶ。平安時代、奥州《おうしゅう》討伐に向かう源義家が暴風雨にあい、鎧を川に投じて竜神に祈り、無事に渡ったという伝説からの呼称。

122＊田舎小僧の新助　ちなみに史上では、天明四年（一七八四）から江戸の武家屋敷や寺社などに二七回盗みに入ったとされる盗賊がいる。

124＊稲葉小僧　ちなみに史上では、天明期の初め頃、大名屋敷を専門に盗みをはたらいたという盗賊がいる。「田舎小僧新助」と混同されることが多い。

134＊秕政　悪政。

134＊勘定吟味役　徳川幕府で、勘定奉行以下勘定所の諸役人や代官を監督し不正を摘発する役職。

136＊こかれて　ここは、引っ張られて、の意。

138＊表白　言葉に表すこと。

143＊御座間　江戸城本丸の中奥、将軍の居室。

143＊白書院　江戸城本丸にあり、表向きの儀式や将軍との対面などが行われた。

143＊在府　大名が江戸で勤務すること。

143＊三献の式　中世以降の酒宴の礼法。酒肴《しゅこう》の膳《ぜん》を三回出し、それぞれ三度酒をすすめる。

143＊親藩　徳川氏の直系一門と分家で大名となったもの。

143＊庶流　分家。別家。

143＊溜間詰　親藩・譜代大名のうち、江戸城内の溜間に席を与えられた者。将軍に直接上申する資格を有した。溜詰。

143＊外様　関ヶ原の合戦以降に徳川家に服属した大名。

143＊従四位　古代からの位階。江戸時代には地位の象徴として授けられた。

143＊譜代　関ヶ原の合戦以前から徳川家に仕えていた者をいう。

143＊高家　徳川幕府の職名。主に朝廷にかかわる儀式・典礼、勅使の接待などを担当。

144＊箒初め　掃き初め。正月二日、新年になって初めて屋内の掃除をすること。

144＊布衣　無文の狩衣《かりぎぬ》。ここでは、礼装としてその着用が許された身分のこと。

144＊謡初　新年に謡曲の歌い始めをする儀式。

144＊蓬萊島台　新年の祝儀の飾り物。

144＊帝鑑間　江戸城内で譜代大名および交代寄合の詰所。

144＊素袍　素襖。江戸時代、下級武士の礼服。

144＊侍烏帽子　折烏帽子。武士が日常に用いた。

144＊若菜の祝い　七草粥を食べて無病息災を祈る儀式。

146＊秀忠　第二代将軍徳川秀忠。徳川家康の三男。天正七～寛永九年（一五七九～一六三二）。

147＊寺社奉行　徳川幕府の町奉行、勘定奉行と並ぶ三奉行の一つ。譜代大名の中から選ばれ、全国の寺社と寺社領の管理や宗教統制を担当する。寛文二年（一六六二）、老中支配下から将軍直属となった。

149＊加判　公文書に承認の書き判（花押《かおう》）を加えること。

150＊沙汰やみ　命令などが中止になること。

150＊詰衆　将軍のそばに仕える者。雁間詰《かりのまづめ》の譜代大名から選ばれた。

150＊銀五分　銀貨は秤量《しょうりょう》貨幣（重さで価値が決まる貨幣）として用いられる。「分」は重さの単位。一匁の一〇分の一。一分は〇・三七五グラム。

150＊一疋　「疋」は織物を数えるのに用いる

語。一疋は布帛《ふはく》二反。

150＊銀二分五厘 「厘」は重さの単位。一匁の一〇〇分の一。

151＊白河侯 陸奥の国白河藩藩主である松平定信のこと。

151＊座制 「座」は徳川幕府によって設けられ、貨幣や特定の免許品を製造・販売した機関。金座、枡座《ますざ》など。

152＊御用金 幕府や諸藩が財政上の不足を補うため、領内の富裕な町人・農民らに課した借上金。

152＊冥加金 領主の保護や経営の許可、特典付与などに対する礼金として、商工業者が納めた金銭。

153＊手代 商店で、無給の丁稚《でっち》修業を終えた者が昇格して就く身分。

154＊回礼 新年の挨拶《あいさつ》まわり。

155＊甘楽郡 佐野善左衛門のことをいっている。

159＊高律 高率。

164＊細川家 常陸の国谷田部藩藩主。

164＊留守役 留守居役。諸大名の江戸屋敷にいて、幕府や他藩との連絡・交際を担当した。

164＊もの詣で 社寺に参拝すること。

167＊連枝 身分の高い人の兄弟。ここでは、徳川家の血をひく人の意。

173＊出替り 奉公人が契約期間を終えて交替すること。

182＊箙 謡曲。源平生田の森の合戦で、梶原《かじわら》景季《かげすえ》が梅の枝を箙（矢を入れて背中に負う武具）に挿して戦った故事を題材にしたもの。生田川に着いた旅僧の前に景季の亡霊が現れ、自らの奮戦の様子を語り供養《くよう》を頼む。

187＊首 打ち首、の意。

192 ＊ひら　平。ここでは、刀の側面のこと。
194 ＊やっとう　剣術。掛け声の「やっ」「とう」から。
194 ＊浅右衛門じゃあねえ　武器を持たない人間は殺さない、の意。「浅右衛門」は山田浅右衛門。代々、将軍家の佩刀《はいとう》の試し斬りと罪人の首斬り役をつとめた。
195 ＊賜暇　休暇を願い出て許されること。また、その休暇。
195 ＊上屋敷　大名や身分の高い武家の江戸での住居。当時、田沼家の上屋敷は神田橋御門内にあった。
197 ＊側用人　徳川幕府の要職。将軍のそば近くに仕え、将軍の命令を老中に伝達し、老中の上申を取り次いだ。
197 ＊六代さま　第六代将軍徳川家宣のこと。寛文二～正徳二年（一六六二～一七一二）。
197 ＊間部詮房どの　上野《こうずけ》の国高崎藩藩主。甲府藩藩主であった徳川綱豊（後の家宣）の寵愛《ちょうあい》を受け、大名に取り立てられた。第六代将軍家宣、第七代将軍家継の側用人を務めた。
198 ＊老職　幕府の老中職。
198 ＊館林侯　松平武元。上野の国館林藩藩主。徳川吉宗、家重、家治の三代に仕え、老中として最長の三三年間、そのうちの一五年間を老中首座として務めた。名の読みは「たけちか」とも。
198 ＊右近将監　古代からの官職の一つ。江戸時代には実質を伴わず、地位の象徴として職名だけが授けられた。
198 ＊前将軍　第九代将軍。第八代将軍吉宗の長子。正徳元～宝暦一一年（一七一一～六一）。
198 ＊儒臣　儒学をもって仕える臣下。

199 *太田備中守　太田資愛《すけよし》。遠江の国掛川藩藩主。ちなみに史上では、意知の正室は石見《いわみ》の国浜田藩藩主で、老中の松平康福《やすよし》の娘。

201 *閣老　「老中」の別称。

201 *端下　水仕事や雑役を担当する身分の低い女性の使用人。

201 *仲蔵　初代中村仲蔵。江戸時代中期の歌《か》舞《ぶ》伎《き》役者。「忠臣蔵」の定九郎や「義経千本桜」のいがみの権太《ごんた》などを得意とした。

201 *半四郎　四世岩井半四郎。江戸時代中期の歌舞伎役者。女形を得意とし「お多福半四郎」の名で親しまれた。

201 *団十郎一座　「団十郎」は四世市川団十郎。江戸時代中期の歌舞伎役者。中村仲蔵らを木場の自宅に招いて演技研究会を開き、「木場の親玉」として重きをなした。

205 *学頭　首席の教師。

205 *関松牕　関修齢。「松牕」は号、松窓とも。儒学者。

205 *赤蝦夷風説考　仙台藩江戸屋敷の藩医、工藤平助が著したロシアと蝦夷地への関心と対策の必要を訴えた研究書。「赤蝦夷」はロシア人、またはカムチャツカをさす。天明三年（一七八三）に意次に献上された。

214 *柳沢吉保　第五代将軍徳川綱吉の側用人。甲斐《かい》の国（現在の山梨県）甲府藩藩主。綱吉の将軍就任とともに重用されて老中の上格にまで出世した。ちなみに史上では、吉保の子の吉里は幕閣としての重職には就いていない。

214 *隆達　隆達節。文禄《ぶんろく》、慶長の頃（一五九二～一六一五年）に流行した俗謡の一種。

和泉《いずみ》の国（現在の大阪府南部）堺《さかい》の僧侶《そうりょ》、隆達が始めたといわれる。

214 ＊つくね節　「つくねる」（捏ねる）は、いくつかのものを合せてまとめる。

216 ＊常磐津　常磐津節。初世常磐津文字太夫《もじだゆう》が、延享四年（一七四七）に始めた江戸の浄瑠璃《じょうるり》。歌舞伎や舞踊の音楽として発達した。

216 ＊富本　富本節。浄瑠璃の一流派。寛延元年（一七四八）に富本豊志太夫（のちに豊前掾《ぶぜんのじょう》）が、常磐津節から分れて創始した。艶《つや》と品のある節回しで人気があった。

216 ＊長唄　主として三味線の伴奏で歌われる日本の歌謡芸能の一つ。

217 ＊水木流　日本舞踊の一流派。元禄時代の歌舞伎役者水木辰之助を流祖とし、その門弟の歌仙が創始した。

221 ＊商人会所　当時、商業上の取引をするために商人が集まった事務所。

221 ＊名分　立場に応じて守らなければならない本分。ここでは、身分、の意。

221 ＊寛永　寛永年間は西暦一六二四年から四四年まで。第三代将軍家光の治世。徳川幕府の基礎が固まった。

221 ＊チチング　イサーク・ティツィング。オランダ東インド会社社員。安永八年（一七七九）、長崎出島のオランダ商館長として来日した。

224 ＊出役　役目のために出張すること。また、その役人。

227 ＊中村座　江戸三座の一つ。初世猿若勘三郎が寛永元年（一六二四）に中橋（現在の中央区京橋）で猿若座を設立し、後に中村座と改称。場所も堺町（現在の中央区日本橋人形町のあたり）へ移転した。

233 ＊堺町　ここでは、中村座のことをいっている。
235＊先供　先導する従者。
235＊鼻馬　引馬。飾り立てた馬。
235＊徒士　徒歩で警護にあたる下級武士。
235＊打物　薙刀《なぎなた》を持つ役。
235＊小納戸　将軍の身辺の雑務を担当する役。
235＊筒持　鉄砲を持つ役。
235＊笠　袋に入れた被《かぶ》り笠を長い棒の先につけ、持つ役。
235＊茶弁当　茶道具一式と弁当を携帯する役。
235＊数寄屋坊主　茶事関係を担当する坊主。
235＊簑箱　雨具の運搬役。
235＊小人目付　徒目付の下役。
235＊書院番　将軍の護衛役。
235＊合羽笊　合羽籠《かご》。家臣の雨具の運搬役。
235＊惣同勢　上・中級家臣の陪臣たち。惣供。同勢。
235＊供押　「押」は後ろにいて行列を整える役。
236＊島津家　薩摩《さつま》の国鹿児島藩を支配した外様大名。藩祖は島津家久。
236＊島津重豪　鹿児島藩第八代藩主。
236＊一橋家斉　のちの第一一代将軍徳川家斉。安永二～天保一二年（一七七三～一八四一）。天明元年（一七八一）、第一〇代将軍家治の養子に迎えられた。
236＊明和四年　西暦一七六七年。
241＊中老　大名家で家老の次の位にあった重臣。
241＊前髪立　元服前の男子が前髪を立てていること。額の上部の髪を別に束ねる。
243＊なあこ　兄さん。「なあ」は兄の意の方言。「こ」は名詞などに付けて、親しみを表す。
243＊賦役　労役で納める税。
243＊勢子　狩猟の場で鳥獣を追い立てたり、

逃げるのを防いだりする人夫。

245 ＊捕方　罪人をとらえる役人。

246 ＊郡代役人　「郡代」は代官とともに幕府直轄領を支配する地方行政官の職名。勘定奉行配下で、代官と同じく年貢《ねんぐ》徴収と治安維持を主な任務とする。

247 ＊二百貫　七五〇キログラム。「貫」は、尺貫法の重さの単位。一貫は三・七五キログラム。

250 ＊二丈ばかり　六メートル強。「丈」は長さの単位。一丈は一〇尺。約三メートル。

250 ＊七曜星　紋所の名。北斗七星、または日月火水木金土の七つの星をかたどったもの。

252 ＊山法師　比叡山延暦寺《ひえいざんえんりゃくじ》の僧、特に僧兵をいう。

252 ＊小一里　四キロメートル弱。「里」は、距離の単位。

256 ＊呼子笛　人を呼ぶ合図に吹き鳴らす小さな笛。

258 ＊あがる　将軍のいる場へ参上することをいっている。

264 ＊公用人　大名家で幕府に関する用務を取り扱った者。

270 ＊代官手付　「手付」は代官などに属して事務を執った下級役人。

275 ＊暴戻　残酷で道理にそむく行いをすること。

289 ＊位地　くらい。地位。

292 ＊おさがり　ここは、田沼意次が仮屋に戻ってきたことをいっている。

295 ＊一段ばかり　約一〇メートル。「段」は距離の単位。一段は六間。

301 ＊けいず買　窩主買。盗品と知りながらそれを売買する者。故買商。

312 ＊加納遠州さま　加納遠江守久堅。伊勢の国八田藩藩主。

312 ＊松平伊賀さま　松平伊賀守忠順《いがのかみただより》。信濃《しなの》の国上田藩藩主。ちなみに史上では、天明三年（一七八三）没。

313 ＊午の刻　昼の一二時頃。

318 ＊大平　後出の大和屋平助のことをいっている。

324 ＊芝全交　江戸時代中期の戯作者。

324 ＊恋川春町　江戸時代中期の戯作者。作品に『金々先生栄花夢《きんきんせんせいえいがのゆめ》』など。駿河《するが》の国小島《おじま》藩の江戸詰用人でもあった。

324 ＊風来山人　平賀源内。江戸時代中期の本草学者、戯作者。

324 ＊万象亭　桂川甫粲《ほさん》の号。江戸時代中期の蘭学者、戯作者。戯作を平賀源内に学んだ。

324 ＊蓼太　大島蓼太。江戸時代中期の俳人。

324 ＊祇尹　小笠原祇尹。江戸時代中期の俳人。幕府の先手与力でもあった。

324 ＊四方赤良　大田南畝《なんぽ》。江戸時代中期の狂歌師・戯作者。

325 ＊陋劣　卑《いや》しく軽蔑《けいべつ》に値すること。

332 ＊鼬の道　鼬の道切り。往来や交際が途絶えることのたとえ。鼬の通路を遮断すると、同じ通路を二度と通らないという俗信から。

340 ＊揚屋入り　「揚屋」は江戸小伝馬町の牢《ろう》屋敷内にあった牢屋の一つ。御家人や陪臣、僧侶《そうりょ》、医者などの未決囚を収容する。

340 ＊重追放　江戸時代の刑罰の一つ。追放刑で最も重いもの。

344 ＊小室　細川家の留守役。

346 ＊江戸花三升曾我　天明三年（一七八三）一月、中村座で初演された歌舞伎芝居。初世桜田治助他の作で、四世岩井半四郎などが演じた。

347 *名代　名題。「名題役者」の略。劇場前に掲げる名題看板に名前がのる役者。

347 *二番め　「二番目狂言」の略。歌舞伎で、一回の興行で二番目に上演される演目。世話物。

355 *守銭奴さん　成兵衛のことをいっている。

356 *水道橋　ここでは藤代家のことをいっている。

360 *題簽　和漢書の表紙に題名を記して貼《は》る細長い小さな紙や布。

367 *大槻玄沢　江戸時代中期の医師・蘭学者。蘭学塾「芝蘭堂」を開き、多くの蘭方医を育てた。

367 *蘭学階梯　最初のオランダ語学入門書。ちなみに史上では、天明三年（一七八三）に成り、同八年刊。

375 *山東京伝　江戸時代中期の戯作者、浮世絵師。

375 *京屋さん　京伝は通称を京屋伝蔵という。

375 *絵も描くし　浮世絵師としての名は北尾政演《まさのぶ》。

378 *長屋大人　信二郎のことをいっている。「大人」は師匠や学者などを敬っていう語。

388 *押借り　強引に金銭や品物を借りること。

393 *小松帯刀どの　小松清香《きよたか》。薩摩藩士。ちなみに史上では、当時、清香はすでに隠居し、養子の清宗に家督を譲っている。

394 *陪臣　将軍直属の家臣である旗本・御家人に対して、諸大名の家臣。

395 *鴻池　大坂の豪商。一六世紀末、鴻池新六が摂津の国鴻池村（現在の兵庫県伊丹市内）で酒造業を始め、後に一族が大坂で海運、大名貸、両替業などの事業を拡大した。

395 *手代　ここでは、特定の事項について代理権をもつ使用人、の意。

395＊出府　地方から江戸に出ること。

395＊加島　加島屋。大坂の豪商。寛永二年（一六二五）、久右衛門正教が大坂御堂前《みどうまえ》で米問屋を始め、両替業も兼業した。大名貸で鴻池と並び称された。

395＊三井　近世から近現代における豪商・財閥。

395＊紀州さま　徳川家康の一〇男頼宣を祖とする紀州家。御三家の一つ。

396＊中将さま　「中将」は古代からの官職。江戸時代には実質は伴わず、地位の象徴として授けられた。

397＊薩州家　島津家のこと。

399＊越前　越前松平家。家康の次男結城秀康を祖とする。

400＊客分待遇　ここでは、外様大名の島津家を将軍家近親として処遇するということ。

400＊福岡の黒田家　筑前《ちくぜん》の国福岡藩を支配する大名。黒田長政を藩祖とする。天明二年に第八代藩主治高が急死し、黒田家は末期養子《まつごようし》（家の断絶を防ぐため、当主の死亡届を遅らせて迎える養子）として、当時六歳の一橋家斉の弟斉隆《なりたか》を迎えた。

405＊松平右京亮　大河内輝和。上野の国高崎藩藩主。

407＊三奉行　徳川幕府の寺社奉行・勘定奉行・町奉行。幕府の最も重要な裁判や評議を行う評定所を構成する。

409＊腹背二面　前と後ろ。ここは、内外の意。

410＊白書院下段　「下段」は下段の間。上段の間に続いて一段低くなっている部屋。

410＊同朋頭　「同朋」は徳川幕府の職名。江戸城内では老中・若年寄の用を勤める。

411＊間部若狭守　間部詮茂《あきとお》。越前の国鯖江《さばえ》藩藩主。

412 *松平隠岐守　伊予の国松山藩藩主。吉宗の孫。

412 *松平周防守　石見の国浜田藩藩主。

412 *利律　ここでは、歩合の意。

412 *白皙　色が白いこと。

413 *渝る　変化する。

417 *厘毛　「厘」「毛」ともに歩合の単位。一厘は一割の一〇〇分の一。一毛は一厘の一〇分の一。

418 *危殆　非常に危険な状態。

424 *駕籠訴　江戸時代の越訴《おっそ》（管轄《かんかつ》の役所・役人を越えた非合法な訴え）の一つ。幕閣や藩主などの駕籠を待ち受けて直接訴えること。

426 *御馬の口を…　ここは、供をすることを、武将の乗る馬の口を取ってつき従うことにたとえた。

458 *町役　町役人。町人の中から選ばれて町の行政事務に従事する役人の総称。

467 *重ねておいて四つ　不義密通の男女を重ねてともに一刀両断にする、の意。

473 *官覚　ここでは、官能の感覚、の意。

474 *おつむを当って　「おつむ」は「おつむり」の略で、頭のこと。ここでは、月代《さかやき》を剃《そ》っている意。

500 *髪置きの祝い　それまでは剃っていた子どもの頭髪を伸ばしはじめる時に行う儀式。男女ともに三歳の一一月一五日に行うことが多かった。

502 *側小姓　将軍の身辺で雑用を務める役目の武士。

506 *西丸　江戸城の西の一郭。将軍の世継ぎの居所。

509 *水野意正　田沼意次の四男。

509 *九鬼隆祺　田沼意次の七男。名前の読みは「たかよし」とも。

510 ＊西尾隠岐守　西尾忠移《ただゆき》。遠江の国横須賀藩藩主。

510 ＊井伊兵部少輔　井伊直朗《なおあきら》。越後の国与板藩藩主。

513 ＊はいえち　「拝謁」の幼児語。将軍にお目見えすること。

513 ＊富士田楓江　初世富士田吉次《きちじ》。「楓江」は俳名。長唄の名人。ちなみに史上では、明和八年（一七七一）に没している。

513 ＊二挺鼓　長唄の囃子で、肩の小鼓と膝上の大鼓の二挺の鼓を一人で演奏すること。

514 ＊まいない　人に贈る金品。賄賂《わいろ》。

514 ＊茶屋四郎　京都の呉服商。代々茶屋四郎次郎を名乗り、御用商人として徳川家と深い関わりを持った。

514 ＊安南人　「安南」はベトナムに対する中国での呼称。

515 ＊栄耀　贅沢《ぜいたく》をすること。

516 ＊三男　史上では、四男。

516 ＊従五位の中務少輔　「従五位」は古代からの位階、「中務少輔」は同じく官職。江戸時代には実質を伴わず、地位の象徴として位と職名だけが授けられた。

521 ＊天文方　徳川幕府の職名。暦術・測量などを担当した。

521 ＊司天台　天文台。元禄《げんろく》二年（一六八九）、天文暦学者渋川春海《はるみ》が本所に創設。その後、延享《えんきょう》三年（一七四六）、幕府の観測所として神田佐久間町に設置。その後閉鎖されたが、明和二年（一七六五）に新暦調御用所が牛込光照寺門前に設置され、天明二年（一七八二）、浅草御蔵前片町裏に移転。

521 ＊享保八年　西暦一七二三年。

522 ＊約百八十町歩　約一・八平方キロメートル。「町」は、土地の面積の単位。一町は約九九〇〇平方メートル。「歩」は町や反などにつけて、端数《はすう》のないことを示す語。

522 ＊長谷川新五郎　浅草の商人。

522 ＊天王寺屋藤八　天王寺屋藤八郎。大坂の商人。

527 ＊松前志摩守　松前道広。蝦夷地の松前藩藩主。

528 ＊オランダ商館長　「オランダ商館」は、オランダ東インド会社の日本支店。慶長一四年（一六〇九）、平戸（現在の長崎県北部）に設置されたが、寛永一八年（一六四一）、長崎の出島に移転した。

528 ＊鎖国令　徳川幕府が、寛永一〇年（一六三三）以降、寛永一六年まで数回発令した外国（中国、オランダなどを除く）との通交・貿易を禁止する法令。

534 ＊松平対馬守　松平忠郷。旗本。

535 ＊柳生主膳　柳生久通《ひさみち》。旗本。

538 ＊山城侯　田沼意知をさしている。

539 ＊相良侯　田沼意次のことをいっている。

539 ＊執政　老中のこと。

540 ＊白河侯　松平定信のことをいっている。

541 ＊公達そだち　「公達」は親王や摂関家など、身分の高い貴族の子弟。ここでは、松平定信が三卿《きょう》の家の出身であることをいっている。

551 ＊癆咳　肺結核。労咳。

565 ＊白描　墨一色で、筆線を主体として描いた絵。

567 ＊みそくなう　「みそこなう」（見損なう）の変化した語。

568 ＊目明し　町奉行所の同心に私費で雇われ、犯罪の捜査や犯罪者の逮捕に協力した者。岡っ引。給金は少額だったため、ほとんどの者は別に職業を持っていた。

571 ＊忍び返し　人が忍び込むのを防ぐために、塀の上に先端の尖《とが》った竹や釘《くぎ》などを取り付けたもの。

577 ＊紀伊治貞　徳川治貞。宝暦三年（一七五三）、伊予の国西条藩藩主となり、安永四年（一七七五）、紀伊の国和歌山藩第九代藩主となった。

577 ＊中納言　徳川治貞のこと。安永五年、権中納言に任官。

577 ＊酒井石見守　出羽の国松山藩藩主。若年寄。

578 ＊信明　名は「信成」とも。

580 ＊備州侯　太田備中守のこと。

581 ＊三丁ばかり　約三〇〇メートル。

582 ＊本道　内科のこと。

582 ＊奥医　奥医師。徳川幕府の職名。将軍や奥向きの人々の診療にあたる。

588 ＊長者の風　徳のすぐれた人の趣。

588 ＊侍従　古代以来の官職。江戸時代には、地位の象徴として、有力大名や高家などが任じられた。

590 ＊御不祥の如きこと　「不祥」は不幸。ここでは、意知の死去のことを婉曲《えんきょく》にいっている。

593 ＊七朱　七パーセント。「朱《しゅ》」は利率の単位。一割の一〇分の一。銖。

598 ＊永牢　死ぬまで牢に監禁する刑。江戸時代の刑罰の一つ。

598 ＊松平讃岐守　讃岐の国高松藩藩主。

600 ＊敷衍　詳しく説明すること。

602 ＊南小縁　ここでは、黒書院南側の畳敷きの通路のこと。

608 ＊欠落ち御家人　「欠落ち」は行方をくらませている、の意。

610 ＊蔵宿　江戸浅草における札差の別称。

613 ＊七つ　午後四時頃。江戸時代の時の数え方の一つ。深夜と昼の一二時前後を「九つ」として一刻（約二時間）ごとに「八つ」から「四つ」まで数を減らしていく（「三つ」以下はない）。

634
＊常着　家で通常着る衣服。

山本周五郎を読む

山本周五郎と私

「信じる」ことの力

冲方丁

冒頭で月食が話題になる。自分にこのエッセイが依頼された理由はそれに尽きる。近頃私は「江戸時代の天文学者について書いた人」と見られている。他にも色々書いているのだが世評ではそうなっている。そういう意味で私は、『栄花物語』の作中でいわれのない世評にまみれる田沼意次に共感する。

というのはもちろん冗談だが、本作を読んで田沼に同情しない人はいないだろう。そのくせ、現代の政治家や官僚に対しては、当時の世人が田沼にしたようにする。政治経済という奇怪きわまりないしろものは、不可解であるということ自体がストレスになる。自分の生活を左右するにもかかわらず、よくわからない。わからないことに腹が立つ。だから、わかりやすく批判できる人物がいると安心する。わからない鬱憤《うっぷん》をぶつけることができるからである。

田沼が推進する経済策が、作中でさして詳述されないのも、そのせいだろうか。小難しい理屈は読みたくないという、読者の要求を想像してしまう。

そしてこの構造は、山本周五郎作品には珍しいのかもしれない。無名の人々の輝きと悲愴《ひそう》を描くにあたって、田沼のような人物がいると、意味合いが違ってくる。田沼への同情は、ひるがえって無名の人々の無知を咎《とが》め、自業自得《じごうじとく》であるとの結論を招くからである。

四人の主人公の一人である信二郎が、きわめて皮肉屋で退廃的な気分を醸《かも》し出しているのは、そういう理由があるからだろう。

彼は田沼批判の急先鋒《せんぽう》である。しかも金で雇われてやっている。そんな自分を嫌《けん》悪《お》しつつ、面白がってもいる。田沼本人から協力を乞《こ》われても、この信二郎という男は世直しのための千載一遇の好機と決して思わない。ぐずぐずと自分のちっぽけな正義感を盾にして逃げる。

そのくせ田沼に好意を抱き、対立する白河（松平定信）派から守ろうとする。が、結局、自分の満足以上のことはしない。ちょっとばかり助けただけで、あとは自分の目の前にある満足の方を優先してしまう。そうして世を拗《す》ねた生活を繰り返す。

なんと人間的であることか。
孔子は、こういう人物を小人《しょうじん》と呼んで退け、田沼のような人物を君子として尊ぶ。だが現実にそうはいかない。人がそう簡単に無私になれるものか。むしろ無私になりきれないところに人間がいる。運命の奔流に巻き込まれて行き詰まり、救いを求めて水面から必死に顔を出すが、最後には水底に沈んで消えていくしかない、とことん生身の小人たち。

こうした人々こそ、愛さねばならない。人が人らしく生きようとすることを誰が咎められるのか。本作を読むと、強くそう訴えられている気がする。事実、信二郎の情事と金稼ぎから始まるこの物語の冒頭で、私はあっという間に信二郎が好きになった。彼が田沼を評価しながら、自己評価の低さ（小人としての自覚）ゆえ君子たる人物を避けてしまう気分が、わかってしまうのである。

ならばなぜ本作では田沼に紙数が割かれるのか。そもそもなぜ田沼の経済改革が題材として選ばれたのか。田沼もまた、一個の小人であるとしたいからか。過ぎたるは猶《なお》及ばざるがごとしで、改革路線を盲進した結果、自分ではなく、かけがえのない息子が死ぬ。改革も水泡に帰す。だがそれだけでは、上の者を引きずり下ろして喜ぶ卑屈な作品になるし、本作は悲劇ではあっても、卑《いや》しさとは無縁である。

善良さが周囲の迷惑になる。作中でたびたびそのようなフレーズが繰り返される。田沼に信二郎とはまた別の関わり方をし、田沼の鏡写しのように死んでいくのが、保之助である。田沼と信二郎の二人の運命に翻弄《ほんろう》された善人である一方で、その高潔さが逆に二人を翻弄する。明確な敵意を持つ相手よりも、好意を抱く相手の方をおかしくさせていってしまう様子もまた、ひどく人間的で、清々《すがすが》しくさえある。

田沼と保之助は、心中へとひた走る。一方は改革との、他方は理想の女との。本作はこれらを等価値に扱う。単に、人情が積み重なったところに政治がある、というようなことを言っているのではない。たとえ人情がピラミッドのように積み重なったとしても、その頂点でいきなり人情を超えた高潔な何かが出現するものか。人はあくまで人である。田沼の改革への執念は、保之助が理想の女へ傾倒するのと何も変わらない。描かれるべきは「人間田沼」であり、雲上の君子ではない。雲上など人間と関係ない——と言わんばかりの徹底した小人描写が、おそろしく生々しいのである。

敵役の白河侯が、立派ではあるが無機質かつ非人間的に描かれるのは、事実、この作品において彼は人間ではないからだろう。抽象的な伝統墨守を目的としており、現実的な利益は視野の外だ。彼を御輿《みこし》に担《かつ》いで、利益をむさぼろうとする人々こそ人間なのだろうが、そこにもさして紙数は割かれない。
現代にも伝わる有名な落首に、

田や沼やよごれた御世を改めて 清くぞすめる白河の水
白河の清きに魚の住みかねて もとの濁りの田沼恋しき

というのがある。当時の人々にとって田沼と白河の二人は、一対だった。だが「清き」誇りの化身たる白河の存在は、本作であたかも天災のように描かれるばかりで、田沼と拮抗《きっこう》するもう一人の主人公としての地位は決して与えられないのだ。もし、白河が主人公であったなら、題名は『栄花物語』ではなく『大鏡』になっていたかもしれない。どちらも平安時代の歴史書だが、視点がまったく違う。『栄花物語』は女性による大著で、日本で物語と歴史を融合させた初めての例として知られる。同時代に『枕草子《まくらのそうし》』と『源氏物語』が流布《るふ》しており、影響を与えている。すでに評論分野で語られているに決まっていることを、くどくど書くべきではないが、これはもちろん、ただ語呂《ごろ》が良いから題名を拝借した、という次元の話ではない。

千年前の文学的革命であった『栄花物語』において、最初の章は「月の宴」である。もちろん主要人物の大半は、藤原氏の血統だ。で、本作『栄花物語』では最初の章は「月の盃《さかずき》」。藤代と藤扇が、その名ゆえに「凶」と断じられるくだりがある。

他にもこまごまと相似はあるが、政治経済の話題が深く関わるこの題材にもかかわらず、分析と批判を主軸とする『大鏡』を題名に採らなかった、ということが私には驚異なのである。田沼と白河の政策談義ではない。むしろ小人たちの情念を描き、歴史物語としての血脈を『栄花物語』に求めた。その一点に山本周五郎作品としての本作の神髄があるのだと思われてならない。

この作品のエッセイを担当した者として主張させてもらえれば、山本周五郎作品群の中でもあまりハイライトが当たっていない（気がする）本作に、小人への愛情を土台に、「歴史」を「物語」として世人に広く届けようとした、山本周五郎の心血を感ずるのである。

田沼、信二郎、保之助の三人の主人公達が、人間らしさゆえに転落していく一方で、生まれてから死ぬまで小人であり続けたのが、四人目の主人公たる千吉である。もし題名が『大鏡』であったなら、白河ではなく千吉こそ人間として描かれず、一《いっ》揆《き》も天災のように扱われていただろう。千吉は、構造的な貧困ゆえに犯罪者となり、やがてはテロリストへ変貌《へんぼう》していく。ごくふつうの一般市民、すなわち生粋の小人だ。

前述の三人に比べ、千吉は経済的には転落ではなく改善されていく。だが倫理の面で、悪の側へ呑《の》み込まれるほかなく、その良心の爆発を、とことん政治的に利用される。

作中で、彼だけが生身の女に翻弄されずに済むのは、彼こそ最も清潔な人であるからだろう。社会の底辺で踏みにじられ、愛する家族を捨て、殺人の罪に汚れていく。にもかかわらず、その無知、その無名ゆえのしぶとさに、政治的ではない、人間の正義がみなぎっているのである。本作を悲劇へと突き進ませる本当の活力は、千吉によって芽生えている。

悲劇は絶望を訴えない。絶望的な状況下においても失われない希望を訴えるのが悲劇である。田沼は改革を、保之助は理想の女を、信二郎は自由を、それぞれの希望と信じた。全身全霊で、ゆいいつ信じられるものとして信じたのである。

千吉は何を信じたのだろう。彼は、意識を奮い立たせて、混沌《こんとん》とする世の中で必死に信じられるものを探したのではない。最初からあった、家族や友愛を、最後まで愚直に信じ続けたのである。その千吉を死から救えなかった信二郎は、さらに保之助の訃報《ふほう》を経て、そこで初めて自分自身と決別するため、ぬかるみを歩む。不安を抱く者に迫る足音という作中のフレーズが、終盤では明記されていないものの、自然と読者が連想するものとして、ここで効いてくる。

なんと見事なラストシーンか。

田沼と白河ではなく、田沼と千吉の物語として宝暦天明の時代を書き上げ、保之助と信二郎の二人の物語をもって歴史を『栄花物語』へと昇華させた山本周五郎の筆に、どうにもこうにも、じわじわと目頭が熱くなってしまうのである。

（「波」平成二十五年八月）

解説　「史的事実」と「文学的真実」

木村一信

『栄花物語』は、昭和二十八年（一九五三）に「週刊読売」に連載（一月一八日号～九月二七日号、うち、八月三〇日号は休載）された小説である。山本周五郎にとっては初めての週刊誌への連載であった。時に、周五郎、五十歳。すぐれた作品が陸続と執筆される円熟期に差し掛かっていた。

蒙古《もうこ》のジンギスカンの生涯を描いた『蒼《あお》き狼《おおかみ》』をめぐって、作者の井上靖と大岡昇平との間に論争が起こったのは、それより八年後の昭和三十六年初頭のことである。大岡は、「史実に忠実、厳格であれ」と作品を批判し、井上は、小説家は「表面に見えない歴史の一番奥底の流れのようなものに触れること」が大事だと反駁《はんばく》した。いわゆる「歴史小説論争」とよばれたこの応酬は、他の作家や評論家たちをも巻き込んで盛んな議論がかわされた。

周五郎は、直接、その論争に関与したわけではないが、自らも歴史小説を書く一人としての自負もあってか、「朝日新聞」紙上に論争を意識しての一文を寄せている。すなわち、「歴史的事実と文学的真実」と題した文章である。そこには、周五郎の歴史観とも言うべき、歴史を見る目が明確に打ち出されている。「歴史は、真実をつたえるよりは、政治の権力者、当路者たちによって、社会情勢を正当づけるために、故意に改ざん、修正、ねつ造もしくはまっ殺される性質を、本来的にもっているもの」だと述べたあと、「史的事実」の「真実性」を問題にする。作家は、「文学的真実性」にこだわるのであって、「ある資料を、条件的にバリアント（変化）することによって（書き方いかんでは）資料そのものよりも、これが真実にちかいと思われているものを表現することはできる」と自分の歴史小説を書く際の姿勢について明言している。

このエッセイを読むと、周五郎作品のファンもしくは詳しい読み手ならば、すぐさまにいくつかの小説を想起するであろう。まず浮かぶのが『よじょう』（昭和二十七年）である。熊本における、晩年の宮本武蔵に父を殺された一人のうだつのあがらない男の話であるが、剣聖武蔵に無謀にも仇討《かたきうち》を挑むと見た世間の軽薄さと、いつでも相手になると死ぬまで「見栄《みえ》」をはり続けた武蔵の俗物性とを皮肉った作品である。吉川英治描くところの「国民的」武蔵像への強烈なアンチテーゼがみられるとは、すでに多くの評者の言うところである。

また、「日本経済新聞」紙上に連載された『樅《もみ》ノ木は残った』（昭和二十九年）は、仙台藩のお家乗っ取りを企《たくら》んだとされてきた家臣原田甲斐《かい》が、実は、伊達《だて》家改易を画策する幕府に対して己を犠牲にして藩を守ったのだと見て、歴史の通説への反論を周五郎は試みたのである。

『よじょう』、『樅ノ木は残った』のいずれも、先に挙げたエッセイに言う「文学的真実性」をつかみだすことで、権力者たちの「改ざん」「ねつ造」した歴史を正すべく、新たな解釈を打ち出している。曲軒周五郎の本領発揮と言うべきであろう。年代的に言って、この二作品の書かれたちょうど中間に位置して、より強烈に従来の歴史観をひっくり返す小説を周五郎は世に送った。それが、『栄花物語』なのである。

一八世紀後半の約二十年間、江戸幕府の側用人や老中などの主要ポストに就き、のちに「田沼時代」と呼ばれるほどの権勢をふるった田沼意次《おきつぐ》は、賄賂《わいろ》政治に終始し、「強欲な金権政治家」というイメージで後世に伝えられ、比較的近年までそれが続いてきた。日本史学界では、大正年間に辻《つじ》善之助によって田沼時代のプラス面に目を注ぐ見解も出てきたが、意次その人については旧来の像が踏襲されていた。

歴史学者の深谷克己によれば、意次像が大きく動いたのは、一九七〇年代以降である。大石慎三郎ら幾人かの近世史研究者から現代の藤田覚に至る人たちによって、田沼時代の評価はまったく様変わりをみせてきたのである。「商業革命の時代」を果敢に実現化しようとした改革者意次の人物像が指摘されているのである。

こうした研究サイドからの意次像転換の動きをみると、それよりもずっと早い時期に小説という形をとって、しかも、今日の高杉良らに代表される「経済小説」という言葉のまだなかった時代に、その先駆者ともいうべく、現代人の共感をよぶ意次像を描き出した周五郎の眼力、あるいは作家的力量には脱帽せざるを得ないと思う。その衣鉢《いはつ》を継いだかのように、池波正太郎は「剣客商売」シリーズの中で、「世間の風評」とは、あまりに違う意次の人間像を看取する人物（秋山大治郎）を造型している。

さて、作品中の物語は、大きく二つの流れをもって構成されている。一つは、田沼意次・意知《おきとも》父子が中心となって幕政をつかさどり、いくつもの財政改革を企図し、実行に移さんとするが保守派の抵抗に遭い、その葛藤《かっとう》や争い、駆け引きなどに巻き込まれるさまが描かれている。今一つの物語は、意次の抵抗勢力の側に身を置いていたが、世上の評判とは違う意次の姿に気づき、その政治の有用性に次第にひかれていく人物たち、すなわち、青山信二郎、河井（藤代）保之助の物語がある。そこに、この二人の男と深い関わりをもつ「その子」が絡《から》んでいる。いわば作品は、一つの楕円《だえん》形の形をとっていて、その中に二つの中心があるという構造が見てとれるのである。

さらに、作品の背景としての当時の社会状況や人々の暮らしの様子など、見事なまでに委細が尽くされている。江戸中期、天明年間を中心にして、意次の推し進めた具体的な政策、すなわち沼沢《しょうたく》の干拓計画、各種の新税法、座制の拡張、専売制の実行など、いずれも幕府の財政の安定化につながり、幕藩体制の維持に力を発揮するであろうアイデアが、幕府の威光や武士の体面などといった建前にこだわる反対勢力につぶされていく。そこには、八代将軍吉宗の孫にあたる松平定信の「成り上がった」意次への反発の感情が強く働いている。また、この時期、世は文運の隆盛を見せ始めるが、旗本の青山信二郎は、山東京伝など戯作者《げさくしゃ》仲間たちと交わり、文章でもって政治を風刺する場に身を置いている。とともに、意次の命を狙《ねら》う千吉（田舎小僧新助）と「おさだ」の一家、娼妓《しょうぎ》となって保之助と死の逃避行に身を委《ゆだ》ねる「ふく」の生き方など、当時の庶民の生活の実態を描き出したところも読者の興味をそそるであろう。

作品は、天明三年八月十五日から始まる。この夜は、中秋の名月であり、また、月蝕《げっしょく》があって、江戸市中でも人々は期待と興味をもっていた。旗本小普請組《こぶしんぐみ》という家柄の青山信二郎は、十月には婿《むこ》養子を迎えるというその子との情事に耽《ふけ》っている。その子は十八歳で、四千石の交代寄合の娘であり、自由奔放に振る舞っている。その子の婿養子になる保之助は信二郎にとって唯一《ゆいいつ》の親友であるが、それを知った信二郎はショックを受ける。月蝕という自然現象が物語の波乱万丈を暗示する。

保之助は、「田沼一派の秕《ひ》政《せい》と悪徳を摘発する」という役目を帯びて勘定吟味役に任ぜられる。しかしながら、調べれば調べるほど意次には世間で噂《うわさ》されるような賄賂も情実も不正も見当たらない。保之助は、戸惑いのうちに投げ込まれる。一方の信二郎は、ある筋からの資金提供を受け、田沼親子を中傷する戯作を書いて世評を高からしめる。が、より踏み込んで意次を追い落とす役割りを命じられ、それを拒絶して失踪《しっそう》する。そのために家名断絶という厳しい処分を受けるが、保之助とその子の結婚に関わっての後ろめたさも失踪の一因となっているようだ。

このように、田沼政治、すなわち、経済・商業政策に立脚した政治を推進しようとする大きなうねりと、そこに関わる人間群像とが交錯しながら物語は展開されていく。作中の一つの山場をなすのは、天明四年の年明けに行われた将軍の狩の行事の場面である。小見出しの付けられたまとまりを一つの章とみれば、全二十一の章から成る『栄花物語』のうち、狩の行事に関わっての章は五つあり、作品中でいかに重きがおかれているかがわかる。狩場では、意次暗殺の策謀がめぐらされ、いささか史実から離れたストーリーが繰り広げられている。「歴史小説論争」で用いられた言葉では、「スペクタクル」風の語り方がなされている。

この天明四年の三月には、意次の子息で若年寄を務めていた意知が、殿中で旗本佐野善左衛門に斬《き》りつけられるという事件が起こる。深手をおった意知は、数日後に亡《な》くなってしまうが、意次の落胆は深い。「確実に自分を追いつめてくる、眼に見えないある力の存在」によって、意次は、「えりがみをつかまれ」、「刻々に手をもぎ足をも」がれていく自らのこの先の運命を予見する。

上州高崎城下から一揆《いっき》騒動が起こり、それが江戸にも伝播《でんぱ》してくる。意次が幕府経済の根本的な立て直しのために立案した政策は、こうした世上混乱の中、御前評定の場でことごとく否決されてしまう。将軍家、お上の御威光、武士の面目ということを楯《たて》にとった松平定信らの保守派が力をふるったのである。

一方、信二郎は、意に従わなかったかどで定信派から命を狙《ねら》われ、また、保之助は、妻の不貞に苦しみ、意次側についたとのことで追いつめられていく。果てに、養子先の藤代家を出て、娼妓となっているふくとの情死行に身をまかせていく。この二人の死への道行きは哀切をきわめる。また、千吉のその後や、別れた妻のおさだの変貌《へんぼう》ぶりなど、人の世のはかなさを痛感させる。

読者にとっては、政治をつかさどるトップである意次の苦闘そのものの姿に我が身との共通の想《おも》いを重ねる人もいるだろうし、信二郎の、一見、放蕩無頼《ほうとうぶらい》にみえる生き方の中に、自由と愛の精神の飛翔《ひしょう》に生涯を賭《と》した人間への共感を抱く人もいよう。あるいは、河井保之助のような、優しくて、生真面目《きまじめ》な性格であって、身は滅ぼしても真実にこだわり、ついに命まで失っていく生き方をよしとする人もいることだろう。その子という、当時の社会規範からはまったく逸脱した存在も見逃せない。「自分がそうしたくてすることは、その人間にとってはすべて善なんだ」という信二郎の言葉の体現者であるその子の造型は、この後も、周五郎作品の中に、いくつものバリエイションで描き出されていく。

若き日から田沼意次を書こうと目論《もくろ》み、その試みをなしていた周五郎は、四半世紀という時間を経て一篇の長編小説として実現した。『よじょう』、『栄花物語』、『樅ノ木は残った』が発表された昭和二十七年から二十九年にかけては、周五郎の歴史を見る眼がある方向性をもち、形をなした時期ではなかっただろうか。『栄花物語』は、世間の評価、歴史家の解釈を絶対のものとせず、一小説家が自らの関心の赴くところに従って資料・史料を読み解いた結果、やがて史学界でも見直されていく真実を歴史小説のよそおいで照らしだした傑作である。いや、歴史小説の枠にとどまらない、周五郎作品を代表する、「面白く」「すぐれた」小説の一つと言って間違いない。

注記／昭和三十七年に初版が刊行された周五郎の『随筆　小説の効用』にも、エッセイ「歴史的事実と文学的真実」とほぼ同様の内容の文章が収められている。

（日本近現代文学研究者）

この作品は昭和二十八年九月要書房より刊行された。

編集について

一、新潮文庫の文字表記については、原文を尊重するという見地に立ち、次のように方針を定めました。
①旧仮名づかいで書かれた口語文の作品は、新仮名づかいに改める。
②文語文の作品は旧仮名づかいのままとする。
③旧字体で書かれているものは、原則として新字体に改める。
④難読と思われる語については振仮名をつける。
一、本作品中には、今日の観点からみると差別的表現ととられかねない箇所が散見しますが、著者自身に差別的意図はなく、作品全体のもつ文学性ならびに芸術性、また著者がすでに故人であるという事情に鑑み、原文どおりとしました。
一、注解は、新潮社版『山本周五郎長篇小説全集』（全二六巻）の脚注に基づいて作成しました。
一、改版にあたっては『山本周五郎長篇小説全集　第六巻』を底本としました。

（新潮文庫編集部）

栄《えい》花《が》物《もの》語《がたり》

新潮文庫　や - 3 - 14

昭和四十七年九月三十日　発行
平成二十七年三月二十日　五十七刷
令和元年五月一日　新版発行
令和七年三月五日　四刷

著者　山《やま》本《もと》周《しゅう》五《ご》郎《ろう》

発行者　佐藤隆信
発行所　株式会社新潮社
郵便番号　一六二―八七一一
東京都新宿区矢来町七一
電話　編集部(〇三)三二六六―五四四〇
読者係(〇三)三二六六―五一一一
https://www.shinchosha.co.jp
価格はカバーに表示してあります。

印刷・錦明印刷株式会社　製本・錦明印刷株式会社
Printed in Japan

ISBN978-4-10-113488-8　C0193